U0555310

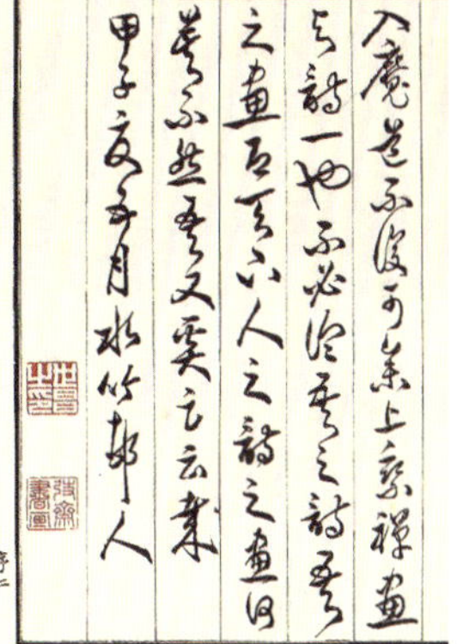

国画小品《白玉兰》

《归云楼题画诗集》

锡包紫砂壶

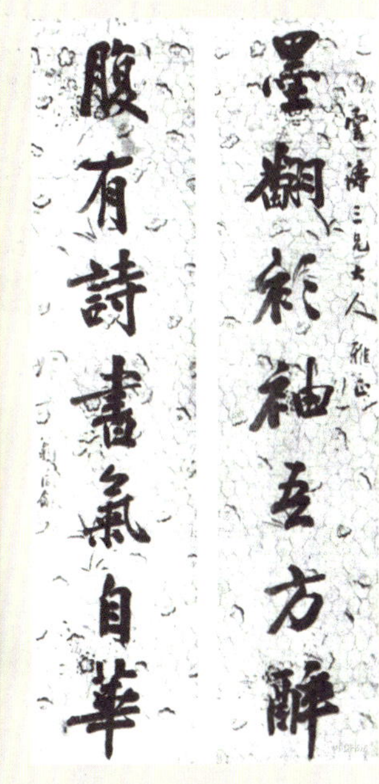

玛瑙玉山子

鱼篓玉摆件

《翁同龢年谱》

杜氏家祠落成招待北平艺员摄影

Tradition Culture
Specially selected and processed from the finest and tender raw tea leaves.

白玉『拜佛牛』

定慧斋和田碧玉礼器系列藏品

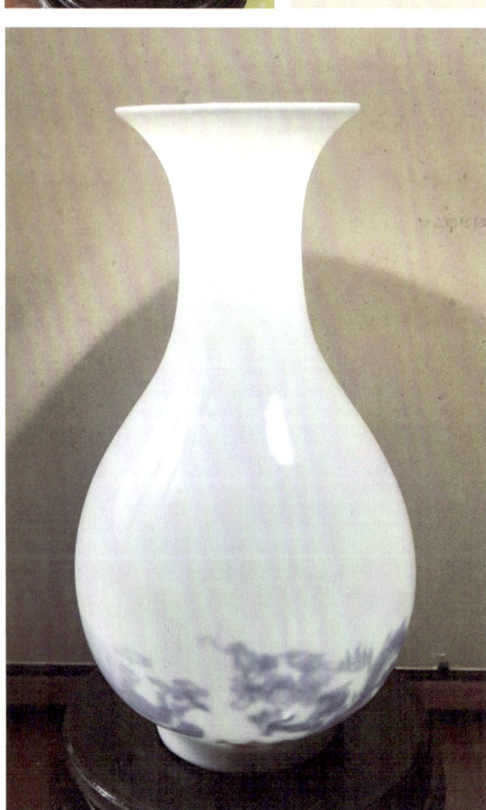

定慧斋瓷器藏品

于非闇《于荷》

张大千《荷塘清幽》

黄永玉《荷香图》

李苦禅《盛夏图》

启功《溪山行旅》

启功《翠竹图》

《烟霭》

《香山秋韵》

云山观瀑图

《湖山渔村图》

《湖山清幽》

《湖山顺帆》

《古渡》

《山寨金秋》

《溪山觅趣》

《溪山云起图》

《松溪觅趣图》

《云岭春晖图》

《松壑林泉图》

《渔翁》

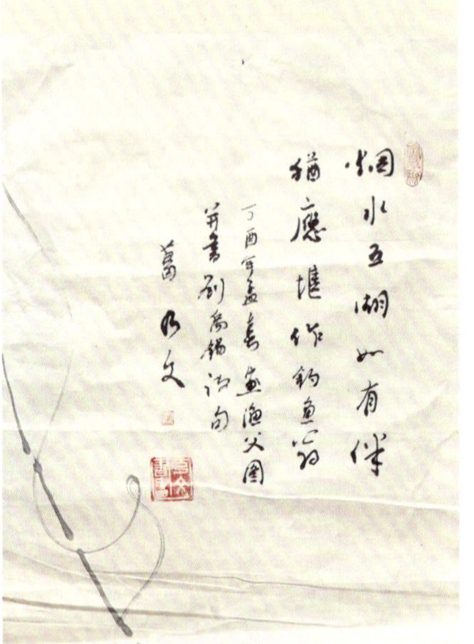

《金陵十二钗之妙玉》

《磨刀人》

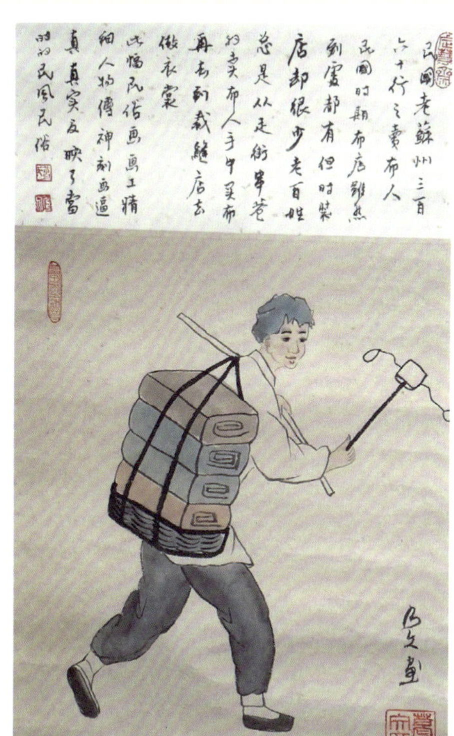

《卖布人》

《吹糖人》

《卖绒花人》

《蕉荫覆幽兰》

《满园春色》

《梅花图》

《松鹤图》

《咏梅》

《咏竹》

《听雨图》

《五德图》

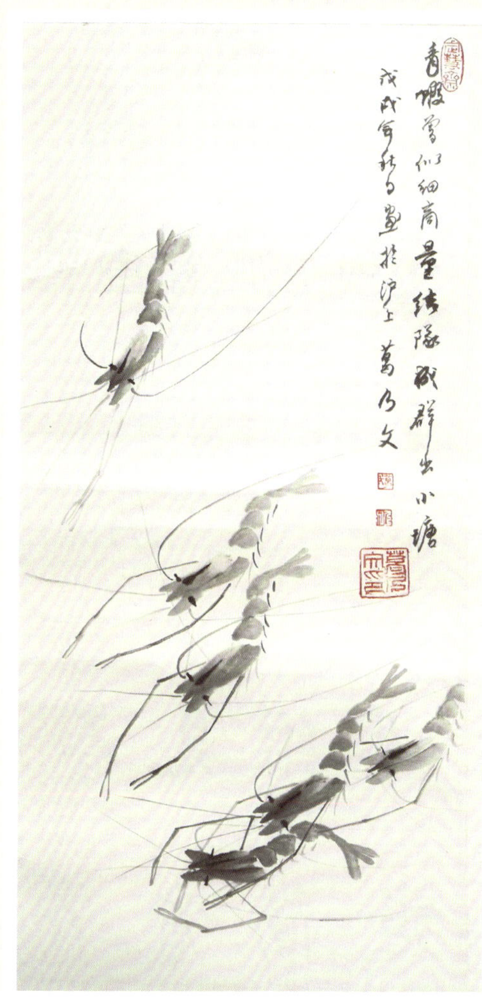

《虾趣图》

书法

扇面

与同窗在安徽巢湖

与同窗在厦门“老茶空间”

与同窗邱季端

与友人赏画

作者与吴少华先生

启功与邱季端师生合影

与无锡电视台主持人陶玫

与北师大同窗在沪聚会

ESPRIT

广州广船国际股份有限公司
GUANGZHOU SHIPYARD INTE ONAL COMPANY LIMITED
01 11 30

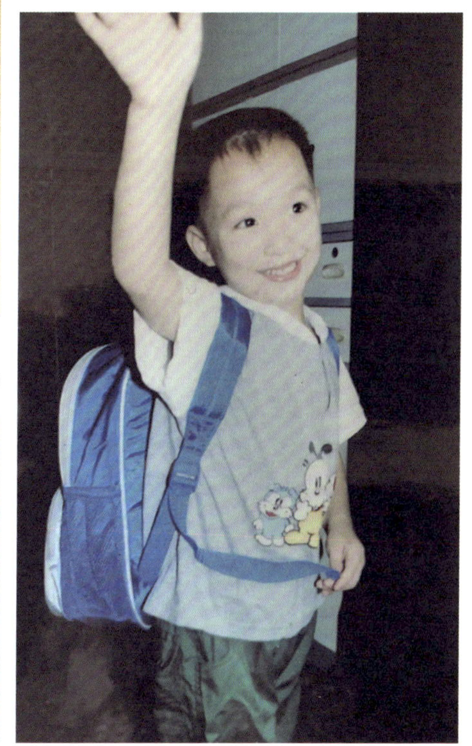

在刘禹锡纪念馆前　　参观常熟黄公望纪念馆　　在扬州鉴真纪念碑下

青年时代

收藏一隅

流光·心語

宝慧齋文集

葛乃文 著

文匯出版社

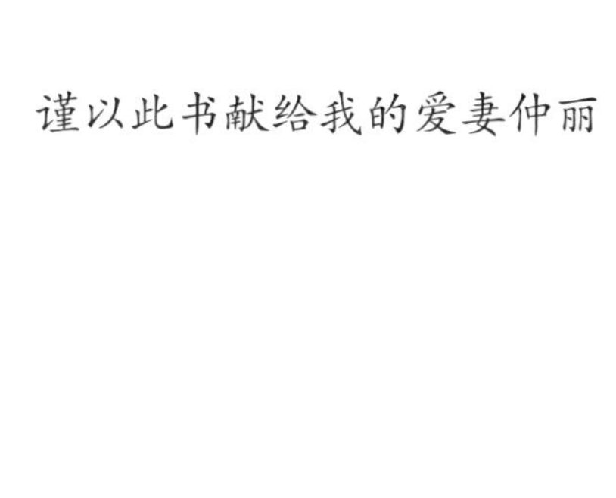

谨以此书献给我的爱妻仲丽

序一　守望，因为还有远方和诗

吴少华

扬州，江南文化的坐标。唐代有位并不著名的诗人叫徐凝，但他的一首七绝《忆扬州》却是千古绝唱，诗云："萧娘脸薄难胜泪，桃叶眉尖易觉愁。天下三分明月夜，二分无赖是扬州。"扬州人感恩这位前人的诗意，将他的名字命名了一座城门，叫"徐凝门"。葛乃文先生就是从这座城门走出来的莘莘学子。岁月荏苒，如今已过耄耋之年的他，捧来了新著《流光·心语》，是故乡的明月，照亮他的诗意梦境。

上世纪六十年代初，是个朝气蓬勃的时代，人人有抱负，个个讲理想。葛乃文先生离开二十四桥明月夜的故乡扬州，考进了北京师大中文系。他有幸近距离接触到许多名垂史册的大师，例如历史学家陈垣先生，被周总理誉为"四库全书读了三库半"的陆宗达先生，中国汉语语法泰斗、毛泽东的老师黎锦熙先生，中国民间文学研究鼻祖钟敬文先生。还有一位让他受益终生的导师，他就是天下闻名的文物鉴定专家、书画家启功。启功教授他们中国古代文学史，评析魏晋南北朝作家及其文学作品，那场景，那气势，让这位扬州学子终生难忘。更难能可贵的是这位恩师还教他书法、绘画，他的一句"写字要像做人一样，要有骨气，要有品格"，这成了葛乃文先生的毕生座右铭。

岁月如流水，大学毕业后，葛乃文留在北京工作。记得有一次参观故宫博物院古代书画展时，他被一幅青绿山水长卷震惊了，画中烟云缭绕，松柏苍翠，峻岭逶迤，跌宕起伏，在穿越时空的刹那间，他领悟了，画如此，大自然如此，人生更如此，展眼望，还有远方和诗。从此，这位书生意气的学子，从江南出发，成为北漂一员，尔后，他又离京回江南，六朝古都南京，扼江海咽喉的江阴，鉴真和尚东渡日本的起锚地张家港……一个接着一个驿站向他展开胸怀，远方与诗总在等待他。几经辗转，1989 年，这位漂泊学子调中国船舶工业集团公司上海华海集装箱制造有限公司任职，结束了漂游的旅程，与家人团聚，一叶孤舟终于驶进了温馨、幸福的港湾。

风雨的一生，葛乃文没有忘记恩师启功，更没有忘记启蒙读书的初衷，他牢记住启功的两则诗句，前则是“劳他莺燕殷勤唤，逝水韶华去不留”，后则是“衰荣有恨付刍狗，宠辱无惊希正鹄”。在时代的惊涛骇浪中，没有大富大贵，也没有大起大落，在那观海听涛的潮汐声中，他成为一名传统文化的守望者，他一辈子的守望之情，都化成了文字。今天他将这些文字，不，应该说是情感的珍珠，他串起了这些人生的珍珠，集萃成了一本《流光·心语》，可贺可赞。

我与乃文先生是知友，虽说他只长我七岁，但我们不是同时代的人。他们那一代人，为了共和国的新生与发展，无私奉献了人生华章，但人生之路却走得那么艰辛曲折，却无怨无悔。我们相识，回想起来也有近 20 个年头了，好像是协会陶瓷专委会原主任张志源引荐的，是他的学识与人品，让我们走到了一起来，并成为亦师亦友。后来我邀请他来当会刊《上海收藏家》副刊“大观园”的编辑，如果我没记错的话，第一次应该是上海世博会期间，2010 年 6 月刊，《上海收藏家》第 187 期。后来他在《万紫千红〈大观园〉》中写道：“我与上海市收藏协会结缘，成为《上海收藏家》报的忠实读者已有二十余年了。承蒙吴少华会长信任，聘我担任特约编辑并为第三版（即‘大观园’副刊）审稿、校稿也有十几个春秋了。”十多年来，他奉献了自己的才华，为我们收藏大观园流下耕耘者的汗水。

这位传统文化的守望者，今天捧出他的文集，一部凝结了他一辈子心血的著作，可以说是这位学子的人生结晶。全书共有十一辑，从散文，到游记，再到文艺评论，从读书·思辨、缅怀恩师，再到人物·访谈、名人传记，还有诸如藏品赏析、同窗尺牍、诗赋·小品、江南可采莲等，共计 80 余篇美文佳品，或叙事，或寄情，或欣赏，或品鉴，字里行间，充满了真情实意，彰显了一位守望者的情愫与对美好的追求。例如他在《故乡杂忆》中写道：“我对故乡扬州的思念，不在于欣赏博物馆的珍藏，也不在于听有传奇色彩的扬州盐商的故事，而在于故乡的明月。”作为一位收藏家，葛乃文先生也展现出他的鉴赏风采，鉴赏的对象有玉器、瓷器、沉香、书画、紫砂壶，甚至普洱茶，让我从中窥见他的定慧斋藏品的不同凡响，以及对传统文化刻骨铭心的追求。作为启功大师的一名学生，乃文先生的书画造诣也让我们大开眼界。

岁月如画。回首往事，葛乃文先生的一生，总是在不断地追寻，从一个驿站走向下一个驿站。他把文字视为可以安心的月光，一篇又一篇，叙述着一位学子的赤胆忠心。他在一方净土上守望，是因为还有远方和诗。今天，他叙述人生故事的著作付梓，透过阵阵油墨清香，我要对他说一声，祝贺您！

识于乙巳暮春

（作者系上海市收藏协会创始会长、著名古玩鉴赏家）

序二　与时光对话的心语

张　坚

葛乃文先生撰写的新书《流光·心语》即将付梓出版了，我在对他表示由衷祝贺的同时，想起德国文学巨匠歌德的一句话："哪里没有兴趣，哪里就没有记忆。"如果这句话用在葛乃文先生身上，再也恰当不过了。因为这位文学巨匠强调的是兴趣在记忆过程中的重要作用，而葛乃文先生正是从兴趣中走上文学与收藏之路的。

葛乃文先生是上海市收藏协会学术委员会委员，海派收藏成就奖获得者，国家一级美术师，现任常熟虞山当代艺术研究院院长。他上世纪五十年代末参军在军校学习，六十年代后期毕业于北京师大中文系，后辗转在四机部、交通部和六机部的直属企业从事教育、宣传及办公室领导工作，最后才定格在中国船舶工业集团公司上海华海集装箱制造有限公司任职。大学期间，他有幸近距离受教于多位国学大师和名家，他们当中有中国汉语语法大师、毛泽东的老师黎锦熙先生，中国民间文学研究鼻祖钟敬文先生，名闻天下的文物鉴定专家启功先生。启功先生不仅教葛乃文中国文学史，评析魏晋南北朝时期的作家和文学作品，还教他书法和绘画。启功先生的谆谆教诲，特别是一句"写字要像做人一样，要有骨气，要有品格"令他终生铭记在心，难以忘怀，成为他一生的精神财富。在北师大读书时启功先生讲解"托兴毫素"，是强调寄托抱负、志向和情趣于字、画、文章里，这是华夏文化的优良传统，也是时代的需要。毫，笔也；素，纸，绢也。清代乾隆养心殿里的"三希堂"有一副集句楹联："怀抱观古今，深心托豪素。"上联出自南北朝诗人谢灵运的五言律诗《斋中读书》，下联出典南北朝文学家颜延之的五言律诗"向秀甘淡薄，深心托毫素"，原意为怀抱典籍图书观览古今人事，把深邃的情怀寓藏在文章中。启功先生有深刻内涵的话，无疑更坚定了他追求传统书画艺术的初心。

兴趣如引擎，一旦启动便不可收，唯有坚持不懈。在长达近 50 年的文艺评论和书画创作生涯里，葛乃文先生几乎每天“躲进小楼成一统”，在独步之地的“定慧斋”里，舞文弄墨，取得了不凡的成就。这些，都能从他的《流光 · 心语》里看得出。在他这部洋洋洒洒、充满睿智的著作中，有不少理论性文章都是他对书法与国画的赏析与评论。比如《书画忆恩师》，再比如《画蛇洋人郎世宁——“十二生肖 · 蛇图”赏析》，还比如《美丽没有国界　追梦永无止境——赏析摄影家周建松先生行摄珍品〈美影〉画册》等。而在实践中，他通过不懈的努力，其书法和国画作品，在中国网、《新苏商》等多家报刊作专题介绍，并被多家省市级文化机构收藏，他还受邀为多艘中国远洋船舶题写船名。

除了书画创作和文艺评论，葛乃文先生还收藏传统古玩，并把它们写成赏析文章，发表在《上海收藏家》等报刊上，与大家共享。他的古玩收藏涉足范围颇广，既有印章、古墨、古砚、紫砂壶等文房清玩，又有古陶瓷、玉器、翡翠，更有犀角雕、沉香、名人字画，乃至普洱茶。其中光晚清、民初印章就有 200 余方，且材质多珍稀，比如田黄随形章，黄、白、红芙蓉石章，荔枝冻对章，鸡血石对章等。此外，葛乃文对古陶瓷方面的收藏也很投入，在他于上世纪九十年代创建的“定慧斋”里，就陈列着古代名瓷十余件，其中的藏品甚至还得到著名文物鉴定专家张浦生先生等有关专家学者的肯定。

时光荏苒，岁月如梭，转眼葛乃文先生已至耄耋之年了。他待人真诚和善，与世无争，但在传统文化方面却颇为较真的秉性给我留下了深刻印象。这次他熬尽心血撰写的《流光 · 心语》即将出版，让我真正地窥见了他坚守、执着的另一面。其实“流光 · 心语”，通常来讲，是用来表达一种富有诗意和哲理的情感，而葛乃文先生能把几十年努力凝聚的赤诚之心奉献给社会，坦然地与大家一起分享，他已超越当初的兴趣使然，让我们看到一位收藏者熠熠发光的人生世界。

张坚

2025.4.6 于上海

（作者系上海市收藏协会会长）

自序　与流光赛跑　和心语共鸣

窗外的梧桐叶又黄了，案头堆积的文稿在台灯下泛着微光，钢笔尖在稿纸上沙沙作响，仿佛在与时间赛跑。近半个世纪以来，我习惯了这样的夜晚，每当夜深人静时，独坐书斋，沉思冥想，总想起恩师启功先生的教诲："写字作文，贵在真诚。"如今，当我整理这些曾经发表在报纸杂志上的文字时，往事历历在目，清晰的记忆恰如潮水般涌来。

时光的馈赠

从北师大中文系毕业后，我在北京工作的那段岁月，是我人生的重要转折点，每天与作家、专家、同事们交流沟通，让我深刻体会到中华文化的博大精深。记得有一次参观故宫博物院古代书画展时，被一幅青绿山水长卷震惊了，它深深吸引了我的眼球与灵魂，画中烟云缭绕，松柏苍翠，峻岭逶迤，那种"咫尺千里"的境界让我第一次真切感受到艺术超越时空的力量。

后来工作调动，从北京南下，先后在四机部南京七四一厂、交通部上海船厂张家港分厂、交通部澄西船厂，主管文秘和宣教工作。在六朝古都南京、扼江海咽喉的江阴、鉴真和尚东渡日本的起锚地张家港，长驻这几个人生驿站十余年，饱览江南山水，陶冶水乡温柔敦厚的情操，于1989年调中国船舶工业集团公司上海华海集装箱制造有限公司任职，结束了北漂南归的艰辛旅程，与家人团聚，一叶孤舟终于驶进了温馨、幸福的港湾。

在江南人生驿站的岁月里，虽然环境改变了，但我对文化的热爱始终未改，白天处理繁冗的文牍和庞杂的行政事务，晚上沉浸在书画创作或文艺评论中。其间，我应《光明日报》《文艺报》《常熟日报》等媒体之约，采访过三十余位苏、沪、皖三地知名与不著名的书画家，他们对中国传统文化的执着与坚守，耐得住寂寞和清贫的崇高精神，让我明白艺术的创作不仅是技艺的锤炼，更是心灵的修行。

收藏之路对我来说，同样充满了乐趣与感动。每一件藏品，无论是宋元字画，还是明清古瓷，无论是古籍善本，还是宫廷玉器，每一件藏品背后都有一个动人的故事，都凝聚着作者和工匠们的心血与智慧。在鉴藏这些艺术品时，我常常感叹：真正的艺术，是能穿越时空、直抵人心的。

笔墨的温度

整理这些旧作，仿佛在与过去的自己对话，那些发表在报纸杂志上的文章，记录了我对艺术的思考与感悟。重读这些文字，当年风华正茂、书生意气的情景浮现眼前：与艺术家们促膝长谈的夜晚，在展览现场驻足沉思的瞬间，在书斋挥毫泼墨的清晨……特别怀念与启功老师相处的日子，先生教授中国古代文学史，评析魏晋南北朝的作家及其文学作品，那场景，那气势，终生难忘。启功老师不仅教书法、绘画，更教我做人。他说："写字要像做人一样，要有骨气，要有品格"，他为北师大校训题字"学为人师，行为世范"。这些教诲，成为我一生受用的精神财富。

在与同窗好友书信往来中，我们畅谈艺术理想、收藏心得、人生感悟，交流创作灵感与启迪。那些发黄的信笺与照片，承载着往昔的真挚情谊，见证着我们共同追求人生与艺术真谛的历程。

心灵的共鸣

艺术创作是孤独的，但欣赏艺术却能产生强烈的共鸣。在撰写文艺评论时，我力求以真诚和善意的态度，深入解读作品的内涵，每当发现一件打动人心的作品，或读到一篇见解独到的评论，都会令我欣喜不已。

收藏不仅是物质的积累，更是中华传统文化精神的传承，每一件藏品都是一段历史的见证，都蕴含着丰富的文化和历史信息。通过收藏，我们得以与古人、贤人乃至圣人对话，与厚重的历史重逢相遇。艺术的力量在于它能触动人心，启迪智慧。在这个快节奏的时代，我们更需要艺术的滋养，更需要用心感受生活中的一切美好。

台灯的光晕中，我仿佛看到了时光的河流静静流淌，这些文字，这些书画，这些藏品，这些评论，都是我与时光对话的见证。

人生苦短，艺术长存。愿读者能够与这些心语产生共鸣，愿这份对艺术的挚爱能够传递给更多善良的年轻人。让我们珍惜光阴，以笔墨记录时代，用心灵感受美好，为后人留下宝贵的精神财富。

最后，我要感谢文汇出版社的大力支持，感谢上海市收藏协会创始会长吴少华先生对我出版著作的鼓励与帮助，感谢常熟虞山当代艺术研究院的全体同仁，感谢我的家人、朋友、同窗以及所有在我人生道路上给予帮助的人，正是有了你们的支持与鼓励，我才能将这些文字汇聚成书与读者分享。

天行健，君子以自强不息；
地势坤，君子以厚德载物。

2025 年 2 月 25 日于上海大华定慧斋

目 录

第三辑　文艺评论

第四辑　读书·思辨

第五辑　缅怀恩师

第六辑　藏品赏析

第七辑　同窗尺牍

第八辑　诗赋·小品

第九辑　人物·访谈

第十辑 名人传记

第十一辑 江南可采莲

附录 媒体采访

第一辑　散文

故乡杂忆

在一个飘着绵绵细雨、清凉的夜晚，我斜躺在眠床上，借着柔和的灯光，浏览《新民晚报》“长三角·文化旅游”专栏，看到两则醒目的新闻令我顿时浮想联翩，情不自禁地勾起对故乡扬州深深的思念。

这两则新闻是：“苏州扬州四件国宝禁止出境（展出）”，“扬州‘复活’盐商汪鲁门故居”。我特别注意到报道所指元代蓝釉白龙纹梅瓶和唐代长沙窑青釉褐蓝彩双系罐，是扬州博物馆收藏的镇馆之宝，十分珍贵。汪鲁门故居是扬州现存规模最大的盐商旧宅，九进房屋，绵延百米，建筑面积1500平方米，是典型的徽派风格。

我对故乡扬州的思念，不在于欣赏博物馆的珍藏，也不在于听有传奇色彩的扬州盐商的故事，而在于故乡的明月；在于清凉的月光下那朦胧、静谧的诗意；在于湖光月色中呈现的如梦如幻的优雅境界；在于闲情花雨中别致的浪漫与温柔；在于透过扬州的名胜古迹，对古代繁华风流的感怀以及对当代追寻伟大中国梦的赞美和讴歌。

二分明月　歌吹扬州

扬州是一座历史悠久的古城，早在公元前486年，吴王夫差开邗沟，就有了扬州城。隋唐时期，扬州成为东南第一大都会，也是对外贸易的港口，经济繁荣，文化昌盛，文人墨客、豪商巨贾和达官贵人纷至沓来，仅唐代就有三十多位著名诗人为扬州写下了不朽诗篇。李白的《黄鹤楼送孟浩然之广陵》和杜牧的《寄扬州韩绰判官》虽然脍炙人口、家喻户晓，但司空见惯、不足为奇。令人称奇的是，有一位当时并不著名的诗人徐凝（浙江建德人），因其一首《忆扬州》七绝与爱受奉承的扬州人结下了不解之缘。这首七绝仅四句，前两句平平，后两句却成了千古传诵的佳句。《忆扬州》："萧娘脸薄难胜泪，桃叶眉尖易觉愁。天下三分明月夜，二分无赖是扬州。"萧娘，出典不详，泛指男人所爱的淑女；桃叶，是晋王献之的宠妾，因其貌美、聪慧而成为男人心目中的偶像。在徐凝笔下，美女的愁眉与泪眼都比不上扬州月色令人怦然心动。如果普天之下总共有三分月色，那么其中二分都被扬州独占了。这二分明月的夸张比喻，让扬州人确实欢喜。扬州人用徐凝的名字命名了一座城门，这座城门就叫"徐凝门"。我从小到大，无数次经过南河门下的徐凝门，但始终没有看到镌刻着这三个字的城门圈，但是徐凝门桥和徐凝门大街一直保存并使用到现在。

提起月亮，在唐诗、宋词里，咏月的作品不计其数。上世纪末我有一次回扬州探亲，在天宁门附近古籍书店觅得一套《扬州历代诗词》，人民文学出版社出版，江泽民同志题写书名，共四册，收录自西汉至民国咏叹扬州的诗词近二万首，作者二千余家，涉及吟风弄月的佳作不下千首。其中印象最深的还是唐代诗人、扬州大才子张若虚的《春江花月夜》。扬州古城南濒长江，大运河环城而过，城内小河纵横，城北瘦西湖绵延十余里，是名副其实的水城。张若虚的诗写故乡春天美丽的景色，紧扣"春、江、花、月、夜"的背景描绘、抒情。月是诗中情景交融之物，它跳动着诗人的脉搏，诗人用美好的词汇赞美故乡扬州的美丽，抒发对故乡的眷恋与憧憬。这位以咏月而蜚声诗坛的诗人，其《春江花月夜》被闻一多先生誉为"诗中的诗，顶峰上的顶峰"。然而，尽管他是扬州本地人，又有才情，但在扬州，他的名字和他的诗篇对后世的影响却比不上徐凝。徐凝因一句"二分无赖是扬州"，博得了扬州人家喻户晓、妇孺皆知。

我童年、少年时和小伙伴们在扬州风景区玩耍，全都在节假日，在白天；至于欣赏扬州瘦西湖的夜景，那是中年以后回故乡探亲的闲暇，邀二三故人，在月光如水的夜晚，坐在冶春或凫庄、小金山的茶室里，品茗赏景，怡然自得。或凭窗仰望，皓月如洗，天空湛蓝；或俯视湖水，红灯笼的倒影映在水中，泛着迷离的光，晕染了一池温柔的湖水。月光下，那静谧，那优雅，没有白天的喧闹和浮躁，静静地，禁不住要起身到长廊和乱石铺就的小径上信步。沐浴着月光，一切都变得那么自然、洒脱和闲适。一阵清风吹过，轻拂湖边杨柳的枝条，像卸妆美女在梳理长发，又像蟾宫中冷艳嫦娥的默然无语……此时咀嚼唐诗的神韵，品味宋词的意境，饮着美酒玉露，多么心旷神怡呀。如果要诉说赏月的真谛，正是：

“此中有真意，欲辩已忘言”矣。

在小金山茶室远眺二十四桥在月光下的倩影，这重新修建的景点为瘦西湖风景区增添了新的风韵。它是一座单孔拱桥，汉白玉栏杆，桥长 24 米，宽 2.4 米，栏柱 24 根，台阶 24 级，设计精巧，处处与“24”对应。在月光下，半圆形的桥洞与映在水中的倒影，恰好合成一个十五的月亮。汉白玉栏杆似霓虹卧波，又似玉带飘逸。此时吟咏杜牧的《寄扬州韩绰判官》何其妙哉！“青山隐隐水迢迢，秋尽江南草未凋。二十四桥明月夜，玉人何处教吹箫？”诗中的“草未凋”，有的版本作“草木凋”。我以为“草未凋”更符合江南水乡深秋的景象。毛泽东主席曾手书这首诗，他取“草未凋”，是有力的佐证。时光流逝，观念在变化，人们在欣赏二十四桥美景时，不再烦神去考证唐代二十四桥是一座桥还是二十四座桥，也懒得去研究那二十四位美人在“何处”吹箫了。

小金山向西百余米是当年乾隆帝垂钓的钓鱼台，它是一座供游人歇脚的凉亭，亭内有三个大圆孔，其中一孔把远处的五亭桥丽影嵌镶其中。由此孔眺望五亭桥，感受到“面面清波涵月影，头头空洞过云桡，夜听玉人箫”的绝妙佳境。它是瘦西湖景区标志性的建筑物，建于乾隆二十二年（1757），建筑风格是阴柔阳刚的完美结合，既有北方之雄，也有南方之秀。中国著名桥梁专家茅以升曾评价中国古桥之最，他说：“中国最古老的桥是赵州桥，最壮美的桥是卢沟桥，最具艺术美的桥是扬州的五亭桥。”善哉，斯言。

月光映照扬州北郊的汉墓、唐城，显得那么幽远、沧桑，又那么诡谲、雄浑；月光沐浴着二十四桥、大虹桥、长春桥等姿态各异的名桥，折射了古城曾经的繁华与歌吹，也唏嘘、感伤往昔的破败和荒芜。南宋著名词人姜夔写被金兵掳掠后的扬州，他在《扬州慢》中叹息道：“入其城，则四顾萧条，寒水自碧，暮色渐起，戍角悲吟。予怀怆然，感慨今昔，因自度此曲。”“二十四桥仍在，波心荡，冷月无声。念桥边红药，年年知为谁生？”

如今，二十四桥的含义发生了变化，它不再单指扬州的地域概念。王世贞有诗云：“二十四桥歌吹遍，不知何处觅周郎？”扬州歌吹，不仅仅是赞美二十四桥的绝美，而且是代表了扬州历代的风月与繁华，代表了这座古城生活曾经的逍遥和快乐。所以，唐人张祜诗《纵游淮南》把扬州歌吹到极致：“十里长街市井连，月明桥上看神仙。人生只合扬州死，禅智山光好墓田。”

月色，无论是二分还是几分，对于扬州这座古城而言，昨天，今天，明天，美丽清纯的月色永远是扬州的精灵。

西来东往　恩泽绵长

无论是土生土长的扬州人，还是络绎不绝的中外游客，他们凡游览过瘦西湖的，对位于蜀冈中峰的大明寺都赞叹不已。

大明寺因建于南朝宋孝武帝大明年间（457—464）而得名，又因唐代著名高僧鉴真主持此寺而名闻天下。大明寺在建寺后的1500余年间，历经劫难，寺名也多有变化。北宋年间著名文学家欧阳修和苏东坡先后任扬州太守，在寺内的平山堂和天下第五泉留下了许多诗篇和佳话。

我儿时常到大明寺附近玩耍，我们一帮小伙伴在树林里打鸟，在湖边钓鱼，在草窠里捉蛐蛐，在树上粘知了，很活泼顽皮，但一进寺庙便立刻规矩起来，对寺内供奉的佛像毕恭毕敬，对院内陈设，院外的假山、花草不敢去触动。印象最深的是大明寺前广场有一座庄严的牌楼，四柱三楹，下砌石础，仰如华盖。中门之上有篆书“灵栖遗址”四个字，小伙伴们都不知道是何字，何涵义。后来我请教扬州博物馆的一位老先生，这才晓得“灵栖遗址”的典故。原来隋代时大明寺叫“灵栖寺”，唐代复名大明寺。清代讳“大明”，恢复旧称“灵栖寺”。“灵栖遗址”这四个漂亮的篆书是清光绪年间盐运使姚煜的手书，非常规范清秀。

鉴真和尚（688—763），俗姓淳于，扬州江阳县人，十四岁于故乡大云寺（后更名为龙兴寺）出家，后至长安洛阳学习佛学，归后主持大明寺。天宝元年应日本僧人荣叡普照等邀请东渡日本，于天宝十二载第六次航行始达，翌年于奈良建成戒坛，传授佛法，并将我国医学、语言文学、建筑、雕塑、印刷等技艺介绍到日本，为发展中日文化交流和两国睦邻友好，作出了巨大的贡献，被日本人民誉为“文化之父”“律宗之祖”。

1922年，日本友人常盘大定先生曾在大明寺前树立鉴真和尚遗址碑。中华人民共和国成立后，为了纪念这位伟大的高僧，周恩来总理指示于1963年在大明寺奠基，1973年建成鉴真纪念堂。它仿日本奈良唐招提寺模式，由著名建筑学家梁思成设计，含碑亭、长廊、纪念堂三部分。尤其难得的是碑亭内耸立的须弥座横碑由汉白玉制成，碑正面是大文豪郭沫若所书“唐鉴真大和尚纪念碑”，碑背面为中国佛教协会会长赵朴初先生撰书的碑文和颂辞，因此此碑号称举世无双的“三绝碑”。纪念堂供奉鉴真和尚的坐像，是仿日本奈良唐招提寺鉴真像，用楠木雕刻干漆夹纻而成。当年鉴真和尚抱着“是为法事也，何惜生命”的献身精神东渡日本，恩泽于扶桑之国。寺中还立有 1980 年日本奈良唐招提寺森本孝顺长老馈赠的石灯笼一盏，灯火长明，象征着由古人和今贤开拓的中日友好事业如永不熄灭的灯火，代代相传。

鉴真和尚东渡成就了一代高僧的伟业，扬州普哈丁墓则见证了从阿拉伯世界走来的传播伊斯兰教的“西域先贤”。普哈丁墓，扬州俗称“回回堂”。我小时候去过，那是扬州城东、大运河东侧的高冈。这座古墓始建于南宋咸淳年间。德祐元年（1275），普哈丁病逝于由天津南下的舟中，遗嘱下葬扬州。此墓由寺院和墓域两部分组成，墓域埋葬普哈丁和其他多位阿拉伯伊斯兰教传教者。普哈丁，据传是先知穆罕默德第十六世裔孙，墓门上刻有“天方矩镬”几个字（阿拉伯语“楷模”之义）。明永乐皇帝视墓园为国宝，下诏予以保护，清政府也作了很多修缮。普哈丁墓在墓亭中央地下，地面用青砖砌成五层矩形墓塔，墓亭东北角植有 700 多年树龄的古银杏一株，老干虬枝，姿态奇特。普哈丁等伊斯兰先贤不远万里来到扬州，又最后永远留在了这里，他们从中亚来到东方，他们带来了伊斯兰文化，与汉文化友好交流，在汉代开辟的丝绸之路的基础上，又编织了一条具有宗教色彩的伊斯兰丝绸之路。他们和中国人民的友好交往永远铭记在扬州人心中。

地处淮左　文化江南

这里所指“文化江南”就是江南文化的概念。这是一个很传统的话题。自明、清以来，许多学者文人进行过广泛深入的研究，取得了丰硕成果。江南文化涵盖地域范畴、历史跨度、经济涵义、文化艺术、名人逸事、宗教民俗等等，是一个非常复杂、综合性科学性很强的命题。单说在江南文化圈里有许多久负盛名的城市，如南京、常熟、杭州、上海、无锡等，而最能代表江南文化精髓的应当是苏州和扬州。我看到报载的两条文化新闻，恰巧就是苏、扬并提的。

钱锺书先生在《谈艺录》中评析唐代诗人作品时，多次提及扬州作为经济与文化中心的繁华景象。扬州和苏州是典型的江南城市，其风景名胜成为诗人们“诗性文化”的载体。我以为：山明水秀，物产富饶，文化昌盛，舟楫便利，气候温润，人性聪慧，生活舒适，等等，这些都是苏州、扬州在江南文化圈中得天独厚的。然而，与苏州不同，扬州在地域上处长江以北，淮河之南，何以扬州能成为江南文化的代表城市呢？唐杜牧诗句最为直白：“青山隐隐水迢迢，秋尽江南草未凋。二十四桥明月夜，玉人何处教吹箫？”清人费轩作《寄江南》，词一百二十首，皆扬州事。文化学者周振鹤先生在《释江南》一书中指出：“从东汉到隋唐，江南也用来泛指江淮以南和江汉以南的地区。不但如此，自唐以来，位于江北的扬州始终被当作江南来看待。”这个论断已被大量的历史事实证明，是客观、公允的。

明、清时期，以苏州为中心的地区经济已经超过了扬州，但扬州因据长江、运河枢纽的地位和盐业的兴盛，经济优势并未尽失，在文化心理方面依然维持江南地位。及至晚清、民国，扬州无复昔日繁华，经济衰退，地位一落千丈，吴语地位上升，而江淮官话受到冷落。一曲唱遍天下的《好一朵美丽的茉莉花》是地道的扬州民歌，它委婉、甜美，被误认为是江南民歌或苏州民歌。其实，民歌也是江南文化的一个亮点，但它从属于经济，当扬州的经济不再繁华时，市俗会投来歧视的目光，把扬州从江南文化的圈子里排挤出去，这是缺乏历史文化知识的浅薄，更是唯经济论的势利。扬州人很大度，把这首《茉莉花》民歌很智慧地定位为“江苏民歌”。这虽是一件小事，但体现了江南文化对于扬州是割不断的历史传承和流淌在文化血液里的基因。因此，江南文化是一个历史与经济的载体。也可以说，扬州历代的经济繁荣造就了江南文化的发展和昌盛。扬州的江南文化史实是当时经济发达的必然反映。

历史上曾经的苏、扬繁华，已经把江南文化发挥到了极致，扬州和苏州一样，城市里都有许多所谓的“闲人”，这些人每天的生活就是喝茶饮酒，泡澡堂、下饭馆、听说书、打麻将，逛逛瘦西湖，踱踱观前街。江南文化在显示精致和华丽的同时，也暴露了铺张与靡费。因此，一方面人们羡慕它的闲适和优雅，另一方面又厌恶它的矫饰与挥霍。

“人事有代谢，往来成古今。”中共十八大以后，建设生态文明，实现国富民强的中国梦的号角已经吹响，帷幕已经拉开，展望前程，信心满怀。正如毛泽东主席在《沁园春·雪》里所感叹的那样："俱往矣，数风流人物，还看今朝！"

白露节令已过，秋天来了，窗外又飘起了绵绵细雨。这无声的细雨驱走了今夏四十余天的酷暑在胸腔里蕴结的滞热；这无声的细雨，滋润了我干渴待润的心田。清风徐徐吹过，轻拂屋檐下初绽的兰花，送来阵阵幽香，也带来了仿佛与佳人对坐，"共剪西窗烛，灯下细论文"的古典浪漫与温馨。我从思念故乡扬州的甜梦中醒来，又平添了几缕依依不舍和难以言述的眷恋。

原载《零距离》杂志

书画忆恩师

我的老师启功（1912—2005，字元白，北京人，北师大教授，满族，姓爱新觉罗）先生已乘鹤西去九个春秋了。岁月的匆匆流逝，虽然冲淡了人生经历中许多印痕，但每逢同窗聚会，或文人墨客欣赏字画、叙谈艺术人生时，总忘不了启功老师慈祥的笑容，感恩他对学生的授业解惑。二十世纪六十年代初我考进北京师大中文系，五年的寒窗苦读，特别爱听启功老师为我们开讲的“魏晋南北朝文学”和“中国书法艺术”两门课。其间，我与启功老师有较多的接触，令我受益匪浅。大学毕业后离开北京，直到花甲之年退休，三十余年的风雨人生，我是在人文荟萃、风景如画的水乡江南度过的。

我少年时离开二十四桥明月夜的故乡扬州，青壮年时期先后在六朝烟水的南京、唐鉴真和尚东渡的起锚地张家港、扼江海咽喉的要塞江阴、“十里青山半入城”的常熟和国际大都市上海，留下了人生旅程的足迹。我的本职工作是在部直属企业从事教育、宣传和行政管理，然而业余时间始终与书画结缘。我结识了许多江南文人，并为二十余位书画家写过艺术评论，他们当中有中国书法家协会副主席言恭达先生，德高望重的著名画家钱持云先生，苏州画院的姚新峰先生，刘海粟弟子、无锡画院的刘春明先生，上海钟馗画院的董之一先生，江苏优秀青年书法家黄伟农先生，等等，还有我的挚友和学生、摄影人、记者、常熟青年书法家协会会长沃建平先生，以及著名企业家、书法家、摄影家周建松先生。

我喜欢书法，从私塾蒙童开始，描红临帖，一路朦朦胧胧地走过来，无有章法，直到二十世纪六十年代（1962—1967）就读北京师大中文系，才有幸近距离接触到许多优秀的国家级大师，如著名历史学家陈垣先生，被周总理誉为“四库全书读了三库半”的陆宗达先生，中国汉语语法泰斗、毛主席的老师黎锦熙先生，中国民间文学研究鼻祖钟敬文先生等。尤其是受到著名文物鉴定专家、书画家启功老师在书法、绘画上的授业解惑，使我对于学习书画树立了正确的观念。启功先生年轻时潜心于草书，功底比较坚实，但到底好在哪里？当时一位叫冯公度的先生说了一句使他终身受益的话："这是认识草书的人写的草书。"启功先生后来回忆这件事，很感慨地说："从此我明白要规规矩矩地写草书才行，绝不能假借草书就随便胡来，这也成为指导我书法创作的原则。"先生的话也是我书法习作的指导原则。

中国书法是一门颇具典型性的东方艺术、华夏艺术，它有着古老独特的审美文化传统。它的传承和发扬是极其艰难伟大的，但对于一般书法爱好者而言，书法是陶冶情操、修炼品德的一项文化活动，既不可轻描淡写，也不必望而生畏。记得启功先生在书法课上说过："自古以来书法已成为'显学'，产生了很多'理论'，再被一些所谓的书法家、理论家一炒，好些谬论也都成了唬人的金科玉律。"启功先生讲课时还很风趣地批评了刘墉故弄玄虚的"龙睛法"和王羲之在其子写字时从背后突然抽笔，而被后人编造的荒诞不经的"握碎此管""指实掌虚"的神话。

我初学赵孟頫，又临摹董其昌，有所悟，有所获。但毕竟是业余，是遣怀，不为稻粱谋，因而也很随意。事实证明，各人的条件不同，素养有差异，悟性有高低，写出来的字各具个性，永远不会千篇一律。

我学会绘画，同样受启功先生的教诲，获益匪浅。其实真正习画是近二十年的事，因爱书法而旁及绘画，遵先生教导，以读历代著名画家的作品为乐，特别喜欢大写意画。启功老师说他的画"属于传统意义上典型的文人画，并不意在写实，而是表现一种情趣、境界"。他还说文人画又形成了"内行画"与"外行画"。"内行画"重画理和艺术效果，"外行画"更偏重表现感受。我学画以追求情趣、境界为目标，画几只大虾，几只小鸡，一株兰花，一竿翠竹，有时是抒怀，有时是宣泄，因为自娱自乐，偶尔也馈赠亲友，无所谓优劣。我的画自诩为文化画，但不入行，也不入流。

启功老师在回顾他的一生时，曾经刻骨铭心地吟诵过一组记录他经历过很多挫折、涉足不少事业感慨的诗篇。其中两首尤其给我留下难以磨灭的印象。其一曰："劳他莺燕殷勤唤，逝水韶华去不留"，说年轻的时代已经那么遥远了。其二曰："衰荣有恨付刍狗，宠辱无惊希正鹄"。古人曾提出要达到真人、至人的境界，必须随时抛弃荣辱，才能达到。启功老师的一生践行了他为北京师大题写的校训："学为人师，行为世范"，他的谆谆教诲是我写字、作画、做人的永远的座右铭。

甲午年五月二十九日于定慧斋

原载《江南时报》

托兴毫素

——我对书画创作的几点感悟

数年前，我在《江南时报》撰文《书画忆恩师》纪念启功老师。启功老师说，他的画“属于传统意义上典型的文人画，并不意在写实，而是表现一种情趣、境界”。我崇敬老师犹如仰望泰山，可望而不可即。自己的书画不敢侈谈是否属于文人书画的范畴，但经过几十年的业余艺术践行，所幸尚有几点感悟能与同道朋友们切磋、共享。

情涌自抒怀

启功老师表述的情趣、境界，乃至世俗社会的悲欢离合、嬉笑怒骂，其实就是一个“情”字。我有一个独特的书画习惯，每当情感冲动时候就会产生写字画画的欲望，而情之所至，往往一气呵成。虽非上品佳作，然而常常令自己比较满意。二十世纪六十年代末，我与上海财大容貌妍丽、气质高雅的才女仲丽结为连理，夫妻恩爱，但婚后彼在沪，而余在宁，相思相望，长达二十年之久。每当听到邓丽君在专辑《淡淡幽情》里深情演唱宋代李之仪的《卜算子 · 我住长江头》，便引起心灵的共鸣，动情处禁不住泪水盈眶。一首欧阳修的《玉楼春 · 别后不知君远近》也使我掩面唏嘘，感动不已。于是即兴展纸挥毫，寄深情于笔端。二十世纪八十年代末，难忘上海船舶公司领导的人性化关怀，以人才引进调我回上海，终于一家团圆。此后每当回忆往事，害怕重读唐诗宋词关于吟咏离别的名篇。因为人生苦短，一辈子能有几个二十年！南北朝时期的著名词赋家江淹（444—505）在他的《别赋》里开首第一句就是：“黯然销魂者，唯别而已矣！”最让人心神沮丧、失魂落魄的，莫过于别离啊！我五十多岁时重读这篇《别赋》，依然按捺不住内心的激动，曾用一个不眠之夜将《别赋》书写在五米长卷上。翌日展观，深感字里行间有一股凄凉、郁闷之气，透露出“瘦”与“寒”的意蕴，令我联想到唐代两位大诗人贾岛与孟郊颠沛流离的坎坷人生。我行书杜甫的《月夜》和诠释唐彦谦的《咏兰》等字画，都是在这样的情感氛围中创作完成的。

感切方挥毫

我喜欢读书，尤其喜欢读古籍善本。在北京读大学预科和本科的八年岁月里，每逢寒暑假回故乡扬州途经南京市，总要去夫子庙逛逛古旧书店，也淘到了一些价廉物美的线装书，如晚清和民初出版的《唐宋八大家》《剑南诗钞》《集古名人草字彙》等。去年夏天，我曾潜心研究老苏州三百六十行资料和民俗画，对其中的“采书人”一行情有独钟。所谓“采书人”，就是背着三个抽屉的大木箱、手捧一本线装书走街串巷吆喝收购旧书籍的书贩子。我视他们为半个读书人，因此画了一幅采书人的民俗画，赋予他们以清新脱俗的形象，眉清目秀，衣履整洁。他们一旦收获珍本、残本乃至孤本，则可一夜暴富。古玩行里有一句口头禅：“三年不开张，开张吃三年。”俗话说“触景生情”，写字画画亦是如此。去年秋天，上海阴雨绵绵，半月不见太阳，小区绿地一片迷蒙，此情此景，使我勾起童年的记忆。故居在扬州小秦淮河畔，进门一方大天井，有井，有养鱼池，厨房后面还有一块狭长的小庭院，每当梅雨或秋雨季节，庭院里几株翠竹和一丛月季花被雨水淋湿，仿佛笼罩在迷雾之中，如梦如幻。我把此场景画在纸上，成为孤芳自赏的《听雨》图，并赋同名诗一首，十分有趣。诗曰：“我家庭院雨濛濛，几株翠竹郁葱葱。秋来细雨多缠绵，红花绿叶入梦中。”且诗、书、画、印四位一体，情趣盎然。2018 年 11 月 9 日是著名书画家丰子恺先生诞辰 120 周年纪念日，上海黄浦区丰子恺研究会举办了一系列庆祝活动。我是该会的会员，为表达对丰子恺先生的敬仰，翻阅丰子恺先生的格言语录，选其中一条“看淡世事沧桑，内心安然无恙”认真书写配以镜框，作为心香一瓣的小礼品。

随缘随境，自娱自乐

我对当今书坛、画坛一些乱象颇为反感，由于耳闻目睹不少消极的信息，深感拜金主义的滋长蔓延，令人忧心。我是一个凡人，在浊流中但求自清自尊而已。我的一位画坛挚友、陆俨少大师的关门弟子王伟庆先生多次与我促膝长谈，他对画坛某些弄虚作假、沽名钓誉的状况深恶痛绝，一腔正气，令人佩服。然而天不假以永年，他壮年作古，驾鹤西去了，令我为失去一位画坛天才和挚友而痛心不已。我多年来坚持以书画会友，广结良缘。有朋友索书画，无论命题与否，基本有求必应。我的挚友、学生、常熟日报原副总编、常熟虞山当代艺术研究院执行院长沃建平先生属相金鸡，我为其作《鸡有五德图》相赠。有信佛的朋友索求手抄本《心经》，我欣然沐手，焚香敬书，更重要的是法布施，于人于己都有功德，何乐而不为也。“书画诚可贵，情义价更高”啊。在利欲熏心的社会氛围中努力保留一块净土，何其可贵，又何其善哉！

“托兴毫素”，是强调寄托抱负、志向和情趣于字、画、文章里，这是华夏文化的优良传统，也是时代的需要。毫，笔也；素，纸，绢也。清乾隆养心殿里的“三希堂”有一副集句楹联：“怀抱观古今，深心托毫素。”上联出自南北朝诗人谢灵运（385—433）的五言律诗《斋中读书》，下联出典南北朝文学家颜延之（384—456）的五言律诗：“向秀甘淡薄，深心托毫素”，原意为怀抱典籍图书观览古今人事，把深邃的情怀寓藏在文章中。我为什么引用了这么多南北朝时期文学家的典故，原因就是在北师大中文系读书时，启功老师教授我们魏晋南北朝文学史及其作品选读，留下了难以磨灭的印象。

乙亥年正月初九日于定慧斋

原载《常熟日报》

闲话妙玉的品茶观

妙玉，何许人也？

曹雪芹在《红楼梦》里把她列为“金陵十二钗”之一，排名第六。贾府大观园中有许多红粉佳丽，她们或妩媚或绝艳，或端庄或聪慧，或慈祥或刁蛮，或柔弱或强悍，或主子或婢女，或小姐或丫鬟，可谓光彩照人，目不暇接。然而裙钗殊遇，志趣迥然。我以为，这些女性中除黛玉、宝钗、熙凤等几位极具个性形象生动者外，唯有栊翠庵的尼姑妙玉最能给读者以强烈的心灵震撼。

妙玉，苏州人氏。出身官宦之家，在“金陵十二钗”（黛玉、宝钗、元春、探春、湘云、妙玉、迎春、惜春、熙凤、巧姐、李纨、可卿）里，她“气质美如兰，才华馥比仙，天生成孤癖人皆罕”。

都说红楼一梦，草木伤情；石头记载，皆为寄托。但是，读罢红楼掩卷遐思，我最难忘黛玉葬花的悲情伤感和妙玉品茶的超凡脱俗。

清新典雅、曲高和寡的品茶观

曹雪芹在《红楼梦》里正面描写妙玉的笔墨很少，在前八十回中仅出现两次。第四十一回“栊翠庵茶品梅花雪”是着墨较多的一章。作者写妙玉的烹茶、奉茶的细节真实动人，不仅刻画了妙玉的个性，同时也彰显了妙玉别具一格的品茶观。

1. 选择精致名贵的茶具

在明、清两代，使用茶具与饮茶人的身份、地位密切相关，可谓等级森严，不容大意。妙玉在栊翠庵烹茶待客，不仅反映了她娴熟的茶道技艺，而且长幼有序，尊卑分明，应酬自如。贾母光临，妙玉亲自捧出“云龙献寿”茶盘，上托名贵的“五彩小盖钟”沏茶呈奉；斟给宝钗用的是“𤫩瓟斝”（斝，外形似爵，口为圆形，三足，古代盛酒之器），是妙玉珍藏的晋代豪门王恺所制；斟给黛玉用的是稀世的“点犀䀉”。书中写道：“那一只形似钵而小，也有三个垂珠篆字，镌着‘点犀䀉’，妙玉斟了一杯与黛玉。”（䀉，碗类器皿）斟给宝玉用的茶杯则是妙玉日常饮用的心爱之物“绿玉斗”。斟给众人喝茶用的是清一色的普通的白色盖碗。这里所说的茶具的区别，并非妙玉的势利、奉承，其实中国的茶道始终贯穿着一个“礼”字。孔子曰：非礼勿视，非礼勿听，非礼勿言。我借用他老人家的语气叫“非礼勿饮”。细心的读者从妙玉奉茶的细节，不难看出她与贾母、宝钗、黛玉、宝玉等人的亲疏关系：对贾母是敬重；拉宝钗、黛玉到耳房喝体己茶是朋友之间的体贴、随缘；对宝玉则以自用的“绿玉斗”，在男女授受不亲、戒规森严的阴影下，妙玉这样的举止是她真挚深情的流露，其中的含情脉脉的深意令人玩味。

2. 条件苛刻的择水

择水，是泡茶的前提、品茶的重要内容。俗话说“龙井茶叶虎跑泉”，自古名茶需名泉。所谓“水汲龙脑液，茶烹雀舌春”，这里的“龙脑”和“雀舌”都是顶尖的名茶。

妙玉烹茶用的两种水，一是“隔年蠲的雨水”（蠲，同“涓”，清洁），她用此水烹湖南君山的名茶“老君眉”，奉献给贾母。二是冬日梅花上的积雪，用鬼脸青花瓮收藏，埋于地下，经过五年再取出待用。据说此雪水清凉平和、火气全消。宝玉饮之赞不绝口。隔年蠲的雨水和梅花积雪，相比之下妙玉更推崇后者的纯净，恰如她以梅花自比的高洁品质。在封建社会，平民百姓因无闲钱、闲工夫来择水，喝茶常用河水、塘水、湖水与井水。皇室宗亲、达官贵人、豪商巨贾过着锦衣玉食的生活，对于烹茶之水也非常讲究和奢侈。史载：乾隆皇帝以特质银斗，称泉水之轻重来评定全国名泉，于是产生了天下名泉的排序。有天下五泉说，即第一泉镇江金山中泠泉，第二泉无锡惠山泉，第三泉杭州虎跑泉，第四泉上饶陆羽泉，第五泉扬州大明寺泉。有七泉说，在这五泉后加庐山招隐泉和怀远白乳泉。有并列第一泉说，即北京香山泉和镇江金山中泠泉。学术界对个别泉的排序以及未列名次的名泉提出不同见解。其实中国名泉何止这几处，名泉有六七十处之多。《御制玉泉山天下第一泉记》对天下名泉有详细的记载。乾隆以水轻为佳，玉泉山泉水斗重一两；金山泉一两三厘；惠山、虎跑各重玉泉四厘；

平山（扬州大明寺泉）重六厘。这篇《天下第一泉记》还有如下记述，印证了雪水更优于泉水的品质："然则更无轻于玉泉之水者乎？曰，有，乃雪水也。常收积素而烹之，较玉泉斗轻三厘，雪水不可恒得。"可见，妙玉不仅知茶，爱茶，而且更懂得择水知识和贮藏的方法。妙玉，何其聪慧矣！

3. 浅斟慢酌品自高

妙玉善烹茶、品茶。《红楼梦》里有这样的描述：她把宝钗等人拉进耳房，便熟练地自向风炉扇沸了一壶茶，斟与宝钗、黛玉、宝玉。还有一段风趣的对话，是对妙玉品茶观的诠释。妙玉对宝玉说："你虽吃的了，也没有这些茶给你糟蹋。岂不闻'一杯为品，二杯即是解渴的蠢物，三杯便是饮驴了'。你吃这一海，更成什么？"妙玉以为，饮茶的量不宜多，以一杯为佳，二杯以上便不雅了。所谓蠢物、饮驴之语，一是刻薄了些，二是表明她与宝玉之间坦诚不太拘束的亲密关系。妙玉的品茶的量化反映了上层社会对于饮茶的审美尺度。清代著名诗人袁枚在《随园食单》里也有一段对如何品茶的生动描述："杯小如胡桃，壶小如香橼，每斟无一两，上口不忍遽咽，先嗅其香，再试其味，徐徐咀嚼而体贴之，果然清芬扑鼻，舌有余甘。"这"无一两"极言其少，和妙玉的"一杯论"有异曲同工之妙，此其一；品茶要"徐徐咀嚼"，即要慢慢地品尝，才能"舌有余甘"。至此，品茶的情趣和境界则无遗也。

妙玉烹茶待客不过数人而已，两三知己在耳房喝体己茶，座上嘉宾乃宝钗、黛玉、宝玉等人。说明妙玉性恬静，品茶忌人多影响气氛。难怪古人对品茶孰优孰劣，作过如下评论："一人得神，二人得趣，三人得味，七八人是施茶。"

联诗咏茶，寻觅寄托

曹雪芹"于悼红轩中披阅十载，增删五次"写出不朽巨著《红楼梦》，书中有许多才华横溢的诗词歌赋出自诸佳丽之口，而妙玉的诗仅几首而已。我们先来欣赏曹雪芹在《红楼梦》第八回的一首著名咏茶诗：

古鼎新烹凤髓香，那堪翠斝贮琼浆。
莫言绮縠无风韵，试看金娃对玉郎。

“古鼎”句，说炉子烹煮的是新采制的“凤髓”名茶，散发出浓郁的芬芳。“那堪”句，说切不能将翠玉杯来贮存美酒，言下之意玉杯沏茶更合时宜。“莫言”句，暗说宝钗的风韵不及黛玉。“试看”句，说“金娃对玉郎”的憧憬更符合作者心中的理想。所谓“金玉良缘”不如“木石前盟”也。

再来欣赏《红楼梦》第七十六回“中秋夜大观园即景联句”中，妙玉的续联：

芳情只自遣，雅趣向谁言！
彻旦休云倦，烹茶更细论。

妙玉自视甚高，既超凡脱俗又难忘红尘矫情。妙玉出身官宦之家，又长在山明水秀、人杰地灵的苏州，骨子里既有天赋的灵气，又有孤芳自赏的妩媚矫情，可悲可叹的是她生不逢时，出家后父母俱亡，孤苦伶仃，因贾元妃省亲才有机缘到了大观园里的栊翠庵。正当豆蔻年华，又清灵水秀，容貌清丽，这胸中的“芳情”“雅趣”向谁诉说？但她深知寄人篱下的处境，说话做事能掌握分寸。她带发修行，身入空门，而心未皈依。裙钗群中，难免有思凡之怨。“彻旦”“烹茶”句，说她彻旦不眠要细论诗文，烹茶煮饮，不知倦意，何也？她心中有所期，不便与人言也。与谁共论文？表面上是与黛玉、宝钗等一干人，而她的内心则是宝玉一人而已。细论文，出典杜甫《春日忆李白》诗云：“何时一樽酒，重与细论文。”这样的“芳情”“雅趣”，宝玉浑然不知，因而她只能自己排遣了，这是妙玉的性格所致。

在曹雪芹的眼里，妙玉是个冰清玉洁的女子，她自以为能辨歧途，知泉源，但最后还是流落到瓜洲古渡口，不知所终。红学家曾考证过妙玉的悲惨结局，令人心酸。我并非怜香惜玉，是不忍心探究妙玉“无瑕白玉遭泥陷”的细节，要把她美好可爱的一面留存在记忆里。《世难容》评论妙玉的一生用了这样亦褒亦赞、如泣如诉的赞词：“气质美如兰，才华馥比仙。天生成孤癖人皆罕。你道是啖肉食腥膻，视绮罗俗厌；却不知，太高人愈妒，过洁世同嫌。可叹这，青灯古殿人将老；孤负了，红粉朱楼春色阑。到头来，依旧是风尘肮脏违心愿；好一似，无瑕白玉遭泥陷；又何须，王孙公子叹无缘？”

繁华两朝，红楼一梦；千里筵席，曲终人散。都知道繁华过去是虚幻，然而，曹雪芹笔下的妙玉却是一位有血有肉、有情感的奇女子，她美丽可爱的艺术形象和她超凡脱俗的品茶观，却给后世留下了有价值、有情趣的茶道美谈。

癸巳年十一月十三日于定慧斋
原载《零距离》杂志

拂水孤坟情何论
——寻访常熟虞山脚下柳如是墓有感

常熟，是人文荟萃、风景如画的历史名城。虞山，闻名遐迩，相传有十八处名胜称艳江南。可惜的是这著名景点中未闻清初江南名妓柳如是墓址的宣传，令人深感遗憾。去年孟冬，应友人之邀，赴虞山宝岩茶场邓新江先生的茶室品茗话旧，车经烧香浜附近，偶然从路边民居的侧墙上看到一块告示牌一闪而过，仿佛是“柳如是墓”几个大字，顿时心动，勾起了要寻访柳墓的多年夙愿。

那是一个寒风料峭的下午，天阴沉沉的，没有一丝阳光。我的好友，著名摄影人、常熟日报社副总编沃建平先生把车停在路边，陪我一起寻觅。在一位乡村干部的指点下，我们终于在一处灌木丛中找到了柳如是的墓地。那是一座名副其实的孤坟，墓前一块石碑，一米多高，上刻“河东君之墓”，楷书，字的外廓用刻刀勾边，十分简陋。墓上方筑一小亭，混凝土结构，正面两根亭柱镌刻一副对联，字迹不甚清晰。伫立墓前，向侧面看去，透过交织如网的树木，50 米外隐约还有一座灰白色坟墓，亦有小亭一座，近前观看，原来是柳如是的夫君钱谦益的坟冢。据说与钱谦益合葬的是他的原配夫人而非生前如胶似漆的柳如是。

朔风萧萧，柳枝摇曳。睹此情景，不禁感怀唏嘘，脑海里浮现出一代才女柳如是坎坷传奇的一幅幅人生画面。

无意题诗插柳，有心惜花成荫

柳如是，字蘼芜，本名爱柳。因南宋著名词人辛弃疾词“我见青山多妩媚，料青山见我应如是”而更号如是，亦称河东君，浙江嘉兴人，天生丽质，聪慧过人。因家贫而坠章台，易名柳隐。明末，柳氏在金陵所处旧馆，正与秦淮河北岸的贡院隔水相望。贡院乃江南乡试之所，赶考时节，四方学子云集。旧馆中的青楼女子为取悦读书人，皆以淡雅为尚，举止谈吐亦彬彬有礼，且习诗词，工绘画，能歌善舞，非一般倚门卖笑之辈。柳如是才艺出众，美艳超群，其名气在董小宛、陈圆圆、李香君等人之上，被誉为“秦淮八艳”之首。

明崇祯五年，柳如是沦落松江，因厌恶浊世而自号“影怜”，顾影自怜也。她在松江常着儒服男装，与东林党人交往，纵论时局，忧患民生。她和松江举人、才华横溢的陈子龙情谊甚笃，但后来因故与陈子龙分手，只身去杭州访友消遣。那时是明崇祯十一年的初冬，江南文人领袖钱谦益（号牧斋，江苏常熟人）因贿赂上司之事被揭露而被免去礼部侍郎之职，逐回原籍。在返乡途中他绕道杭州游西湖排遣胸中郁闷，落脚名妓草衣道人家中，无意中看到书桌上一页诗笺，便取之诵读：“垂杨小宛绣帘东，莺花残枝蝶乘风；最是西泠寒食路，桃花得气美人中。”对此清丽婉约的诗句，钱谦益（当时五十七岁）老先生击节赞赏。草衣道人有心牵线，约诗笺作者柳如是姑娘次日与钱在船上相会。一艘古典画舫悠悠荡漾西湖之上，钱第一次见到柳如是，见她娇俏玲珑，十分清丽，便生怜爱之情。而柳氏仪态端庄又轻松自然，二人咏诗唱和，十分投合。钱氏忘了心中的悒郁，顿时变得年轻了许多，此时诗兴大作，一口气吟诵了十六首绝句。其中一首，成为后来二人喜结良缘的一根红线。诗曰：“草衣家住断桥东，好句清如湖上风；近日西泠夸柳隐，桃花得气美人中。”

西湖一别后，钱柳各自营生，不觉匆匆过去两个春秋。明崇祯十三年冬天某日下午，钱谦益在常熟家中闲坐，打盹，忽然仆人来报有客人求见，钱接过拜帖一看，上书“晚生柳儒士叩拜钱学士”。事隔两年，和他一起西湖泛舟的柳如是，他一时竟没有反应过来，反正清闲无事，见见这柳姓儒士又何妨？人世间的奇遇和姻缘，往往存在这意想不到的偶然之中。你看，那柳如是一身蓝缎儒衫，青巾束发，一副典型的富家书生模样，举止得体，近观眉清目秀，皮肤白嫩，妩媚有余而欠缺阳刚之气。钱氏正苦思冥想，一首旧诗的吟诵使他猛然醒悟，原来是日思夜念的柳姑娘来到了身边……才子佳人再相逢，这以后的情景不必赘言，“半野堂”和“我闻室”的轶事以及龙凤花烛夜的心情，尽在钱谦益的一首抒怀情诗中了：“清樽细雨不知愁，鹤引遥空凤下楼；红烛恍如花月夜，绿窗还似木兰舟。曲中杨柳齐舒眼，诗里芙蓉亦并头。今夕梅魂共谁语？任他疏影蘸寒流。”

黑白调侃俏语，难泯不了深情

崇祯十四年，钱柳结为伉俪，钱正是花甲之年，而柳刚刚二十四岁，他们年龄相差三十六岁，是名副其实的老夫少妻。婚前钱谦益也曾犹豫过，他身为罪臣，又年长许多，担心妨碍柳姑娘的前程，这样的思虑是正常的，也是负责任的心里话。柳如是也有她的内心权衡，她十五岁沦落风尘，阅历丰富，经历坎坷，多少逢场作戏，难觅一见钟情。偶遇情投意合者如陈子龙，但有情无缘。而钱谦益虽然年长，毕竟是著名文人，二十八岁考中探花，才气冠盖江南，又是多情种子，与他一起生活有情有趣，年龄又算得了什么？婚前的那一段甜蜜、相爱的生活，使柳姑娘坚定了出嫁的决心，她在回赠钱谦益的一首诗中，将这种美好向往的心境表露无遗："裁红晕碧泪漫漫，南国春来正薄寒。此去柳花如梦里，向来烟月是愁端。画堂消息何人晓，翠帐容颜独自看。珍贵君家兰桂室，东风取次一凭栏。"

钱柳蜜月期间，携手游览江南名胜，相依相偎，情深意笃。除诗歌唱和外，常有调侃之语。柳问钱爱她什么？钱说："吾甚爱卿发黑肤白也。"（我爱你白的面、黑的发啊！）钱反问娇妻爱他什么？柳俏皮地回答："吾甚爱君发如妾之肤，肤如妾之发也。"（我很爱你的头发像我的皮肤一样白，爱你的皮肤像我的头发一样黑啊。）虽然是打情骂俏之语，但骨子里透露出柳姑娘的恋爱观，她投怀送抱不是看中钱的官位与财产，看中的是他的学问与才华。柳如是后来还为反清复明的义举慷慨捐资，支持郑成功、张煌言等人，就是例证。

柳如是从二十四岁嫁钱谦益，到四十七岁投缳自缢，这二十三年间，生活中有幸福厮守，也有悲欢离合；朝代的变迁和钱谦益仕途的跌宕，都令柳如是在爱的艰难历程中蒙受许多巨大的压力和考验。甲申之变，明崇祯皇帝自缢于煤山，江南旧臣拥立新君于金陵，史称南明。钱谦益任礼部尚书。不久南明小朝廷在金陵覆灭，柳如是目睹山河破碎，内心悲愤不已，力劝与钱以死全节，未果。至清顺治五年，柳如是诞下女婴之时，钱氏因门生获罪而受株连，曾两度入狱。柳如是病中全力相救，钱得以出狱。此后，钱谦益终于断了做官的念想与路径，与柳如是再过平凡宁静的生活，凡十余年，直至钱八十三岁病死于杭州。钱病逝后三日，柳追随钱谦益于九泉之下，以三尺白绫自缢身亡。钱氏族人葬她于拂水山庄。一曲爱情悲歌结束尾声，一个浪漫的爱情故事落下帷幕。

西湖秋水清凉，刚懦泾渭分明

南明小朝廷灭亡后，钱谦益回到常熟，柳如是执意以死殉国，钱答应共去杭州西湖投水明志。那一天月夜，在西湖的一艘船上，二人奠酒祭天，信誓旦旦。柳曰："妾身得以与钱君相识相知，此生已足矣，今夜又得与君同死，死而无憾！"钱曰："不求同生，但求同死，柳卿真是老夫的红颜知己啊！"酒毕，夫妻携手船首，齐呼："我们去吧！"然而，此后的故事后人争相戏说，钱因酒醒婉拒投水自尽，竟以"今夜水太凉，我们不如改日再来吧"作托词，令人啼笑皆非。传说柳如是当时毅然投水，后被钱谦益救起，也不足为凭。此幕情景有太多的虚拟成分，但对于以死殉国，二人态度截然不同，一为刚烈，一是懦弱。事后，柳以"隐居世外，不事清廷"为准则请钱氏自尊。然而，曾几何时，钱谦益剃发称臣，做了大清国的官员。柳如是很失望，在钱赴京前夕再以诗规劝，诗曰："素瑟清尊迥不愁，桅楼云物似妆楼。夫君本自期安桨，贱妾宁辞学泛舟。烛下乌龙看拂枕，风前鹦鹉唤梳头。可怜明月将三五，度曲吹箫向碧流。"她想用柔情蜜意和宁静生活的图景挽回执意为官的丈夫，然而柳意可嘉而钱心难改也。直到钱谦益京城碰壁，奢望落空才回心转意，再度回乡并发出"功名富贵，贵在知足，年逾花甲，夫复何求"的感慨。

生命诚可贵，爱情价更高。坎坷挫折是对爱情的小考，面对死亡则是对爱情最残酷，也是最后的大考。面对生死考验，三百多年前的柳如是才女得分优秀，而钱谦益则是需要补考的老儒生。

柳如是和钱谦益的浪漫爱情故事在民间广为流传，这故事里的主角其实不是钱谦益，而是柳如是。著名学者、国学大师陈寅恪先生满怀深情撰写《柳如是别传》，其中有一首《访秋水阁吊柳如是》诗最为中肯：

隐隐河东柳，迎酬尽党人。

序题戊寅草，帐设绛云茵。
殉国艰于死，悬棺矢不臣。
皇皇多列士，侠骨让红唇。

按：柳如是亦名柳隐，号河东君。平生交游曾与多名东林党人往来密切并暗中资助他们。柳如是有诗集名曰《戊寅草》。钱在常熟故里迎娶柳如是，为她筑“绛云楼”精美异常。西湖投水事，前文已述，不赘。至于“悬棺而葬”，多系后人臆测，所谓柳如是死后遗嘱于拂水山庄秋水阁中悬棺，以示不踏清朝土地。此说于情理不合，国土乃中华之土，民俗提倡入土为安，悬之为何？

古往今来，有很多为正义捐躯，为追求真理和幸福而牺牲的仁人志士，和他们相比，柳如是乃女中豪杰，她光彩照人，毫不逊色！

去冬至今春，已过数月，每每想起与沃建平先生同去寻访常熟虞山柳如是墓的情景，那孤坟，那寒风，那萧瑟，那荒凉，依然历历在目，挥之不去，于是娓娓写来为之记。

甲午年三月二十日于定慧斋
原载《零距离》杂志

万紫千红《大观园》

我与上海市收藏协会结缘，成为《上海收藏家》报的忠实读者已有二十余年了。承蒙吴少华会长信任，聘我担任特约编辑并为第三版（即“大观园”副刊）审稿、校稿也有十几个春秋了。俗话说“近朱者赤，近墨者黑”。因经年累月近距离接触“大观园”，拜读好文章、欣赏好藏品，不仅获益匪浅，尤其为协会秉承“海纳百川，有容乃大”的宗旨，成为中国收藏界的半壁江山而深感自豪和震撼。

吴少华会长兼报纸总编把第三版命名为“大观园”，有人说他讨巧，借《红楼梦》中的大观园而扬名，有人说他睿智、聪慧。我以为二者兼而有之，其内涵丰富，寓意深焉。因为珍惜版面，“大观园”里其实有不少精粹栏目标题被隐藏了，因此每期可多发表 1—2 篇文章。细心的读者不难看出这些被隐藏的栏目标题有：（1）“藏品赏析”，每期 2—4 篇文章，作者展示藏品，并夸赞其艺术风格，无论瓷器、玉器、书画、杂项，乃至三寸金莲、女红、戏服、香烟牌子、筷子、钟表，等等，尽显海派收藏的特色。持宝人因发表文章而兴致勃勃，读者读之而津津有味，此可谓“大观园”百花坛中色彩鲜艳、长盛不衰的月季花。（2）“藏海钩沉”，此栏目把上海收藏史上鲜为人知的名人轶事搜集整理出来，使读者了解上海滩收藏历史，增长古玩知识，此可谓深山幽谷中飘来阵阵清香的兰花。（3）“会员书画”，每期刊登会员提供的书画或摄影作品二幅，书法专写“大观园”三字，不论真行隶篆；国画可山水、人物、小品、花鸟不拘，此栏目堪比上海市花白玉兰，它亲民质朴，广受欢迎。（4）“名家访谈”，采访资深收藏家、鉴藏家，以他们的心得体会与读者交流切磋，在共识中提高收藏的品位与层次，可谓高雅脱俗的茉莉花。（5）“促膝谈心”，此类文章皆由吴少华会长亲自撰稿，为迷失在收藏误区而心态失衡的会员指点迷津，和风细雨，令人折服。此堪称百花园中“出淤泥而不染”的莲花。栏目繁多，不再赘述。“大观园”里唯一有固定标题的专栏是“三人行下午茶”，每月一期，以三人或多人品茗论藏的形式各抒己见，海阔天空，无拘无束，其实每一期都紧扣主题“海派收藏”四个字，可谓土生土长、生命力强的牵牛花。

时光荏苒，《上海收藏家》报已出版三百期了，祝报纸在吴少华会长的正确领导下越办越好，衷心感谢吴少华总编以及徐聿强、顾惠康二位编辑，为报纸的方向掌控、不断提高品味和档次而付出的辛勤劳动。一花独放不是春，万紫千红春满园。“大观园”，永远铭记在我心里。

己亥年九月二十九日于定慧斋

原载《上海收藏家》

船之恋

重读《别赋》，颇多感喟。古人江淹写离别带给行子与居人的痛苦，是用精湛的艺术手法，把丰富复杂的感情抒发得淋漓尽致。所谓“黯然销魂者，唯别而已矣”，柔婉中透出几分悲凉。然而，这与我的心境大不相同。

辛未之夏，我离别了工作多年、位于长江之滨的一家部属船厂，来到上海吴淞口西侧的中外合资大型集装箱公司。此一别，可谓离船登岸、改行更业了。分手之际，同事们举杯话旧，别意殷殷，令我久久不能忘怀。然而，最不能忘怀的是，从此再不能常常看到朝霞里那巨轮的雄伟身影，夜幕下那绚丽多彩的电焊火花了。依依惜别，平添了几分深深的恋情；别船之时，更增加了牵挂船舶工业发展的绵绵情丝。

记得二十世纪七十年代中期，也是一个夏天，我从南京调到张家港工作。想不到一头扎进船厂，一干就是十七年。青春的幻想与憧憬，青春的汗水与奉献，都悄然无声地溶进了我们为之奋斗不已的船舶之中了。那时，船厂的周围是一片芦苇滩，而今已是对外开放的现代化港口了。有趣的是，我们当时生活在一艘报废的万吨船上。工作、开会、吃饭甚至洗澡、看电影都在这条船上。低头倾听，滔滔不息的长江在脚下奔流。放眼远望，只见宽阔的江面上片片白帆搏击中流。早晨，我们在船尾观看红日东升；傍晚，我们又在船首眺望夕阳西下。隔窗相望，江心岛宛若一座巨大的山水盆景；举目仰视，浮船坞像巨人矗立在岸边。如此日复一日，年复一年，已记不清有多少船舶从这里盛装出发，迎着朝阳向长江口驶去；也记不清干部和工人们奋战过多少个日日夜夜，为建设“海上铁路”而默默地奉献。

八十年代，我又辗转到“负山枕水”“锁江扼流”的江阴。一样是船厂，依然在江边，但她更大、更美。改革开放的好政策催开了船舶工业的艳丽花朵。船厂发生了巨变。码头上停靠的船舶不再是清一色的国轮，来自古巴、伊朗、印度以及苏联、东欧、美国等国家和地区的船舶络绎不绝。工厂里充满着国际海员们的欢声笑语。他们国籍不同，肤色各异，为了修船、造船来到中国，在风景如画的江南水乡建立友谊。记得去年夏天一个傍晚，我在海员俱乐部与一位苏联籍船员不期而遇，他说他是乌克兰人，家里有一位年轻美丽的妻子和两个活泼可爱的女儿。他喜欢中国，但更思念他的故乡和亲人。大概是我能说几句比较流利俄语的缘故，他显得很动情。分别时他使劲地握着我的手，又用那海员宽厚的胸脯和结实的臂膀紧紧地拥抱我，使我简直透不过气来。现在，我还常常惦念这位名叫伊万的海员，不知他现在何方。

世界很大却又很小，船舶像美丽的天使一样，把五大洲四大洋联结在一起。为了和平与友谊，它也把外国海员与中国修造船工人联结在一起。

而今，我已投身到新兴工业集装箱制造的热潮中，当我看到一批又一批漂亮的出口集装箱被运往码头、装上远洋货轮时，我又情不自禁地联想到船，以及我曾为之奉献过青春的船厂。那里有我熟悉和不熟悉的人们，他们正在为振兴我国的船舶工业辛勤劳动着。

船之恋，对于我是一条永远割不断的绵绵情丝。

原载 1992 年 2 月 14 日《中国船舶报·副刊》

第二辑　游记

西安印象

提到西安，我难忘四次出差西安期间访古问今的美好经历。

我在 2007 年、2009 年、2011 年的初夏、深秋和两个初冬，出席中国勘察设计岩土工程系统在西安召开的专家评审工作会议，四次下榻于同一个宾馆：尚武门（小北门）附近习武园唐圣阁大酒店。

古城西安，曾是中国历史上周、秦、汉等十三个王朝的首都，它是一座历史沉淀厚重、文化底蕴辉煌的名城。用著名作家、陕西省作协主席贾平凹的话说："整个西安城，充溢着中国历史的古意，表现的是一种东方的神秘，囫囵囵是一个旧的文物，又鲜活活是一个新的象征。"和一般走马看花的游客不同，我没有把脚步在举世闻名的秦始皇兵马俑、华清池等处停留太久，而是选择了佛教庙宇、文物考古、民间习俗三方面的人文景观进行参观、访谈和研究。回想起来，确有一番情趣与收获在其中。

晨钟暮鼓，悠扬慈悲人生

我第一次到西安是 2007 年的初夏。接到出差的通知十分兴奋，便匆匆收拾行李飞到了咸阳，东道主西北勘察设计研究院的车子接驳去西安唐圣阁酒店。办好签到手续有半天自由活动时间，便询问服务台附近有无著名寺庙，被告知步行十分钟就有一座大喇嘛庙。

1. 陕西省唯一的喇嘛庙：广仁寺

我到了寺庙门口，看到庙门上方是金光灿灿的匾额"广仁寺"，它是中国佛教协会会长赵朴初先生的手笔，心中十分欢喜，然而未料到庙门紧闭。我沿围墙找边门而入，不见售票窗口，正踌躇间，迎面走来一位僧人，身着紫色僧衣，右袒，走近跟前见他面带微笑地说：寺庙修缮，暂不接待香客。问我是否远道而来。我说从上海来此礼佛。这位僧人约三十岁，中等身材，不胖不瘦，他请我随他进寺庙，过山门，入大殿，逐一进香礼拜，直至殿后一处建筑，仿佛诵经处，那仁师父小心地打开门锁请我进去，原来是供奉藏传佛教密宗菩萨黄财神的神殿，烛光通明，香烟缭绕。佛龛内摆满了许多色彩斑斓的鲜花美酒。据说，黄财神名叫布禄金刚，是“五姓财神”之首，掌诸宝库，能使一切众生脱离贫困灾难，财源广进，富饶自在。我仔细仰视黄财神尊颜，他面慈目善，头戴宝冠，袒胸露腹，珠宝翡翠装饰于手足。上身穿丝织天衣，下身着绫罗裙子。右手置于膝盖上，左手握吐宝鼬，胸前挂乌巴拉念珠，左脚曲似如意，右脚轻踩海螺宝，安坐于莲花月轮上，身后有光环、祥云、远山。广仁寺，位于西安明代城墙的西北角，它是陕西省西北唯一的藏传佛教格鲁派（又称黄教）的大型寺院。清康熙年间建寺，当时是作为达赖、班禅赴京朝觐途中的行宫，也是青海、西藏等地的活佛、喇嘛等上层人士进京路上的驿馆。清代康熙、乾隆、慈禧和清末民初的康有为、梁启超等社会名人曾来此寺庙参拜。广仁寺，是康熙皇帝赐名并亲书“慈云西荫”横匾和撰写《御制广仁寺碑》铭。我四次赴西安出差期间曾七次拜访广仁寺，与那仁师父结下了僧俗之谊。同时深感广仁寺不仅建筑富丽辉煌，而且犹如一朵盛开在内地的雪域莲花，以它高洁的气质和浓烈的密宗神秘色彩，吸引各地的善众前来膜拜，广仁寺以其珍贵的文物和厚重的历史成为著名的佛教旅游胜地。

2. 显密圆融，大小乘并弘的法门寺

法门寺，位于西安市西部的扶风县，始建于东汉末，发迹于北魏，起兴于隋，鼎盛于唐。我曾两次游览此寺，对地宫收藏的佛指舍利和许多稀世珍宝内心感到无比的震撼。1987 年法门寺地宫出土，其中在沉寂了 1113 年之后，2499 件唐代的稀世珍宝重回人间，其中出土的佛指舍利，轰动了佛教世界。1994 年应泰国僧王邀请，佛指舍利在泰国瞻礼供奉；2002 年应台湾星云大师邀请，佛指舍利到台湾瞻礼供奉，据说当时有数百万台湾民众跪地恭迎，可谓盛况空前，影响极大。

法门寺拥有世界十大之最，除释迦牟尼佛佛指舍利外，我以为地宫出土的双轮十二环大锡杖是举世无双的宝物。它长 1.96 米，是目前世界上发现年代最早、体型最大、等级最高、做工最精美的佛教法器。还有地宫出土的一整套宫廷茶具，也是世界上发现年代最早、等级最高、制作最精美、配套最完美的茶具。这些茶具的出土有力地驳斥了茶道日本起源说的谬论。其余 7 个世界之最，个个精妙绝伦，无与伦比。

佛指舍利在台湾供奉期间，人间佛教的创始者星云大师多次阐述他的人间佛教的理念，我看到过中央电视台四频道采访星云大师的节目，深感人间佛教宗旨非常深入浅出，非常人性化、大众化，也非常具有教育意义和永恒的生命力。我印象最深的是星云大师提倡的“三好”：“存好念、说好话、做好人。”星云大师是我的老同乡，他曾说过“世界上最重要的不是金钱而是欢喜”。这朴实无华的语言道出了佛教千年不变的真谛。

3.“七层摩苍穹”的大雁塔寺

我还游览了西安市城南的大雁塔寺。这座寺庙又名大慈恩寺，唐高宗永徽三年（652）因寺而建塔，塔高 180 尺，五层砖塔。武则天长安年间改建为七层。唐朝许多大诗人为大雁塔吟咏，留下了宝贵的佳作。因此，寺因塔名，名噪一时。唐代诗圣杜甫有“高标跨苍穹，烈风无时休”句，夸张塔高；白居易有“慈恩塔下题名处，十七人中最少年”句，自诩年少。刘沧咏大雁塔寺诗最为豪迈，诗云：“及第新春选胜游，杏园初宴曲江头。紫毫粉壁题仙籍，柳色箫声拂御楼”，表现他春风得意的心情。尤其是岑参的一首《与高适、薛据同登慈恩寺浮图》气势磅礴：“塔势如涌出，孤高耸天宫。登临出世界，磴道盘虚空。突兀压神州，峥嵘如鬼工。四角碍白日，七层摩苍穹。下窥指高鸟，俯听闻惊风。连山若波涛，奔凑似朝东。青槐夹驰道，宫馆何玲珑。秋色从西来，苍然满关中。五陵北原上，万古青濛濛。净理了可悟，胜因夙所宗。誓将挂冠去，觉道资无穷。”唐代大雁塔，“塔院小屋四壁，皆是卿相题名”的情景，史有记载。可惜好景不长，到了北宋神宗年间一场大火，毁掉了珍贵的题壁。

现在，西安的鼓楼无鼓，钟楼也没钟了，老百姓听天音和地声，可以看电视，听广播。如果你家住在广仁寺、法门寺或大慈恩寺等大小寺庙的附近，可以早闻晨钟晚听暮鼓那悠扬、低徊、悦耳的声音，会把你带到一个祥和宁静的世界，那声音是赞许如今的和谐盛世，为咱老百姓护佑祈福的太平之声。

访古问今，崇尚中华文明

西安人对我说，外地人到西安不去陕西历史博物馆等于没来西安。此话虽然有点极端，但也反映了历史博物馆在西安人心中的重要地位。

1. 访古：参观三座历史悠久的博物馆

我和上海的一位同事曾用一整天的时间参观陕西历史博物馆。该馆位于大雁塔的西北侧，是根据周恩来总理的遗愿筹建于 1983 年，1991 年 6 月落成。它的建筑特点是典型的盛唐风采，馆舍布局轴线对称，主从有序，由“中央殿堂，四隅崇楼”的一组建筑群构成。建筑面积 55600 平方米，展厅面积 11000 平方米，馆藏文物达 37 万余件。中国古代强盛的周、秦、汉、唐等十三个王朝曾在长安及其附近建都，拥有丰富的文化遗存、深厚的历史沉淀，文物数量多，种类全，品位高。其中有被誉为国之重器的商周时期的青铜器，有千姿百态的历代陶俑，有汉唐时期的金银器，还有唐墓壁画，等等，堪称中国历史悠久的文化见证。因此陕西历史博物馆获得了“华夏珍宝库”和“中华文明的瑰丽殿堂”的美名。

在西安朋友的推荐下，我还参观了两个中型博物馆：咸阳博物馆（2015 年更名为咸阳博物院）和茂陵博物馆。咸阳博物馆以收藏、研究、展示秦、汉的历史文物为主，馆藏文物 1 万余件，其中最有代表性的是马俑和兵马俑。其中有 50 余件（组）组成的马俑群造型逼真，其出土年代上自战国下至隋唐，涵盖了马与中国古代交通、战争、游乐、生活和民族交往等不同社会侧面的密切关系。比如生翼的神马，长角的异马，畜首人身的生肖马，威风凛凛的战马，等等。观赏这些马文物令人浮想联翩，仿佛回溯在漫漫的历史长河中，又仿佛听到战马奔腾与嘶鸣，勾起了人们对马的感恩与崇拜。该馆展出的西汉彩色兵马俑与秦始皇兵马俑不同，它们个头小，如 1965 年 8 月在咸阳杨家湾出土的西汉三千彩绘兵马俑，它再现了我国西汉皇家卫队的壮观场面。其中骑兵 583 人，步兵 1965 人，指挥车一辆。骑兵俑组成六个方队，分甲骑和轻骑两类。甲骑的骑士和马相对比较高大，通高 68 厘米，骑士多数身穿铠甲手执戟。轻骑的骑士和马比较矮小，通高 50 厘米，不披铠甲，手执弓弩，背负箭囊。步兵俑组成七个方队，有队率、队史、千卒等不同职称的将士，他们的服饰、姿势、神态各不相同。以上兵马俑统称“三千人马”，曾赴西欧、北美、日本、新加坡等地展出，为弘扬中国古代文明、促进中外文化交流做出重大贡献。

距西安40公里的茂陵博物馆，是一座以汉武帝刘彻的陵墓和名将霍去病陵墓以及大型石刻群而蜚声海内外的西汉断代博物馆。该馆最吸引游人之处，除汉代文物外，要数环境优美、景色迷人了。我在这里拍照最多：仿汉建筑高大雄伟；馆内亭台楼阁，苍松翠柏，池水清澈，花草繁茂。我曾站在馆内树木森森的高坡上向远方眺望，只见馒头状的茂陵坐卧在广袤无垠的绿色地坪上，犹如一幅美丽的油画。馆内还有千年的编钟展示，伴随悦耳幽邃的古典音乐，别有一番优雅安宁的怀古情趣荡漾在心间。

2. 问今：拜访文物考研学者

我是《考古与文物》杂志的忠实读者，既已来到西安，不妨登门拜访一次，说不定能买到久寻未果的钟鼎文的大字典。我冒昧地进入杂志社的大门，担心遇到冷面孔，坐冷板凳，不料几位编辑得知我的来意后热情接待，相谈甚欢。该杂志尚未编纂出版金文大字典计划，他们向我推荐由焦南峰先生主编的一套《古文字论集》（含考释甲骨文、钟鼎文、竹简文字的论文近百篇），成了我的意外收获。陕西省考古研究院与该杂志社只有百步之遥，我顺道走访，略有收获。这家考古研究院在中国考古界赫赫有名。由于得天独厚的地下丰富遗存和研究人员的辛勤耕耘，他们为中国考古学与古史研究发挥了重要作用，为陕西省各博物馆的建设奠定了牢固的基础（如秦始皇兵马俑博物馆、法门寺博物馆等），在国内外考古、博物馆界赢得了较高的荣誉。

参观博物馆，我谓之“访古”，拜访文物考研学者，我谓之“问今”。古今一脉，绵延不断，传承的是中国历史文化的传统和炎黄子孙香火不绝的血脉。美哉，西安！壮哉，大中华！

酸、辣、烫、哐，迸发秦人豪情

在西安开会期间，东道主十分好客，他们请来当地著名面点师为与会人员的用餐制作各种陕西特色的面点。每天午、晚两餐面点几乎不重复，一周时间达三十余种，真是口福不浅呀。许多面点名称听不懂也记不住，个别的名称是陕西人自己造的字，在《康熙字典》里也查不到。总体印象是它有一个共同的特点：辣、酸、油、烫、红。每一种面食都离不开山西老陈醋和四川的红辣椒，无论荤素都要撒上葱花和蒜瓣，餐后辛辣之味久久留在齿颊间，喝浓茶也冲不去。在这众多陕西著名面食中，我印象最深的是：

1. 岐山臊子面

据《辞源》注释，岐山：1. 山名，在陕西岐山县东北。相传周古公亶父自豳（陕西旬邑）迁此建邑。2. 县名，在陕西省西部岐山之南，县以山得名，属扶风郡。臊子：肉馅、肉末。顾名思义，这岐山臊子面是产于陕西省岐山县，用肉末做浇头的汤面或拌面。然而，实际内容要丰富得多。岐山臊子面具有九大特点：薄、筋、光、煎、稀、汪、酸、辣、香。面条细长，厚薄均匀，看上去光泽，口嚼有劲。面汤油光红润，臊子新鲜喷香。面条入口，感觉柔韧爽滑。据说关中岐山地区的老乡逢年过节，或遇红白之事，或为老人祝寿，或为小孩庆生，都离不开臊子面。我在西安大街小巷走过，无论大小饭店，门口都有岐山臊子面的幌子或招牌，都冠以醒目的五个大字："岐山臊子面。"我有一次从陕西历史博物馆出来，与一位上海同事在一家小餐馆坐下，每人点了一碗岐山臊子面，没想到端上桌的却是两套共八碗面条，一套四小碗。细看之下，这碗的口径与碗底一样大，可以称之为缸或盂，直径约 10 厘米，白瓷倒很细腻，碗内盘曲的阔面条浸泡在油汪汪的红汤中，指头大小的肉块覆盖在上面，还有切成条状的熟肉皮、碧绿的大蒜叶子和雪白的蒜瓣，堆得满满的一碗，热气腾腾，令人馋涎欲滴。我们很努力地吃，只吃了两小碗，且辣蓬蓬的油汤无法喝光，最后一人剩下两碗。我们离开餐馆时心中不免有些歉意，生怕老板怀疑我们不满意他家的臊子面。正当要跨出小店门槛时突然发现墙壁上有一副醒目的楹联："喝几杯西凤酒来此小坐，吃两碗臊子面不虚此行。"我们释然一笑，扬长而去。

2. 葫芦头泡馍

和岐山臊子面一样，"葫芦头泡馍"在西安大大小小的饭店、餐馆里都是既叫好又叫座的名牌小吃。初识葫芦头还以为它与太上老君的药葫芦有关，其实风马牛不相及。葫芦头全称是"葫芦头泡馍"。西安城里有一家专卖葫芦头的面馆叫"春发生葫芦头泡馍"。原来，它的主料是猪大肠。据当地的美食家介绍，猪大肠最为肥美的一段在大肠头。大肠头煮熟后一头大，一头小，貌似葫芦而得名。葫芦头泡馍的历史有据可查，可追溯到一千多年前的唐朝，而坊间传说李白为葫芦头赋诗、杨贵妃食葫芦头美容、药王孙思邈为葫芦头解腥等，不足为凭。但清末慈禧太后吃葫芦头的故事却言之凿凿。公元 1900 年，八国联军攻陷北京，慈禧仓皇西逃来到西安，整日价如丧家之犬心神不宁。有一天她听到院墙外人声嘈杂，且有阵阵香气飘来，便差李莲英去打探，原来是老百姓在聚餐葫芦头泡馍。此后，这位老佛爷也尝了尝葫芦头泡馍的滋味，据说餐后赞不绝口，凤颜大悦，还叫人学习带入宫中。

认真考究这“葫芦头泡馍”，其实是文理不通的病句，葫芦头是大肠头，是固体，何以“泡馍”？还有诸如“牛肉泡馍”“羊肉泡馍”，都漏掉了一个最关键的“汤”字。陕西人说话直爽简洁，把“汤”字给省略了，约定俗成了。江南人不爱吃猪大肠，怕它脏，又嫌麻烦。陕西人清洁那臭腥的猪肠子，据说要经过十三道工序，洗涤的时候要加盐和醋去腥，洗净了放入大锅加上十余种调料，煮上三四个小时，捞出晾干，才能备用。所以，在西安享受葫芦头的美味是完全卫生放心的。有一次晚餐，应邀到鼓楼附近的老孙家吃羊肉泡馍。一桌十人，每人面前一只空碗，一碟大蒜和油泼辣子，还有一张饼。大家各自把饼掰成碎块放到空碗里。服务员把十只碗放进托盘带去厨房，大概一刻钟工夫，服务员把热气腾腾的羊肉汤泡馍端到各位的面前。因为事先我和左右两位同事在碗底做了记号，看看服务员是否会搞错。当羊肉泡馍吃光喝净后，我们翻看碗底，大家会心一笑，暗地里佩服服务员的精明能干。

3. 咥：陕西人的吃相，你见过吗?

咥，是陕西关中的方言土语，音 xì，意为大笑；音 dié意为咬。这个“咥”是指陕西关中人的一种特殊的吃相。现在西安城里文明程度比较高，用餐时举杯投箸等都比较斯文，但在周边的农村，民风质朴、古风犹存。我在西安的西线游览时，目睹农民的吃相是如此场景：他们无论吃面条、啃馒头，都不是规规矩矩地坐在餐桌前，而是在大门口、槐树下、石碾前，三五人一堆，或蹲或站，一手捧碗，一手拿几头大蒜，狼吞虎咽，啧啧有声。一边吃，一边大声交谈，嗓门之高如同南方人吵架。有一次在秦始皇兵马俑发现者所住的村落，看到一群当地老乡吃面条，他们右手捏住一双筷子，夹起碗中面条向上向右拉悬在半空中，面条不是吃而是吸进口中，面条既阔又长如同腰带，往往一半面条已经下肚，还有一半约两三尺长仍悬在空中。据说在深秋或初冬，他们吃面时大碗里放了很多红辣椒，加上大蒜瓣的刺激，一个个吃得额头上冒汗，恰如刚出笼的馍热气腾腾。他们的这种吃相是祖祖辈辈遗传下来的一种生活习惯。陕西在古代曾是强盛一时的大秦帝国的地盘，所以陕西人又称“秦人”。秦人的“咥”是与生俱来的豪情与粗犷，也是农耕社会的产物，以力大为美，以物多为美，以简单为美，所以他们用大海碗吃面条，不讲场所，不在乎规矩。总是狼吞虎咽地吃，风风火火地大声说话，吃得兴起甚至还吼上两句秦腔。用现代人的饮食规范来衡量，这种关中人的“咥”有人认为是粗鲁、不文明的举止。我以为文明是多样性的。秦风、秦韵是几千年的沉淀，“咥”是陕西关中人的一种生活状态，一种生活方式，他们吃出了快乐，吃出了气氛，这也是一种文明吧？写到这里，我想起了陕西一首著名的民谣，以此作为《西安印象》的结尾。

八百里秦川黄土飞扬，三千万人民吼叫秦腔，
调一碗黏面喜气洋洋，没有辣子嘟嘟囔囔。

甲午年二月十五日于定慧斋

原载《零距离》杂志

乌江渡口吟唐诗

——瞻仰安徽和县“霸王庙”

本文所说的乌江，不是贵州省的那条天堑大川，而是安徽和县东北部的长江支流乌江浦；霸王庙，即“西楚霸王祠”，俗称“项羽庙”。秦末楚汉相争，项羽兵败垓下（今安徽灵璧境内），溃逃至乌江渡口，拒渡而自刎，故乌江闻名于天下。唐代诗人杜牧（803—852）于会昌年间（841—846）官池州（今安徽贵池）刺史时，途经乌江亭，扼腕唏嘘而写了一首千年传诵的咏史诗《题乌江亭》：

胜败兵家事不期，包羞忍耻是男儿。
江东子弟多才俊，卷土重来未可知。

这首诗针对项羽兵败身亡的史实，批评他不能总结失败的教训，惋惜他的英雄事业归于覆灭的悲哀。霸王，何许人也？史载：项羽，即项籍，生于公元前232年，卒于公元前202年。秦末下相（今江苏宿迁）人，字羽。力能扛鼎，才气过人，从叔父项梁在吴中起义，梁败死，籍领其军。与秦兵九战皆捷。秦亡后，自立为“西楚霸王”，继与刘邦争天下，战无不利。楚汉相约平分天下，于是楚兵东归。刘邦毁约，乘其不备追击楚军，围籍于垓下。籍闻四面楚歌，仓皇突围，至乌江，自刎死。司马迁《史记·项羽本纪》有详细记载。

秋雨霏霏——寒气笼罩霸王墓

今年暮秋某日下午，我和几位退休的教授、学者一起专程到乌江亭畔，拜谒凤凰山上的“西楚霸王祠”。我们从和县县城驱车数十里，沿着长江边的高速公路径直向东，临近乌江时陡然山风萧萧、细雨霏霏，空气中弥漫了一股沉寂、怪异的氛围，我自感头晕胸闷、腰酸背痛起来。到达凤凰山下，四顾苍茫，林木葱郁而难见天日。导游一声“到了”，方知霸王庙就在眼前。下车步行，仰视庙门巍巍然悬挂于天际，门顶饰以黄琉璃瓦，两檐飞翘，中为自右向左的书法匾额“西楚霸王祠”，未留意落款，不知书者其谁。相传霸王祠始建于唐代，李阳冰题篆，名噪一时。李阳冰，唐赵郡（今河北赵县）人，工小篆，时人以其意骏墨劲，称之曰“笔虎”。过庙门，豁然开朗，迎面是黝然矗立的霸王殿。大殿两侧古木参天，东西厢房及回廊似文庙规制。大殿正中，一座木雕项羽立像，上悬草书横匾“叱咤风云”。殿内陈列有关项羽生平事迹的泥塑木偶，陈设简陋，且粗糙不堪，尽显落寞、寒怆之气。正殿两侧有甬道通向背后的霸王墓。青石板的衣冠冢上荒草萋萋，在寒风细雨中摇曳，似哭泣，也似倾诉，更觉寒气逼人。墓两边是地下墓道，呈U形，据同行者参观墓道所见，全长70余米，墙壁布满项羽生平的壁画。墓道阴森，寒气极盛。我因腰肌劳损喜温畏寒而不敢涉足也。问及此墓为何是衣冠冢？项羽人头被汉军所取，而四肢及人体到了何处？导游小姐张口结舌，不知所云。凡读过《史记·项羽本纪》便可真相大白了。霸王“乃自刎而死。王翳取其头，余骑相蹂践争项王，相杀者数十人。最其后，郎中骑杨喜、骑司马吕马童、郎中吕胜、杨武各得其一体。五人共会其体，皆是。故分其地为五：封吕马童为中水侯，封王翳为杜衍侯，封杨喜为赤泉侯，封杨武为吴防侯，封吕胜为涅阳侯”。可知，项羽之死极其惨烈，除头颅自割外，四肢和身体均被汉将斩获而呈献刘邦邀功封侯。当时血淋淋的现场真是令人不寒而栗，惨不忍睹。头与四肢被掳走，现场能剩下什么？只有破碎的盔甲和血肉模糊的几片内衣而已。故善良的当地百姓把这些衣冠残片埋入土中，筑墓而祭奠，应为项羽衣冠冢之原态。唐代始建项羽陵墓，唐以后屡经修葺与扩建，规模日臻宏大，鼎盛时，有正殿、青龙宫、行宫等建筑共九十九间半，略低于帝王的一百间。因为，项羽虽然功高业伟，但终未成帝业，所以按封建规制必须少半间。清人卢润九作《读史偶评·项王墓》诗云：“帝业方看垂手成，何来四面楚歌声；兴亡瞬息同儿戏，从此英雄不愿生。”

从墓区折返，经大殿回到庙门，俯瞰凤凰山下，可见烟雨中影影绰绰的一座乌江亭，以及周围一片开阔的草地，远处有数百米逶迤连绵的围墙。导游说在围墙附近的一条小河就是当年的乌江渡口，项羽自刎之地。乌江经两千余年的地理变迁，已多次改道了。步出霸王庙，在景区内发现现代石碑一座，约三米高，一米宽，是毛泽东主席 1939 年手书杜牧《题乌江亭》诗，笔力遒劲、潇洒，石碑镶嵌在赤红山石堆砌的墙壁中，给沉寂冷峻的园区增添了一抹温暖的亮色。

惭颜江东——千年费解英雄结

《项羽本纪》载："于是项王乃欲东渡乌江。乌江亭长檥船待，谓项王曰：'江东虽小，地方千里，众数十万人，亦足王也。愿大王急渡。今独臣有船，汉军至，无以渡。'"当时项羽如立即登船东去，完全可以避免杀身之祸，暂避江东，以待来日。但是项羽执意不肯，理由是："纵江东父兄怜而王我，我何面目见之？纵彼不言，籍独不愧于心乎？"慷慨陈词、掷地有声！愧对江东父兄是他的心结。何哉？所谓"江东"，自汉至隋唐，指自安徽芜湖以下的长江下游南岸的地方。项羽自称与江东子弟八千人渡江而西，即谓吴中而言。三国时期吴全部地区称江东。项羽年轻时跟随叔父项梁在江东起义，队伍日益壮大，后项羽灭秦，自称"西楚霸王"，始终未忘江东是他的发祥之地。儒家的观点是知耻而后勇，项羽的荣辱感很强烈，宁死而不苟且偷生，知耻给了他很大的勇气，才能在生死关头，视死如归。南宋著名女词人李清照（1084—1155）有一首《夏日绝句》，是她以国破家亡的悲惨遭遇而抒发内心悲愤的怀古诗。诗曰："生当作人杰，死亦为鬼雄。至今思项羽，不肯过江东。"她的观察角度与一般坐而论道的文人不同，她举出项羽不肯南渡，正是对怯懦畏葸、只顾逃命的南宋君臣的辛辣讽刺。靖康之变，李清照和丈夫赵明诚，痛失许多珍贵图书、文物而颠沛流离，无家可归。后赵明诚死于途中，使李清照尝尽人间艰辛，她在诗中痛斥南宋朝廷偏安一隅，并不以见父老为羞耻。李清照诗借项羽事，抒发百姓的心声，确属难能可贵的。宋人胡仔对项羽愧对江东父兄事有不同的看法，他说："项氏以八千人渡江，败亡之余，无一还者，其失人心为甚，谁肯复附之？其不能卷土重来，决矣。"清人吴景旭不同意胡仔的武断，竭力为杜诗辩解。他说《题乌江亭》诗"用翻案法，跌入一层，正意益醒"。吴景旭言下之意是：这首诗是借题发挥，宣扬百折不挠的精神是可取的。除了杜牧，唐代诗人孟郊，宋代诗人和政治家苏舜钦、王安石、陆游都对项羽乌江自刎的历史作过评论，角度各不相同，主题大同小异。我不揣冒昧，以为：许多评论，尽管合情合理、入木三分，但总觉得没有抓住项羽的心结来诠释、发挥，难免有隔靴搔痒之感。项羽之死，既不是“时不利兮”的天时论，也不是刚愎自用的个性论。我以为杜诗“包羞忍耻是男儿”，已经切中要害，直指项羽的心结。“羞”“耻”二字，这是儒家思想的核心价值观之一：“知耻而后勇”。当然，杜牧的语气，是立足旁观者的假设口吻，道理充分，但情商很欠缺。应该赋予诗句以正面肯定和赞扬的语气才好。江东心结，在项羽心中，一生没有机会解开；这个心结，也在历代文人墨客、各色政治家的心中。这个心结能不能解开？愿不愿意解开？其实顺其自然，众说纷纭也蛮好。我妄言：霸王的知羞耻，正表现了他高尚的情义观，也铸就了英雄末路的心结。知羞耻，尚荣耀，既成就了项羽的霸业，也断送了他的生命与前程。

胜王败寇——褒贬功过难评说

以成败论英雄的历史观，在中国的古代是非常流行并根深蒂固的。项羽的失败令后人为之惋惜，由于他为忍辱知羞而自刎，世人称赞他为悲剧英雄。项羽短暂的一生对于中国封建社会的历史发展有无贡献和功劳呢？毛泽东主席在《中国革命和中国共产党》第一章第二节《古代的封建社会》这篇文章里，有这样精辟的论述：“地主阶级对于农民的残酷的经济剥削和政治压迫，迫使农民多次地举行起义，以反抗地主阶级的统治。从秦朝的陈胜、吴广、项羽、刘邦起，中经汉朝的新市、平林、赤眉、铜马和黄巾……直至清朝的太平天国，总计大小数百次的起义，都是农民的反抗运动，都是农民的革命战争。……在中国封建社会里，只有这种农民的阶级斗争、农民的起义和农民的战争，才是历史发展的真正动力。”项羽领导的农民起义军和刘邦等各路农民起义力量共同推翻了暴虐的秦王朝的封建统治，这个历史功绩是载于史册的。但是，纵观项羽的一生，也有不少受世人诟病的过失和弱点，其中最严重的一条就是火烧阿房宫，烧毁了举世闻名的宏伟壮丽的宫廷建筑群。杜牧《阿房宫赋》，以华美的词藻，竭力铺写阿房宫的宏伟壮丽：东西所至，笼络山川，到处楼阁矗立，水上则长桥卧波，行空则复道如虹。赋说宫中歌舞之盛，令人目不暇接。然而这么宏伟的宫殿竟毁在项羽之手。“楚人一炬，可怜焦土”，指项羽烧秦宫室，火三月不灭事，令人发指。但是，自唐以降，历朝历代对于杜牧所说的阿房宫，其宫殿遗迹及相关历史记载，均语焉不详。近查阅相关史料，发现几年前《文汇报 · 文史经纬》载文《揭开阿房宫之谜》，令我喜出望外。此篇文章的编者按语开门见山、直奔主题：“在历时两年（二十一世纪初）的考古勘探中，考古学家李毓芳意外发现，阿房宫遗址中始终无法找到被大火焚烧的痕迹和任何宫殿建筑的残骸。李毓芳大胆地质疑并最终证实，阿房宫并没有在两千多年前建成。”我仔细阅读这篇文章，找到了支持这个论断的两个重要依据。其一，考古学家用科学的勘探设备和手段，经过长时间、大面积地对各种深度土层的挖桩和测示，没有发现火烧的蛛丝马迹。其二，历史文献证实：“当初秦始皇下令修建阿房宫的时间是公元前 212 年，但是公元前 209 年秦始皇突然死于出巡途中。在这之前，阿房宫和秦始皇陵墓是同时进行的两大工程，为了尽快安葬秦始皇，秦二世不得不决定停止阿房宫的工程，抢建秦始皇陵。从秦始皇计划修建阿房宫那天算起，阿房宫前殿的工程总共历时不到四年。这座巨大的宫殿，在短短的几年是很难完成的。”基于上述理由，其推论是：“或许项羽当年根本没有点燃阿房宫，这是阿房宫遗址没有发现火烧痕迹的唯一解释。”这篇新闻报道无意中给背了千年黑锅的项羽一个公道和清白。在古墓里沉睡了两千多年的霸王项羽不可能想到会有这样的结果，对当代很多热爱中国历史的读者而言，也是一个很大的惊奇和可喜的意外。

其实，杜牧当年写《阿房宫赋》，主要目的不在对项羽功过是非的评价，而是另有原因。据《樊川集 · 上知己文章启》披露，杜牧因“宝历（唐敬宗年号）大起宫室，广声色，故作《阿房宫赋》”。可知，此赋乃感触唐敬宗时事，借古讽今，非一般赋文可比。作者之意在戒宫室与声色之侈。此赋重心于此，而忽略考证历史的真实性与严肃性，也可能道听途说，极尽艺术夸张之能事，因而难免顾此失彼、轻重倒置了。这大概也是古代一些文学家所犯的通病吧？

结束了霸王庙及其景区的游览，心情很复杂，此行既是凭吊、瞻仰，又是咏叹和怀古，既凝重，又平和。登车离开乌江亭时，大家发现了草地上的一座钟亭，遂依次去撞钟，每人击三下。钟声袅袅，划破寂静的乌江上空，钟声中有吉祥和谐之音，令游人驱走心中因霸王自刎而郁结于心的沉重与忧思。我坐在旅行车上，隔着后窗眺望，凤凰山、霸王庙渐渐远去，而乌江亭的钟声依然久久回荡在空中、在心中。钟声为时代和人民祈祷：愿祖国国泰民安；祈众生家庭幸福！

乙未年十一月初二日于定慧斋

原载《天下常熟》杂志

闲话“陋室铭”

——游览安徽省和县刘禹锡“陋室”随笔

很多读者和我一样，在中学的语文课本里读过唐代著名散文家刘禹锡的《陋室铭》。这篇脍炙人口的文章仅 81 个字，简短、精粹、丰厚、隽永。作者用比兴手法开拓新颖的题旨；用对偶的语言，塑造优美的意境；用生动的形象，表达深邃的思想；用翔实的典故，强化了论辩力量；用平易流畅的散文，抒发浓郁而热烈的诗情。这是自唐代以来文学评论界的定论。请看：

山不在高，有仙则名；水不在深，有龙则灵。斯是陋室，惟吾德馨。苔痕上阶绿，草色入帘青。谈笑有鸿儒，往来无白丁。可以调素琴，阅金经。无丝竹之乱耳，无案牍之劳形。南阳诸葛庐，西蜀子云亭。孔子云：何陋之有？

刘禹锡（772—842），河南洛阳人，贞元年间擢进士第，登博学宏词科，授监察御史。唐长庆四年（824）谪任和州刺史，恰值“灾旱之后，绥抚诚难”之际，他体恤民情，请求朝廷赈灾，并兴修水利，劝勉农耕，生产迅速恢复，民众拥戴。刘禹锡到任后，把所居这简朴房屋调侃为“陋室”，在这里约朋友消遣时光，或吟咏诗章，或搦管撰文。自长庆四年（824）至宝历二年（826），两年多时间里，写就了《陋室铭》《望夫石》以及《和州刺史厅壁记》等著名诗文。

我有幸于今年十月下旬偕几位老同学赴安徽巢湖之畔小聚，其间专程去和县参观了久已向往的“陋室”。俗话说“百闻不如一见”，我在“陋室”及其周边的“仙山”“龙池”盘桓良久，喟然感慨。

百诵不如一见

1. 艺术夸张掩盖了平凡的生活真实

托安徽巢湖籍老同学之福，我下榻巢湖市最负盛名的碧桂园大酒店，这里因处巢湖之畔，自然环境优美而得天独厚。拉开窗帘，浩淼的巢湖风光尽收眼底；秋风吹过，湖水泛起的浪花飞溅到落地窗下。相传远古时代，巢州因地陷而成湖。唐代诗人罗隐有诗云："借问邑人沉水事，已经秦汉几千年。"巢湖环湖周长175 千米，是我国的第五大淡水湖。带着对巢湖及其周边水系的美好印象，也曾在脑海里想象"陋室"附近的"水"应该也是比较壮阔的吧？有些旅游及地理资料赞美"陋室"附近的"水"为"龙池"。既然能容纳下龙，这池也应该是一潭深渊吧？然而亲眼目睹之后，它竟是一个宽不过三丈、长不逾百米、深不过两米的池塘。我将信将疑地询问当地老者，老者回答这就是"水不在深，有龙则灵"的所谓"龙池"。虽然大失所望，但这个蜿蜒曲折的池塘，绿树环抱，环境倒也幽美，不失为市民休憩的一个好去处。

视线从"龙池"向上，我看到一个树木葱茏的大土包，其高不过四五十米，与十层楼民居相仿。半山腰有一幅竖挂的大标语十分醒目："禁止攀登。"据说"山"上也无任何建筑物。参观"陋室"之前，我已游览过巢湖湖心小岛姥山，姥山山高120 余米，山上还有始建于明崇祯年间的宝塔，七层，高 51 米。姥山与宝塔矗立在浩瀚的巢湖之上，蔚为壮观。巢湖东岸的龟山，高 126 米，在平原地带也称得上巍峨了。"陋室"西北侧的"仙山"与姥山、龟山相比，真的是相形见绌了。刘禹锡其实心里明白不过，他不直接具体描写这里的小山浅水，而用艺术手法巧妙地加以美化，达到避实就虚的目的。所言"有仙则名"也是一种美好的想象。如此一个小山，仙家如何能安身？如何可修炼？巢湖之滨有"王乔洞"，那是周灵王太子王子乔炼丹成仙的地方——紫微山下；吕洞宾成仙的"仙人洞"是在八仙山山麓。紫微山，八仙山，毗连都是有 150 米以上的高冈，而其洞深邃、巨大，洞长 50 至 200 米，洞宽 4 至 30 米，洞高 3 至 20 米。"陋室"之"仙山"则不可同日而语矣。

2."陋室"陋乎？不陋乎？

"陋室"是安徽省重点文物保护单位之一，但我参观之后，不知道现在的展品中哪些物件算得上“文物”？①原有石碑一方，是唐代著名书法家柳公权（778—865）所书并勒石，年久建筑与碑皆毁。清乾隆年间知州宋思仁重建“陋室”，岭南金保福补书《陋室铭》碑一方，后又毁。现展出的仅当地书法家所书《陋室铭》匾额镜框2幅。未见石碑。②“陋室”两侧厢房的榻、床、凳、琴台均为照古制现做的仿品。③琴台上没有置放“素琴”（素琴即无弦之琴。《晋书·陶潜传》：“惟不能音，而蓄素琴一张，弦徽不具。”）可以理解，但为什么不仿制一张简单的模型素琴呢？④没有按唐代规制及文人使用的习惯置放茶具、酒具和文房四宝。⑤大厅两侧所挂楹联“沉舟侧畔千帆过，病树前头万木春”，是刘禹锡在宝历二年（826）罢和州刺史任返洛阳，在扬州与诗人白居易相逢，酬答白居易赠诗之作《酬乐天扬州初逢席上见赠》中的二句。陋室悬挂这两句诗作为楹联，其用意并无不妥，但毕竟这不是他在和州任上于“陋室”所写的诗文，在时间、空间上均有差异。古文物最讲究历史考据，不加说明会引起参观者的误读误解。⑥“陋室”除其地址为唐代原建筑的旧址以外，没有一件堪称古文物的物件，这也是历史造成的现实，后人无法弥补的遗憾。据我观察，来此参观者寥寥，并始终未见到一位管理人员，不免令人有萧条、冷落之感。

《陋室铭》是封建士大夫精神世界的写照

1. 孤芳自赏

《陋室铭》用山高水深、仙人神龙的比兴手法，由远而近，由此及彼，并托物言志，以陪衬陋室之不陋。一句“惟吾德馨”令许多评论家拍手称绝，谓之“气象雄浑”“沁人心脾”。我不以为然，刘禹锡自诩“这一间简陋的住室，惟独我有德者居住才能香气远闻”，这和下文的“可以调素琴，阅金经”一样，言辞中透露了强烈的自负和自信。他在抚弄没有琴弦的空琴，默诵用泥金抄写的佛经，正面地说是“逸趣雅兴”，如果从负面调侃，这种文人雅士的举止倒有几分孤芳自赏、卓尔不群的清高。

2. 自尊自贵

刘禹锡以“谈笑有鸿儒，往来无白丁”而自豪。鸿儒者，大儒也。王充在其著作《论衡》中诠释：“能精思著文，连接篇章者为鸿儒”，即大作家、大知识分子。作者与这样的文人交往密切，是因为不仅有共同的兴趣爱好，而且有同样等级的社会地位。当然，无官职无文化的平民百姓，在作者眼里是“白丁”。唐代服色，以黄、赤为高贵，以红紫为上等，蓝绿次之，黑褐最低，而白色毫无地位可言。“鸿儒”是褒称，“白丁”则反映作者对底层人民的鄙视，等级观念和爱恶情绪显而易见也。

3. 心高气傲

刘禹锡在《陋室铭》中以陋室类比诸葛庐和子云亭，表面上是住室的归类，骨子里隐藏着作者内心的宏伟抱负。诸葛庐是诸葛亮早年出山之前隐居的草房（在今湖北省襄阳市），草庐四周群山环抱，古木参天，溪流萦绕，气象不凡。明嘉靖年间在草庐前建石碑一座，上书“草庐”二字。诸葛亮（181—234），三国时蜀汉的政治家、军事家，字孔明，山东琅琊郡人。他在历史上以“多智善谋、料事如神”著称，同时他对君主的忠诚和为国尽瘁赢得世人的景仰，被视为忠臣、良相的榜样。而“子云亭”，是西汉著名学者扬雄（前53—18，字子云）在蜀郡成都（今成都市）所建的“草玄堂”。扬雄，少好学，长于辞赋，汉成帝时，献《甘泉》《长杨》等四赋，拜为郎。王莽时为大夫，校书天禄阁，博通群籍，多识古文奇字，曾仿《易经》《论语》而作《太玄》《法言》等哲学著作。刘以诸葛亮和扬雄自况，确实过于自傲。但他们虽然经历不同，业绩相异，在中国五千年的文明史册中各有辉煌的一页。

我对“陋室”及《陋室铭》发表自己的观感与心得，一家之言，十分浅薄，不足为凭。虽然由于文管部门管理不善，“陋室”陋象绽现，但《陋室铭》集叙事、议论、写景、抒情于一炉，和谐统一，且朗朗上口，依然称得上是古代散文中的精品力作。

我以为读历史，看文学，都应实事求是，本着历史主义的精神，取其精华，弃其糟粕，努力弘扬中华民族的优秀文化。作文如做人，做事亦是做人。隋代人王通在其著作《中说·立命篇》中说得好：“君子服人之心，不服人之言。”说君子要使人从内心里信服，而不是使人在口头上信服。倘能如此，诚如孔子所云“何陋之有”？

乙未年十月初一日于定慧斋

原载《零距离》杂志

风雨千百年，沧桑古桥梁

——从咏桥诗赋里品味上海古桥文化

桥，《辞源》解读为“桥梁”。梁，《辞源》诠释为“桥”。《史记·秦本纪》：昭襄王“初作河桥”；《诗·大雅》：“造舟为梁，不显其光”；《国语·周》：“九月除道，十月成梁”，除，古义为“修治”，除道成梁就是筑路造桥。由此可知，“桥梁”即桥，乃双音单义词也。

上海是水网化地区，古代以吴淞江为水道轴线，以“浦”“浜”形成纵横交错、密如蛛网的航运和灌溉水系。俗话说，有河必有桥。上海地处江南水乡，素有“一里一桥”“三步两桥”的“桥乡”之称。上海的古桥甚多，据史料记载，最早的桥建于南宋。从南宋，经元，至明清，这九百年间是上海古桥的繁盛时期。晚清至民国初年，无论上海的老城厢还是僻远的农村，也建造了不少桥梁。民初到现在也有一百多年的历史了。所以我把南宋至民初的桥，统称为“古桥”。

《塔桥古今谈》一书披露：上海曾经有古桥5000多座，但无翔实的史料可查。上海开埠百余年，特别是经过改革开放四十年，随着经济建设的发展，变化甚巨，大批古桥已经消失和湮没，现尚存一般古桥不足200座，较有知名度的古桥90余座，其中列入市、区级文物保护单位的仅38座。由于城市建设的需要、房地产市场无节制的膨胀，以及环境污染等因素，上海古桥还面临进一步消失的危险。许多有识之士在奔走呼吁：珍惜文物、保护古桥！我曾在《上海勘察设计》杂志做过近七年责任编辑，深爱上海的古桥，也深知：河流是自然，桥是文化，而文化则是国家的脊梁、民族的血脉。我从上海古桥的石刻楹联、桥亭石碑，以及文人的咏桥诗赋中，品味到丰富多彩、令人回味无穷的上海古桥文化。

标注地理方位，记述桥梁规模

1. 松江跨塘桥

此桥为三孔石桥，长 50 米，高 8 米，宽 5 米，始建于南宋，原为木桥结构，名安就桥。南宋绍熙四年（1193）《云间志》载：“安就桥，跨古浦塘，在县西三里，俗称跨塘桥。”明成化年间（1465—1487）重建为石拱桥，是当时松江最大的一座桥。桥亭有石碑，碑文题曰“云间第一桥”，碑文记述了这座桥的宏伟规模：“广骛五马而陂陀兮，高六寻而磅礴；二十五武之延袤兮，其窦穹而半廓。”这座桥的桥宽可五匹马并行上下坡，高达 16 米，气势磅礴，桥长 25 米，桥洞呈拱形半圆。（古人以 8 尺为寻，6 尺为步，半步为武）清同治年间（1862—1874）重修，全桥大部分系青石，桥面石阶与栏杆改用花岗石。桥顶东侧栏杆下有石刻横幅：“云间第一桥。”此桥的桥顶与桥墩十分纤秀，属于典型薄拱墩的江南水乡建筑风格。宋代张尧同曾为此桥赋诗：“路接张泾近，塘连谷水长，一声清鹤唳，片月在沧浪。”诗中的“张泾”“谷水”皆松江辖下的地名，沧浪则比喻与松江毗连的苏州。它把跨塘桥所处的地理方位标示得非常准确，且具乡土气息浓郁的文学色彩，读后令人难忘。

2. 青浦放生桥

此桥为五孔大型石拱桥，长 72 米，高 7.4 米，宽 5 米。中孔径距 13 米，两侧孔径均为 8.8 米。桥墩薄，仅 0.65 米。外观俊秀，从结构角度看，非常有利于洪水的宣泄。放生桥建于明隆庆五年（1571）。当时慈门寺的性潮和尚化缘募款建造此桥，性潮和尚还为此成立了一个放生社，在桥下及附近方圆一里的河面立石为界，定为放生处，不允许渔船停泊、渔人捕鱼。相传每逢农历初一，众多善男信女在此放生鱼鳖。元宵、中元等传统节日，此桥成了一座展示民俗民风的舞台，江南丝竹及民间歌舞登台表演，桥上人头攒动，桥下百舸争流，附近寺庙香烟缭绕，钟磬之声不绝于耳，桥边茶楼、酒肆车马喧闹，行人穿梭，仿佛一幅生动的“清明上河图”画卷。放生桥的繁荣和宏伟，令历代文人墨客留下了许多赞美之诗。如：“长桥驾彩虹，往来便市井。日中交易过，斜阳乱人影。”康熙年间有一位文人陆庆臻，他的咏放生桥诗最具代表性。其诗云：“百尺跨飞虹，江流远向东。水沿沈巷绿，花放井亭红。两郡津梁合，千村巷陌通。行人重回首，高阁起天中。”其诗不仅交代了桥的地理位置，还绘声绘色地描写了桥下漕港河水之宽、之长、之绿，以及花之红、桥之功能规模。这首咏桥诗启发我们：无论从建筑、美学、文学还是摄影的角度来观赏，这座青浦金泽的放生桥，都无愧于一座典型、美丽的江南古桥。

3. 嘉定天恩桥

此桥位于嘉定南翔永乐村。为三孔大石拱桥，两侧有石阶，东 32 级，西 35 级，长 46 米，高 5 米，宽 3.5 米。中间拱跨为 11.5 米，两侧拱跨为 5.5 米。始建于明末，原为木桥，清顺治年间（1644—1661）改建石桥。雍正九年（1731）、乾隆十八年（1753）、乾隆五十四年（1789）几度修葺，同治十三年（1874）重建。此桥的特色在于桥的南北两侧桥柱上刻有楹联，令人浮想联翩。南侧为“云际龙飞高凌百尺，波间虹卧彩耀三槎”，“境接吴淞势挟汪洋通万顷，名颜真圣义兼廉让媲千秋”。北侧为“行看桂子月中落，定有仙槎海上来”，“人杰地灵白鹤来飞传胜迹，风怡浪静彩虹遥映镇槎溪”。联意点明了此桥的高大宏伟，并极言跨河流之险，通汪洋大海之功能；赞美南翔古镇环境幽美，人杰地灵。“槎溪”“白鹤”都泛指南翔镇的古名。天恩桥并不算很古老，但它至今保存完好，桥上古藤盘绕，野树斜生，桥边绿草如茵、古朴宁静。尤其可贵的是楹联如此完整，它所承载的江南水乡的文化恰似：“一桥似龙飞卧，千秋万代传胜迹。”

状物写景、托兴抒情

1. 青浦瑞龙桥

此桥位于青浦蒸淀镇东田村，为单孔石拱桥，长 26.6 米，高 4.6 米，宽 2.8 米。此桥始建于明代，清乾隆时重修，外观古色古香，俊俏典雅，在江南桥乡的古桥中最具代表性。除瑞龙桥外，青浦襄臣桥、如意桥，奉贤乐善桥，嘉定严泗桥、德富桥、望仙桥等都是姿态优美、各具特色的单孔石拱桥。石拱桥，是我国古代建筑科学的伟大创造，也是我国民族文化的宝贵遗产。拱桥的构思，源于天然拱形石堆的启发。早在魏晋南北朝时期，石桥建造已见于史籍。我国现存最早的石拱桥当属河北省赵县的赵州桥，隋文帝开皇十五年（595）始建，历时十年建成。此单孔石拱桥跨径 37.35 米，至今已逾 1400 年，足以雄辩地证明，我国建桥技术很久以前就处于世界领先地位。如把赵州桥比作北方汉子，瑞龙桥等江南水乡石拱桥则是南国佳人。瑞龙桥东西各有石阶 29 级，桥东侧原有石碑一块，可惜长期风雨侵蚀，字迹难以辨认，所幸尚有桥拱两侧的石刻楹联清晰可见，一联曰："雁齿层排通白云，龙舸横亘浮清溪。"另一联曰："虹飞垂柳古往来人诏夸花仙，地势控云灵钟毓秀铭赵驻客。"两副楹联把桥洞的弧形，形容为天上的彩虹，把拱桥描绘成"长虹卧波"，诗人们也习惯称拱桥为"人间彩虹"，简称为"虹桥"。联中的"雁齿"，即古桥的别称。楹联以垂柳、红花、白云、清溪，描写桥边美丽的风景，借此抒发诗人对江南水乡的钟情与热爱。

2. 嘉定望仙桥

此桥为单孔石拱桥，长 28 米，高 5.2 米，宽 3.6 米。石桥两侧石阶，分别为 25 级和 23 级。此桥始建于明万历二十七年（1599），乾隆十八年（1753）重建。桥墩上有四尊石雕观音像，面容端庄慈祥。桥洞南北两侧各有一副石刻楹联，一曰："星文遥泻汉，虹势尚凌虚。"一曰："东来紫气满函关，西望瑶池降王母。"两副楹联用典甚多，"汉"，指天河，亦称银汉。凌虚，升于空际。三国阮籍有诗云："寄颜云霄间，挥袖凌虚翔。"瑶池、王母均喻天上的神仙故事。紫气，意为祥瑞的光气，多附会为帝王、圣贤或宝物出现的征兆。《列仙传》："老子西游，关令尹喜见有紫气浮关，而老子果乘青牛而过也。"函关，指函谷关（秦关），在今河南灵宝，因深险如函而得名。楹联引用道家的始祖老子骑青牛过关的故事，使桥梁增添了美丽动人的神话色彩。

3. 嘉定高义桥（高僧桥）

此桥亦为单孔石拱桥，位于嘉定城西村，跨越练祁塘，始建于元代，明万历三年（1575）重修，清嘉庆十一年（1806）重建时，将原名高僧桥改为高义桥。长 26 米，高 4 米。此桥与坐落在城中的法华塔相映成趣，成为嘉定的著名景点之一。桥洞两侧各镌刻楹联一副，十分醒目。一曰："东望千艘吉贝来，西城万户稻粱入。"二曰："长虹彩射金沙塔，半月潮连合浦门。"前联对仗工整，后联赞美嘉定城乡风景如画。此楹联出于何人之手笔，不详，但反映当时嘉定城西村是万户大镇、千艘满载棉花（吉贝）的船舶从高义桥下穿行的繁华景象是十分真实的。

巧寓道德哲理，铭刻历史人文

1. 金山万安桥

此桥为三孔石拱桥，长 70 米，宽 7 米，高 15 米。此桥命运多舛，明洪武元年（1368）始建，此后二百年间坍了八九次，名为“万安”，实为“不安”。乾隆四十三年将石桥改建为木桥，依然屡建屡坍，所以此桥名存实亡，人们只能依靠渡船过河，且河水风急浪高时，常有覆舟之险。直到二十世纪八十年代，当地人民政府在原桥址重建三孔桁架拱桥，桥长 194 米，宽 10 米，其间车行道 8 米，两侧人行道各 1 米。而后仅两三年时间，发现桥梁东西两端接坡挡土翼墙沉降，墙身开裂，并有不同程度倾斜。原因何在呢？1983 年 5 月，经扬州水利学院专家勘察，揭开了坍桥之谜（桥址地表以下淤泥质黏土厚达 20.5 米，含水量达 40%，地基承载能力很差）。并采取卸载及加固措施，使“不安”桥变成名副其实的“万安桥”。金山人民政府在万安桥畔立碑纪念。这座桥的命运坎坷，没有留下历代文人墨客的咏桥诗赋，只有地方志关于桥梁屡坍屡建的记载，从这些史实中也反映了先辈们坚忍不拔的毅力和锲而不舍的精神。

2. 宝山大通桥

此桥为单孔石拱桥，又名大石桥，始建于明成化年间（1465—1487）。桥长 20 米，宽 4.5 米，桥顶标高 7 米。桥顶中央有精致的石刻图案，桥额有“大通桥”题款。桥北堍西侧建桥亭一座，是当地士绅送往迎来的会聚场所。亭柱原有楹联多副，现仅存一副，曰：“前程路途通万里，津梁岁月亘千秋。”大桥附近建有立式码头，清末民初，大通桥所在的宝山罗店已成为上海的四大码头之一，连长江，通东海，故是旅客游子渡海远行之要道。楹联祝愿行人“前程路途通万里”，祈盼大桥日久天长，言辞恳切，尽在情理之中也。

3. 南汇千秋桥

此桥位于新场镇洪东街，始建于清康熙年间（1662—1722），乾隆三十一年（1766）重建为单孔桥，拱圈为分节并列砌置。桥面两侧有栏板，中有四根望柱，柱顶有小型石雕狮子。桥洞两侧有竖向石板条幅，刻楹联一副，是劝善积德通俗文体，曰：“愿天常生好人，愿人常行好事”“济人即是济己，种福必先种德”。

石刻楹联，虽经二百余年风吹雨打，文字依然清晰可辨，对江南水乡的后人仍具有道德教育的现实意义。

上海的古桥，每一座都有一个美丽的传说和动人的故事。古桥是时代的标志，是历史的丰碑，它们经历了千百年风风雨雨，有说不尽的兴衰沧桑。它们默默无闻又蜚声中外。著名中国桥梁专家茅以升先生说过："小桥可以享大名，而大桥未必尽人皆知，甚至简直无名。桥的有名无名，要看它在群众中的'威望'。"这里所说的"威望"，其实就是指桥的人文资料。先前所谓穷乡僻壤的古桥，因为有丰富的文化底蕴和美丽的人文景观，如今仍保持古色古香吸引络绎不绝的游客而闻名遐迩。

古桥之所以常被人们回顾眷恋，是因为古桥不仅是水乡的标识，而且更承载着他乡游子挥之不去的依恋和浓浓的乡愁……

乙未年二月初二日于定慧斋

原载《零距离》杂志

情为诗魂照肝胆

——游扬州欧公祠，兴化施、郑二公故居感怀

今年国庆长假，我和家人自驾游，游览了扬州市平山堂后“欧公祠”和坐落在兴化市区的施耐庵、郑板桥之两处故居。扬州及其周边的高邮、淮安、兴化等地本是中国四大菜系之一淮扬菜的发源地，水鲜佳肴林林总总，令人目不暇接、垂涎欲滴，然而我此行的主要目的不在美食而在文学。通过参观游览三处纪念场馆所展示的丰富的文史资料及文物展品，我更加仰慕古代先贤的人品、诗品和官品。在他们丰富多彩的文学作品中，宋代大文学家欧阳修的一首词、元末明初著名小说家施耐庵的一首元曲、清代“扬州八怪”之一郑板桥的一首诗，恰如一波钱塘潮和一束情感流，使我的心灵受到强烈的震撼，久久难以平静。何哉？古人云：“文之所起，情发于中”(《北史·列传》)；“情生于心，……情，波也；心，流也”(《关尹子·五鉴》)；“湘水流，湘水流，九疑云物至今愁”(刘禹锡《竹枝词》)；“蓝桥何处觅云英？只有多情流水伴人行”(苏轼《南歌子》)等等经典论述，足以证明：男女、恋爱、亲情、友谊以及人世间的生老病死和悲欢离合，都是文学艺术作品中的永恒主题。人类对美好感情的欣赏和享受，往往是通过文艺作品塑造美好形象而反映出来的。我就是抱着这样的观点与心态来欣赏欧阳修、施耐庵、郑板桥的如下三首诗词的。

“梦又不成灯又烬”

“欧公祠”，“欧阳文忠公祠”的简称，它是扬州百姓感恩欧阳修知扬州时的建树而建的，清咸丰年间毁于兵火，光绪五年以楠木重建，并刻乾隆御书及画像于石板上，画像系临摹滁州醉翁亭欧公原形，由著名石工朱静斋勒石，栩栩如生。千百年来，前来瞻仰者络绎不绝。

欧阳修（1007—1072），字永叔，号醉翁，庐陵（今江西吉安）人。天圣八年进士，累官翰林学士、枢密副使、参知政事。因直言谏诤，屡遭贬谪。曾出知滁、扬、颍等州。庆历八年知扬州，为政宽简不苛，深得郡民爱戴。欧阳修于蜀冈大明寺建平山堂，常与宾客文士登临览胜，人称“文章太守”。他是北宋古文运动的领袖，擅长散文，工诗，其词情意绵邈，格调清丽，主要写恋情游宴、伤春怨别。其中最有代表性的一首是被当代歌星邓丽君深情演绎，而出神入化、催人泪下的宋词《玉楼春·别后不知君远近》：

别后不知君远近，触目凄凉多少闷。渐行渐远渐无书，水阔鱼沉何处问。
夜深风竹敲秋韵，万叶千声皆是恨。故欹单枕梦中寻，梦又不成灯又烬。

这首词写的是闺中少妇对情人别离、远行的思念和怨恨。我谓之“少妇”而不是“思妇”，是希望赋予她比较年轻美好的形象。之所以把她思念的对象称作“情人”，是因为这首词里用“君”字而非“夫”或“夫君”，所以他们之间的关系也是显而易见的。“别后不知君远近”，“渐行渐远渐无书”，这两句看似互相矛盾的表述，不知所云，其实细腻、真实地刻画了少妇内心那种因思念而焦虑、猜疑、怨恨等矛盾、复杂的心态。君离别应有旅行计划，去何处？路多长？何时归？少妇本该知道的，然而君未言明，其中定有难言之隐。少妇收到的书信渐渐少了，自然会觉得他“渐行渐远”。“水阔”“鱼沉”，极言泥牛入海无音信的无助。无处打听，自然胸中烦闷。词人以“夜深风竹敲秋韵”来渲染少妇孤独凄凉的处境与心态，秋风萧瑟，树叶呻吟，更令人倍感心酸。爱恋之情，原是一把双刃剑，一面是炽烈的爱，另一面则是冰凉的恨。物极必反矣。然而女主人公并没有放弃，而是寄托于梦乡，所以她在冷清的闺房中，面对青灯孤枕，无限感伤之余，希望在梦中与情人相会。这“梦中寻”寻觅的结果却是“梦又不成灯又烬”！连一点点最后的希望也幻灭了，能给寒室带来一丝光明与温暖的灯火熄灭了。灯芯燃尽，只剩下一片死气沉沉的灰烬。词中的男主人公为什么遭到少妇的怨恨？是因为他喜新厌旧还是寻花问柳？抑或出门经商、访友求仕？没有准确的答案。我从东汉女诗人徐淑《答夫秦嘉书》中看出了一些端倪。她在信中想象丈夫远赴京都的途程，涉深谷、越高山、践长路、履冰霜，而自己不能形影相随，比目而行，心中充满无限的思念，其情其词感人肺腑，催人泪下。末尾她担心丈夫“观王都之壮丽，察天下之珍妙，得无目玩意移，往而不能出耶?”这是调侃，也是真心，隐约透露出那个时代女性不能把握生活和爱情的心态，尽管他们夫妇非常恩爱，亦难免有些隐忧。如此，《玉楼春》词中少妇对远行君的怨与恨之强烈也是完全可以理解的。

“蜡烛泪，滴来浓”

施耐庵故居在兴化，施耐庵纪念馆则在江苏大丰白驹镇（曾隶属兴化）。尽管故居与纪念馆分处两地，且规模、文物、史料多寡有差别，但它们都是弘扬水浒文化的纪念场所。施耐庵纪念馆是仿清代始建于乾隆四十三年（1778）的“施氏宗祠”原样，以展示文物史料为主要内容来纪念施耐庵的专题人文纪念馆。地理环境四周环水，芦苇茂密，颇具水泊梁山的意境。

施耐庵（1296？—1370？），元末明初人，号子安，别号耐庵，原籍钱塘（一说苏州），明洪武初迁居江苏兴化（一说淮安）。元至顺进士，曾官钱塘（杭州）二年，后终生不仕，矢志著书，其据民间传说加工写成的《水浒传》家喻户晓、妇孺皆知，而他是元曲的作者却鲜为人知。江苏古籍出版社出版的《曲苑》第一集和由王季思先生主编的《元明散曲选》，都收录了施耐庵先生唯一一首存世的散曲，名曰《双调·新水令·秋江送别——赠鲁渊、刘亮》。这首散曲，涉及三位历史人物，除作者施耐庵外，还有二位是散曲赠予的对象：鲁渊和刘亮。鲁渊，字道元，淳安（今杭州）人，元代进士，初任华亭（今松江）县丞，后迁浙西副提举。张士诚起义抗元，他曾被聘为博士（教授官）。刘亮，字明甫，吴郡（今苏州）人，亦曾仕于张士诚。而施耐庵本人也曾参加张士诚的农民起义军。可见，这三人既是志同道合的同僚，也是情同手足的战友。

这首曲子共分七个部分，由八支曲子组成。由于篇幅较长，我只索引其中三支曲子，即第一支曲子《新水令》，表现三人在一起的峥嵘岁月。“西窗一夜雨蒙蒙，把征人归心打动。五年随断梗，千里逐飘蓬。海上孤鸿，飞倦了这黄云陇。”第二支曲子《驻马听》，写战友别离的痛苦：“落尽丹枫，莽莽长江烟水空。别情一种，江郎作赋赋难工。柳丝不为系萍踪，茶铛要煮生花梦。人懵懵，心窝醋味如潮涌。”第五支曲子《沽美酒》：“到今日，短檠前，倒碧筩，长铗里，掣青锋。更如意敲残王处仲。唾壶痕，击成缝，蜡烛泪，滴来浓。”这首散曲，一扫元末散曲创作中的逃避现实与及时行乐的萎靡之气，吹进一股清新、自然、深挚、质朴的清风。这与施耐庵长期生活在社会底层，了解人民的生活，同情和支持民间反抗斗争的精神密切相关。作者在这首散曲中所表现出的对战友依依惜别的深情会引起读者与听众的共鸣。他嘱咐战友“你到那山穷水穷，应翘着首儿望侬。莽关河，有明月共”。读罢散曲，拊膺感叹，真个是：“蜡烛泪，滴来浓！”

“一枝一叶总关情”

郑板桥故居位于江苏省兴化市东城外郑家巷，建筑简朴、典雅，馆藏各类展品 1181 件，当代名人为纪念郑板桥和施耐庵而作的书画 833 件，以及板桥老人遗物、墨迹，有关研究论著、剧本、金石及传说故事等人文资料。参观者在板桥的诗、书、画展品前驻足细看，对他的墨竹和兰、石、菊的绘画精品赞不绝口。他的诗集中有一首体恤民情、关心民生疾苦的题画诗《潍县署中画竹呈年伯包大中丞括》，更是受到广大观众的交口称颂：

衙斋卧听萧萧竹，疑是民间疾苦声。
些小吾曹州县吏，一枝一叶总关情。

这是郑板桥任山东潍县知县时送给巡抚包括一幅墨竹画上题的诗。这首题画诗，通俗易懂，感情诚挚。他说：躺在县衙的书房里，听到窗外风吹竹叶发出的萧萧声，仿佛是乡里的百姓在诉苦。我们这些州县父母官职位虽然卑微，但是关心民生的担子可不轻啊。风吹竹子发出诉苦声犹在耳畔，百姓的饥寒怎能不放在心里？诗为心声，板桥的爱民诗是由他的家庭出身和个人品德决定的。郑板桥（1693—1765），字克柔，号板桥，江苏兴化人。早年家贫，幼从父学，勤于苦读。他是康熙秀才、雍正举人、乾隆进士。在山东范县和潍县任上，勤修吏治，体恤百姓，政通人和。乾隆十八年（1753），因饥荒，为农民办理赈济得罪上司和当地豪绅而罢官。他的许多诗的内容都敢于正视现实，描写民间疾苦，反映人民痛苦颇为深切。他在罢官离去时，留给潍县当地父老的诗画仍是竹子的题材，在一幅《墨竹图》上他写道："乌纱掷去不为官，囊橐萧萧两袖寒，写取一枝清瘦竹，秋风江上作渔竿"，这是何等的气魄！何等高尚的情操！郑板桥罢官后寓居扬州，以卖画谋生，依然一身正气、两袖清风。他的这种严于律己、宽以待人的思想是始终如一的，正如他在《淮安舟中寄舍弟墨》和《雍正十年杭州韬光庵中寄舍弟墨》这两封家书中所说："愚兄为秀才时，检家中旧书，得前代家奴契券，即于灯下焚去，并不返诸其人"，"以人为可爱，而我亦可爱矣"。这种为他人打算而不张扬的情感精神，在这两封家书中得到了充分的体现。

访公祠，游故居，以古鉴今，善莫大焉！欧阳修、郑板桥为官清廉、勤政而爱民；施耐庵重情义，有豪侠之风，矢志著书而名垂千古。二十五史《南齐书·刘悛传》云："民伤则离散，农伤则国贫"；《旧唐书·列传第二十四·马周》曰："临天下者，以人为本。欲令百姓安乐，唯在刺史县令"；《明史·儒林列传》说："清、慎、勤，居官三字符也。"这些"二十五史"中的格言、警句，发人深省啊！

乙未年九月初二日于定慧斋

原载《零距离》杂志

第三辑　文艺评论

抱朴 · 思宇
——金思宇书法艺术风格

壬寅之夏，我阅读并欣赏当代名人书法家金思宇先生的书法作品，论字体真、草、行、隶、篆；论门类中堂、立轴、横幅、册页、扇面、镜心，林林总总，美轮美奂，仿佛迎面吹来一股久违的清风，它脱俗高雅，彰显了金思宇书法独特的艺术风格。

1. 行云流水，秾纤间出

金氏的行书：《立德树人》《学无止境》《军魂》和《中华儿女》《居高声自远，非是借秋风》等作品，挥毫自如，一气呵成。从审美的角度看极具动态之美，其笔势时徐时疾，快慢有度，富节奏感，依稀古典乐曲中的“行板”。金氏用墨讲究，有浓墨涂抹、浑厚丰腴，如《竹松轩》和《翰墨缘》等；有惜墨如金，笔画纤细俊秀，如《知足常乐》《奋斗》等。这笔画的粗细，用墨的浓淡，无不与汉字的涵义紧密相连，令读者赏心悦目，回味无穷。

2. 圆劲婉通，屈伸自如

金思宇先生的篆体书法作品不多，但每一幅都是深思熟虑后的精品力作。《虎》《福由心造》《无我》等作品是其代表作。在这些作品中，金氏多用圆笔，线条也以圆转为多，圆曲中有劲直，变化灵活。结构沉稳又有变化，有俯有仰，古人称之为“龙德”。总体看有味、有劲，站得住，立得稳。最为关键的是有法度。我的老师启功先生在课堂上多次提到一位叫陆公度的人，陆说启功先生的篆书好是因为他懂得篆书。俗话说得好：“外行看热闹，内行看门道”，“篆书出了格，神仙不认识”。金思宇先生是资深学者，多年从事甲骨文、金文和大小篆的研究，并虚心求教言恭达等大师、专家，对篆书的悟性高，无愧于专家型书法家的赞誉。

3. 破圆为方，中规中矩

金氏的隶书作品如《曾经沧海难为水，欲上高楼且泊舟》《坚定 • 从命》《忠义》等，继承了中国隶书的优良传统。与篆书取纵势不同，隶书取横势，因此它的结构表现出一个明显的特征，即竖面短而横面或横斜面的笔画长，且横面与横面之间的距离变窄变匀，横面排叠整齐极具“匀画”之美。此外，所谓的“蚕头燕尾”“一波三折”的运用，金氏隶书则驾轻就熟，体现完美，毋庸赘述。古人云：“俯而察之，漂若清风厉水，漪澜成文”，这是对隶书波势的形象概括，也是对金思宇隶书成就的赞美。金思宇博学多才，见多识广，是全方位的书法家，他不仅擅长行书、篆书、隶书和草书，而且对甲骨文、金文研究皆有造诣。他的行书行云流水，篆书庄重典雅，隶书方直骏发，楷书应规入矩，草书灵动天地，甲骨金文则庄严古朴。金思宇先生，字德生，号高原雄狮，1963年8月出生，江苏常熟人，教授，高级研究员，国家一级书法师。多年来，作品获奖无数，人品备受赞许。2020年被授予“新时代文艺先锋人物”光荣称号，2021年入选“中国当代百名优秀品牌艺术家”。中国书法美学史上关于“书为心画”“书如其人”的论述，几成定论。清代著名文艺理论家、书法家刘熙载在其论著《艺概·书概》中说：“写字者，写志也”，“书，如也。如其字，如其才，如其人。总之曰：如其人而已”。我曾在《常熟日报·虞山副刊》发表过一篇画评《画品即人品》，仰视著名国画家俞云阶先生的高风亮节，我说：“俞云阶先生的画品好，人品更好，因为他的画里有铮铮画骨，和幽幽诗魂！”当今书坛百花齐放，人才辈出，作品层出不穷，令人眼花缭乱，然良莠不齐，总觉得少了一些理性和沉稳，多了一些浮躁与虚伪。究其原因，有一位美术学院的资深教授认为是“学养不足”，此话可谓一语中的，入木三分。书法的背后其实有深层次的文化和道德修养，它涉及文学、历史、哲学、美学、经济、自然科学及社会科学等诸多方面，可谓“功夫在诗外”。金思宇先生有崇高的政治操守，爱国爱人民，且学识渊博，学养深厚，是名副其实的新时代人民书法家。本文大标题曰“抱朴·思宇”，抱，秉持；朴，原木，喻淳朴；思，考虑缜密；宇，喻心胸开阔。祝愿金思宇先生在艺术研究和创作的道路上，秉持全心全意为人民服务的宗旨，不骄不躁，继续开拓进取，努力再创辉煌。

2022年夏于上海

原载《常熟日报》

大器晚成的王伟庆

王伟庆，字履谦、静安，号独颖翁，上海嘉定人，二十世纪五十年代末出生在一户普通工人家庭。王伟庆自幼聪慧，喜爱绘画，读小学、初中时，他在老师的指导下办墙报、画漫画，有模有样。在十年动乱时期，传统文化被禁锢，老画家被批斗，中国画被视为“四旧”横遭灭顶之灾，这对热爱中国画的少年是非常不幸的。但面对严酷的环境，王伟庆依然执着地利用课余时间偷偷地学习绘画，后经人介绍拜上海女画家王维良女士为启蒙老师。在王老师的指导下，他刻苦学习中国画的基本知识和基本技法。机遇总是眷顾刻苦上进的后生，在王维良家里，王伟庆幸运地见到了当代著名的书画大师沈尹默、马公愚、任政等前辈的许多作品并有幸得到他们的教诲，获益匪浅。

走出校门以后，王伟庆在上海市郊区一家小工厂上班，他坚持利用业余时间如饥似渴地临摹从朵云轩买来的刊登名家画作的印刷品，从中渐渐找到了绘画的灵感。最使他终生难忘的是：在朵云轩他第一次看到了陆俨少大师的山水画，那磅礴的气势和老辣的笔法使年轻的学画人感到无比震撼。从那一刻起，王伟庆更坚定了学习中国山水画的志向。苍天不负有心人，经嘉定博物馆的朋友举荐，终于在上海虹口的陆府拜见了当代山水画泰斗陆俨少先生。王伟庆在陆俨少长子陆亨先生的悉心指导下，刻苦学习陆家山水的基本功。在相当长的一段时间里，陆亨先生教他一笔一墨、一招一式。一个谆谆教导，一个虚心好学，王伟庆打下了陆家山水的坚实基础。著名中国花鸟画家，被誉为“中国花王”的方攸敏老师这样评价王伟庆的山水画作：“伟庆学弟早年拜师陆家门下，先期由陆亨先生指教，初得陆家之门道，然后再经陆翁（陆俨少大师）亲自执教，使陆家山水笔墨技巧、云水、山石得益于心。真可谓陆家山水真传弟子，可喜、可喜！”

古语云：“五十后学画不迟”，此话印证了王伟庆先生山水画事业的成长历程。他少年、青年时代课余、业余学画不辍，但人到中年曾因为生计一度下海。

事业成就后，正是知命之年，他又重操旧业，全身心投入陆家山水的研究与创作中，生活的积累使画作的内涵更丰富、更深刻，表现力更充分，更受到广大读者的欢迎。步入中年以后，他对陆家山水画的感悟更深了，他常对人说：“无笔墨的作品，是无根之树，无源之水。”他说，山水画家要画出对大自然的热爱，更要懂得在前贤的基础上对传统技法加以消化吸收，还要发扬光大，不能一味追逐名利，唯利是图。王伟庆先生常以陆老的家训自警：“画画要有殉道精神。”即要刻苦奉献，不求索取。王伟庆先生对绘画作品的市场有自己的见解：山水画家的使命是描绘祖国的大好山河，而不应去奉承市场、随波逐流。对那些眼中只有金钱的画家，他认为是没有良心的艺术家，他们的画作也失去了艺术魅力。

王伟庆言必信，行必果。正因为他淡泊名利，他的山水画作更是清新、淳朴，折射出陆家山水的精神。当然也因为如此，他的画作拒绝掮客和画商的包装、炒作，所以相当长一段时间显得相对“寂寞”“冷清”。但真正的艺术家和他的作品经得住“寂寞”。俗话说，不鸣则已，一鸣惊人。近几年，王伟庆先生的人品、画品逐渐被人们所理解，所熟悉，他的山水画作在上海及周边地区受到热烈的欢迎和较高的评价。他的山水画作为什么受广大书画爱好者的欢迎？我今年夏秋曾撰文在《苏州日报》《常熟日报》《零距离》和《天下常熟》等报刊发表评论《陆家山水的传人王伟庆其人其画》。我的观点可以归纳为：王伟庆先生的画作有三高，即起点高、立意高、品位高。他的近作不仅受到同行的赞誉，而且被国内多家艺术机构收藏。

王伟庆先生书斋里挂着一块匾额“业精于勤”，这四个遒劲的大字是陆俨少大师亲笔所书。愿王伟庆先生再接再厉，在继承陆家山水画的前提下，努力开拓，有所突破，有所创新，牢牢把握陆家山水“三分画七分书”的精髓，做一名不负众望的陆家山水的真传弟子。

癸巳年十一月十一日于定慧斋

原载《常熟日报》

画山写水　笔墨留痕

——浅谈陆家山水传人王伟庆先生的绘画感悟与艺术追求

中国画，是名副其实的“国粹”，它博大精深、源远流长。自晋、唐以降，中国画坛上出现过许多伟大的画家，其高尚情操和玄妙技艺，千百年来薪火相传，并在继承中创新发展。及至当代，中国画派系林立，各领风骚，其中成绩卓著、声名显赫者不过数十人而已。论及山水一宗，上天赐造化予二人，即所谓“北李南陆”：画界尊李可染大师（1907—1989）为北派山水的杰出代表，而赞陆俨少大师（1909—1993）为南派巨子。陆俨少大师画风简淡而深厚，早期以写实为主，缜密灵秀，晚期立意变革，独创勾云、留白与墨块技法，画风雄健，自成一家。陆俨少一生不仅留给后世无数珍贵的墨宝，而且为“陆家山水”培养了一大批优秀的后辈晚生。

世间事真是“无巧不成书”。我于二十世纪六十年代从北师大中文系毕业后，数十年南来北往，辗转于几个央企做文秘行政工作。然天生喜欢书画艺术，在文艺界媒体朋友的鼓励下以业余时间采访评介过许多知名与不知名的书画家，其中以常熟书画院的书画家为多，其次为江阴、无锡、苏州、上海和安徽。几十个春秋过去了，给我留下深刻印象的有：常熟画院的老前辈、著名山水画家钱持云先生；当代著名书法家、中国书法家协会副主席言恭达先生；著名画家、苏州国画院院长姚新峰先生；著名仕女画画家、刘海粟大师的得意门生刘春明先生；著名书法家、江阴市书协负责人刘瑞清先生；著名画家、上海钟馗书画院院长董之一先生；著名徽派国画家张宽老先生；等等。他们当中，与“陆家山水”有因缘的仅常熟书画院王震铎先生一人。我仰慕陆家山水画的高雅、欣赏它有浓郁的文人气质久矣，但慨叹未有与陆家山水传人深入接触的学习机会。造化有成人之美，数年前我在黄公望（1269—1354）和王翚（1632—1717）的故乡常熟，有幸与嘉定画家、陆俨少大师的门生王伟庆先生结缘。经多年交往友谊深笃，并深感在当前画坛弥漫浮躁、拜金风气的氛围中，王伟庆先生是一位有良知、有追求、有潜质、卓尔不群的一批大有希望的画家之一，因此，我曾不揣浅陋为他撰写过几篇艺术评介文章（《陆家山水传人王传庆其人其画》《大器晚成的王伟庆》《王伟庆先生的山水画小品》等），分别在《江南时报》《常熟日报》《零距离》《天下常熟》《常熟工商联》《常熟文艺》等多家媒体发表，引起了山水画爱好者的热情关注和美术界的友好反响。

我近期在嘉定与王伟庆先生作过几次长谈，彼此交流探讨对陆家山水精神的理解与发扬的诸多问题，并欣赏了他的山水近作，令人耳目一新。他近年在陆翁的公子陆亨先生悉心指导下，对陆家山水灵魂的参悟获大智慧，运笔技巧更加得心应手，其画达到了较高的艺术境界，而其人则堪称名副其实的“陆家山水传人”。为此，我发现此前发表的评论，显然不深、不全，需加以深化、补充。兹拟拙文，旨在提炼他的绘画感悟，赞美他的艺术追求。

造化赐缘，少年痴心追梦

王伟庆，字静安，号独颖翁，斋号“百和草堂”“不舍斋”，上海嘉定人。1958 年出生于一个普通工人家庭。他自幼聪慧，喜爱绘画，在故乡读小学、初中时在老师指导下办墙报、画漫画，有模有样。但当时正值“文革”期间，传统文化被禁锢，老画家被批斗，中国画也被视为“四旧”而惨遭“横扫”。这样的社会环境对喜爱中国画的天真少年是非常不幸的。然而少年王伟庆坚持利用课余时间学习绘画，心中依然对未来充满憧憬。上海女画家王维良是王伟庆学画的启蒙老师，少年每周日早晨从嘉定乘长途汽车到上海市区，在王老师家刻苦学习美术的基本知识，下课后再乘车回到嘉定已是傍晚时分，如此往返求学，历经几个寒来暑往。俗话说得好，机遇总是眷顾刻苦上进的后生。少年王伟庆在王维良老师家里见到了几位书画名家如沈尹默、马公愚、任政先生的书画作品，并有幸得到他们的教诲。这段时间是在二十世纪六七十年代。到七十年代中期，王伟庆在上海郊区一家小工厂上班，依然坚持业余学画，经常临摹刊登在杂志上的名家画作，慢慢从中找到了一点绘画的灵感。使他终生难忘的是：在朵云轩，他第一次看到了陆俨少大师的山水画，那磅礴的气势和老辣的笔墨，使少年的心灵受到了强烈的震撼，从那一刻起，他更坚定了学习山水画的志向，也萌发了有朝一日能得到陆翁教诲的梦想。终于盼到了这一天，他梦想成真了！经嘉定博物馆老师的引荐，王伟庆在上海虹口陆府拜见了当代山水画泰斗陆俨少先生，从此，踏进了神圣的艺术殿堂。他在陆亨先生的具体指导下，苦练陆家山水的基本技能。经过几年的刻苦用功，初步奠定了他山水画的良好基础。

待到上世纪末，人到中年的王伟庆为生活和培养子女，一度下海经商，在商海闯荡了十余年后重操旧业，又全身心投入陆家山水画的学习、创作中。由于生活的积累、经历的丰富、人生的坎坷，使他的山水画的内涵更加丰富、深刻，陆家山水的特色表现得更加充分和强烈。2012 年后，王伟庆得到陆亨先生悉心指教，手把手传授陆家山水笔墨技巧，一招一式地指点，使他对于陆家山水精神得到深刻的领悟，其作品达到了较高的深度与力度，其艺术水平也有了明显提高。古语云："五十后学画不迟"、"有志者，事竟成"，都印证了王伟庆先生为绘画立志、追梦的历程。著名中国花鸟画家，早年曾得到陆俨少、程十发大师器重，被画界誉为"中国花王"的方攸敏先生对王伟庆的山水画作过这样的评点："伟庆学弟早年拜师陆家门下，先期由陆亨先生指教，初得陆家之门道，然后再经陆翁亲自执教，使陆家山水笔墨技巧、云水、山石得益于心。真可谓陆家山水真传弟子！"陆俨少大师已经仙逝二十二年了，陆家山水新掌门人，当今陆家山水的旗手、德高望重的陆亨先生对王伟庆知之甚深，且寄予厚望，今年春天他在浙江富阳讲学期间亲笔题写匾额赠王伟庆，书法苍老遒劲，匾曰："陆家山水传人"，这是给予王伟庆先生莫大的荣誉与鞭策。

勾云留白，徜徉陆家山水

陆俨少大师 70 岁变法，在他的画作里出现了勾云、留白和墨块的画法。这些画法是他山水画变法的标志，也是陆家山水的基本风格。有一位上海的艺术评论家在其著作《胸中一段奇——陆俨少艺术试论》中有这样一段中肯、精辟的评论——陆俨少大师有三个独门绝技："攀岳登峰，创造了勾云的妙法，上下呼应，突出于常规"，"他因看到山林的'轮廓光'而创留白之法，把光、气、水、云系统抽象包涵其中，他又相应生发墨块之法。他是在对造化体察中参照传统泼墨法而创立的”。又说：“留白是虚的抽象，墨块是实的抽象，二者有机搭配造就了雄浑、博大、千变万化的景象，正应了‘虚实相生’这个词。”

纵观陆俨少大师的山水画，堪称文人画的上品。中国画坛的老前辈谢稚柳先生曾称赞他“唐宋之际，画水高手，史不足书，即唐宋高手，亦不足为我俨少敌也”。著名书画鉴藏家、中国书法家协会名誉主席启功教授也曾赋诗夸奖：“蜀江碧水蜀山青，谁识行人险备径。昨日抱图归伏枕，居然彻夜听涛声。”

王伟庆先生师承陆俨少大师，在其山水画作中能比较熟练地运用勾云、留白和墨块的技法，使画作平添“天然去雕饰”的气质和较高的艺术审美价值。

我喜爱他的《春树晴峦》和《秋色无远近，出门尽寒山》两幅山水佳作。前者视角俯瞰，画面呈三座山峰，依次排开，浓淡分明、层次清晰。山与山之间填以勾云，寥寥数笔，云蒸雾腾。细察山峦叠峰之轮廓着淡青与浅绛，彰显悬崖峭壁上古树虬枝的苍劲挺拔，也映衬山峰之奇险，令人遐思。后者三座山峰按上、中、下三层排列，上下两层小而短，中间一层大而长，变化自然，具有动感。画面右上角留白书题识，左下方留白具跋文和落款，不疏不密，错落有致。再看《秋色无远近，出门尽寒山》的视角，亦为居高临下的俯瞰，气势十分宏伟，蕴含毛主席诗句“乌蒙磅礴走泥丸”的气概；画面中部的山涧，瀑布飞溅，而邻峰树木苍郁，动与静、白与黑形成强烈的对比，可谓以有形之相，而显无声之音。这正是陆家山水“自然韵味高于大自然本身”的精髓体现。《黄山图》则立意较高，为避免与同类题材的雷同，王伟庆在构图布局上巧妙而有新意。图的上方为远山，笔墨刻画出悬崖的陡峭和山巅古木之参差，两峰间留白未有勾云。著名国画大师张大千先生有《黄山文笔峰》，表现文笔峰周围的景色和云雾浮岚的苍茫境界，是举世公认的名画。陆俨少大师的《崖南揽胜》着力表现近山之巅，画一拄杖老翁，携童子一人，似采药、观景，亦似深山访友，树木葱茏遮住了远山。构思独出心裁，画中充满诗意。王维《终南山》诗曰：“分野中峰变，阴晴众壑殊。欲投人处宿，隔水问樵夫。”陆翁的弟子王伟庆在其黄山系列作品中也悟出了唐诗的灵性。他描绘三峡的壮美景色，给读者留下深刻的印象和美好的享受。《三峡图》和《客路三千，恬波一色图》是他的倾心杰作。随着画图的展开和移动，观画人恰似随画家一起沿江旅行，三峡的景色时而开阔，时而密集，水势时而湍急，时而平缓。参差的山石重重叠叠，有的互相掩映，有的突兀耸立；树木组合或密或疏，或直或攲；素湍的飞瀑，清荣的山涧，曲折的山径，低矮的茅屋，大江上扬帆之舟，等等，景色的壮美和布局的紧凑，富有变化而相互融合，使画面气氛活跃，令观画人百看不厌。王伟庆笔下的长江三峡，得益于陆翁的教育与郦道元的《水经注·江水·三峡》的滋养。陆翁在《自叙》中说："我常常画峡江图，前后不下数百幅。也因有了三峡看水的生活体验，用勾线办法创造出峡江险水的独特风格，只行海内，为他家所无。"

再看王伟庆的江南水乡画，有立轴，有镜片，有扇面，有巨幅宏制，也有玲珑小品，林林总总，丰富多彩。如《江边小景》《江南水乡图》《流水人家》《江山渔舟图》《流水一溪清》《溪山佳胜》等画作，描绘江南水乡的四季美景，具有浓厚的江南文化风格。他把笔墨凝聚于小桥、流水、丘陵、丛树、鱼塘、农舍等江南水乡平常的景物，反映了画家对故乡的眷恋之情，也使读者感受到那一份难以言传的温馨与甜蜜。方攸敏先生称赞他："伟庆仁弟的江南水乡图，笔墨清新，出笔酣畅果断，大有陆家山水之神韵，能做到繁简中见层次，浓淡中见远近，疏密中见清灵，可谓不可多得的佳作也。"

美哉，壮丽的祖国山河！美哉，独具风格的陆家山水！

书韵诗魂，注重画外功夫

陆俨少大师对他的弟子们说过许多画画的道理，其中有一句名言叫作"十分功夫，四分读书，三分写字，三分画画"。我乍听之下觉得难以理解，明明是画画，为什么画画只占三分，而画外却占了七分？陆翁还说要"读万卷书，行万里路"，画山水必读三本书：一是郦道元的《水经注》，二是《徐霞客游记》，三是柳宗元的山水小品。陆俨少大师当年身体力行，有感而发。他实践"万里行"，得益于坎坷的人生经历。全面抗日战争爆发后，他避地重庆，饱览蜀山蜀水。1946 年，他搭乘木筏沿江东归，凡三月余，其中途经长江三峡就耗时一个多月，其间目睹三峡之胜状，对于他日后的峡江题材的创作大有裨益。他曾在《自叙》中这样回忆道："我少时读《水经注》关于三峡一段，文字隽永，令人屡读不厌。”“我坐木筏上可以细审其势，得谙水性……三峡之中，走了一个多月，比读十年书得益更多。”王伟庆学陆翁行万里路，游历过黄山、九华山、天目山、武夷山、雁荡山等名山；看水也曾溯长江而上，从上海至重庆，观察沿岸景色。他观山看水，是为了熟悉大自然春夏秋冬之不同，阴晴晦明、风云雨雪之变化，而了然于心。王伟庆对“读万卷书”，则面有难色，常常感叹青春不再，国学基础甚差，如之奈何？我曾建议他苦读唐诗三百首和历代文人尺牍，庶几可以弥补文学功底之一二。经过一番“恶补”，已见成效。因为唐人诗歌，无不诗情画意，后人的诠释与阐述也十分周备、中肯。通过学习和背诵唐诗，王伟庆已逐渐体悟到古人对于书画同源、诗书画一体的见解是何等的正确、高明。宋代大书画家、文学家苏轼评王维诗曰：“味摩诘之诗，诗中有画；观摩诘之画，画中有诗。”（注：王维，字摩诘）并提出画为“诗之余”之说，“诗不能尽，溢而为书，变而为画，皆诗之余”（《文与可画墨竹屏风赞》）。陆俨少大师是融诗、书、画于一体的典范。因此后人赞扬他“不但是一位诗书画俱精的文人画家，而且创造了一个诗化的全新的一代画风，成为当代中国画坛不可多得的‘穷天人之际，通古今之变’的一代大师”。

欣赏王伟庆先生的山水画，我们不难发现每一幅画的题识，无论长短，每一段跋文和落款，都很用心地去学习陆翁的榜样，且偶有即兴创作的小诗作为附丽亦十分质朴可爱。他的许多题记，词藻华丽，脉络清晰，具备古文风韵。如《三峡图·跋文》：“三峡之险悍波急湍，性命俄顷，平生难忘。今日整治，江山无恙，又是番光景。余以陆家之笔意写此图。乙未年初夏独颖翁伟庆于海上并记。”再如《客路三千图·跋文》：“江流击山，山削成壁，流回沙转，云根迭出，今日整治江路，非复往时行旅畏途，再睹宏图，养焉兴怀，欣然命笔。”《黄山图·题识》：“黄山之奇虽曰松云之映带，然而若岩之奇，松云安能依附乎？故曰黄山之奇虽在高深谷、悬崖绝壁，其上入云霄，下临无地，仰视落冠，俯瞰股栗，斯皆他山之无而黄山所特有者。”反诘、立论，锵然有声。

纵观王伟庆山水画的艺术成就，作品中迸发出越来越明显的文人画的意味，那些似乎不经意的国画小品，如团扇、折扇之扇面画，正如这些小品的标题一样，是江南的《流水人家》，是傍山临水的农舍《溪山佳胜》，是如诗的《江边小景》，是一首《江路归帆》的田园牧歌，十分清丽可爱。

敬业殉道，坚持艺术追求

当今画坛，浮躁和拜金之风相当盛行。你如果随便问一位业外人士，什么画是好画？他可以毫不犹豫地告诉你：价格高的就是好画。什么画家最有名？在拍卖行拍得高价作品的画家最有名。我们批评这种说法太势利、市侩、低俗，并不过分，但放在市场经济的框架里，又似乎拥趸不少，支持与反对的观点相左，互不服气。症结在哪里？

1. 传统的文化在丢失，画家的灵魂被腐蚀

这是王伟庆先生的感悟之一，他说："画家的灵魂被名利腐蚀，人心浮躁，贪婪，影响了美术的突破与发展。"他告诉我，网上一位有良知的业内人士，曾慷慨撰文一针见血地指出其弊病："现在整个社会对绘画意义的理解、期许与要求都在降级，人们判断一位艺术家的成就，和艺术家是否读书、读多少书没有关系，而是画价的高低、官位的大小，艺术家在这样氛围中就会竭力去搞关系，因此不可能有时间读书、有理想去提高文化修养、有责任去面对艺术问题。"这段分析真是入木三分、切中要害的金玉良言！

2. 画画要有殉道精神

据王伟庆的许多朋友告诉我，他从来不卖画，朋友中有喜爱他的画作，他总是慷慨馈赠。近二三年中，我就目睹他向朋友或艺术机构赠画不下二十余幅。有人说他傻，不能与时俱进，他不改初衷。他其实并不傻，他把画画作为人生情怀的寄托、理想与信仰的追求。在他眼里，画画，特别是继承陆家山水的坚守，是一种承诺和信仰，在这种艺术追求和探索中，有比金钱更高尚的回报与享受。他说要以艺术实践淡泊名利，又对得起名利，恪守陆翁的训诫，决不玷污他老人家的英名。

3. 没有传统精神，画画就没有灵魂

王伟庆先生的淡泊名利和执着的艺术追求，植根于正确的世界观和价值观，植根于他对中国传统文化的深刻理解。他说："没有传统精神，没有严格的师教，就没有灵性，更谈不上笔墨技巧，因此就不可能画好山水画。"今年春天，他在雁荡山写生，所见所闻，令他心情久久不能平静。他感慨地说："现在市场及艺术院校毕业的中国山水画家，用西洋画法技巧来做国画写生，完全没有中国画的传统，因此门面上看用毛笔在宣纸上作画，其实只不过是西洋水彩画的翻版。”这些学院派的所谓的雁荡写生画，千篇一律，呆滞而缺乏灵气，平面而没有山水的质感。因此，他说：“没有笔墨的作品，是无根之树，无源之水。”

4. 广结善友，转益多师

在中国古代，考察一个人是否仁人君子，首先看他周围的朋友是什么样的人品。孔子曰：“德不孤，必有邻。”（《论语·里仁》）说一个有道德修养的人，必定有志同道合的人来和他交朋友，因此他不会孤独，也不会孤立。我观察王伟庆先生交往的朋友圈，大多心胸坦荡，能宽容别人，又好读书求进取。他和《常熟日报》副总编沃建平先生的交友故事就是一段结缘佳话。数年前，沃建平在朋友处看到一幅山水画，格调高雅，笔墨老练，非常喜爱，遂细察落款署名访遍常熟画人，未有结果，后遇一偶然机会，常熟的裱画师傅告知，此乃嘉定画家王伟庆，并从中牵线会面，我目睹了王、沃等几位好友在嘉定安亭一小区会所见面小酌的热情场面，真是志同道合者一见如故，话语投机，相见恨晚。此后数年，交往密切，在艺术上相互切磋，在为人处世上相互勉励。沃建平为人热情豪爽，乐于助人，在任职报社前曾在常熟市委宣传部任科长，市交通银行任行长，保险公司任总经理等职，精干而多才，仗义而好客。与王传庆的气质有许多共同之处，他们因一幅山水画结缘而成莫逆之交。孔老夫子说得好：“益者三友，……友直，友谅，友多闻，益矣。”（《论语·季氏》）陆翁鼓励他的弟子们要“集众家之长，而加以化，化为自己的东西”，他说的“转益多师是我师”，原是唐代大诗人杜甫的诗句“转益多师是汝师”为我所用，意即多方请益，多以他人为师，这种虚怀若谷的态度，正是儒家思想的一脉相承。

尊古师祖，顺应艺术规律

王伟庆先生有一本学艺的小册子，我见过，上面密密麻麻，记录了许多学习陆家山水画的体会、感悟，以及对画坛存在某些违背艺术规律弊端的批评，观点很鲜明，经验也很实在，但我以为千头万绪，最重要的是以下几条：

1. 没有继承就没有发展

陆翁早年从王同愈学诗文和书法，继从冯超然学习国画，专攻山水。按：

“王同愈，号胜之，吴县（今苏州）人，为江西学政，山水秀逸，得四王遗韵。”冯超然，“号涤舸，江苏常州人，生长云间（今上海松江），晚年寓上海嵩山路。……山水、花木，骨力神韵兼备，……晚年专攻山水，声价甚高。”今人评论陆翁的画风，可以追溯到宋元，而在他的画作中也能隐约见到董源（五代）、巨然（五代）、范宽（北宋）、李唐及黄公望等元四家及王翚等清“四王”的影子。陆俨少大师赞成“以元人笔墨，运宋人丘壑，而泽以唐人气韵”（王翚《清晖画跋》）的主张，并且身体力行，取得承前启后、发扬光大的艺术效果。陆俨少一生最爱雁荡，他以雁荡山为题材创作了许多脍炙人口的山水佳作。雁荡素有“海上名山”“寰中胜景”的美誉，山中多诡形状殊的峰峦洞瀑，尤以瀑布闻名，历来是山水画的理想去处。陆翁笔下的雁荡可谓群芳竞秀，百态千姿。其《雁荡四景》是最具宋元神韵的典型杰作。谢稚柳先生以一首七绝诗（《风流今见陆天游——陆俨少大师〈雁荡四景〉赏析》）：“鸥波而后开生面，简远痴翁黄鹤遒。六百年来旗鼓息，风流今见陆天游。”今之画坛有这样一些人，对中国五千年的文化传统知之不深又不肯学习而假装斯文，甚至对画理一窍不通而奢谈发展。这些自命不凡的画家画山水，不在笔墨上下功夫，既不会读古，也不肯摩古，在金钱的驱使下，以高科技仿古、抄袭成风，如此以往，国画将变味，山水画将成为西洋水彩画了。早在清代早期，著名“虞山派”领袖王翚面对当时画坛的传承悖论和流派之争，就一针见血指出弊端产生的缘由：“嗟乎，画道至今日而衰矣！其衰也，自晚近支派之流弊起也。顾、陆、张、吴，辽者远矣。大小李以降，洪谷、右丞，逮于李、范、董、巨，元四大家，皆代有师承，各标高誉，未闻衍其余绪，沿其波流。如子久之苍浑，云林之澹寂，仲圭之渊劲，叔明之深秀，虽同趋北苑，而变化悬殊，此所以为百世之宗无弊也。”这一段话里，他列举了自宋以后画坛许多大家的艺术造诣，并赞许他们互相学习、彼此包容的精神以及唯有如此才能传承有序、不断发展的道理。

2. 笔墨当随时代，画画与时俱进

清代初期，画坛的主流是崇古、仿古和摹古。别号为“苦瓜和尚”的石涛是画坛有名的改革者，他对这股摹古之风十分反感，他嘲笑泥古不化、“识拘于似”（指拘于像古人）的愚蠢行为，大声疾呼“借古以开今”的独创精神，并提出“笔墨当随时代，犹诗文风气所转”的革命性主张，他还为山水画总结出“蹊径六则"，给后世画坛以极大的影响。我认为，这一主张是时代进步的要求，也是艺术发展的客观规律。我们从中国书法历代对于艺术风格和审美情趣的演变，也可以看到绘画与此相呼应的演变轨迹。中国文字从商周尚象、晋代尚韵、南北朝尚神、唐代尚法到宋代尚意、元明尚态、清代尚质的一条变化脉络。这里的"象""韵""神""法""意""态""质"，就是不同时代的独具的风格特征，它是随时代的进步而变化的。比如元、明两代所尚的"态"，就是这段历史时期形成的妍媚之风。从代表人物看，赵孟頫—文徵明—董其昌，就是尚"态"的一条历史线索。在书法与绘画上，上追晋唐力求雅韵，然而又都秀婉圆媚、姿致横生。他们能把雅、俗水火不容、难以调和的对立加以通融，把复古与趋时二律背反，也通过"态"而消融浑一。这种奇特现象说到底，依然是时代氛围、精神气候、审美风尚等时代因素所造成的。

时至当代，中国的山水画应怎样顺应时代精神？我以为画家必须克服浮躁和拜金的陋习，饱蘸艺术圣洁的笔墨，为圆伟大的中国梦而努力表现祖国的壮丽山河，激发广大观画人和爱画人的家国情怀。

3. 掌握陆门的运笔技巧，做有真才实学的"独颖翁"

陆家山水的奇妙之处关键在于用笔。时人评介陆翁的用笔："他画山水，不太换笔，总是以一管陆家山水专用笔一画到底，那一笔之间的变化，以及笔与笔之间的变化，其浓淡、黑白、疏密、虚实，互相之间的变幻，全凭这管笔的挥动与生发。"王伟庆先生刻苦钻研陆翁的绝技，在其山水画作中运用娴熟自如，已达到了较高的境界。数年前，王伟庆先生（字静安，很贴切，但没有号）很恳切地求教我，能否为他起一个号？我即以他掌握这门独门绝技来命名，曰"独颖翁"。"独"意为单或一，而"颖"，据《辞源》注释，指"毛笔头"。"独颖翁"意即从头到尾只用一支毛笔画画的男人。这个雅号王伟庆先生很高兴地接受了。几年来，随着王伟庆先生在画坛影响的日益扩大，"独颖翁"比他的名字更加响亮。陆家运笔的技巧，说神奇其实也平常，没有苦练的恒心，没有聪慧的悟性，是难以掌握的。笔在具体运用中，中指的动作及注意力的集中，心与手指的配合，能使画出的线条顿挫转折，波礫相生，皆能为心所欲。此技法只能亲身体验而无法言传也。衷心祝愿王伟庆先生再接再厉，为踏踏实实地继承陆家山水的传统作出不懈的努力。

陆家山水画和中国画坛其他流派的作品一样，都是画家以审美方式，与主客体世界进行心灵对话的形象记录，这种对话有时达到了哲学的高度。画家以跌宕多变、率意老辣的笔法，以及飞动洒脱的泼墨、变化莫测的色彩，在笔墨纵横交错之间，在笔情墨象中，蕴含着耐人寻味、不可言传的情思，也体现着中国人历来崇尚的“道法自然”的美妙境界。因此，每一幅国画，无论是人物、山水，无论是写生、小品，也无论是工笔、写意，它们中的精品力作无不凝聚着民族与时代的印痕，无不积淀着民族的精神与气质。

刘勰《文心雕龙 · 时序》云：“时运交移，质文代变”，“文变染乎世情，兴废系乎时序”。这是论文学历史流变的，但同样也适用于书法与绘画风格美的递变。时代精神、生命情调、文化氛围、审美风尚在随着时代的进步而发生相应的变化。正因为如此，在文化底蕴深厚、传统历史悠久的中国，人们可以通过一个时代的山水画卷，来洞察观照这个时代的人文精神和审美风气。

中国画作为民族心理意识的艺术结晶，不是每个人都能从较高的层次来加以欣赏的，因为作品的时代环境，作者的概况、流派传承、风格演变、所用典故、笔墨技巧、社会评价，乃至欣赏者的立场、素养，等等，都不能轻而易举地把握的。

我对陆俨少大师及其留下的无数珍贵墨宝，一向秉持“高山仰止”的崇敬，对陆家山水后继有人感到非常欣慰与鼓舞，但是我毕竟画外人论画，对于博大精深的陆家山水艺术缺乏系统研究，难免挂一漏万，失之偏颇。以上拙文，祈读者与方家赐教。

乙未年四月二十七日于定慧斋

原载《天下常熟》杂志

操琴，贵在静心

——二十三年前参与古琴大师龚一和翁瘦苍先生虞山雅集有感

近日，第五届中国古琴艺术节在常熟降下帷幕，中国古琴界高手云集的盛况让我想起了发生在 1992 年春天的一件高雅而有趣的往事。

怀旧——七弦情未了

大约在 1992 年春天，交通部上海船厂厂长、中国著名船舶专家冷大章先生，建议到古城常熟组织一次人数不多又高雅的文化活动。经过与龚一先生沟通，大家都对古琴艺术的民间交流意向一拍即合。那天，在常熟老街翁瘦苍先生的府第，龚、翁两位著名的古琴演奏家，沐手焚香，品茗怀古；抚琴沉吟、切磋琴艺。他们弹奏了《潇湘水云》《醉渔唱晚》等几首经典古曲。在场享受这一刻美好时光的除冷大章先生等人，还有我（时兼职上海音乐家协会“上海之春”公关部顾问）、沃建平（时任常熟市委宣传部科长），以及古琴爱好者、现为常熟市青年书法家协会主席的马一超先生。翁、龚切磋琴艺，十分默契。那时，翁年逾古稀，而龚正值知天命之年。老少结缘、情系虞山。翁瘦苍先生是著名“虞山派”的传人。“虞山派”始建于明代，在琴界声望很高，二十世纪三十年代由著名琴家查阜西（1895—1976）等琴师在上海组建的“今虞琴社”，就是为了纪念虞山派而命名的。龚一，1941 年出生于南京，国家一级演员。十三岁学琴，受业于张正吟先生，十五岁登台演出，获查阜西先生赏识。毕业于上海音乐学院，曾任上海民族乐团团长。现为“今虞琴社”社长、中国琴会会长。

心静——琴艺致远、致深之本

有一帧龚一先生讲课的照片，其背景十分醒目：书法家题写的匾额上书“养心”两个大字。明代大儒唐甄在《潜书》中说：“心，灵物也；不用则常存，小用之则小成，大用之则大成，变用之则至神。”说一个要想成就事业的人，必须用心，小用则小成就；大用则大成就，如果能做到“至变”即“养心”，则能达到最高境界。演奏任何一种乐器，都应先静其心，去浮躁，灭杂念，净思虑，古琴尤甚。东汉才女蔡琰（文姬），是东汉大文学家、音乐家蔡邕的女儿，她博学多才，妙于音律。民间传说：一个晚上，其父鼓琴偶断一弦，文姬听其声知“断的是第二弦”。蔡邕惑而问她：这是偶然猜中的吧？并故意弄断一根弦，文姬答曰：“这是第四弦。”判断果然不差。三国时期，东吴大都督周瑜不仅善于用兵，也精于音律。俚语云：“曲有误，周郎顾。”他们为何能有如此精妙的判断？心静也。

二十世纪七十年代末，龚一先生一曲《潇湘水云》使大名鼎鼎的指挥家小泽征尔的心灵久久不能平静。小泽听罢龚一的演奏，先是盘膝席地而坐，一言不发；继而要求龚一重弹一遍。曲罢，小泽垂头沉思，长久无语，最后十分感慨地说：“中国的古琴艺术深奥啊！”龚一先生对《潇湘水云》潜心研究多年，深谙其历史背景和作曲者的心情，加之他心静如水的操琴境界和娴熟的技巧，其演奏效果自然感人至深了。小泽的肢体反应和简洁的语言表达，诠释了中国古琴艺术的博大精深，也印证了小泽不愧是一位伟大的音乐家。所谓“音乐无国界”“音乐是沟通心灵的桥梁”的警句，对于龚一和小泽的音乐对话，是多么贴切、精辟啊。

养心——攀登艺术境界的阶梯

至于如何才能做到心静，使演奏者和听众的精神状态达到较高的境界，这是一个儒家几千年来一直在推崇的君子修身养心的传统话题。按孔老夫子的要求，即要达到“中”与“和”的高度。“中也者，天下之大本也，和也者，天下之达道也。致中和，天地位焉，万物育焉”(《中庸》)，就是说，如果要做到“中”“和”的地步，天地间的一切就会安排得当，万物也都顺遂地生长发育。达到这种境界的捷径，就是“养心”。孟子解释说，“养心莫善于寡欲”(《孟子·尽心下》)，养心，没有比减少私欲更好的了。做人如此，弹琴亦如此。

龚一先生说：“心中有古人，眼中有今人。”表现了演奏家尊重历史又古为今用的艺术观与价值观。我以为，欣赏者要“心中有今人，眼中有古人”，努力融汇古今，与时俱进。若如此，演奏与欣赏，就能相得益彰，使古琴艺术能够长盛不衰，永葆青春。

原载《常熟日报》

美丽没有国界　追梦永无止境

——赏析摄影家周建松先生行摄珍品《美影》画册

去年暮秋，我在徐霞客的故里访友，江苏省法尔胜泓昇集团董事局主席、和我有三十余年友情的周建松先生获悉，邀我叙旧。在品茗论艺之余，周先生馈赠我礼物，其中有一本记录他多次去美国拍摄大自然风光的画册——《美影：周建松行摄美国》最为珍贵。

这本精美绝伦的摄影画册于2012年3月由中国摄影出版社出版发行，共收录了150余帧照片。周建松先生自序《艺无法定，永无止境》推心置腹，侃侃而谈，字里行间充满着浓郁的人文情怀和深邃的人生哲理。周先生以遒劲流畅的书法在画册的扉页上题词："光影融情，请葛乃文先生雅正。"雅正，实不敢当。但我认真、反复研读、欣赏了这本画册以后，内心却抑制不住深深的震撼，我从中得到了许多可贵的启迪，获益匪浅。我也坚信，广大摄影爱好者欣赏这本画册以后，一定会获得高尚的审美理念，正确观察社会，理性面对人生的正能量。

我不揣冒昧，以文艺评论家的身份再一次涉足摄影艺术评论的殿堂，发表我的观感与评论，偏颇之处，在所难免，还望周建松先生和摄影评论的专家们不吝赐教。

现在，我们就跟随周建松先生行摄美国的足迹与镜头，一起来欣赏美国西部美不胜收的自然风光，共同体验那如梦如幻的画面给我们带来的愉悦和心灵的震撼吧。

美国西部：神秘梦幻的代名词

2011年底，周建松先生第三次到美国摄影，历经27天，行程8707公里，途经美国西部 11 个州中的 7 个州，即：俄勒冈州、加利福尼亚州、犹他州、亚利桑那州、内华达州、科罗拉多州和新墨西哥州。

所谓“美国西部”的概念，它不仅是涵盖 11 个州的地理名称，还是冒险与希望的代名词。从十九世纪初以来，美国西部创造了惊人的神话，至今依然是许多美国梦的发源地。周先生用相机记录了这 7 个州中最负盛名的 8 座国家公园的美丽风光，它们是：布莱斯峡谷国家公园、优胜美地国家公园、死亡谷国家公园、锡安国家公园、国会礁国家公园、拱门国家公园、仙人掌国家公园以及科罗拉多大峡谷国家公园（简称大峡谷国家公园）。

1. 美轮美奂的国家公园

在世界最美国家公园中，美国的国家公园占了相当大的比例。例如：1872 年，美国政府在位于中西部的怀俄明州建立了世界上第一个国家公园——黄石国家公园。其后 100 余年中，全世界共建立了数千个国家公园。建立这么多国家公园，不应当单纯为了商业目的，即把自然景观与珍稀动物圈起来供游人观赏而获取丰厚的票务收益，或者供游人拍照留念，封存在个人的记忆中。国家公园应当是人类与自然界共生共存的乐园。一位旅美华人作家说得好：“每一座国家公园都是一个完整的生态缩影，是人类与自然界共享蔚蓝星球的绿色家园。这是对大自然的敬畏，也是对每一个努力生存的生命的礼赞。”

（1）雄浑、沧桑的大峡谷

大峡谷国家公园，因科罗拉多大峡谷而得名。周建松先生以十余帧精美的照片展现了大峡谷的斑斓全貌。请看一帧大峡谷全景图，左右两侧均是高耸的峭壁，它们由红色的巨层断岩构成，山顶和峭壁间覆盖着皑皑白雪，其间苍松翠柏宛如一座座袖珍盆景。图中央是红褐色的大峡谷，呈 V 字形。据有关资料记载，科罗拉多大峡谷是世界上最长的峡谷之一，全长 349 公里，最大深度约 1800 米，谷底最窄处仅 120 米。这是一帧鸟瞰图，摄影人居高临下，将峡谷全貌尽收眼底。远处是淡淡的云霭，如雾如烟，又如霞如火。在落日余晖的映照下，一条呈水平状的彩带十分壮观。周建松先生介绍说，大峡谷岩石嶙峋突兀，层峦叠嶂，岩壁由不同的岩层重叠而成，从谷底向上按地质年代的不同，裸露着从寒武纪到新生代的各期岩系，展现了 20 亿年的地质构造史。因此，它不仅美丽、壮观，成为世界的明信片，而且更有“活的地质史教科书”的美誉。摄影人独运匠心，从不同的方位、角度，不同的时段、距离，把大峡谷的魔幻、奇异景象捕捉到镜头里。由于光的照射，由于日落日升，光线的强弱、角度的变化，岩石的色彩也会随之变化，时而呈棕褐色，时而呈赤色，时而又变幻成深蓝色。层层岩石在色彩的变幻中，奇妙无穷，宛如一座童话世界。《美影》画册里，另外几帧表现大峡谷的照片，也十分精致到位，完全印证了以上的描述。你看，那裸露的大峡谷石壁上的巨大石块，个个粗犷而壮美。这些层层断岩，悄无声息地记载着北美大陆早期地质形成及发展的历程，所以有人赞叹说：“科罗拉多大峡谷，就是一本北美大陆的日记本，每一个岩层就是一页过往的记录。”难怪美国总统西奥多·罗斯福（1858—1919）在游览科罗拉多大峡谷后发出了如下的赞美：“大峡谷使我充满了敬畏，它无可比拟，无法形容，在这辽阔的世界上，绝无仅有。”

（2）沉默、神秘的石拱门

著名的拱门国家公园（又名阿切斯国家公园）在美国西部的犹他州，占地300多平方公里，有形状各异、大大小小的石拱门2000多个，其数量和密度堪称世界之最。

《美影》画册给读者呈奉了四帧石拱门精美照片。第一帧是正面平视的大拱门，其图左为金黄带褐色的断层岩，形似无顶的金字塔，而图中偏右又像直升机的起降平台。摄影人通过画面，突出远处的科罗拉多高原及远处的雄伟山脉。山顶白雪皑皑，天空是湛蓝色，没有一丝云彩。远山衬托眼前雄浑沉默的石拱门。从色彩上欣赏，近赤而远蓝，前黑而后白，对比十分强烈。第二帧照片是远景日出照，视线穿过巨大的石拱门，远眺晨曦中隐约可见起伏的山峦和石拱门下深渊一样的幽暗峡谷，谷底暗赤色，当初升的太阳沐浴裸露的岩石碎块，峡谷显得格外亘古与沧桑。峭壁向阳一侧泛起红光，而背阴的一侧显得幽暗深邃，巍峨的岩石垒起的平台恰似旷野中棱角分明的古老城堡。石拱门之顶的内层，迎着朝阳，在光晕的弥漫中彰显悲壮的血红色。第三帧是拱门落日照，在傍晚时分阳光斜射，拱门洞如巨大的鸟蛋。拱洞内可见远处的一座石拱门，它像翘首望天的巨龟，尾部下方有圆形的拱门，巨龟前方有椭圆形石块两个，并排而立，酷似两只巨型龟蛋。巨龟仰望天空，天空一片蔚蓝，朵朵白云，飘浮而过。在这红岩遍地的旷野，这巨龟状的石拱门给荒原带来了生命的气息。它们是远古生命的化石，象征着大自然的赐予，也突显了大自然伟大建筑师的不可思议。第四帧是拱门近景照，近处是三块巨大的岩石，远看是座巨大的桥式拱门，它的弧度很小，几乎是水平面的门顶，桥的一端连着红岩托起的桥基，另一侧是拱门上端向下的延伸，与桥基无缝对接。总体形似一头老迈的大象，桥面犹如长长的象鼻。左侧有灌木几丛，它在红岩的衬托下，更显翠绿、明亮。这几丛难得的绿树，使整个画面平添了勃勃生机，读者可以感受到：荒漠不再荒芜，旷野也不再寂野了。

拱门国家公园里还有举世闻名的“北窗拱门”，这里是游人必到之处，人人拍照，取景雷同。多则滥，滥而无味。周建松先生的《美影》画册没有刊登“北窗拱门”的照片，不是疏忽，而有深意存焉。

（3）星罗棋布的璀璨明珠

周建松先生的《美影》画册里，还呈奉出许多著名国家公园的经典风光照片，恰如撒在美国广袤大地上的熠熠发光的明珠。它们分别是：青山如黛、湖光山色的大提顿国家公园；北美大地上天赋雄奇的黄石国家公园；古木参天的红杉国王谷国家公园；有浓郁印第安文化遗迹的国会礁国家公园；绿树环抱、风景秀丽的锡安国家公园；瑰丽多彩的加农海滩；海天一色、晶莹剔透的班敦海滩；光怪陆离的魔鬼花园；怪石嶙峋、干旱荒芜的比斯迪荒原，等等。风光照片可谓帧帧精彩，无与伦比。我们欣赏它们，仿佛是享受摄影艺术殿堂里的饕餮盛宴，令人回味无穷，赞叹不已。

2. 如诗如画的森林瀑布

我们中国人欣赏瀑布，受唐诗与国画的影响很深。李白诗《望庐山瀑布》：“日照香炉生紫烟，遥看瀑布挂前川。飞流直下三千尺，疑是银河落九天”，就是一首具有典型意义的咏瀑诗。它描绘瀑布像一条巨大的白练高挂于山川之间，雾霭飘渺，被红日照射，化作一片紫色的云霞。瀑布“直下”，气势磅礴，势不可挡。中国水墨画表现瀑布，喜欢突出群山中的“川”，写瀑布其笔意在表现群山的巍峨与雄伟。周建松所拍摄的美国西部瀑布群，则别开生面，从崭新的角度聚焦，他说：“在拍摄图科梯瀑布、莫斯布瑞瀑布、普洛克希瀑布、梅特拉科瀑布、潘趣酒杯瀑布还有银瀑时，都非常艰辛。虽然曾见过美国的尼亚加拉大瀑布，更拍摄过巴西的伊瓜苏瀑布，但这次是在原始森林拍摄。”是的，地点不同，背景不同，艺术效果也不相同。普洛克希瀑布就很像一幅绿色环抱、飞流直下的泼墨的中国画。我们看到银练似的瀑布的顶端，被绿树遮挡，看不到蓝天，瀑布自上而下分成二支水帘，经过台阶似的断岩层，倾泻到谷底。瀑布两侧绿树映掩，谷底溪水潺潺流过，也长满了水生植物，真是一片碧绿的世外桃源。整个画面80%是翠绿，20%是银白，绿白互衬，构成原始森林的静谧、幽深。另一帧照片是近景写真，镜头聚焦飞流直下的银练，长长的，从上至下占据了画面的80%，而其余20%是树木的翠绿。和上一帧照片对比，异曲同工，妙不可言。

表现巨大杉树环抱中的飞瀑，其翠绿养眼，银白令人惬意。图科梯瀑布，摄影的角度非常大胆而有魄力。镜头中心是一条小银瀑，只占画面的1/10，其余9/10是特写的三棵巨大的红杉树。从树干之间的缝隙俯瞰，只见嫩绿和微红相间的浓密的杉树树冠。这个峡谷到底有多深，全被绿树掩住了，令人浮想联翩。潘趣酒杯瀑布的银瀑恰似从酒杯中倾倒而出的一股清香琼液。还有两幅“银瀑”照片，一大一小；一为整体，一为局部，取景的角度是正面稍仰。摄影人表现的重点是瀑布周围的原始森林的苍茫和浓郁的幽境。细看树干、树枝上覆裹着绿色的苔藓，严严实实，密不透风，梅特拉科瀑布的照片则完全表现原始森林的本色。这里的瀑布温柔漂亮。瀑布泻到谷底的水柱只溅起一层白色的水雾。如果我们把大气磅礴的大瀑布比作魔鬼的吼叫，那么“银瀑”则是文静优雅的大家闺秀的浅唱低吟。

以上评论的周建松先生所拍摄的一组原始森林的瀑布群，它们有着许多观赏点。不同的角度、不同的方向、不同的高度、不同的时间和不同的气象，呈现的是绚丽多彩、千变万化的景象。站在瀑布前，能感受到汹涌直下的气势和震耳欲聋的轰鸣。听响彻心扉的哗哗水声，仿佛心灵被洗涤了一般。周先生在拍摄瀑布后感慨地说：“为拍摄日出光线，在天气漆黑没有路的情况下，我们沿着铁轨艰苦跋涉，沿途可能会碰到正在行驶的列车，但看到了这秀丽得难以想象的瀑布时，才真正使人感到这原始森林瀑布的惊人壮观和宏伟。”

3. 鬼斧神工的冰川、银湖

《美影》画册不仅刊登了美国西部7个州靓丽的风光，还刊登了周建松先生2007—2008年先后两次去阿拉斯加州、怀俄明州、蒙大拿州等美国中西、东北部地区拍摄的自然风光，他在“阿拉斯加东南部乘坐螺旋桨飞机，到高空5500米拍摄德纳里雪峰并登陆了德纳里冰川”。画册呈奉给广大摄影爱好者9帧阿拉斯加冰川和雪山的照片，就是当时有惊无险的记录。镜头把我们带到了一个变幻莫测、鬼斧神工的冰雪世界。

其中5帧阿拉斯加冰川照片，从全景到局部到特写，记录了德纳里冰川神秘的面貌。冰川全景蔚为壮观，淡蓝色的冰体覆盖了无数个突兀的山峦之巅，远高近低。低处是一条蓝冰构成的大河床。裸露的岩层呈横向的纹路和如火的血色。山的表层被植被覆盖，绿中透黑。湖水是深沉的蓝色。冰川在苍穹和银湖的衬托下，透着凛冽的寒气，仿佛进入了幽幻莫测的童话世界。

由于冰川与冰舌不断推延至湖面的常温地带，冰川的前沿逐渐融化，随着冰川融化的速度加快，常常每隔一段时间便发生冰崩，冰块互相拥挤、碰撞坠入冰湖中，发出砰然巨响，使寂静的山谷响起古老而梦幻般的回声。一帧阿拉斯加冰川的特写镜头就是漂浮在冰湖上的巨大冰块。另一帧冰川照片是表现日落时余晖映照蓝色的冰山，勾勒出冰川宏伟的轮廓。冰湖上水雾弥漫，天空中霞光流彩。还有一帧冰川近景照片，则是冰川与冰河的交汇处，淡蓝色的冰块和浅黑色的湖水以及湖面上漂浮的并正在融化的冰块给人清凉刺骨的感受。冰川上空，一只美洲雄鹰翱翔盘旋，它的目光冷峻犀利，给寂寞鬼怪的冰川平添了一层阴森恐怖的色彩。4帧德纳里雪山照片，是从高空俯瞰阿拉斯加雪山，白雪皑皑的群山，揭开了雪山的神秘面纱。雪山环抱着巨大的冰湖，白云从山巅掠过，湖面升起淡淡的雾霭，一幅多么迷人的雪山风景画啊！从飞机上往下看，周先生的镜头捕捉到德纳里雪峰的银色山峦起伏连绵的壮观，山峦的棱角刚劲，层次分明，积雪在山脉间的分布使雪山的脉络显得更加清晰悦目。山峦之巅棉絮状的白云在云山间缭绕，观之令人宠辱皆忘、心旷神怡。没有乘过螺旋桨飞机从高空拍摄如此境界的体验，是很难体会到摄影人当时所能体验到的那份惊喜与愉悦的。

观赏周建松先生呈奉给大家的9帧冰川、雪山照片，让我们体会了一次什么叫壮美的意境。去一趟阿拉斯加冰川和雪山，你方能领略到什么叫真切感受。那被白雪笼罩的山巅峰峦，那被微风吹皱的一汪冰湖涟漪，那被绿树和野花点缀的旷野……都是我们在梦中幻想不出的绝美。阿拉斯加的雪山、冰川如此鬼斧神工，如此奇妙诡异，都应感谢大自然的造化和赐予。是的，当春天来临的时候，冰雪在融化，冰川在消退，而冰湖的面积在不断地扩大，那些守卫在湖滩的树木，被湖水淹没了根系，也成为一道凄美的风景线。那是一棵棵摇曳在湖中的绿树。画册里虽然没有发表这些令人遐想的作品，而在周建松先生影像资料库里，我看到了它们，让我非常感动和享受。

4. 火热浪漫的夏威夷

刚神游了雪山、冰川，周建松先生镜头一下把我们带到了北太平洋中心的夏威夷火山国家公园，这里有世界上最著名的基拉韦厄和冒纳罗亚两座活火山。与冰川雪山对比，一寒一热，真是冰火两重天啊！我起草这一章节时，恰逢上海、江苏、浙江等华东地区连月高温，40 摄氏度以上高烧不退，创下 140 年来最新气象纪录。当我们把目光凝聚到夏威夷火山的 4 帧照片时，真有被烈火炙烤的感觉。一帧火山全景，其中心是一个锅状、燃烧着玫瑰色火焰的火山口。喷口处被高温气化的水雾呈半透明的淡蓝色，缕缕雾霭随风飘逸。火山口外围是一个椭圆形中间凹下去的大泥盆，盆地外貌平坦，且有斑斑点点的苔藓植被。这座火山正处在大爆发以后的休眠状态。它是海拔 1243 米的基拉韦厄火山，它个头较小，山脉的坡度不大。据说火山喷发的熔岩冷却后奇妙地铺就了一条双车通道，这使它成为全世界唯一可以开车进入游览的活火山。看两帧火山的特写镜头，一是表现锅状、红彤彤的火山口，一是俯瞰火山口的全景。火山口被蓝白色的烟雾缭绕，遮住了火山口。火山呈圆锥形，熔岩向下奔腾的轨迹，给山体刻出了远古而荒凉的印痕。

这 4 帧夏威夷火山的风光照片和周建松先生所摄的美国西部的风光照放在一本画册里，使北太平洋中心的夏威夷这颗珍珠更加璀璨夺目。

当我们轻轻地把《美影》这本美丽的画册掩上时，脑海里起伏的思绪还不能很快平静下来。据悉，在周建松的相机里还有许多记录夏威夷浪漫风情的镜头：那些头戴花环身穿草裙的少女，伴着太平洋的涛声，在椰子树下翩翩起舞……因为这本画册只记录自然风光，不涉及人物和动物，因而不免有些不足和遗憾了。

周建松先生在自序中说："希望那里的一个瀑布，一条山脉，一块奇石，一片海滩，一座峡谷，一支小流……都能给大家带来无限遐想和美的追求，感受到与利益无关的惬意享受，使自己心旷神怡，神清气爽，激情高昂。"画册面世后，受到广大摄影爱好者和热心读者的追捧和好评，获得了摄影界的大奖及很好的口碑。周先生这个初衷已经圆满地实现了。

追寻梦想：周建松心中永远的情结

周建松先生为什么不辞辛劳、长途跋涉，在2007—2011年间多次去美国拍摄自然风光？为什么又于2012年底飞行1万余公里到南美的阿根廷拍摄南极边缘的冰川呢？我知道，他在国内已经走遍了西藏、新疆、内蒙古的名山大川、大漠草原、雪山飞瀑；我更知道他多次到达了珠穆朗玛峰5000米以上的登山营地。他勇敢执着于对美的不懈追求的精神令人敬佩，他在广大摄影爱好者的心目中是英雄好汉，但也有人认为他是纯粹的影迷、影痴，似乎他只是为摄影而生的奇人。我对此不以为然。通过摄影艺术，周建松先生要向读者表达怎样的内心感受？这摄影的里里外外，到底蕴藏了哪些玄机与鲜为人知、挥之不去的情结呢？

1. 钟爱摄影　情系事业

周建松先生在冶金工业系统是一位知名度很高的成功人士。他四十余年孜孜不倦，百折不挠，把一个当初"手搓麻绳"的民营小厂，一步步发展壮大到今天的特大型企业：以金属制品为主，产业涉及光通、新材料、现代服务业的多元化生产、经营企业集团——江苏省法尔胜泓昇集团公司。我在二十世纪八十年代曾供职于交通部直属的一家大型修造船厂，与江阴钢绳厂毗邻。由于天赐机缘，我与周建松先生相识、相交、相知，至今已有三十余年了。我非常了解他那时肩负重担、没有退路的窘境，他集党、政、技术的领导职务于一身，在发展的道路上，不知面临了多少艰难险阻，也不知克服了多少困难与障碍。其间，他靠自身的努力奋斗，荣获了很多省、市、部级的荣誉称号，这是各级领导对他的企业和他本人的极大信任与褒奖。在荣誉和成绩面前，周建松先生始终心静如水，从不张扬。他把荣誉变成前进的动力，使企业不断发展壮大，企业的信誉早已在国内外市场得到了认可和尊重。

周先生爱摄影，始终心系他钟爱的事业，他在画册的自序里说："在沙漠里每一步的艰难跋涉，相对我们企业40余年来创业和再创业都有异曲同工之感，所以体会尤深"，"在进入花甲之年，正式退居二线后，着重开始研究企业文化、摄影文化的生涯"。这里，周建松先生把摄影作为企业文化的重要构成部分，要像研究企业文化一样研究摄影文化，因为建设和创新具有竞争力的法尔胜文化，在法尔胜泓昇集团，已经将中国传统的道德文化努力融入广大职工的思想里，渗透到经济细胞中，成为以文化促生产、促经营的强大动力源泉之一。今年初夏，我应周建松先生之邀出席该集团公司摄影协会的年会，目睹了江苏省有关方面的领导把"江苏省企业文化示范基地"奖牌授予了法尔胜泓昇集团旗下的"法尔胜大酒店"。

2. 天道酬勤　自强不息

周建松先生在2013年法尔胜泓昇集团摄影协会年会上致词，语重心长地谈到了他多年来从事业余摄影的五点感悟，催人奋进，发人深省。这五点感悟是：①重视动力——企业文化是企业发展的动力之一，做企业文化是我要做，而不是要我做，要发自内心。"今天的文化就是明天的经济。"②准确定位——摄影文化是为经济基础服务的上层建筑，摄影要因人而异，因地制宜，量力而行。③平常心态——不求名利，随遇而拍。"摄影追求的是一种愉悦心情的享受。"④贵在坚持——要发扬锲而不舍、持之以恒的精神。"唯有静心养性方能坚持。"（按：养性出典《孟子》："存其心，养其性，所以事天也。"）周建松先生以实际行动做出了表率，我惊讶地发现他利用业余时间坚持写书法长卷，抄录中国古典名著中倡导儒家思想、中华民族优秀传统的名篇、章句，以4尺宣纸相连接，精心装裱而成长卷，目前已完成7000余米，目标是明年在建厂50周年前夕完成1万米。如能按期实现，这在当代中国企业家中是独树一帜，绝无仅有。贵哉，坚持。⑤勇于创新——"勇于创新，不仅是摄影的成功之路，更是企业创业、再创业的不二法则。"

3. 百年长兴　任重道远

年逾花甲，被人们亲昵地称为“老爷子”的周建松先生现在已退居二线了，但明眼人看得出他退而未休，静中有动，继续关注着集团的经营动向，关注着麾下几万名员工的福祉。曹操有诗曰：“老骥伏枥，志在千里！”这两句诗比喻周建松先生心中的情结是十分贴切的。他透露说，在身体状况允许、条件具备时，还要到尚未涉足的国内外著名风景区拍摄自然风光，还要再登5500米以上的珠峰登山营地。总之，无论在企业文化领域还是经济领域，他还有雄心勃勃的长远计划要实践，要完成。他提出企业“百年长兴”的口号，是鞭策、激励自己和广大员工永不停息、努力进取的宏伟目标。他殷切地期盼接班人青出于蓝、后来居上。我衷心祝愿“老爷子”的事业梦、企业梦一定能在追寻、奋斗中如愿以偿。

末了，我把话头再引到《美影：周建松行摄美国》这本画册上来。我非常高兴引用他在画册自序里所说的那段极富人生哲理、饱含真情、文字也十分优美的表白作为本文的结束语：“这里，我想说，艺无法定，永无止境。我是一个业余爱好者，对文化摄影追求的目标就是大家共享、共赏、共议、共研、共乐，通过《美影》，和大家一起感受美的人生，美的情缘，美的未来，寻找人与人，人与自然，人与生活结合中富有诗情画意的形象，在光与影的交织中，定格成一幅幅难忘的记忆，让瞬间化为永恒！”

周建松，男，1946年12月27日生，江苏江阴人，汉族，教授级高工。法尔胜泓昇集团原董事局主席、法尔胜泓昇企业文化交流研究会会长，江苏省中华文化促进会副主席，江阴市企业家协会会长，中国优秀摄影家，西藏摄影家协会荣誉主席，中国摄影家协会会员。中国摄影出版社“影像风范”优秀摄影家十人展摄影家之一，在中、日、韩三国艺术家参加的十五届BESETO艺术节展中获一等奖，在中国美术馆举办过由中国摄影家协会主办的“自然·生态·和畅”摄影个展，在中国平遥国际摄影大展举办“泓洲凌韵”个展展出，同时被山西档案馆收藏，中国徐霞客国际旅游节上举办周建松云南风情摄影展，中国摄影年鉴2008、2009、2011摄影作品入选。在由中国文学艺术界联合会、中国摄影家协会主办的2010、2011中国西藏珠穆朗玛摄影大展中获得特别荣誉奖，在中国

“乐凯杯”第六届摄影艺术大赛上《层峦叠嶂》获优秀奖，荣获“尼康—中行杯”全国摄影大赛特等奖、中国证券首届摄影大赛一等奖、中国审计署摄影作品展一等奖。主要著作有《周建松风光摄影艺术》《人物》《泓洲凌韵》《气贯长虹》《国色仙芝》《鹭影鹤舞》《美影：周建松行摄美国》等摄影画册。

癸巳年七月初三日脱稿于大华定慧斋

原载《零距离》杂志

画品人品两相宜

——俞云阶国画《双鸭春水图》赏析

这是一幅俞云阶先生的国画佳作《双鸭春水图》：在紫槐树的垂枝下，一泓清晰见底、野萍漂浮的春水，两只红嘴鸭游戏其间。公鸭随波逐流，目视前方，眼神安适自在，白羽醒目，尾部翘起，状态丰腴而轻盈，不见双蹼，似在水下运动，朱笔勾勒鸭嘴，线条简洁而生动；母鸭并列凫水，头颈向右弯曲，红嘴啄理羽毛，又仿佛逗弄紫槐垂枝，活泼可爱。母鸭右掌露出水面，作划水状。作者寥寥数笔将双鸭水中姿态刻画得活灵活现，充满生活气息。作品构图巧妙，匠心独运，左侧以淡墨描绘几株岸边挺立的紫槐树，枝干遒劲并向右向下伸展，树叶吐绿，星星点点，透露初春信息。特别神奇的是一根树枝竟垂直向下，直达池水，它把画面的空间与时间连接成一体，有令人耳目一新的视觉效果。紫槐的花语是“脱尘出俗、美丽晶莹”。常熟著名画家王震铎先生题款：“春江水暖鸭先知”，蕴含大诗人苏东坡的诗情画意，不愧为国画大师陆俨少弟子，其书法有陆氏遗风，平淡中显神奇，随意中有法度。好的题款为这幅花鸟画佳作锦上添花，难能可贵。

俞云阶先生（1917—1992），江苏常州人，现代著名画家，毕业于中央大学艺术系，师承徐悲鸿、傅抱石等名家，一生绘画作品无数，艺术成就非凡。此幅《双鸭春水图》作于1982年，其风格是清高脱俗，不染风尘。如此高尚的画品，正是他为人正直、淡泊名利的人格的体现。1979年，俞先生的父亲病重，急需一大笔钱求医，不得已他卖了两幅画救急，事后他一直闷闷不乐，他对儿媳说：“一想起自己的作品被人家当作古董一样卖来卖去，我真的为自己感到羞愧。”两年之后，俞云阶的代表作《日日夜夜》在香港《大公报》发表，一位富豪以天价求购，遭俞先生断然拒绝，当时俞生活清贫而不为所动，使一般俗人无法理解。俞云阶先生说：“人贵自知，人贵自止。我的画不是为某些少数富豪贵族而作，今后是要进美术馆，让每一个普通老百姓都能看到的。”俞先生一生创作了3000多幅作品，无奈之下仅卖过两幅，兑现了他终生不卖画的庄严承诺。巴金先生为此称赞他是一位“爱百姓，人民爱”的艺术家。俞云阶先生的画品好，人品更好，因为他的画里有铮铮“画骨”和幽幽“诗魂”。我的老师启功先生曾说过：“典型的文人画，并不意在写实，而是表现一种情趣、境界。”

常熟是我的第二故乡，半个世纪以来，与常熟结下了不解之缘，也结交了几位热爱书画艺术、淡泊名利的朋友，每到常熟必与之品茗论艺，欣赏书画名作，其乐无穷矣，其中常熟市委宣传部原部长颜承文，沙家浜镇原党委书记王欣，常熟公安局原政委顾宏，支塘派出所原所长王伟民，驻常部队原政委江家滠，我的学生、虞山当代艺术研究院执行院长沃建平，以及新华盛节能科技股份有限公司朱礼明老总等，皆是我志趣相投的书友和画友。以有品位的书画结缘，以有品位的人品结缘，则艺术常青，友谊长存。

高哉，俞云阶先生；美哉，《双鸭春水图》。

原载《江南时报》

法自然之道，彰和谐之美

——评“民间高手”陈其平先生书法、摄影作品的艺术特色

乙未年仲夏某日，我赴江阴市访友，下榻于法尔胜大酒店。当晚，友人在该酒店“百荷厅”设宴为我接风洗尘，当地文化界的十余位朋友前来雅集。席间所谈，多半是艺术创作与人生感悟之类的话题。议论最多的是书法，大家交口称赞近期微信网络上推崇的几件书法作品，其作者被“粉丝”誉为“民间高手”。问其详，谜底让我大吃一惊，原来这位“民间高手”乃我相识三十余年的老朋友陈其平先生也。

陈其平，1949 年 12 月出生于江苏省江阴市，1970 年参军，1975 年退伍进交通部澄西船厂宣传处任职，1994 年调入江阴市金都大酒店（后改名“法尔胜大酒店”）负责行政管理工作，获经济师职称，直至 2009 年退休。1980 年春我从上海船厂调入交通部澄西船厂，在厂长办公室负责文秘及行政工作。我与他由于工作上的交往而相识，由于业余爱好和性格相近而相知。后来我调回上海工作。三十余年间，我与陈先生建立的友情甚笃。深知陈其平对书法、摄影有过人的天赋，他的作品获赞，他本人被誉为“民间高手”，我以为名副其实、恰如其分。

书法：挥洒自如、率性自然

我仔细观赏陈其平三幅有代表性的书法作品，它们是：行书匾额《松柏精神，云山风度》《笔落惊风雨，诗来泣鬼神》，行书立轴《竹径风声籁，花溪月影摇》，总体感觉是：①线条优美，神采飘逸。《松柏》匾额不过八个字，竖排三行，加上落款小楷二行七个字，布局紧凑而不显局促，可谓字字精神，夺人眼球。其中最具神采的是“云”和“风”两个字。“云”字，繁体，雨头云尾，似不在一

根中轴线上，“雨”头潇洒而“云”尾浪漫，头偏左而尾右翘，当中断开又似断似连，其势恰如山间飘忽的云岚，又仿佛雾霭缭绕，飘忽不定。这藕断丝连若即若离的轨迹，在不经意间彰显神来之笔，令人赞叹。再看“风”字，作者用笔顿挫，摈弃柔媚的轻滑，左撇果断而遒劲，右挑则苗条纤细，断续中显功力，体现出山风的刚阳气势。“云”与“风”的柔媚与刚阳互相衬托，左右呼应，使书法的总体生动活泼。②笔墨流畅，稳而不浮。行书匾额《笔落惊风雨》中，末尾一个“神”字也堪称神来之笔。请看这“神”字的右半边的“申”，这一竖苍劲有力，是作者以悬腕运中锋，凝神聚气，从上至下笔力时轻时重，速度时快时慢，而着墨时浓时枯，笔画自然向下而略有弯曲之态，亦如山谷间倾泻的瀑布。行书立轴《竹径风声》中的“月”字，端庄典雅；《笔落惊风雨》中“诗”字外刚内柔；《松柏》中“山”字象形、稳重，皆是比较成功的亮点。

欣赏陈其平的行书，不难看出其中有元人赵孟頫和明人董其昌书法的影子。陈其平自幼喜爱书法，曾下功夫临颜、柳的楷书法帖，但骨子里更喜欢赵、董的行书。有耕耘就会有收获，陈其平坚持业余书法实践，几十年如一日，终于使他的书法造诣达到了较高的境界，并获得社会的认可。他的成功，也得益于他善良热情的天性，他的书法正如他的为人那样，“顺物自然而无容私焉”(《庄子》)，如果上升到哲学伦理的高度来阐述，就是应了老子“人法地，地法天，天法道，道法自然”的格言。这里的“自然”，其实就是自然而然、顺应天意、顺应自然规律之意。中国的书法家，自古以来把“道法自然”作为创作的纲领之一。古人形容书法之美，受《周易》的影响很深，所谓“风行水上，涣”，即“风行水上，自然成文”的审美标准。古人也用这样的评论来比喻优美的书法作品：“俯而察之，漂若清风厉水，漪澜成文”，“远而望之，若翔风厉水，清波漪涟；就而察之，有若自然”。

诚然，陈其平的书法也有明显的缺憾，这缺憾恰恰就是他率性自由、无拘无束优点的负面。如作品中某些字的结构不够规范；再如布局方面由于个别字与字的相邻组合尚不够协调，等等，影响了美感。立轴《竹径》中，左右两竖排的第四个字，即“声”与“影”并肩而立，其“声”字下“耳”与“影”字的右“彡”，笔画雷同，略显板滞。再如匾额《松柏精神》中“山”与“风”上下紧紧相连，以致读者可能误读为“岚”。“山”与“风”如拉开距离，再使字的形体上改为一大一小，或一粗一细，如此能错落有致，布局更臻完美。书法的“缺憾”，即使是书法“神品”“圣品”，有时也难避免败笔，更何况是非专职的业余书法家，存在不足之处实属正常和必然也。

摄影：寓震撼于宁静，寓美艳于平淡

陈其平先生是江阴市摄影家协会一位十分活跃的会员，他的摄影作品大部分取材于滨水的船厂和少数民族地区的自然风光。我最喜欢他的三幅佳作：《背水姑娘》《生活》和《枫丹图》。

《背水姑娘》摄于西藏阿里地区。画面简洁、清新、宁静，甚至有些许冷寂。图左与图中的位置是一座白色的石制佛塔，塔后是湛蓝的天空，几缕棉絮状的白云镶嵌在天幕上，塔下整齐地堆砌着数不清的五颜六色的石块，远处与蓝天边际相接的是一望无际、若隐若现的蓝色湖水，水天一色令人遐想。图右侧是一座红褐色山峦，从山脚至山脊、山顶，可见系扎无数彩绢吉祥带的绳索和石栏杆勾勒出的蜿蜒曲折的朝山进香的“天梯”。最引人注目的是两位背向佛塔的藏族姑娘，其中一位着黑呢上衣，彩条长裤，以头巾蒙面，戴白色口帘，身背绿色塑料水桶，右手持橘红色水勺，头微俯，不见眉目，呈若有所思状。另一位姑娘黑衣、黑帽，面部仅露出双眼与鼻，头亦微俯，双手下垂合掌于小腹，亦作沉思状。这幅摄影作品把观众带到了世界闻名的西藏的神山和圣湖边，神山名曰“冈仁波齐”，圣湖名曰“玛旁雍措”。神山的全貌未出现在画面中，它海拔 6638 米，是冈底斯山脉的主峰，相传它是藏传佛教、印度教、苯教共同认可的“世界中心”，所以每年来此朝拜的中外佛教信徒络绎不绝。画面上部隐约出现的湖水，是佛教经典中的圣湖，它位于冈仁波齐山东南 20 余公里，这是一座著名的淡水湖，湖水湛蓝、清澈，充满生命力和宗教神秘色彩。

两位背水姑娘为何伫立于此？是从圣湖背水累了在此休息，还是等待游客经过而布施圣水？抑或是售水？这些猜想可能是，也可能不是。我以为两位背水的藏族姑娘是虔诚的佛教信徒，她们长途跋涉，吃尽千辛万苦来到圣湖取水，来到神山脚下朝拜，在佛塔前默然祈祷，不仅为家人祈求平安，同时也为天下众生祝福。图中那座庄严的佛塔，是去神山沿途而建立的特殊纪念物，它们或独立，或成群，或由刻着梵文玛尼经墙连接，汉文曰“塔”，梵文曰“支提”或“浮屠”。它由塔顶、塔瓶、瓶座、阶基、塔基等几部分组成，塔顶包括宝珠、日轮、新月、伞盖、伞、悲顶、十三相轮、莲花座等构件，非常复杂，又十分规制。佛塔下的各种彩石，叫作“玛尼堆”。信徒们还在彩石上刻佛像、六字真言或其他经文咒语，堆放在神山特定的场所，以供养诸佛，并作为祈福的纪念品。《背水姑娘》的整个画面给人以非常宁静、庄严的感觉，它寓意深远、不可思议。这是摄影人对佛教的悟性与对西藏地区民族、宗教风俗习惯比较熟悉，才能精准地构图定位，抓住难以捕捉的一瞬间，使画里画外具有强大的心灵震撼力。

《生活》是描写哈尼族妇女的善良、朴实和吃苦耐劳精神的生活场景。哈尼族妇女坐在小木凳上，其服饰是御寒的冬装，背驮襁褓中的婴儿，婴儿被毛毯裹得严严实实，看不到红润的小脸，此时她正全神贯注地用双手编制手工制品，面前一堆篝火，背后是一堆木柴以及一只低头觅食的白色家犬。画面平实而不呆板，它告诉读者，这是寒冷冬季，是在没有屋檐的露天，周围的环境传递了生活条件艰苦的信息，又反衬哈尼族妇女的辛劳和勤奋，给人留下难忘的印象。

《枫丹图》是陈其平风光摄影的佳作之一，它表现一丛茂密的绿叶中，三朵盛开的牡丹花和毗邻的枫树红叶。枫枝蓬勃向上，红叶娇艳欲滴，而花叶间晨雾迷蒙，花蕊上露珠晶莹，令读者观之如临其境，如闻花香而流连忘返。观此景，想起唐代诗人皮日休的《牡丹》诗：“落尽残红始吐芳，佳名唤作百花王。竞夸天下无双艳，独立人间第一香。”宋代的大政治家、大文学家司马光咏牡丹名句更贴合《枫丹图》的意境，诗云：“小雨留春春未归，好花虽有恐行稀。劝君披取渔蓑去，走看姚黄判湿衣。”诗人欣赏在雨天披着蓑衣去看“姚黄”“魏紫”这些牡丹花中的极品，别有一番情趣在其中。

“民间”“业余”也风流

陈其平的书法和摄影作品，在江阴地区以及在江苏省法尔胜泓昇集团主办的相关作品大赛中屡获嘉奖，他在书法、摄影作品中展露出的才华和气质，受到法尔胜泓昇集团董事局主席、著名企业家、摄影家和书法家周建松先生的夸赞和肯定。陈其平有他的艺术梦想与追求，且淡泊名利，为人好客仗义，在圈子里是有名的“好好先生”。他在浮躁、拜金的氛围中，有较清醒的认识，是由于他对生活的理解、对世界的看法、对人生的价值取向已经达到了较高的境界。他的书法、摄影如同他的做人，都有自己独特的理解和分析。他常说：要顺其自然，决不能沽名钓誉、随波逐流。他以“松柏精神”自况，以“云山风度”自勉，要努力前行，做一名不负众望的“民间高手”。

纵观陈其平先生的书法、摄影作品，其进步之大、造诣之深，我以为除了天赋与锲而不舍的努力外，也得益于他受儒家“和为贵”和道家“知足常乐”思想的潜移默化。中华传统文化中重“和谐”的价值理念，表现在人与自然、人与艺术及人与人的关系上，把天、地、人看成一个统一、平衡、和谐的整体，这就是艺术必须遵循的自然之道，即客观的艺术规律。愿陈其平的书法、摄影水平百尺竿头，更进一步！

乙未年六月九日于定慧斋
原载《零距离》杂志

豪放奇险　浑朴天成

——钱持云先生的山水画

江南水乡常熟，素以虞山画派、虞山琴派而闻名于史；近年来随着改革开放的深入，经济发达，文化繁荣，昔日文风，延绵至今。自幼生长在虞山之麓的钱持云先生，从事书画艺术已五十余年，擅长山水，行草亦佳。1986年至今，他先后在常熟、苏州和上海举办个人画展，并随艺术交流团访问日本。他的近百幅展出作品，以奇险、浑朴的艺术风格给观众留下深刻的印象。

钱持云先生的画，尚气势，重整体，造型严谨概括，用笔果断精练，设色清超绝俗，体韵遒举，兴会淋漓，直如老将用兵，出新意于法度之中，寄妙理于豪放之外，构成画面巨大的动感和独特的韵律美、结构美。综观钱老的山水画，具有以下四个特点：

其一，气势雄阔。观赏《五老峰》《清奇古怪》《奔腾》等画，气势夺人。一川如练的飞瀑，碧洒于万仞之下，水石击溅，崩云堆雪。作者以破笔散点方法画水石，又衬以下端浓墨重点的劲松，构成动中寓静的神理俱佳的妙品。

其二，浑朴天成。泼墨，是钱老近年精心探索之技法。《青山伴侣图》《王维诗意图》等已将王蒙之苍、米芾之滋、石溪之浑、石涛之辣，糅合一统。“元气淋漓峰犹湿”，水墨块上枯湿浓淡的渗合变化，重而不滞，活而不薄，繁不蹈实，简不泛虚。阔笔豪纵而不失其形，着力渲染却不丧其意。墨块与点线、色彩相映，明快、调节气氛，计白守墨，仪态万方。强烈的运动感、节奏感使作品富有余韵。

其三，平中寓奇。极平常的小景，奇趣横生，似乱非乱，耐人寻味。平中见不平，奇中是不奇，则是大家气度。如《雨后》等作品，布局别致，格调清新，氤氲缥缈，云水翻腾，使人奇思壮采，纷至沓来。水和云的各种处理，是钱老山水画的一大特色。

其四，简洁明豁。《清溪放棹图》长卷是体现这一特点的代表作。长卷删繁成简，笔精墨减，却减而不陋，神完气足，以少胜多。钱老又善用秃笔、渴笔、焦墨、渍墨，苍老生辣，无法而法，人画俱老。

“万点恶墨写山水，不象石涛不象颠，笔墨原来自怡悦，岂愁堕在野狐禅。”这是钱老《万点恶墨图》的自题诗。五十余年的笔墨耕耘，“师心师古师真髓”治学精神的鼓舞下，钱老丹青不知老之将至，决心再度酣游名山大川，创作出更多反映时代风貌和生活气息的作品来。

补记：钱持云先生（1918—2008）已经离开我们六个春秋了，我们钦佩他的高尚人品，仰慕他的艺术才华，特地把二十余年前发表在《文艺报·艺术评论》版的旧作《豪放奇险，浑朴天成》从故纸堆中翻寻出来，借《零距离》杂志珍贵的平台重新发表，以示缅怀与追思之情。当今画坛给予钱老先生很高的评价，称赞他“自学成才才皆学，无师自通通百师”“少年无钱拜名师，才成虞山一派墨”。这些评价是很中肯的。我以为：先生之德山高水长，先生之艺岁久弥香。钱持云先生虽已作古，但他对江南画坛和中国山水画的贡献，后人将永远记住他的名字。

甲午年七月二十三日

原载《零距离》杂志

美影要如诗句读

——黄晓刚摄影作品赏析

本文所说“美影”是专指精美的摄影作品而言。常熟业余摄影家黄晓刚先生风光摄影的精品力作在我的眼里，完全称得上“美影”。

崇尚自然，天真出灵性

欣赏黄晓刚的风光摄影佳作，给人最深的印象是自然、天真。这里的“天真”不是单纯幼稚，而是天然、真实的浓缩。黄先生在工作之余，带着相机观光、旅游，随手拍、随心拍，脑子里不介意摄影艺术入门之类的条条框框，因而舒展浪漫，无拘无束，似无法度。一帧《黄山烟云》，让迷蒙的山岚占据了画面的四分之三，而叠嶂峰峦，隐隐约约；苍松翠柏屹立于山巅的云雾之中，也若隐若现。拍摄黄山云雾是一个再老不过的题目，无数摄影名家为影坛留下过许多精彩纷呈的佳作。涉及此领域的业余摄影人往往是拾人牙慧或落入窠臼，吃力不讨好。然而，黄晓刚的《黄山烟云》却寓有深意和诗意。仔细欣赏，觉察画面中的云雾不过是一种陪衬，一件道具，它为“山”、为“松”作点缀。云雾与松与峰的错落有致，给人以山的伟岸、松的挺拔与云雾温柔的和谐、融合。唐代大诗人李白有诗云：“黄山四千仞，三十二莲峰。丹崖夹石柱，菡萏金芙蓉。伊昔升绝顶，下窥天目松。”他把群峰比作朵朵莲花，形象而生动。明代伟大的地理学家徐霞客赞叹黄山：“五岳归来不看山，黄山归来不看岳。”黄晓刚的《黄山烟云》把黄山山峰劈地摩天的险峻、云凝碧汉的雄浑，静中有动、美轮美奂的美景，艺术而通俗地呈奉给读者。《海子风光》摄于四川省九寨沟，此处地旷人稀，风景如画，人称“童话世界”。这里是岷山山脉中一条纵深40余公里的山沟谷地，因周围有九个藏族村寨而得名。河谷地带有大小湖泊一百多处，当地人称“海子”。

最令人赏心悦目的是“海子”清澈湛蓝的湖水。湖水几乎占据四分之三的画面。水中的树木枝条清晰可见，岸边水草丛生，山脚下树木葱郁，树叶的或深或浅，在阳光的折射下极有层次；景物倒映于湖水，五彩缤纷，色彩艳丽。这帧照片的拍摄角度及取景构图，都透露了摄影家的随心、随意，没有刻意雕琢，更显作品的真实、自然和质朴。

我更喜欢《永恒的月牙泉》。这帧风光照，真实记录了甘肃敦煌境内久负盛名又非常神奇的月牙泉的美丽风貌。画面的中轴线以下，从右至左是一条弧形的白水带，那就是鸣沙山下永不枯竭的月牙泉。画面上部是一片黄沙中矗立的敦煌石窟。月牙泉，古称“沙井”，俗名“药泉”，因泉呈月牙形，故名。泉水涟漪萦回，清澈见底。岸边水草丛生。据清道光《敦煌县志》载：“泉甘美，深不可测”、“四面沙龙、一泉清澈，为飞沙所不到”。此泉周边为鸣沙山，然千百年来飞沙均绕泉而过，从不落入泉内。这帧照片大约摄于阴历五月，泉边水草丰茂，阳光灿烂而温和。当地风俗：五月端阳，登沙山观泉景，相沿至今。月牙泉附近有“莫高窟”（千佛洞）和“藏经洞”等佛教圣地，历史悠久、风光无限。宋代著名文人赵抃感叹道：“可惜湖山天下好，十分风景属僧家。”

黄晓刚先生是常熟电厂发电部主任，发电供电是他的专业工作，而摄影是他的业余爱好。身为常熟人，对于故乡的山山水水，自然有深深眷恋的情怀，他把相机的镜头对准了虞山的名胜古迹、古桥水巷、公园老街，拍摄了许多精彩的风光照片，获得了业界及摄影爱好者的称赞。其中《远古的方塔》就是具代表性的优秀作品之一。

方塔，常熟标志性的古建筑之一，初建于南宋建炎四年（1130），建成于咸淳八年（1272）。塔九级，砖木结构，每级有四角，角尖上翘，塔形秀美端方。常熟地形，西北高而东南低，据传说为避免所谓客（位）高于主（位），古人而建此“风水塔”。

这帧照片摄影的角度很巧妙，以近景之拱门而收纳前方矗立的方塔。为集中表现方塔巍峨秀丽的线条美，塔之外的景物一概不取，用拱门上端及两侧的墙体遮挡，构图简练且具艺术美。拱门内左侧留半株古银杏，其枝繁叶茂衬托红墙黛瓦的方塔倩影，右下侧一座古代的石经幢，彰显方塔的沧桑历史和深奥的佛门禅意。

在黄晓刚的摄影图册中还有不少表现广西美丽山水的作品，皆富诗情画意。一帧《桃花江头》别开生面，令人耳目一新。画面的主体是树木葱郁、生机勃勃的群山环抱中的一泓江水，这里是江水与山的汇合处，画面中没有民居，更没有行人，给人以清幽、恬静之感。此江为广西阳江，俗称桃花江，它发源于广西灵川县的思磨山和维罗岭。桃花江穿越桂林西郊而汇入美丽的漓江。此江沿岸风景秀丽，其声名早于漓江。唐代著名诗人李商隐诗云："此去三梁远，今来万里携。"明代吴江（今苏州市）文人俞安期也有诗赞美阳江："放舸遵阳水，牵江上石梁。"

艺无定规，法度不可弃

黄晓刚先生的摄影作品崇尚自然，这是他的天性与长处，正如宋代大诗人、书法家苏轼云"我书意造本无法，点画信手烦推求"，说的是书法，其实它与中国的风光摄影艺术，在哲学、美学的法则中是一脉相承、互相贯通的。苏轼强调"信手自然，动有姿态"。黄先生的随手拍、随心拍，说到底摄影是他的爱好，是一种雅趣，因为不为稻粱谋，自然无拘无束，也避免了铜臭的熏染。他的作品自有一股天真烂漫气息。然而事物总是具有两面性，光凭灵性而无法度，不可避免地带来不足与遗憾。风光摄影是一门艺术，它的山很高，水很深，要登堂入室，进入神圣的艺术殿堂，还要不断地学习、研究摄影的艺术规律及其技巧。

虽然"艺无定法"是一个很高的境界，但我认为它并不是高不可攀。我们的老祖宗老子教导我们："人法地，地法天，天法道，道法自然。"历代圣贤认为这"道贯三才（天、地、人），其体自然而已"。这是对《道德经》自然观的高度概括，通俗地讲：艺术如人生，一切随缘、自然而然。

愿黄晓刚先生的风光摄影百尺竿头，更进一步。清代诗人、书法家张问陶有一副楹联："名画要如诗句读，古琴兼作水声听。"我取其上联之意为本文的标题，然否？

甲午年孟冬于常熟戴斯大酒店

原载《天下常熟》杂志

方尺天地尽朝晖

我喜欢文学而读文科，又因读文科与书画艺术结缘。踏上社会后的四十余年间，为《文艺报》《光明日报》等媒体撰稿采访过几十位书画家，无意又随缘地收藏了不少书画作品。其中一平尺见方的“镜心”最得我的青睐。

所谓“镜心”，是书画术语，即用一层宣纸托在书画作品之背面，亦称“托片”。它 33.3 厘米，正方形，可以配以各式镜框，置于书房、客厅或画廊之墙壁、灯光之下，越发引人注目。

我有几幅镜心，愿与爱好书画的读者共同欣赏、品鉴。

小写意花鸟画的境界

《蝈蝈》是王雪涛（1903—1982）的代表作之一。整个画面是一幅折枝花卉图，五朵盛开的鲜花，错落有致地立于挺秀的枝干上，大写意的绿叶和俊俏有力的叶脉，烘托一只栩栩如生的蝈蝈。画家用工笔细心描绘它，给人一种大写意与工笔的巧妙结合，成为名副其实的小写意花鸟的画。仔细看这个蝈蝈，似乎缺了一只大腿，仿佛是一个既精神又美中不足的“残疾蝈”。仔细地瞧，原来一只大腿的角度不同，与读者的视线重叠了，因而实有而视无，这是画家无意中开了一个玩笑。王雪涛是我国现代著名的小写意花鸟画家，师承陈师曾、王梦白等前辈，原名庭钧，号迟园，1924 年拜齐白石先生为师，改名雪涛。欣赏《蝈蝈》，不难看出王雪涛画作构思精巧，善于描绘大自然中的小生命，如蝴蝶、蜻蜓、蝈蝈等昆虫，尤其擅长画鸭。他的画刻画细致入微，逗人喜爱。

娄师白（1918—2010），也是齐白石先生的得意弟子。他的一幅《牵牛花》镜心，同样是小写意花鸟画的精品。四朵鲜红的牵牛花正朝天绽放。几片随意涂就的绿叶飘逸潇洒，其背景是两组“井”字形线条，寓意为锁住满园春色的竹篱笆，既抽象又形象，令人叫绝。娄师白 1942 年毕业于辅仁大学美术系（后该校并入北京师大），从 14 岁起便在齐白石先生家中学习诗书画及篆刻，直到齐白石先生逝世，长达 25 年之久。娄师白原名娄少怀，他的画作全面继承了齐白石先生的画风，晚年力求创新，但他一辈子活在齐先生的光环下，其背负的压力可想而知了。

人物画的时代风貌

人物画是国画中三大主流之一，我收藏的人物画镜心有一个共同的鲜明特征：反映人民大众现实生活的时代风貌。

我国画坛有一位专门描绘老北京风土人情的画家，他叫马海方，1956 年生于北京，长年坚持速写画，街头巷尾、车站码头、集市庙会、公园胡同，他用笔记录现实生活的场景，表现丰富多彩的百姓生活。《遛鸟》，表现两位北京大爷早晨出门遛鸟，在路边相遇、寒暄的情景。他们说些什么不得而知，但看他二位神情显得相当快活。一位手提两只鸟笼正向另一位手提一只鸟笼的大爷打招呼，右手习惯地上举使鸟笼随之晃动倾斜，这二位大爷的服装硕大肥厚，下摆遮住了双膝，其肢体不成比例成了漫画式人物。二位大爷均头戴一顶人民帽，像贴在头皮上的一块老蓝布，滑稽而生动。他们头上是黄绿二色重彩涂鸦，几笔枯墨线条告诉你这就是老北京常见的梧桐行道树。马海方笔下的人物形态很夸张，其浓墨重彩的没骨画法，在民俗画派中独树一帜。

刘文西的《花衣少妇》创作于 1981 年，反映了改革开放初期，城市和农村人民生活改善，女性穿戴逐渐丰富多彩的一个缩影。这是一幅人物特写画，穿花衣少妇，面容俊俏，双眼皮，烫发而卷成发髻，发际间插一枝鲜花，香腮略施胭脂，右手拈一朵鲜花放在鼻下，身着花衣，背部似背一红花图案的包袱，整个形象透出青春妩媚的气息，令人难忘。

范曾画中的祖孙情结

范曾，生于 1938 年，江苏省南通市人，字十翼，别署抱冲斋主。他是当代大名鼎鼎的大画家，又是一位十分复杂有争议的人物。我的藏画中有几幅范曾的人物镜心。其中大部分是只画两个人物，即一老一少，犹如爷爷和孙子。如《学稼图》表现戴斗笠的农民爷爷耐心地教孙子务农的知识与技艺；《弈清课秋图》表现一位士大夫装束的老人正指教一孩童下围棋；《神蟾图》画小童手托蟾请教爷爷，而爷爷似乎向孩童讲述刘海戏蟾的神话故事，等等。为什么范曾的人物画热衷于表现老人与小孩呢？这可能与他提倡的儒学之道有关。范曾论画有这样的语录："与天地精神相往来，吸取儒释道营养，做传统文化的守望者。"他对古今关于童心也有独到的评述："在科学和艺术上，我认为从幼年开始十分重要，这时的心灵还没有被沉重的生活和复杂的社会涂上老茧，柔嫩的、美好的心，对世界上的一切都是最灵敏的感应。"这些话都没有错，范曾的画在艺术上也达到了相当高的境界。但金无足赤，人无完人。从李苦禅、季羡林、钱锺书、沈从文等许多社会名流对他的评论看，有褒有贬，众说纷纭。我只以画论画，称赞他书画功力、技巧，因为范曾为中国画的人物画艺术作出了贡献。

小作品中的大家风范

最近电视里有一则为洗衣机做的广告，夸赞这种洗衣机有"大家风范"，而画面是一百余口的大家庭在祠堂前的合影。这把"大家"比作大家庭，其实与"大家风范"是风马牛不相及的。所谓"大家风范"，乃是指有突出贡献、知识渊博、德高望重的大学者的风度和形象。

若干年前我无意中得到一幅书法作品，其尺幅相当于一平尺的镜心，这幅字是丰子恺（1898—1975）先生1949年书写日本社会主义者片上伸的一句名言："单靠一只燕子春天是不来的"，左侧落款是"日本社会主义者片上伸句，一九四九年冬丰子恺书"，下面是篆书阳文"石门丰氏"。丰子恺先生所用的不是宣纸，而是当时流行的毛边纸，白中泛黄，经过近七十年的岁月磨蚀，纸张已发脆，边角残破，与现代的红星宣纸相比，相当寒酸，但恰恰反映了这页手书的真实性。丰子恺先生的字与他的为人一样，一笔一画，朴实无华。丰子恺先生师承李叔同（弘一大师），当年丰子恺在李叔同先生指导下，潜心临摹《张猛龙碑》《龙门十二品》等碑刻书法。他的字也受马一浮先生行书的影响，介于魏碑与二王之间的行书，是丰子恺先生独特的书法。

手书中所述“片上伸”，当年是日本早稻田大学文学部的教授。二十世纪二十年代初，片上伸曾几度来中国，与鲁迅、周作人、胡适等文化界的代表人物有过交往。丰子恺先生称他为日本社会主义者。但后来此人无声无息、无影无踪了。

2016 年 5 月，我和沃建平先生合作撰写的一篇论文《朴实无华　默默奉献——浅谈丰子恺先生与人为善的济世观》，在杭州师大举办的“第三届丰子恺研究国际学术会议”上宣读，并参观李叔同、丰子恺纪念馆，当看到丰子恺先生的许多书画手迹时，曾萌发了将我的这一页丰子恺先生的手书赠送给纪念馆的念头，因当时未带在身边而未能遂愿。

我的藏品中有启功老师的书画镜心若干幅，多年来从未示人，因这些作品不能代表老师的最高水平，所以不敢对书画作品进行妄议。我对老师的书画艺术，做人做学问，以及他对坎坷人生的洒脱应对，近年陆续在《江南时报》《常熟日报》等发表过三篇纪念性文章，表达了我对恩师的敬仰和怀念之情。

古人云：字如其人、画如其人。写字画画，其实都是在表现心灵的感受。收藏书画，是陶冶情操，修葺心灵。著名京华收藏世家子弟、大玩家、大收藏家王世襄有句名言：物“由我得之，由我遣之”，表明收藏自珍、不在据有的理念，也道出了收藏家的最高境界。

戊戌年端午节前夕于定慧斋

画蛇洋人郎世宁

——“十二生肖·蛇图”赏析

东汉三国时期的大儒孔融云：“岁月不居，时节如流。”转眼就到了二十一世纪甲辰年岁尾，我在书房撤下张善孖（1882—1940，近代画家，张大千胞兄，以画龙画虎闻名）的《龙图》立轴，挂上清代宫廷西洋画家郎世宁的工笔画《十二生肖·蛇图》。龙去蛇来，岁月轮回，而这两位大画家早已作古，正是物在人去，令人感慨唏嘘也。

此幅《蛇图》为纸本，设色，纵 138 厘米，横 69 厘米，系采用优质宣纸、绫绢，装裱精致，规范而高雅的书画立轴。

值得称道的是这幅画的作者郎世宁构图独运匠心，既大胆又谨慎，他的笔下几乎整个画面被一株虬劲而弯曲的古树所占据，看似密不透风，犯了国画必须留白的大忌，实则不然。这株大树植根于悬崖峭壁的缝隙中，周边露出松柏顶部茂密的枝叶，无意间衬托出这株大树所处的险峻高耸的位置，主干从左下角延伸到右上方，突然被画心的天际线切断，使读者看不到树冠，便油然产生古木参天的联想。画心主体描绘一条栩栩如生的巨蛇，它的尾部紧紧缠绕树干的上端，腹部贴于树干中段，而背部在空中交叉回旋呈“8”字状，蛇颈平悬，与树干垂直，蛇头如箭镞，其蛇舌似瞬间出入口腔，蛇信两触须卷曲向上，仿佛不停地抖动，它正在迅速搜集空气中细微的物质动态信息，目光冷峻而阴森，显示它狡猾机敏与高度警惕的动物本性。

郎世宁这幅《蛇图》不仅保持了中国传统绘画的笔墨韵味和表达意境，而且采用了西方绘画的技巧，特别是焦点透视法，使绘画的对象色彩鲜明，对比强烈，立体感尤为突出。此图上方诗塘处钤“太上皇帝之宝”“乾隆鉴赏”“石渠宝笈”“宝笈重编”等皇家鉴藏印玺。落款楷书“臣郎世宁恭画”。

蛇，在中国文化中有着重要的地位，《山海经》《白蛇传》等古老的神话故事中多有描述，它是智慧与吉祥的象征。但从我国的美术史考察，以画蛇而闻名的画家实属罕见，近现代画家中齐白石、徐悲鸿大师，当代著名画家范曾等偶有涉及，且数量寥若晨星，微不足道，唯有被誉为“晚清画苑第一家”的虚谷（1823—1896），曾多次浓墨重彩地描绘赤蛇，其艺术成就颇高而被奉为蛇图经典。

以蛇为题材的国画大多见于“十二生肖”系列，我有幸收藏到原籍“上海书业商会”的郎世宁十二生肖图，是由独立的十二幅生肖图轴组成套装系列之珍品，因装裱好又无缺损，具有一定的收藏和欣赏价值。

郎世宁（1688—1766），意大利米兰人，原名朱塞佩 · 卡斯蒂廖内，教名约瑟。康熙五十四年（1715），以西班牙传教士身份来华，因其绘画天才被召入画院供奉，历经康、雍、乾三朝，作品题材广泛，人物肖像、界画山水、走兽花鸟，无所不涉，无所不精，其中大部分作品被收入皇家书画宝典《石渠宝笈》和《宝笈重编》。郎世宁还参与过圆明园内畅春园的设计与施工，多才多艺，为清宫辛劳奉献五十余年。1766 年 7 月病逝于北京，乾隆皇帝为其加封正二品侍郎衔。

我以为，郎世宁之所以能成为中西绘画交融的重要的代表人物，除了他的天赋和勤奋以及三位皇帝的信任外，更重要的是他学会并掌握了汉语，且几十年孜孜不倦地与许多中国文化名人、国学大儒、书画高手交流切磋，饱览宫廷的书画宝藏，从中汲取了丰富的中国传统文化的营养与精髓，从而获得莫大的裨益，在中国美术史上书写了闪亮篇章。

2025 年 2 月 1 日于定慧斋

第四辑　读书·思辨

按照国际惯例优化管理中外合资企业

经过十余年的改革开放，我国一大批中外合资企业应运而生。据1996年6月《每周经济评论》杂志介绍，全国批准设立的外商投资企业已有26万家，其中70%—80%是中外合资企业。国内外的新闻媒体有评论说，中国吸引外资工作之所以如此斐然，除了改革开放的路线政策对头外，在很大程度上也得益于中国政府遵循国际惯例，对外资企业管理进行了积极的探索。

国际惯例（International Customs and Practice）是指国际上一般公认的习惯和做法，它是一个较广义的经济法律概念。简言之，是指在国际交往中逐渐形成的一些不成文的原则、准则和规则。

国务院特区办《举办外商投资企业应遵循的部分惯例》的实施，《中外合资经营企业法》及其《实施条例》的颁布，都表明我国在许多方面已经按国际惯例办了，如：合资企业的一切活动应遵循中华人民共和国的法律、法令和有关规定；合资企业各方可用现金、实物、工业产权、专有技术进行投资；合资企业有权自行制定企业章程，自行设置本企业机构，决定本企业的人员配备；在中国举办生产性企业的境外投资者，从企业分得的利润汇出境外时一律免征汇出所得税，并鼓励外商所得利润在中国再投资，等等。但是，有些方面目前还没有按国际惯例办，如：为了吸收外资，采取了超出国际惯例的更加优惠的做法。合资企业的比例，国际惯例是所在国企业通常占有51%以上的股权，外商一般不高于49%。我们只规定外商投资比例的下限为25%，没有上限规定，并且鼓励外商扩大投资，直至独资。再如，合资企业的董事长，国际惯例通常由拥有企业多数股权的一方担任，而我们规定由中方担任。发展中国家通常对合资企业出口产品所需的原材料、零部件规定一定的国产化比例，我们前几年只对内销产品才有国产化要求，等等。

要按照国际惯例办好中外合资企业，中外双方应共同贯彻好以下几条原则：

一、尊重我国国情，遵守我国法律的原则。中外合资企业是在中国兴办的企业，要尊重中国的国情，首先是遵守中国的政策、法令，认真执行中国的涉外经济法规，这是符合国际惯例的。在国际上执行企业所在国的涉外投资法律、法规，本身就是一种国际惯例。为了让外商了解中国国情，了解有关法律、法规，政府部门和外宣机构必须筹划和开展这方面的宣传。企业的中方管理人员更有责任经常主动地与外商沟通情况，使他们及时、全面地了解中国的有关政策、法令，以减少不必要的误解和扯皮。

二、妥善处理合资企业与中方母体企业关系的原则。在合资企业的董事会中，中方代表一般来自中方母体企业或中方行政主管部门。由于利益多元化的影响，中外双方难免发生摩擦。在这方面，要特别注意以下几点：①强调董事会的作用。董事会聘任正副总经理，而不是由双方的投资母体硬性指派。正副总经理只对合资企业的董事会负责。如果中方董事长同时又任母体企业的厂长、经理，那么就一定要摆正位置，分清自己的双重职责，遇到利害冲突，只能依法办事，按合同、章程履行义务和享有权利。在处理矛盾时应超脱些，谨慎些，以期正确、公正而不是僵硬地解决问题。②健全合资企业自主、规范的经营机制，提高经营决策的透明度。少数外方控股的合资企业，经营决策是由外方一手操纵或由外方的母体越俎代庖。比如，外方背地里拉订单，定价格，获佣金，掌握从境外采购材料、设备的大权，并从这些环节中赚钱获利，致使合资企业遭受损失，甚至亏损。因此，很有必要强调健全合资企业的经营机制，提高决策的透明度。③双方都要严格执行财务管理的规定，中方人员要参与财务监督。从部分合资企业财务管理的现状看，有的企业外资长期不能完全到位；有的存量资金结构很不合理；有的高负债经营。此外，外方人员工资过高，比相同职务的中方人员高出10余倍的情况并不罕见。企业财务对外方人员交际应酬及交通费开支失控，也是一个不可忽视的负面因素。

三、正确处理合资企业不同文化背景的原则。东西方民族特性、社会制度及文化传统的差异，会给合资企业带来正负两方面的影响。即使是亚洲投资者，也会在企业管理思想、制度、方法、习惯、风格上产生矛盾。有时会带来各种摩擦，直接影响高层之间、高层与基层之间的协调与和谐。有的外籍人员忘乎所以，甚至触犯法律，粗暴地体罚中国员工，有的把西方病态社会的恶习——性骚扰，带到中国的合资企业中来。对此，我们不应回避迁就，要以严正的态度和有效的方式进行规劝、制止，直接求助于劳动、工商、公安部门合情合理地解决，对个别确实严重的还可以诉诸法律。但在一般情况下，要承认中外文化背景的差异，提倡中外双方互商互谅，共同塑造合资企业的新的文化模式，培养全体员工对企业的信心和感情，使中外员工友好合作，和谐相处，自觉奉献。

四、合资双方正确对待合资目标保持一致的原则。在实践中，投资目标产生差异可能是长期存在的问题。总体来讲，中方追求长远利益，外方更看重于短期获利；中方希望通过引进先进设备、技术、管理，使产品进入国际市场，多创外汇、多分红利，外方则更关心掌握经营、采购和出口权力，希图以比较隐蔽的方式多赚钱，赚黑钱。为减少或避免此类矛盾的发生，从合资前的立项谈判起，就应加以防范，尽量堵塞漏洞。我们不能眼睁睁地看着国有资产流失而无动于衷。要动之以情，晓之以理，依章循法，促使外方光明磊落地经营，合理合法地赚钱，共同维护企业的整体利益，使双方投资目标在动态中趋于一致。

五、充分发挥董事会职能的原则。《合资法》与《实施条例》都规定："董事会是合营企业最高权力机构，决定合营企业的一切重大问题"，"董事长是合营企业的法定代表"。为使董事会与董事长的法定内涵真正发挥作用，则必须：①要使董事制度达到内容与形式的统一。合资企业既然是独立经营的法人，合资双方的母体都要充分尊重董事会的决策和决议。中方的行政主管部门或投资者，完全没有必要再去充当合资企业的"婆婆"，要真正还权于企业；合资外方的母体（或称总部），也不应指手画脚，随意干涉，错把合资企业当作自己的子公司。②要从组织措施上保证董事制度的落实。合资企业中的挂名兼职董事过多，不符合国际惯例，应逐步改变这种状况，变名誉董事、兼职董事为专职董事，专职董事要在合资企业中担任较高的管理职务。③要配备专职董事长，并用具有法律作用的规定明确其职权范围，以保证合资企业在董事会领导下能够独立自主地行使生产经营和内部管理的权力。

六、完善董事会领导下的总经理负责制的原则。合资企业在处理董事长与总经理的关系问题上，必须克服两种倾向：第一种倾向是董事长行使职权"不到位"或"越位"。所谓"不到位"，是中方出任的董事长在外方面前过于谦让，特别是外方控股的企业，中方董事长更是缩手缩脚，无所作为，一味听任外方总经理的指挥和决断。企业若是真的搞糟了，中方董事长还要承担法人代表的责任。所谓“越位”，是指中方董事长把国营企业的领导方式自觉不自觉地运用到合资企业，对外方总经理职权范围内的事过多干预。第二种倾向是总经理超越授权范围，使董事长形同虚设。相当一部分合资企业的外方总经理，由于语言障碍以及对我国国情、现行政策不太了解，加上有些外方人员的偏见与优越感，超越职权的现象相当突出，引起合资双方关系紧张，摩擦增多，导致企业经营困难，步履维艰。对这两种偏向的匡正，看来“解铃还须系铃人”，需要合资双方真正达成依法遵章办事的共识。同时，继续探索比“共同管理”更为理想的管理模式。从实践看，合资双方共同管理是现阶段可行的普遍采用的模式，但真正搞好共管的难度很大，成功率并不是很高。我认为，随着我国合资企业的发展，不妨如国际上常见的那样，多种管理模式共存，各合资企业可因产品、资金、人才、市场等因素而制宜，经过摸索逐步形成一种或几种比较理想又符合国际惯例的管理模式。

七、正确发挥党团、工会组织作用的原则。外商投资企业的管理体制，明显地不同于国营企业，党团及工会组织的活动受到许多限制，合资企业通常不设专门机构，不配备政工人员，开展活动多在业余时间进行。外商投资企业毕竟是在中国大陆开办的企业，合资法就明确规定，在合资企业中必须设立工会组织。工会是党联系群众的纽带与桥梁；党团组织要通过各种形式的思想政治工作调动职工的积极性；党团员仍应是生产经营的骨干力量。落实这些规定的关键是，中方领导要内外有别、不卑不亢，通过党团员的表率作用，使外商从不理解到理解，从不接受到不太勉强地接受。实践证明，合资企业中的党团、工会组织不能在“地下”而是应在地上，不是没有用武之地，而是很有用武之地。当然，合资企业的党团、工会组织也应该关心、理解外方代表和外籍员工，逐步摸索出具有合资企业特色的思想政治工作的新路子，抓好职工教育，把职工的行为引导到为企业作贡献、创效益的轨道上来。

八、维护中方国有资产保值、增值的原则。国务院国有资产管理局曾就此行文阐明了有关规定，为我们维护这一原则提供了法律依据。这里，有以下几点值得合资企业高层管理者深思。一是审批中外合资、合作项目时，应严格把好资产评估关和验资关，不允许低估中方的资产价值，也不应高估外方资产的作价，要坚决杜绝急于合资草草签约的通病，要严肃查处吃人嘴软、拿人手短，听任国有资产流失而“三缄其口”的中方当事人。二是外商投资企业如发生增资、扩股等重大产权变动时，中方应坚持自己的合法权益。若外方增资数额较大或影响中方控股的，应报企业主管部门审批。三是着手建立外商投资企业国有资产报告制度和考核评价制度。根据《中华人民共和国审计条例》，要针对合资企业的特点，加强经营性和年度审计，及时跟踪外商投资企业国有资产存量和增减情况，并按期作出评价。四是谨防境外皮包公司、空壳企业来华投机钻营，力避合资黑洞对国有资产的吞噬。克服合资企业中的这些弊端，应点面结合，标本兼治。一方面通过各种途径普遍提高中方管理人员的素质和管理水平，一方面及时调整、撤换那些对国有资产不负责任或维护不力的中方代表。一般地说，千里迢迢到中国来投资办厂的外商对国际惯例是非常熟悉的。外方违背国际惯例，多半不属知识不足，而是态度问题。所以合资企业能否按国际惯例办事，不仅取决于中方，而且也取决于外方的合作诚意。

原载山东省委《发展论坛》1997 年第 1 期
1998 年收入《中国现代企业管理科学研究文库》(中央文献出版社出版)

朴实无华　默默奉献

——浅谈丰子恺先生与人为善的济世观

丰子恺先生一生中最敬仰的恩师莫过于李叔同（弘一大师，1880—1942）和马一浮（1883—1967）两位先贤前辈，而对丰氏一生发挥引领作用的是他的信仰：与佛教结缘，发善心，做好人，服务大众，奉献社会。丰子恺一生孜孜不倦，无怨无悔，形成了他受世人敬重的朴实无华、默默奉献的济世观。

立己立人，潜心教化

1898 年 11 月 9 日，丰子恺先生出生在浙江省崇德县石门湾镇的一个书香世家，自幼接受儒家思想的传统教育。他善良、聪慧，志存高远。在浙江省第一师范学校读书时，校长经亨颐先生以“勤慎诚恕”为校训，主张人格教育。经亨颐的教育理念融合李叔同的人文情怀，突显了“立人”的时代主题，使该校学生丰子恺受到了深刻的“立己立人”的启迪。丰子恺正是在这样的启迪下走上了漫长的人生、艺术道路。丰子恺以他的老师为榜样，用博爱惠众的心灵去观察、对待世间的事物。他的老师姜丹书回忆那时的情景说：“在我们共同主倡人格教育的主张下，涵濡培养，有如种花壅根，后来所开的美丽之花，固不止他一人，然而他的作品中的画或是文，都反映人格教育的因素，尤其他将弘一的禅味完全写了出来，所以他的造诣，有与众不同之处。”

丰子恺先生“立己立人”的思想情操，于 1924 年冬“立达中学”在上海成立以后得到了升华。丰子恺先生曾回忆那一段难忘的时刻：“1924 年严冬，我们几个飘泊者在上海老靶子路租了两幢房子，挂起了立达中学的招牌来。”为了创办立达学园，丰子恺先生卖掉了房屋，匡互生先生卖掉了田地，“许多教员都在别的学校兼课，不但不受立达的钱，反而倒贴钱给学校。……这种精神极可钦佩。”此后不久又成立了“立达学会”。叶圣陶、郑振铎、朱自清等都来参与活动，一时间校内外文化名流有茅盾（沈雁冰）、胡愈之、刘大白，并创刊了《一般》月刊，这在当时的文化教育界影响甚大。艰苦的工作环境没有影响丰子恺对艺术的执着追求，他编写、翻译了许多艺术读物，如《西洋美术史》《音乐与生活》《中国国画的特色——画中有诗》等。丰先生在这些读物的后面特别标注了“识于立达学园”“于上海江湾立达学园”“这稿子本来是我在立达学园教音乐时所用的讲义”，等等，足见他对“立达学园”的重视，以及“立达”二字在他心目中的地位。

丰子恺先生为“立达学园”设计了两枚校徽，更体现了他主张“立己立人”的理念。其中一枚图案为一群赤裸的小天使围绕一颗红心，红心中部挂着两条绶带，自上而下飘向两边，形成一个醒目的“人”字。另一枚图案则是红心的特写镜头，三名裸体幼童，一人俯伏红心上端，二人立于下端手托红心，当中有篆书“立达”二字。（“立达”，语出《论语·雍也》：“夫仁者，己欲立而立人，己欲达而达人。”）

尊师敬友，务实求仁

丰子恺先生尊师是一贯的、真诚的，他尊师是敬重老师的人格魅力和高尚情操。丰先生回忆他当时师从李叔同学习弹琴的往事，有“还琴”和“夸赞”两件小事令他印象深刻。“每弹错了一处，李先生回头向我一看。我对于这一看比什么都害怕……现在回想起来，方知他这一看的颜面表情中历历表出着对于音乐艺术的尊敬，对于教育使命的严重，和对于我的疏忽的惩诫，实在比校长先生的一番训话更可使我感动。古人有故意误拂琴弦，以求周郎的一顾的；我当时实在怕见李先生的一顾，总是预先练得很熟，然后到他面前去还琴。”关于“夸赞”，那是有一次，他去李叔同老师处汇报学习情况，受到老师的夸奖：“你的画进步很快！我在南京和杭州两处教课，没有见过像你这样进步快速的人。”丰氏颇为感动，后来他在《旧话》一文中回忆说：“李先生是我们最敬佩的先生之一，我听到他这两句话，犹如暮春的柳絮受了一阵强烈的东风，要大变方向而突进了。”又说：“窃悟其学之道深邃高远，遂益励之，愿终身学焉。”丰子恺不独钦佩李叔同老师，对于教过他功课的老师都心怀尊敬，听其教诲。

丰子恺先生对同事、朋友，谦恭和蔼，十分友善。比如在浙江省立第一师范读书时期的同学杨伯豪，在日本留学时期的画家竹久梦二，白马湖春晖中学时期的同事匡互生、朱自清、朱光潜、刘延陵；上海立达学园时期的朋友方光焘、陶元庆、夏衍、茅盾、胡愈之、郑振铎；抗战时期的柯灵、曹聚仁、梅兰芳等，甚至他与基督教徒的谢颂羔先生也十分友好。这些都反映了丰子恺先生“四海之内皆兄弟也”的宽阔胸怀。朱光潜在回忆录中说：“在白马湖春晖中学任教时同事夏丏尊、朱佩弦（即朱自清）、刘薰、宇诸人和我都和子恺是吃酒谈天的朋友……我最喜欢子恺那一副面红耳热、雍容恬静、一团和气的风度。”丰子恺先生与日本友人内山完造堪称知己。内山在上海经营的书店，当时成为中日文化交流的重要场所。内山书店在艰苦创业之初，受到丰子恺先生悄无声息的接济，丰氏在支付书款时给予内山许多帮助，每当内山从邮局取回汇款时，禁不住要流泪，内山在《花甲录》中回忆说：“像丰子恺先生这样体贴人心，在日本人中是很难看到的，在中国人中也是少见的，因此内心非常感激。”

常自惭愧，心怀社稷

丰子恺的一生中有几件小事令他惭愧。一件是所谓“闭门造车”：二十世纪二十年代的上海，美术教育落后于西方，当时很多人不了解西洋画为何物，“或以为美女月份牌就是西洋画的代表，或以为香烟牌子就是西洋画的代表，所以世界上看来我虽然是闭门造车，但在中国之内，我这种教法大可卖野人头呢。”但后来从西方、从日本留学回来的画家日渐增多，丰子恺先生觉得在感知上有很大的差距，很惭愧，面临教学上的危机，于是决心去日本留学。1921 年春，丰子恺终于登上“山城丸”号客轮，驶向了日本。

第二件小事发生在东京某晚，丰子恺先生回忆说：“我在东京某晚遇见一件很小的事，然而这件事我永远不能忘记，并且常常使我憧憬。”丰氏与几位中国朋友在街上行走，忽然从横路走来一位伛偻老妪，两手提着重物，在他们后面，走得很慢，且有求助的意思，然而他们并没有帮助这位老人。这件小事给丰子恺先生的内心留下了阴影，他说：“我每次回想起这件事，总觉得很有意味……假如真能像这老太婆所希望，有这样的一个世界：天下如一家，人们如家族，互相亲爱，互相帮助，共乐其生活，那时陌路就变成家庭……这是多么可憧憬的世界！”

第三件小事：1931年清明这一天，丰子恺先生第二次去拜访德高望重的马一浮老师。当时丰子恺丧母不久，心情极差，他说：“我那时初失母亲——从我孩提时兼了父职抚育我到成人，而我未曾有涓埃的报答的母亲……心中充满了对于无常的悲愤和疑惑。”“他和我说起我所作而他所序的《护生画集》，勉励我……又为我解说无常……只要望见他的颜色已觉得羞愧的无地自容了。”经过马一浮先生的开导，丰子恺心中的纠结解开了，好像一下子把他从无常的火宅中救了出来。为此，丰子恺先生发表了一篇《无常之恸》，并作“警世漫画”以劝诫世人。这一幅幅警世漫画下面都配上了警句，大多与“惭愧”二字息息相关，如“少壮不如人，老大常惭愧”、“可怜世间人，尽走无明路。安得大慈悲，金篦刮群瞽”等。世人本来是佛，何以飘坠苦海不能成佛呢？著名学者、佛学大师南怀瑾先生把障碍成佛的业障归纳为十种，其中列在第一、二位的就是“无惭”和“无愧”，也就是儒家所说的“羞耻”。丰子恺先生常怀惭愧之心，自觉自悟，勇猛精进。为什么呢？因为丰子恺心中永远装着人民大众，永远装着祖国。

显正斥妄，锲而不舍

丰先生一生坚持与人为善、是非分明的原则，对于一切的善，他都同情、提倡、帮助，就是所谓的“显正”。对于恶，他会批评、反对，就是所谓“斥妄”。他在日本留学期间，深刻感受到日本人的苦学精神。他结识了一家音乐研究会的主人林先生，此人教丰氏音乐很认真、敬业，与丰子恺结下了友好情谊。丰子恺对他的印象很深，曾感慨地说：“人间制作音乐艺术，原是为了心灵的陶冶，趣味的增加，生活的装饰。这位先生却屏除了一切世俗的荣乐，而把全生涯供献于这种艺术。一年四季，一天到晚，伏在这条小弄里的小楼中为这种艺术做苦工，为别人的生活造幸福。若非有特殊的精神生活，安能乐此不倦？”丰子恺很欣赏夏目漱石的《旅宿》，他在经历了一段痛苦生活以后更欣赏夏目漱石的品格，丰子恺在《暂时脱离尘世》的文章中说：“夏目漱石真是一个最像人的人。今世有许多人外貌是人，而实际很不像人，倒像一架机器……”丰子恺先生借赞誉夏目漱石来抨击似人非人的人，其弦外之音是不言而喻的。丰子恺在教育学生时，特别注意培养他们的美学意识，帮助他们树立显正、斥妄的美德。他在《青年与自然》的文章里呼吁：“优美的青年们！近日秋月将圆，黄花盛开。当月色横空，花荫满庭之夜，你们正可以亲近这月魄花灵，永结神圣之爱！”

1975年9月15日，丰子恺先生走完了七十七年平凡而辉煌的人生。后人高度赞扬他高尚的道德情操和卓越的艺术才能。他在《我与弘一法师》一文中评价他的老师，提出了著名的“三层楼喻”。他说：“我以为人的生活，可以分作三层，一是物质生活，二是精神生活，三是灵魂生活。”弘一法师“早年对母尽孝，对妻子尽爱，安住在第一层楼中。中年专心研究艺术，发挥多方面的天才，便是迁居在二层楼了。强大的‘人生欲’不能使他满足于二层楼，于是爬上三层楼去，做和尚，修净土，研戒律，这是当然的事，毫不足怪的”。“三层楼喻”对弘一法师是最恰当不过的评价。现在我们对于丰子恺一生完全可以借用他的“三层楼喻”来评价他，丰子恺先生没有出家做和尚，也没有专职研究戒律，但是他的艺术上的成就无疑已进入第二层楼了；纵观他学佛、做人，精神境界已迈向第三层楼。所以我们可以这样说：丰子恺先生就是这样一位令人钦佩的、旷世贤达之人。

时光荏苒，岁月如歌。值此第三届丰子恺研究国际学术会议在杭州召开之际，我们缅怀丰先生的一生，心中充满无限敬意和深深的怀念。

今天我们研究丰子恺先生，会永远记住他孜孜不倦为人民大众，为全社会真诚奉献的丰功伟绩，也不会忘记他始终如一的朴实无华、默默奉献的济世观。

本文另一作者为沃建平
2012年2月10日初稿
2012年4月9日二稿，2016年5月7日修订
2016年在杭州师大第三届“丰子恺研究国际学术会议”发表
2017年收入《第三届丰子恺研究国际学术会议论文集》

读书劄记

受厄尔尼诺影响，今年全球气候异常。入夏以来，上海三十五摄氏度以上高温“十三连击”。民谣曰：“赤日炎炎似火烧，申城大地如炙烤。”我已经退休多年，酷暑之日可以蜗居在书房，享受空调带来的凉爽，也可以慢悠悠地读“闲书”以消夏。空调能给体肤以暂时的舒适，而阅读则能给内心带来难以言述的清凉。

两周高温，我浏览了三本书。一本是南宋洪迈（1123—1202，字景庐，号容斋，江西饶州人。官拜翰林院学士、知制诰，兼修国史，文学家、著名学者）的《容斋随笔》；一本是21世纪初陕西省考古研究所出版的《考古与文物》合订本；还有一本是西安出版的《收藏》。《容斋随笔》，十余年来我已读过数遍，字里行间有红笔画过的圈圈点点，也作过眉批之类的心得体会，然其诗文典故、轶闻异说、天文地理、考订博录，使我百读而不厌。读罢掩卷遐思，获益匪浅。我是《考古与文物》和《收藏》的忠实读者，因为这两家杂志分别是中国人文社会科学引文数据库来源和中国收藏界领军者的著名权威期刊。孔子云：“温故而知新。”兹将阅读后的心得体会、释疑解惑，信手列出五条，各条配以小标题，借《零距离》杂志的宝贵一角发表，愿与各位读者共研之、共飨之。

本文标题《读书劄记》中的“劄”字，与“札”字相通。《辞源》释“劄记”：“或称札记，为文体之一种，多为校勘、考证文字。”

为官景德镇而不买一瓷的县令和知府

《容斋随笔》中有一篇短文叫《浮梁陶器》，短短一百个字，但意味深长、发人深省。彭器资尚书文集中有一首《送许屯田诗》，是官场应酬之作，文辞也一般，但这首诗的注释却不同寻常：“浮梁父老言，自来作知县不买瓷器者一人，君是也。作饶州不买者一人，今程少卿嗣宗是也。”浮梁，“县名，属江西省，汉鄱阳县地，唐武德四年析置新平县，天宝元年改名浮梁，皆属饶州府”（嘉庆《大清一统志》）。饶州，今江西省上饶地区。这首诗的注释指出：江西景德镇的父老乡亲都说，来浮梁作知县的人，只有许君一人不买瓷器；来饶州府作知州的人中，只有现在的少卿程嗣宗一人不买瓷器。景德镇的知县和知府，是该地区的父母官，他们不买当地出产的瓷器，看似一件很平常的事，为什么这位彭尚书和《容斋随笔》的作者如此夸赞呢？原来联系当时的历史背景，不难明白其中深奥的道理。景德镇，是中国古代著名的瓷都。据清乾隆年间《浮梁县志》载：景德镇早在汉代就生产陶器，到唐代武德四年开始为朝廷烧造瓷器，至北宋，瓷器生产达到空前繁荣的程度，是除官、哥、汝、定、钧五大名窑之外最著名的名窑口。南宋时期，景德镇是宫廷指定的御窑之一，其生产的瓷器有“质薄、色素”“莹缜如玉”的美称。自北宋以降，社会上流传这样一句谚语：“腰缠万贯，不如汝瓷一片”，五大名窑和景德镇窑的产品其身价和贵重，可见一斑。

历史上的许多腐败官员都假充斯文、附庸风雅而贪欲无度，其下属投其所好，常以古瓷、名画作雅贿，拉其下水，同流合污。《容斋随笔》表彰的两位景德镇的地方长官不买一瓷的操守，正应了《明史·吴麟徵传》中一段名句格言的警示：“郡守廉，县令不敢贪；郡守慈，县令不敢虐；郡守精明，县令不敢丛脞。”脞，偷懒、懈怠也。

“郡县治，天下安！”

古瓷盘口瓶的用途

今年初，我在厦门出席古陶瓷研讨活动，老同窗、中国文博界大鉴藏家邱季端先生赠我古瓷一尊，乃“大明成化年制”款仿宋哥窑丰肩盘口瓶，器高 17.6 厘米，口径 7.3 厘米，底径 6.8 厘米。我亦以佳瓷一件呈奉。此盘口瓶当时未仔细端详，乃纳入锦盒携回上海，闲暇时把玩鉴赏。

所谓“盘口瓶”，乃瓷瓶之顶端塑为盘状，或称盂形，故名。邱君和我一致认为，盘口瓶在宋代绝大多数作为随葬用品，又分实用器和明器两种类型。实用器盘口瓶的造型比较单一、规范。如晚唐水丘氏墓越窑青瓷盘口瓶、南宋后期龙泉青瓷盘口瓶等。但就明器或称神煞器的盘口瓶而言，自晚唐、五代开始，一些盘口瓶的腹部或肩部增加了诸如荷叶边和图案繁复的围栏装饰，有些盘口瓶的颈部增加了螭龙堆塑；有些盘口瓶还在肩部堆塑楼阁建筑、仙佛人物、乐伎杂耍、龙虎鸟兽等；有的盘口瓶在颈肩部之间装系或提梁，以便于携带；有的盘口瓶加盖，且瓶盖上有塔形堆塑。

我翻阅 2007 年第一期《考古与文物》，仔细研究了其中一篇论文《南方宋墓出土盘口瓶和多角坛的分区研究》，才恍然大悟：盘口瓶并非专门用来随葬，它们的用途还有插花和盛酒之类。这篇论文引用了著名辽墓壁画中两幅盘口瓶插花与盛酒的图画，以及相关的考古挖掘报告作佐证，令人口服心服。文章说，湖南出土的盘口瓶，“瓶内未见遗物，有时仅留清水”，与《大汉原陵秘葬经》中盛放“三浆水”的容器作用相似，即用来盛酒。此外，盘口瓶也有储存粮食的功能，1979 年丰城县梅岭檀城宋咸淳八年（1272）墓出土的一对青白瓷堆塑瓶“盛满了稻壳”，是有力的证据（见《农业考古》1981 年第二期）。

邱君赠余之盘口瓶，造型极其典雅，盘口规正，无可挑剔，再欣赏它的釉面、胎质、开片、底款等工艺特征，确信是地道的明代成化年间的仿哥珍品。其胎质细洁、白净，釉色粉青，釉面滑润，开片规整，口沿涂一圈金粉掩盖了紫口，铁足典型，底款两行六字楷书金字款，外加描金双圈，既华丽又端庄，是名副其实的明代官窑稀世珍品。

由此可见，古瓷盘口瓶的完整用途轨迹是：随葬品——实用器（盛酒、插花、储藏食物）——陈设器（观赏摆设）。

与时俱进的耀州窑

耀州窑创烧于唐代，至北宋时成为北方著名的瓷窑之一，因窑口位于陕西省铜川市黄堡镇（古属耀州）而得名，至今已有一千三百多年的烧造历史。

二十世纪九十年代初，我进入收藏界，是上海市收藏协会下属“古陶瓷沙龙”的成员。这里有许多藏品丰富、见多识广的老师和前辈，他们对古瓷的鉴赏经验使我大开眼界，但学习更多、更科学的陶瓷理论知识，我更要感谢两位无声、无形的导师：中国古陶瓷专家冯先铭先生主编的《中国陶瓷》和中国国家博物馆研究员史树青先生主编的《古瓷收藏三百问》。它们是迄今为止学习研究中国古陶瓷理论最权威的教科书之一。然而由于客观条件的限制和当时出土文物资料的不足，对于某些窑口论述尚不完备，如北宋京城汴京（今开封）官窑窑址及南宋临安（今杭州）修内司官窑、郊坛下窑址的考证研究未能深入下去，等等，我还以为由于同样的历史因素，这两本教科书对于耀州窑研究也缺乏史料佐证性、系统性和科学性，令人遗憾。近读《收藏》2008 年总第 189 期《穿越 1300 年的精彩——耀州窑精品图鉴专辑》，令我大呼过瘾。编者以考古出土的大量物证，精心组织了一批学术价值很高的论文，对耀州窑 1300 年的传承、发展，历朝历代耀州窑瓷器的艺术特征和成就做了科学阐述与论证，且图文并茂，是一部填补和丰富《中国陶瓷》与《古瓷收藏三百问》有关章节的空缺和单薄的杰作，它们对中国古陶瓷中耀州窑系研究作出了重大贡献。这本专辑“突出耀州窑的历史文化内涵和代表性藏品，以丰富的图文资料介绍耀州窑各时代产品和重要窑藏、墓葬出土文物，以及国内外重要馆藏精品和民间收藏”，受到广大读者的好评。

这本专辑由九篇论文组成，其中赏析各个时代耀州窑特色的大标题最为精彩、准确——

总论：北方青瓷的代表青釉耀瓷的考古发现与鉴定

唐代黄堡窑：创烧伊始，气象万千

五代耀州窑：雍容工巧，天青雅韵

宋代耀州窑：精比琢玉，巧如范金

金元耀州窑：风格渐变，月白如玉

明清近代耀州窑：拙稚淳朴，绘画渐盛

耀瓷集珍：中外耀瓷精品聚焦

……

由此可见，耀州窑 1300 年来与时俱进，不断发展。耀州窑瓷器的与时俱进也推动了耀瓷研究专著的与时俱进。我认为，唯如此，方能杜绝名窑名瓷生产和鉴藏的墨守成规与故步自封。

见仁见智徐凝诗

《容斋随笔·徐凝诗》说苏东坡不喜欢唐代诗人徐凝（生卒年月不详，睦州人，元和中官至侍郎，《全唐书》存其诗一卷）的诗，指责徐诗《瀑布》“界破青山”句为“恶诗”。洪迈为徐凝鸣不平，列举徐凝的几首美诗，如《汉宫曲》《相思林》和《忆扬州》，并欣赏徐诗很有情致，受到元稹、白居易的知遇是有道理的。洪迈同时也为苏东坡辩解，“但俗子妄作乐天诗，缪为赏激，以起东坡之诮耳”：只是世间俗子妄自将徐凝的诗当成白居易的诗，不加辨别地加以激赏，因此遭到东坡的责备罢了。这桩公案孰是孰非，姑且不论，徐凝的一首《忆扬州》却博得了我的好感。“萧娘脸薄难胜泪，桃叶眉尖易觉愁。天下三分明月夜，二分无赖是扬州。”这首诗名为“忆扬州”，其实并未着力描绘这座城市的风物，而是一首情感专注的怀人作品，它以绵绵情怀追忆当日的别情而打动人心。诗中的“萧娘”，泛指男人所恋的女子，而女子所恋的男人则称“萧郎”，即今呼美女、俊男是也。扬州是我的故乡，徐凝诗把天下三分明月中的二分馈赠给扬州，这是用高超的艺术手法为扬州制作了一张美好的城市名片。徐凝恭维扬州，扬州人没有忘记他。扬州城南滨大运河的一座城门就是用徐凝的名字命名的。一千多年过去了，扬州人依然以“天下三分明月夜，二分无赖是扬州”而自豪。与徐凝同时代的唐代著名诗人杜牧则不那么幸运。他当时在扬州当幕僚，凡十余年，写了许多脍炙人口的诗篇，其中有“二十四桥明月夜，玉人何处教吹箫”“春风十里扬州路，卷上珠帘总不如”等吟咏扬州的名句，但他潦倒江湖，以酒为伴，过着青楼楚馆、美女娇娃、放浪形骸的生活，到头来还是成了历史上匆匆来去的过客。回首往事，诗人内心充满酸楚，正是：“十年一觉扬州梦，赢得青楼薄幸名。”

历史是一面镜子，才华横溢虽然宝贵，但是机遇和运气更为重要。

杜甫的《丹青引》引出的思考

《容斋随笔·丹青引》，引用杜甫诗《丹青引赠曹将军霸》。诗人在此发泄心中的不平，他说把黄金赏给画马的人，而养马和管马的官吏心中很不高兴。杜甫一生怀才不遇，晚年流落他乡，“亲朋无一字，老病有孤舟”，情景十分凄凉。杜甫以他的境遇与立场，借题发挥，是可以理解的。平心而论，画马与赏赐毕竟是两回事，主人认为画马很逼真，赏赐画马人是顺理成章的事。这是单指艺术而言。如果战马立了功，皇帝或将军就给战马论功行赏。唐太宗李世民当年南征北战，统一全国，所骑乘的六匹战马都立下了赫赫战功。李世民为了纪念六骏，下旨将它们的英姿形象雕刻在石屏上，石屏高 1.5 米，宽 2 米，后来成为名闻中外的“昭陵六骏”。唐贞观十一年，李世民自作《六马图赞》，命大书法家欧阳询用八分书写定、刻石。据史料记载，这六匹骏马的名字是“拳毛騧、什伐赤、白蹄乌、特勒骠、飒露紫、青骓”。

由《丹青引》诗引出的思考就是：凡观察处理事物应当客观、冷静，就事论事。论艺术成就应该赏画画人；论马的表现，应该赏马；论马的喂养和管理有方，应该赏圉人和太仆这些养马、管马的人；论相马，则应该赏伯乐。

俄罗斯大文豪高尔基说：“书籍是人类进步的阶梯。”我国清代著名小说家蒲松龄也说过：“书痴者文必工。”我深感阅读可以使人的头脑聪明、睿智，灵魂得到安宁、净化。这里借用中央电视台的时尚广告词作结语：“我爱书籍，我爱阅读。”

乙未年七月初一日于定慧斋

原载《零距离》杂志

人生总是难洒脱
——品读启功先生传记、回忆录的感怀

丁酉年岁末，朔风卷着雪花扑打窗户，冰霜凝结，夜色朦胧。我在书斋橘红色的灯光下，面对书桌上一堆启功传记、回忆录，掩页沉思：为什么人生总是很难潇洒、超脱？冬夜静谧，没有回声，唯有 iPod 正播放古琴演奏的梵乐《寒窗读夜》和《枯木寻禅》。琴声慈悲，佛意深邃，令我猛然想起启功先生童年在曾祖父的关爱下到雍和宫拜一位老喇嘛为师，取法名“察格多尔扎布”（金刚佛母保佑之意）的故事，仿佛启功先生慈祥的面容浮现在眼前，他对我的发问笑而不语而目光则移向传记。我豁然醒悟，原来答案就在他的书中。

世事无常吃饭难

启功先生是我二十世纪六十年代初在北京师大中文系就读时的老师，他位居社会高层，却不忘自己是平民身份。他一辈子常常挂在嘴边的一句口头禅是“吃饭难”。我们普通人理解“吃饭难”就是“民以食为天”的意思。《后汉书·章帝纪》云“王者八政，以食为本”。而启功先生认为这样的理解失之肤浅。他曾对“忘年交”陆昕（中国训诂学大师，著名语言学家，北京师大教授陆宗达嫡孙，中国政法大学人文学院教授）详细诠释“吃饭难”的深刻含义，我把它归纳为六层：1.“人是要吃饭的，但吃饭不容易。”2.“要吃饭就得有依靠。”3.“你虽然有吃饭的欲望，别人能让你满足这个欲望是根本。所以，这饭，不是你想吃就能吃得上，人家要不让你吃，你上哪儿吃？”4.“再说你没有依靠吃上了饭，就能吃上饱饭、好饭、吃长久了吗？”5.“反过来说，你有再大的权势，再多的钱，你也得吃饭，不吃饭你得饿死。你和平民百姓没有什么不同。”6.“你今天也许吃得饱，吃得好，明天也许饿坏了，饿死了。所以我说谁也别看不起谁。贫富贵贱

从这上说没有什么区别。”启功老师不厌其烦，苦口婆心地强调“吃饭难”，是植根于他苦难的童年遭遇和中年坎坷的人生。当我们了解这一段经历，就完全明白了启功老师“吃饭难”的苦衷。

启功先生在河北易县汇文中学读书时是一个十二三岁的孩子，当时有位周先生（启功曾祖父的门生）同情他家孤儿寡母的困境，不但周济他们一家的生活，还特别关心启功的学习，他承诺供启功读中学、大学乃至留洋的费用。但启功后来毅然辍学，走上了谋生养家糊口的艰难历程。第一份工作是教蒙馆，但收入甚微，没做多久就赋闲了。饥寒交迫之际得到贵人相助，有位傅增湘先生带他去见辅仁大学陈垣校长（1880—1971，中国历史学家、故宫博物院图书馆馆长、北京师大校长），被安排到辅仁中学教书。启功先生在这个岗位上兢兢业业工作了两年，却遇到了克星：辅仁大学教育学院院长解聘了启功，理由是：“你没有大学文凭，怎么能教中学？这不符合制度。”无奈之下他又找到了陈垣校长，陈校长再次安排启功到辅仁大学美术系教书，刚刚一个学年又被那位克星碰着了，解聘，理由与前次一样。此后经过一年多时间赋闲，他又硬着头皮第三次求陈校长，这一次陈校长直接安排先生在他身边工作，在辅仁大学教大一国文。从此以后，启功在北京师大几十年（后辅仁大学并入北京师大）直到寿终。在北京师大工作期间也并不顺风顺水。1957年他被划为右派，刚刚通过考评获得的正教授职称被黜免，工资也降了级。被划定右派，不是在北京师大而是在中国画院，没有言论现行，仅仅是因为画院的权势人物为排除异己，以启功是叶恭绰先生（1881—1968，早年毕业于京师大学堂仕学馆，曾任北洋政府交通总长，南京国民政府铁道部长，新中国成立后，任中国画院首任院长等职）所信用的人为罪名，启功先生被糊里糊涂戴上了右派帽子。“文革”后，拨乱反正，启功先生右派帽子摘掉了，恢复了正教授职称，工资也调高了。这件事自然让启功先生非常气愤。但事情已经过去了，光纠结也无益，他曾以调侃的形式予以讽他和自嘲：“那位给我戴帽子的先生好像没事人一样，照样和我寒暄周旋，真称得上翻手为云覆手雨，宰相肚里能撑船了。”

启功先生对于“吃饭难”深入浅出的剖析，不经意间把阶级社会中权贵势力对社会产品再分配的主宰和百姓“吃饭难”的症结和盘托出。“吃饭难”的问题事关大局，中国几千年的封建王朝，朝代更替、农民起义的此起彼伏，无不与老百姓“吃饭难”息息相关。

大厦倾塌命多舛

启功先生家世显赫，他是雍正第五子弘昼的后裔，但到启功的曾祖父溥良时爵位累降，俸禄甚微，难以养家糊口。于是溥良毅然踏进科考试场，获取了功名，官至户部右侍郎、礼部尚书。祖父毓隆也是翰林出身，任典礼院学士、学政、主考。启功一岁时父亲亡故（不到二十岁），整个家族生存的重担落在了曾祖父一人的肩上。到启功十一岁时，这个家族的衰败达到了高潮，短短一年多时间家中七八口人过世，只剩下启功和母亲及姑姑。姑姑叫恒季华，为了照顾这对孤儿寡母，她发誓终身不嫁。面对猝不及防的灾难，启功先生有刻骨铭心的悲痛，他体会到了“什么叫‘大厦倾’，什么叫‘一发不可收拾’……”

人世间的悲欢离合有时很像章回小说里的故事。“山重水复疑无路，柳暗花明又一村。”关键时刻，启功先生一家又得到了贵人资助，他的曾祖父的几位门人不仅资助他家的生活，而且关心指导启功的学习。在他们的帮助下，启功先生一家从京城搬迁到河北省易县，在这里读汇文小学、汇文中学，直到启功先生中学辍学，踏上社会谋生。

时光流逝，转眼几十度春秋，到了1975年，与启功先生厮守四十三年的老伴章宝琛病危，她深情地对启功先生说：“启功，我们结婚都四十三年了，要是能在自己家里住上一天该多好啊！”启功先生夫妇没有自己的住所，他们结婚后一直寄人篱下，在小乘巷亲戚家的两间破旧房屋里栖身。听了妻子的话，启功先生赶紧把北师大刚分配给他们的一套住房打扫干净，第二天匆匆赶到病房，要把妻子接回新家，然而其妻已经永远闭上了眼睛。两个月后，启功先生搬进了新居，他怕妻子找不到回家的路，便到她的坟上对她喃喃地说：“宝琛，我们终于有了自己的房子，你跟我回家吧。”回到家里，启功先生炒了几个她平时爱吃的菜，不停地往她碗里夹菜，直到菜从碗尖掉到饭桌上时，启功先生再也抑制不住内心的伤痛，便趴在桌子上失声痛哭了。此后，启功先生在这个新居里孤独地生活了三十一年，直到2005年6月30日，静静地，溘然长眠。

启功先生晚年曾回忆过那一段悲惨的经历，他说：“我最爱的人，也是最爱我的人，全去了，我的母亲，我的姑姑，都在五七年，我最惨的时候故去了。然后是我的校长（陈垣），然后是我的老伴。我生活中几个亲人除了陈校长，跟我过的都是苦日子，没沾我今天一点光。”是的，启功先生可谓清廉一生，虽然晚年声望很高，物质生活也比较富裕，但金钱对他已没有实质性的意义。启功十分感慨地说：“钱，这个东西很怪，往往是你最需要它的时候，它偏不来，你不那么需要它了，无所谓了，它又偏偏找上门来，好像存心开你的玩笑。”为此，他写了一首一生中最悲哀的诗《中宵不寐，倾箧数钱，凄然有作》：“钞币倾来片片真，未亡人用不须焚。一家数米担忧惯，此日摊钱却厌频。酒酽花浓行已老，天高地厚报无门。吟成七字谁相和，付与寒空雁一群。”

到今年6月30日，就是启功先生仙逝十三周年忌辰了。非常感谢好友，也是我的学生，原常熟交通银行行长，《常熟日报》副总编沃建平以及江苏省法尔胜集团法尔胜报副总编张曾楷先生，他们为我张罗、策划、支持我撰写怀念启功老师的系列文章，并陆续在《江南时报》《常熟日报》《零距离》等报刊上发表。许多电子网络平台也热情转载，让我深感欣慰。

拙稿誊清已是翌日凌晨，望窗外，雪霁放晴，红梅数株，素裹红妆，暗香浮动。因触景生情，脑海里响起了《楞严一笑》佛曲的旋律，其歌词也格外清新悦耳：

此事楞严尝露布，梅花雪月交光处。
一笑寥寥空万古，风瓯语，迥然银汉横天宇。
蝶梦南华方栩栩，斑斑谁跨丰干虎。
而今忘却来时路，江山暮，天涯目送飞鸿去。

丁酉年腊月初九日于定慧斋

原载《零距离》杂志

内蕴古雅　外放瑰彩

——从历代文人的咏壶诗话看宜兴紫砂茶壶的传承脉络

紫砂器是我国独特的传统工艺品，因其所用原料为宜兴（古称阳羡）当地砂泥呈紫色而得名。我国紫砂器自古以来品种繁多，有壶、杯、瓶、盘、碟、假山石景、鸟兽虫鱼、蔬菜瓜果、文房雅玩及人物雕塑等，而其中尤以集雕塑、诗词、书法、绘画、篆刻于一体的紫砂茶壶（以下简称紫砂壶）排列首位。宜兴紫砂泥有质地细腻、柔和、可塑性强、透气性好的特性，因而其制品内外不施釉而有光泽，且越擦越亮，年代越久越感滋润。

紫砂器最早出现于何时，我国学术界似有两种观点：一说始于唐末，一说始于宋初。说唐末者于史无据；说宋初者，确有文献佐证。北宋诗人欧阳修有诗云："喜共紫瓯吟且酌，羡君萧洒有余清。"所谓"紫瓯"，即紫砂壶。与欧阳修同时代人梅尧臣在《寄茶诗》中写道："小石冷泉留早味，紫泥新品泛春华。""紫泥"正是当时生产出来的紫砂壶。文人蔡司霑在《霁园丛话》中说："余于白下（今南京）获一紫砂罐（壶俗称为罐），有'且喫茶清隐'草书五字，知为孙高士遗物，每以泡茶，古雅绝伦。"孙高士，乃元人孙道明（号清隐）。蔡将孙的遗物奉为"古雅绝伦"，可见紫砂壶在当时文人心目中的地位。从宋初到明代，紫砂壶在文人墨客的诗歌、笔记中多有记载，但迄今为止，明代以前的紫砂茶具未有传世的珍品，也未见考古发掘出土的实物。南京博物院原副院长、著名陶瓷及博物馆学专家宋伯胤先生说得鞭辟入里："一部紫砂壶史，过去总是从'金沙寺僧'和'供春'说起，历代有名的能工巧匠，为文人茶客称许，并见于'壶艺列传'的也不过 140 余人。"但是，紫砂器在中国陶瓷史上处于受冷落的地位，并且"缺乏诚信的历史科学档案，缺乏判别真假的周密方法与科学技术，缺乏审定其本身历史价值的各种模式"，也是紫砂壶在陶瓷史上备受冷落的客观原因。北宋以后，一千年间，制作紫砂器的名匠辈出，高手如云。所谓紫砂壶的创始人“金沙寺僧”，是明代中期正德年间宜兴金沙寺的一位和尚，其姓名已失传，据说他将较细的陶土加以澄炼后制成坯胎，烧成茶壶。而同为正德年间的宜兴人龚春是中国砂壶史上第一个留下作者名字的人。其制品称为“供春壶”，造型新颖精巧，温雅天然，质薄而坚。所谓“供春之壶，胜于金玉”，可见其珍贵。“供春壶”的代表作有“龙蛋”“印方”“树瘿壶”等，款式“供春”为篆字。

如果说，龚春把中国紫砂壶推到一个新的境界，而他的弟子时大彬（活动于明万历年间）则青出于蓝而胜于蓝，并在紫砂史上写下了辉煌的篇章。时大彬初仿供春，以大壶为主，后“闻陈继儒与王时敏、王鉴诸公品茶、试茶之论，乃做小壶”。时称“宫中艳说大彬壶”“千奇万状信手出”。其典型作品为提梁大壶，紫黑色中泛出星星白点，造型雄浑古雅，壶盖刻有“天香阁”，壶底有“大彬”行书款。“天香阁”主为谁？明清两代有六人以此为室名，其中明代李寄与大彬过从密切，可能性较大。清康熙年间的宜兴人陈鸣远又在前人的基础上更上一层楼。他有“四方桥顶壶”传世，其作品独到之处是善于雕塑装饰，款式书法雅健，有晋唐风格。当时有诗赞曰：“古来技巧能几人，陈生陈生今绝伦。”

清代中期，浙江钱塘人陈鸿寿（1768—1822）曾任溧阳县令，擅诗文，工书、画、篆刻，为“西泠八家”之一。他曾与杨彭年合作，将绘画、书法、篆刻的艺术特色与紫砂工艺结合起来，受到社会的肯定。他们的作品号称“曼生壶”，实际是杨彭年制壶，陈鸿寿铭紫砂壶。款式有“阿曼陀室”和壶底署“二泉”款。制作精巧，极富文人气息。“曼生壶”的出现成为中国紫砂壶史上的又一个里程碑。

清嘉庆、道光年间杰出的紫砂匠人杨彭年，字二泉，宜兴人。制壶雅致玲珑，“创为捏嘴，不用模子”，信手捏成，有天然之韵味。我收藏一把杨彭年款包锡镶玉瓷砂方壶，壶嘴、壶盖、壶把均镶白玉，玲珑剔透，十分精巧。我还收藏了一座其妹杨凤年款开光鼓形云龙套式花盆。杨凤年为嘉庆、道光年间最负盛名的紫砂女艺人，她制作的“梅段壶”“竹段壶”，闻名遐迩。

清代，制作紫砂的卓越匠人不胜枚举，如陈汉文、杨季初、张怀仁、王南林、朱石梅、吴阿昆等，各领风骚。嘉庆、道光年间的邵大亨更是出类拔萃，传世作品“鱼化龙”壶最为世人称道。壶面有鲤鱼、青龙隐约出现于云水之中，构图精妙，神采飞扬。壶盖有“玉麟”方印。

民国年间，也产生过一些名匠，但他们作品的总体水平，罕有超过前朝的。新中国成立后，宜兴紫砂得到较大发展，制壶艺人如任淦庭、朱可心、顾景舟、裴石民、吕尧臣等，不乏精品问世，尤以顾景舟名声最大，其艺术价值及经济价值均不可小觑。

北宋早期，紫砂器问世以后，当时虽无名匠之名记录于史册，但到了明代，由于文人的诗文记载，及名匠与文人士大夫的交往，特别是进入清代以后，文人的直接参与，使紫砂壶不仅具有怀古幽思的情怀，而且更富艺术品位和高尚格调，从此，紫砂在中国陶瓷史上不再受冷落。

自古以来，有许多文人与名匠交往合作的佳话，如北宋大诗人欧阳修、梅尧臣等人在诗文中的赞赏，时大彬与明代文人陈继儒、王世贞的交往，明代徐渭、李渔在其作品中对紫砂的评价，杨彭年与清代大书画家陈鸿寿的合作，清末名匠赵松亭（东溪）与当时著名文人吴大澂的友谊，当代国画家唐云的紫砂收藏故事，曾简楼与范永良、徐秀堂的合作等，均在陶瓷界传为美谈。经过历代名匠的创造，紫砂壶不断推陈出新。由于泥料配方的改进，紫砂不再是单一的紫面孔，而有各种色彩：朱紫砂、海棠红、墨绿、白砂、沉香、冷金、水碧、葡萄紫、豆青、榴皮、梨皮、琅玕翠、新湖绿等数十种。由于历史文化的积淀和艺术的融入，使原本为实用性茶具的宜兴茶壶早就成了世人钟爱的收藏品。换言之，紫砂壶早在古代就已作为商品出现了。但是，紫砂壶的流通究竟起源于何时？中国紫砂壶的市场是什么时候开始逐步形成的？明代诗人徐渭在一首七律诗中写道：“青箬旧封题谷雨，紫砂新罐买宜兴。”这里明确提到了紫砂壶的产地和它作为商品进入买卖市场的事实。据有关文献记载，从明末到清代前期，“紫砂”在国内流通也只在今江苏省的宜兴、无锡、扬州一带，对紫砂壶的爱好、欣赏也仅限于江南一隅的文人茶客而已。另一位明代文人张岱在其著作《陶庵梦忆》中说：当时在无锡县北五里铭山有一家叫“进桥店”的铺子出售“宜兴罐”。另有资料证明，到了清乾隆年间，在扬州天宁寺旁“十三房”有一家“香雪居”的商店，也是出售“宜兴土产砂壶”的。用现代人的说法，这叫“专卖店”的雏形。由此可知，紫砂器形成、流通历史不长，它比瓷器的流通晚了几个世纪。

紫砂壶的商品市场形成既晚，而在新中国成立后，由于百废待兴，紫砂壶的生产流通迟迟未能恢复到清代中叶鼎盛时期的水平。直到二十世纪八十年代末，宜兴的紫砂生产才有了长足发展，市场日渐繁荣，并逐步踏入国际艺术品市场。由于紫砂的艺术价值与经济价值逐步得到海内外广大爱好者的认可，一段时期内，东南亚与我国的台、港、澳地区出现一股收购紫砂壶的“狂热”，于是市场火爆，价格飙升。紫砂壶的精品力作不论古今，十分抢手，通过拍卖行成交的精品，价格在数万至数十万元之间，令人瞠目结舌。紫砂壶的热销，又反过来促进紫砂壶的收藏和鉴赏。随着市场的红火，少数狡诈商人与缺乏职业道德的匠人，乘机仿古作伪，利用科技手段鱼目混珠，从中牟取暴利。眼力不济、功底不深者往往上当受骗。在紫砂市场上，“猎人”被“狐狸”暗算的事不在少数。因此，在紫砂领域与古玩行业中的书画、古瓷、古玉、青铜杂项，都存在识别真伪、提高判别能力的严肃课题。同样的道理，要识别真伪，必须打好坚实基础，掌握基本知识、基本理论和基本要领。因为不同时期，紫砂壶在泥料上存在细微的差别，在造型、做工、款识等方面也有不同时代的风格差异。鉴定判别紫砂与鉴别瓷器一样，应特别看其神韵、形态、色泽、意趣、文化及适用等六个方面要素，即所谓“六看”。此外，对于紫砂壶来讲，常常被人们忽视的是看“包浆”。所谓“包浆”，是天长日久，岁月对器物表面浸淫的痕迹。古老的紫砂壶，作为传世之物，由于久经器物主人摩挲、盘玩以及泡茶浸润，在器物表面慢慢产生温润的光泽，给人以“精光内蕴”之感。以上“六看”加上看“包浆”，乃是鉴别紫砂壶的要诀。其核心乃是看文化的品位与历史及艺术的境界。

关于评介紫砂壶的文章，前人之述备矣。本文不揣浅陋而陈言新述，实因精美的紫砂壶作为我国独特的传统工艺品，它的艺术魅力超乎寻常，它的发展轨迹一脉相承。紫砂器是国之瑰宝，内蕴深厚，鉴赏者求真赏美，永无止境。

原载《零距离》杂志

海派收藏：在时代脉搏中跳动的生活美学

近日，我有幸拜读王剑先生新著《笔缘：古董钢笔收藏赏析》，感触颇深。这本装帧精美的著作，不仅是一部钢笔收藏的鉴赏指南，更是一曲海派收藏文化的赞歌。书中以钢笔这一日常书写工具为载体，展现了海派收藏独特的文化品格与时代精神，令人耳目一新。

长期以来，外界对海派收藏存在诸多误解。有人认为，海派收藏过于注重商业价值，缺乏文化底蕴；有人批评海派收藏追求新奇，不够正统。这些偏见，源于对海派收藏的宗旨和抱负的误解。王剑先生的这部著作，恰恰为我们提供了一个认识海派收藏的契机。

海派收藏最鲜明的特征，在于其与时代的脉搏同频共振。书中详细记述了中国钢笔制造业"英雄赶派克"的奋斗历程。这段历史不仅是民族工业的缩影，更是海派收藏与时俱进的最佳注脚。从派克、万宝龙等国际品牌，到英雄、永生等国产品牌，每一支钢笔都承载着特定时代的文化记忆。这种对时代印记的珍视，正是海派收藏独特魅力所在。

贴近生活，是海派收藏的另一个重要特质。钢笔作为日常书写工具，与普通人的生活息息相关。王剑先生以钢笔收藏为切入点，展现了海派收藏"大雅即大俗"的文化品格。

书中不仅介绍了钢笔的工艺美学，而且更深入探讨了钢笔与文人雅士、市井百姓的故事。这种将收藏与日常生活完美融合的视角，更是海派收藏的精髓。

海派收藏还体现了兼容并蓄的文化胸襟。书中既展现了中国钢笔制造业的崛起之路，也客观评价了国际品牌的卓越品质。这种开放、包容的态度，正是海派文化"海纳百川"精神的生动体现。

当代著名古玩鉴赏家、上海市收藏协会创始会长吴少华先生为这本著作撰写的序言中对此有精辟的论述，为全书增添了厚重的文化底蕴。

《笔缘：古董钢笔收藏赏析》的出版，是海派收藏界的一大喜讯，它不仅是一部收藏鉴赏著作，更是一部记录时代、反映生活的文化典籍。书中两百余幅精美的钢笔图片，不仅令人赏心悦目，更让人感受到海派收藏的魅力。

海派收藏正在以其独特的方式，书写着时代文化新篇章。上海市收藏协会七千余名会员在张坚会长、吴少华创始会长的领导下，以实际行动努力发扬光大海派收藏精神。作为中国收藏“半壁江山”的海派收藏，必将在中国收藏史册上留下浓墨重彩的一页。

我期待有更多像王剑先生这样的收藏家以独特的视角和饱满的热情，共同书写海派收藏的华彩篇章。

乙巳年二月初二日，于上海大华定慧斋

第五辑　缅怀恩师

一位既洒脱又严谨的老人
——写在启功老师仙逝十一周年之际

今年 6 月 4 日上午，我在常熟市先贤艺术馆广场出席虞山当代艺术研究院隆重揭幕仪式，为荣任首届院长而致答谢词。面对常熟市文宣界的贵宾和同行，在诠释艺术研究院建院宗旨和当代艺术的内涵后，我提出“做当代艺术就是诚心做人”的主张，受到与会者的赞同。在热烈的掌声中，脑海里情不自禁地浮现出当年在母校北京师大求学期间启功老师关于艺术与人生的谆谆教导，心头也随之涌起对老师挥之不去的思念与感恩之情。

1962 年 7 月我考入北京师大中文系，在海淀区北太平庄度过了五个难忘的春秋。现在屈指一数，离开母校已四十余年，启功老师也仙逝十一周年了。韶华易逝而思念长存，最难忘启功老师在授业解惑中许多感人的故事。我最爱听启功老师的“书法概论”和“中国古代文学史”以及“魏晋南北朝文学作品选”等几门课。在校五年，我与启功老师在课间和课余的交往、沟通并不多，但他待人接物的洒脱和教学、研究的严谨，给我留下了难以磨灭的印象。

1957 年，启功老师的母亲和与他们母子相依为命的姑姑相继病逝，哀痛之际他又被北京中国画院划为“右派”，他的夫人章宝琛整天忧心忡忡，启功老师反而劝慰她：“划为‘右派’又不是杀头”，依然全心全意投入教学工作。当时我们这些年轻的学子丝毫也没觉察到他为此有抱怨或消沉的情绪。记得他在讲书画课时曾给大家展示了一幅朱竹图。朱竹枝条挺直，竹叶呈朱砂红色，秀劲而飘逸。有同学质疑竹叶为什么不是黑色、绿色而是红色，启功老师笑答：“省得别人说我是画黑画呢！”一语双关，引得同学们哄堂大笑。那时启功老师居住条件很差，寄寓其内弟小乘巷的两间破屋。屋顶是用报纸糊的，窗户透风，墙壁潮湿歪斜，状甚凄凉，唯四壁堆满书籍，困境中尚有书香四溢。正是：君子不患贫而患无书也。启功老师曾作诗自嘲：“东墙雨后朝西鼓，我床正靠墙之肚。坦腹多年学右军，如今将作王夷甫。”（注：右军，即王羲之，东晋著名书法家。王夷甫，西晋末年重臣，永嘉二年被石勒俘获活埋。）老师的住房后来逐步得到了改善，先在校区北侧的二居室新楼房，后又搬迁至教授们居住的小红楼了。启功老师讲魏晋文学史中的“竹林七贤”，他本可以借题发挥，发泄被划为右派后胸中之愤懑，然而他没有这么做。启功老师以唯物主义历史观批判阮籍在《大人先生传》里所宣扬的“以万里为一步，以千岁为一朝”的神仙荒诞思想；指出嵇康“志远而疏”、吕安“心旷而放”的弱点；嘲笑刘伶借酒装疯，迎合权贵的失德。启功老师告诉我们要以史为鉴，正确认识文学与政治的关系。他感慨这些历史人物的悲惨命运，也赞叹他们文学创作上的杰出艺术成就。记得他用毛主席的词句来总结这段文学史的评价：“俱往矣，数风流人物，还看今朝！”这说明了启功老师对美好未来的憧憬，也反映了他在受到迫害的情况下依然葆有洒脱的情怀和光明磊落的胸襟。

启功老师的至交、当代布衣学者张中行先生在回忆启功时说：“看表面，像是游戏人间，探底里乃是把一切都看透了。”我以为，正因为曾经的坎坷、苦难与不幸，使他悟出了人生的真谛，因而能放下，能潇洒脱俗，更能随缘自在。

二十世纪五十年代，启功老师为人民出版社出版程乙本《红楼梦》作注释，他在文学课上饶有兴趣地给我们讲了其中重要的细节，教导我们做学问如同做人一样，一定要认真、严谨。他说读《红楼梦》特别要注意俗语、服装、器物、官职、诗词、习俗和社会关系等问题。他举贾宝玉婚姻的例子。为什么贾宝玉最终和薛宝钗而不是和林黛玉成婚？为什么“金玉良缘”打败了“木石前盟”？关键人物是王夫人。既然由王夫人作主，那么宝钗中选自然是必然的结果。他说晚清时期慈禧太后找继承人就是在她妹妹家中选择的。《红楼梦》中的宝钗之母正是王夫人的妹妹。民间习俗亦如此，所谓“中表不婚”，尤其是姑姑、舅舅的子女不婚，否则叫作“骨肉还家”，犯了大忌。启功老师的严谨推理、论证，正切中了《红楼梦》中宝黛爱情悲剧的要害。

启功老师在讲书画的课堂上，还介绍了他受陈垣老校长鉴别古画的启发，体会到了“旁证”是重要的依据之一。陈垣先生当年判别一幅吴历（1632—1718，号墨井道人，又号渔山，江苏常熟人）的画是仿品，指出问题出在这幅画的落款上：“某年某月写于桃溪”，陈垣校长作过《吴渔山年谱》，史料证明这一年吴历正在澳门圣保禄教堂（即现在的“大三巴”）学天主教，怎么会写于他的家乡桃溪？这条旁证可谓铁证如山，无可辩驳。启功老师同样用旁证法匡正了权威对《蒙诏帖》的误判。谢稚柳（1910—1997，江苏武进人，当代著名书画家、鉴定家）先生认为《蒙诏帖》是柳公权（778—865，陕西铜川人，唐代大书法家）所书，依据是帖文中的“公权蒙诏，出守翰林，职在闲冷”之句。启功老师认为：翰林是朝官，怎么能说“出守”？后来他从上海博物馆看到了《兰亭续帖》原本，帖文是：“公权年衰才劣，昨蒙恩放出翰林，守以闲冷”，由此判定《蒙诏帖》非柳公权所书而是后人摘录、临摹柳公权的本子。启谢之争了断了一件历史公案，已成当代书画鉴定史上的一段佳话。

启功老师待人接物的洒脱和做学问的严谨，植根于儒家传统思想的滋养，核心是“中和”和“谦光”。《易经》曰：“谦尊而光”；《中庸》云：“中也者，天下之大本也。和也者，天下之达道也。致中和，天地位焉，万物育焉。”北师大陈垣老校长、启功老师等老一辈国学大师们堪称得中庸之道的仁人贤士。

水乡常熟是人文荟萃、山川秀美之地，不知老师曾来云游否？此时我正伫立在茉莉飘香的土地上，踮足引颈眺望北方，胸中有真切的感恩与绵绵思念之情，要向老师汇报，要对老师倾诉……

2016年6月15日于定慧斋
原载《零距离》杂志

寥寥一笑送“归鸿”

——纪念启功先生逝世十三周年

今年的六月三十日，是我的老师启功先生逝世十三周年的忌日。当此柳絮扑面、春和景明的季节，回忆驾鹤西去的故人，心中不免飘浮起几缕沉闷的阴霾和一抹淡淡的惆怅。二十世纪六十年代初，我就读北京师大中文系。五年的求学生涯中，无论是在小课堂还是阶梯大教室听课，无论是图书馆偶遇，还是上系办公室求教，启功老师（以下简称先生）的谆谆教导至今言犹在耳，他的慈祥容貌依然历历在目。尤其是先生关于人生经历的自述，对他“幼年的孤露，中年的坎坷”那些“掏心窝子”妙言警语，那些自我嘲戏的文章诗歌，深深震撼我的心灵。古人有“真情在箪食豆羹之间”的感言，正是对先生一生谦逊正直、纯朴而深沉感情世界的写照。

“吃饭难”——辛酸的调侃

先生虽居社会高层，却不忘自己是平民身份。他一辈子经常挂在嘴边的一句口头禅是“吃饭难”。我们普通人理解“吃饭难”无非是“民以食为天”的意思，而先生认为这样的理解失之于肤浅。先生曾对“忘年交”陆昕仔细诠释“吃饭难”的含义。先生不厌其烦地唠叨这个“吃饭难”，是植根于他的苦难经历，当我们了解这一段经历后就明白了先生的初衷及这三个大字背后的深刻寓意了。

“吃饭难”半是辛酸半是调侃，先生在不经意间把社会上那些拉大旗作虎皮，以权势压人的“正人君子”的丑恶嘴脸刻画得惟妙惟肖。先生对“吃饭难”的慨叹，也彰显了先生的一身正气和质朴的平民意识以及追求民主、平等的高尚情操。先生曾风趣而严肃地说：“岁月苦蹉跎，历史如长河，人各占一段，幸者值升平，不幸逢祸乱。”“回忆这一段生活自然有如打翻五味瓶，充满了酸甜苦辣各种味道，这并不是什么坏事，它说明了生活的充实。”

无子嗣——莫测的阙如

先生没有子女，生活中缺少天伦之乐，他六十六岁时撰墓志铭以自嘲，其中有“妻已亡，并无后。丧犹新，病照旧”，哀婉凄凉，令人心酸。而坊间有好事者妄言，这是爱新觉罗氏的魔咒。满族铁骑入关建立大清王朝，从顺治到宣统共十位皇帝，前七位的子嗣或多或少，及至同治及其以后的光绪、宣统，均无子嗣。这似乎是上天对爱新觉罗氏的戏弄和惩罚。这历史现象，于史有据，而于科学则无解。我查阅了相关史料，发现清朝十二位帝王（含入关前的努尔哈赤和皇太极），其子嗣按顺序排列为：顺治 8 人，康熙 24 人，雍正 10 人，乾隆 17 人，嘉庆 5 人，道光 9 人，咸丰 2 人，同治、光绪、宣统为零。这个下降的趋势比较奇特。启功先生是雍正第五子弘昼的后裔。以弘昼为第一代，第二代为永璧，第三代为绵循，第四代为奕亨，第五代为载崇，第六代为溥良（启功的曾祖父），第七代为毓隆（启功的祖父），第八代为恒同（启功之父），启功是第九代，即雍正的九代嫡孙。从先生这一支的人脉看，曾祖父辈为兄弟 3 人，祖父辈为兄弟 5 人，父辈为独子，而先生无继嗣。这个趋势也是逐渐减少到无。从哲学与自然的角度看，家族的昌盛与衰败，其因素很多，战争、内乱、疾病、遗传，等等，涉及政治、历史、医学、自然等诸多领域，十分复杂。魔咒说是无稽之谈。先生无后，既是偶然与不幸，同时也得到了造化的补偿与赐予。先生享年九十三岁，超过了其祖先乾隆皇帝 89 岁高寿的纪录。先生用毕生精力致力于教育与艺术事业，未有间断。1975 年其妻章宝琛病逝，先生又独守空房三十年，不仅兑现了爱情坚贞不渝的承诺，也获得了宝贵充裕的时间能聚精会神地工作。先生一生涉猎很广：古典文学、语言音律、历史文献、文物鉴定、文字训诂、碑帖版本、书画创作，等等，可谓硕果累累，著作等身。著名学者钟敬文（1903—2002，民俗学家、民间文学大师）先生曾诗赠启功，其诗曰：“诗思清深诗语隽，文衡史鉴尽菁华。先生自富千秋业，世论徒将墨法夸。”称赞先生博学通儒，是名副其实的国学大师，这个评价十分精辟中肯。

俱往矣——坚净的归鸿

先生自号“坚净翁”，并在他珍爱的一方砚台上刻着这样的铭文“直如矢，道所履；平如砥，心所企”，表达自己的志向。先生言行一致，以辉煌的人生轨迹谱写了一曲淡泊名利、刚正不阿的赞歌。先生内刚而外柔，我在北师大五年多时间，凡见到先生，永远是一副弥勒佛般的和蔼可亲的面容。先生常说“人生并不洒脱”，然而他一生不为名利所累、豁达乐观的精神恰恰达到了非常洒脱的生命境界。

宋代的一位大德高僧法常法师，在临终时感悟生命的美好和微妙而写就了一首脍炙人口的《渔父词・楞严一笑》，赞颂众生的变化的肉体中有不生不灭的自性，生命犹如梅花、雪月那样的纯洁，它们彼此交光互映，彰显生命的庄严神圣生命。先生信佛，童年时曾在曾祖父的陪护下到雍和宫拜一位喇嘛为师，取法名“察格多尔札布”（金刚佛母保佑之意）。而今，先生怀着虔诚的信仰已在天堂里与他的夫人章宝琛团圆了。

值此启功先生逝世十三周年之际，我谨以此拙文奉献给恩师，以志永恒的缅怀。

戊戌年二月二十九日于定慧斋

原载《蒲公英文学报》

第六辑　藏品赏析

玉佛缘

佛造像起源于东汉，至今已有两千余年的历史了。其材质早期大多是青铜，而后逐步发展为石刻、木雕、泥塑，乃至象牙雕、犀角雕等。清三代玉佛造像异军突起，盛极一时，尤其是出自乾隆朝宫廷的杰作，其艺术高度达到了自新石器时代晚期、汉代以后中国玉器史上的第三个巅峰。

天赐良缘，我有幸珍藏了康、雍、乾三代和田白玉佛菩萨造像十余尊，有庄严肃穆的阿弥陀佛坐像；笑口常开的弥勒佛和布袋和尚；婀娜多姿的观音菩萨坐像；一面多臂、香菊插鬓的绿度母菩萨像，等等。在这些光彩夺目的佛造像中，我最珍赏一尊释迦牟尼佛坐像。器高 31 厘米，重 4651 克，选用优质和田白玉，佛身多处贴金。佛祖结跏趺坐于莲花座上，螺髻高耸，身披透明袈裟，双目微闭，两耳垂肩，右手置膝上，自然下垂，结触地降魔印，为众生消灾解难。衣纹线条流畅。一条宝带从左肩斜跨至右肩，飘逸灵动，宝带上镌刻缠枝莲花纹，并以金箔镶嵌。腹部有鎏金法轮，无上威严。这尊佛造像除料好、工精外，抛光技艺特别到位，反映了清乾隆朝玉路通畅、经济繁荣的时代风貌。

能珍藏到美轮美奂的古代玉器，是福气，也是缘分。藏宝者花许多精力财力呵护它们，其实是对往昔无数默默无闻而毕生奉献于玉器制作的玉匠、玉工们的一份虔诚的敬仰和怀念。宝物最终属于人民和国家，收藏者不过是匆匆来去的过客。因得美玉而与佛结缘，又将以如水如云的平常心而随缘，正如唐代大文学家李翱在致药山高僧惟俨的诗句所云：

“我来问道无余说，云在青天水在瓶。”

庚子年九月初五于定慧斋
原载《上海收藏家》

风姿绰约观自在

观音菩萨是佛教中慈悲与智慧的象征，其名号源自梵文，鸠摩罗什译为观世音，玄奘译作观自在，而中国民间则简称为观音。千百年来，寺院大殿或家庭佛龛所供奉的观音形象通常是庄严肃穆的立像或坐像，轻盈潇洒的半跏坐、半倚坐式的造像比较少见，而优雅、闲适的半卧式造型则罕见。

我有幸与佛结缘，珍藏一尊精美的和田玉观音就是侧身半卧的姿态。器高16.5 厘米，长 29.8 厘米，宽 8.3 厘米，重 1908 克。观自在花冠高髻，长发披于后背，斜倚于水边岩石之上，右手支颐，左手托如意宝球于胸前，长裙束带，彩带修长飘逸至足下，左腿弯曲，自然而舒缓，赤足踏于岩石；右腿平展，赤足，右踝着地。柳叶眉下双目微闭，呈静思状。胸前垂挂华丽璎珞和璀璨夺目的珠宝佩饰。披肩丝带交叉、缠绕作“U”形状挂于岩石上，随风飘拂宛若仙境。观自在左右手腕各佩一枚金色手镯。由于采用了鎏金工艺，玉观音的宝髻、丝带、胸饰、腕饰等处金光灿灿，更添华贵气派。这尊玉观音的造型风格反映了清代中期的时代特征，由于百姓审美情趣和价值观的日趋平民化、世俗化，反映在观音菩萨的形象塑造方面有明显的乾隆朝的特点，它有别于隋唐时代的“上身赤裸”“丰乳”和“窄臀”的仪态万方，也不同于宋代理性化的理念，雕塑家有意将人体的曲线美包裹、隐藏起来，使观音菩萨像仿佛普通的农妇和村姑的面庞。清中期观音造型既继承了传统的真、善、美原则，也有所创新，能工巧匠们努力赋予观音成熟女性的风华或少女的清纯，使朝拜者顶礼膜拜之余，获得独特的亲近感和愉悦感，得到世俗化的审美享受。

这尊玉观音选用上等和田白玉，其色白，泛油脂光泽，抚之柔和润滑。微透，在强光下明澈透亮，质地纯净，几无瑕疵。密度 2.95 克 / 立方厘米，摩氏硬度为 6.9。雕工精细，线条流畅，抛光规范，造型优美。玉观音底部有款识：长方形印章，篆书白文“大清乾隆年制”。综上所述，这尊玉观音工巧、艺精、料美，寓意吉祥，恰恰印证了玉雕“乾隆工”的美学概念。

原载《上海收藏家》

金牛望月

庚子岁末，金牛的哞哞声越来越近。我为了应景吉祥，找出了多年珍藏的一座玉摆件，置放在书桌上观摩欣赏而怡然自得。此摆件是清乾隆年制和田白玉“金牛望月”立像。器高 21 厘米，长 26 厘米，宽 9.9 厘米，重 2683 克。金牛造型独特，栩栩如生：短颈、宽腰、肥腹，肌肉发达、四蹄健壮，两只弯角在头部上方呈半月形对称相拱，直指苍穹。牛背至臀部以锦缎方帕覆盖，上绘仙草祥云纹，平添神秘色彩。背驮一串金光闪闪的铜钱，似有秦“半两”、汉“五铢”和“康熙通宝”。腹下及四蹄间堆满金饼与元宝，均以金箔熨贴，象征财源茂盛。牛尾上翘呈 S 形，生动活泼。中国传统文化中以拥有巨大的财富作为身份高贵的标志，历史证明，繁荣的经济是国家军事和政治的雄厚基础。然而“君子爱财，取之有道”，这个正道是在遵纪守法的前提下通过劳动致富、智慧发财。如果依仗权势巧取豪夺不义之财，必然身败名裂。

金牛，相传汉代杭州西湖有金牛涌现，口吐清水，使湖水永不干涸，被誉为“明圣之瑞”。后人为了怀念金牛，在西湖附近筑高墙以俯瞰，城楼曰“涌金楼”而城门谓之“涌金门”。所谓“望月”，形容期待、盼望。时代进步，科技发展，望月之“月”，狭义为月亮，广义泛指浩瀚的宇宙太空。改革开放使中华经济腾飞，科技蓬勃发展，探月工程取得了举世瞩目的成就，五星红旗插上了月壤，玉兔登月，嫦娥不再寂寞，探索火星工程也已启动，中国人在太空建立载人空间站不再是梦想。

抚今追昔，望金牛而生憧憬，愿辛丑年会带来更多的惊喜和梦想，十四亿人民生活红火，吉祥康宁。行文至此，文思涌动，遂成七绝一首以贺新春，题曰《金牛赋》：

抗疫声中一岁除，千家万户迎金牛；
喜看神州春光好，耕天耘地写春秋。

庚子年腊月二十二立春日于定慧斋
原载《上海收藏家》

青天釉“重华款”瓜楞执壶考释

“家有万贯钱财，不抵汝窑一片。”这是中国古陶瓷收藏界颇为流行的对宋代汝窑瓷器的一句赞美之词，相传也有类似对钧窑瓷器的夸奖。除汝、钧外，还有哥、官、定三个瓷窑与其齐名，世称“宋代五大名窑”。

宋代是中国瓷器发展史上极其辉煌繁荣的时期，窑场林立，各领风骚，尤以朝廷青睐的五大名窑为最。本文论及的汝窑，位于河南汝州，盛于宋而终于明。为宋代宫廷生产的汝窑精品传世极少。据著名古陶瓷鉴赏家史树青先生主编的《古瓷收藏三百问》介绍：“全世界见于记载的汝窑精品大约有65件，其中台北故宫博物院藏23件，北京故宫博物院藏17件，上海博物馆藏8件，英国大维德爵士基金会藏7件，其他散藏于美、日等博物馆和私人收藏约10件。”我以为上述统计数据未必精确，但汝窑精品的稀少是不争的事实。古瓷市场因其稀有而贵重。我不久前从上海某艺术机构出版的《宋瓷图录》中看到一张近年来宋代五大名窑精品拍卖成交的清单，其天价令人咋舌……古瓷拍卖记录不仅是古玩市场的晴雨表，而且也是一门深奥莫测的学问。我无意深入探讨究竟，却乐意呈奉一件珍藏多年的汝瓷——青天釉瓜楞“重华”壶，对它的精美造型和艺术特点，它的款识所蕴含的历史信息和艺术语言，予以考证和阐述。对于一件瓷器而言，它和其他任何一件藏品一样，经济价值并非唯一。原创也好，后仿也罢，重要的是：乐在考证，乐在求知，乐在欣赏，乐在珍藏，乐在弘扬中华文化。

1. 汝窑青天釉瓜楞“重华”款执壶概况

此壶器高12.5厘米，口径4厘米，底径4.9厘米，敞口无盖，釉色呈天青色，晶莹清彻，小纹片和明显的鱼子纹，器内外施满釉，器底刻楷书“重华”款，有三个小支烧钉痕，钉痕处露胎呈香灰色。器形规正，它与冯先铭先生主编的《中国陶瓷》“宋金时期的陶瓷”所附图录的瓜楞执壶无异（《中国陶瓷》第439页）。

2. 瓜楞“重华”壶有明显的汝窑工艺特征

其一，汝窑的釉色，历来说法不一，有天青、雨过天青、淡青、卵白等，此壶釉色天青，按冯先铭先生的论断，“天青色是汝窑的基调，有的略深，有的略浅，没有明显的差异”(《中国陶瓷》第 389 页)。其二，凡属盘、碗、瓶等圆器，均施满釉，器里器外、口缘及足际均不露胎。其三，胎质比较薄，且细腻，胎呈香灰色。其四，烧造方法是采用支烧钉工具支烧，器物底部留有几个支烧钉痕，痕点很小，多则 5 个，少则 3 个。此瓜楞执壶具有以上汝窑的基本特征，但尚不能武断地判定是宋汝窑器物。因为从元初开始，至明清两代乃至民国初期，都有仿宋五大名窑的器物问世，而且水平之高令人瞠目结舌。然而，仿制与原创毕竟不可同日而语，其差异及识别也是显而易见的。

3. 清雍、乾两朝仿宋汝的异同

雍正朝仿宋汝窑的器物以天青色为多，且多数是鱼子纹和小纹片，制作精细，质量上乘。但与宋汝比较，在釉色方面，宋汝一般均失透，釉色厚润安定，而雍正仿汝器“釉面透亮、清彻晶莹”。另外，雍正朝仿的器物大多书“大清雍正年制”或“雍正年制”青花篆书款，容易识别。乾隆朝仿汝是雍正朝制作的延续，除有款识外，难以区别，但在器形上，乾隆朝仿汝器物多用瓜楞形，这是乾隆朝仿汝的明显特征。

我珍藏的瓜楞壶在工艺方面与乾隆朝仿汝器物相似，特别是釉色透亮而晶莹，小纹片、鱼子纹比宋汝更明显、更张扬。宋汝器物釉色沉稳，珠光内敛，失透。经过比较分析，瓜楞壶可能是清中期仿汝器物。作此推论，除上述因素外，更有力的佐证是器物底部的“重华”款。

4. 关于“重华”款识的考释

其一，据《辞源》诠释：重华，虞舜名。《书 · 舜典》：“曰若稽古帝舜，曰重华，协于帝。”孔颖达疏：“舜能继尧，重其文德之光华”，喻帝王功德相继，累世升平。其二，在瓷器底部落款，所谓“款识”，自古有之。据熊寥、熊微编著的《中国历代陶瓷款识大典》，陶瓷款识名目繁多，总体来讲有官字款、窑名款、堂名款、纪年款、干支款、府名款、斋名款、吉言款等几大类，其中最富皇家色彩的是“宫殿名款”。宫殿名款主要见于宋瓷和清瓷。史料记载的有：“奉华”“慈福”“聚秀”等为宋代宫殿名；宋代宫名款中以“奉华”款名扬四海。台北故宫博物院珍藏的“宋汝窑粉青釉奉华尊”，器底刻楷书“奉华”款，被奉为国之重宝。据冯先铭先生考证，此类宫名款是器物到达宫廷后刻的，走刀圆润，刻痕用料彩填饰。其三，重华，即重华宫。它在中国历史上曾是宋代和清代的宫殿名。宋孝宗（赵昚）传位给光宗（赵惇）后所居之处。我查阅《宋史·孝宗本纪》，有如下记载：“乾道十六年正月……更德寿宫为重华宫……二月辛酉朔，日有食之，壬戌下诏传位皇太子，是日皇太子即皇帝位，帝素服驾之重华宫……绍熙五年六月戊戌崩于重华殿。”清代重华宫原是明朝乾西五所之二所，弘历十七岁大婚居此，雍正十一年（1733），弘历被封为“和硕宝亲王”，该住地赐名“乐善堂”，弘历即位后把二所升为宫，名重华宫。据《中国皇家文化汇典》，乾隆皇帝于重华宫侍皇太后家宴。乾隆御诗中有《新正重华宫侍皇太后宴》，诗曰：“元正大礼贺慈宁，翌日重华凤辇停。左右承颜娱永昼，曾元绕膝乐家庭。盆中茂树万年柏，阶际才舒两叶蓂。小部梨园呈法曲，致辞总是祝修龄。”乾隆、嘉庆每年新正筵宴廷臣及内廷翰林，太上皇乾隆宴席设于正殿，嗣皇帝嘉庆宴席设于配殿，席间并与大臣联句作诗。有曲宴、三清茶宴。三清是以松实、梅花、佛手沃雪烹茶，曰三清茶宴。乾隆年初期人数无定员，多为内直词臣，乾隆三十一年始定与宴者为十八人，寓为登瀛学士之意。乾隆为太上皇时，每年元旦于重华宫前殿受皇子皇孙等庆贺，于后殿受妃、嫔、公主、福晋等庆贺。重华宫东配殿名葆中殿，内有匾曰“古香斋”，贮放图书集成。西配殿名浴德殿，内有匾名曰“抑斋”。重华宫后殿名翠云馆，馆西室曰“墨池”，东室曰“养云”，次室曰“长春书屋”。

乾隆追忆重华宫往事与孝贤皇后的恩爱，在其《重华宫记》和《孝贤皇后陵酹酒》诗文中，其深情厚爱溢于言表。“少而居之，长而习之，四十余年之政，皆由是而出……盖宿学之所安，旧剑（指孝贤皇后）不能忘也，是以四十八年以来，元旦除夕，无不于此少坐。”其诗曰：“那能恝尔去，仍趁便而来。言念曾齐案，奚堪更酹杯！草犹逮春绿，松不是新栽，旧日玉成侣，依然身傍陪。”

5. 鉴赏瓜楞执壶，赞美中华瓷艺

收藏古瓷与收藏其他古玩一样，重在参与，贵在过程，所谓锻炼眼力，磨砺胆识，提高修养，陶冶情怀。其实无论贵贱、真赝，无论姓宋姓清，也无论是真是仿，一件藏品改变不了人生的命运。通过收藏、欣赏、交流，应该秉持平和的心态，去追求并享受这样一个美妙而温馨的境界："明窗净几，罗列布置，篆香居中，佳容玉立相映。时取古人妙迹，以观鸟篆蜗书，奇峰远水，摩掌钟鼎，如亲见商周。端砚涌岩泉，焦桐鸣玉佩，不知身居人世。"

甲午年四月十五日于定慧斋
原载《零距离》杂志

紫玉银袍沏香茗

——清嘉道年间锡包镶玉紫砂壶

今年初夏，我整理书橱，从故纸堆中发现了一把遗忘多年的紫砂茶壶。轻拂尘埃后抚摩把玩，不忍释手。这把紫砂壶是先父的遗物，它的出现勾起了我童年的美好回忆以及成家后在书房与此壶朝夕相处的难忘岁月。这思念情景恰似宋代著名词人晏几道在《鹧鸪天》中所说："从别后，忆相逢""今宵剩把银釭照，犹恐相逢是梦中"。

锡包镶玉紫砂壶及其制作者

这是一把清嘉道年间的锡包镶玉紫砂壶，器高 8.1 厘米，长 14.5 厘米，宽 7.6 厘米。壶身呈上下对称的梯形，通体包锡，泛银光。盖钮、嘴口（流）及壶把用和田白玉镶接。壶盖和壶底皆为矩形，分别为 3.3 × 2.5 和 4.1 × 5.1（厘米）。壶底露紫胎，钤"杨彭年造"阳文篆书方印，极规整，且紫胎包浆厚重、自然。

此壶是难得一见的上乘之作，系清嘉庆道光年间时兴的一个紫砂壶品种。它的制作过程十分精细：紫砂匠人先做好紫砂壶内胎，经 1000 多摄氏度的高温烧成后在壶的外表包锡，再镶上和田玉的流、盖钮、壶把，俗称"三镶玉"。这种制砂壶工艺独树一帜，曾经风靡一时。锡包壶以宜兴紫砂泥作壶胎，发挥了紫泥的可塑性好和强度高的优点。壶外表包锡，因锡色似银、质软，又具有防腐防辐射的功能，所以不仅使壶的外观光滑鲜亮，而且坚固耐用，更具实用价值。壶的流、盖钮、壶把所精工镶接的和田白玉，其色纯正，其质温润细腻，是典型的和田白玉特征。镶嵌正宗的和田白玉，使砂壶更彰显富贵、高雅。

这把锡包壶的制作者杨彭年是清嘉道年间荆溪（宜兴）人，中国紫砂壶历史上的著名制壶高手之一，他与当时著名的文人陈鸿寿（1768—1822，号曼生，以书法篆刻闻名）合作，精制出独步紫坛的“曼生壶”。因世俗重名士而轻名工，名壶常以名士的铭款而名闻天下。虽然二者合作“相得益彰，固属两美”，但实际上以“彭年制曼生铭”来表述更为妥当。

此锡包壶不同于纯紫砂的“曼生壶”，它的造型独特，以壶身的半腰为水平中轴线，上下的两个梯形，如同两个盛米的斛斗，既对称又线条明晰流畅，符合传统的审美观。盖钮与壶底做成矩形，尺寸适中，与主体的结构形状十分和谐协调。壶把和壶嘴所占的空间大小相近，增加了砂壶的平衡感。杨彭年对这把锡包壶的构思和造型确有内涵和创意，正是“壶中乾坤大”、“林间日月迟”的写照啊！

锡包壶的合作者是与杨彭年同时代的山阴（绍兴）人朱石梅。史料记载，杨与朱合作制作包锡壶，其影响和经济价值不在“曼生壶”之下。据清代文人陈文述（1771—1843）在《画林新咏》里评价朱石梅所述：“仿古以精锡制茗壶，刻字画其上，花卉、人物皆可奏刀，人以之比曼生砂壶。”此壶锡包工艺精湛，棱角衔接处，锡皮与紫砂胎包裹服帖，尽显紫砂壶的轮廓之美。朱石梅以无刃顿刀刻铭，既不伤紫砂薄胎，又衬托书法自然之美。铭文“一枝花入上林春”出典不详，但楷书娟秀儒雅，有大家风范。铭文未落款，或许是制作者以壶自用或馈赠亲友，比较随意随缘吧。综上所述，这把紫砂壶包锡工艺可以推定：能与杨彭年合作制壶者，非朱石梅莫属也。

比朱石梅稍早的擅长制锡壶或锡包紫砂壶的名匠，还有扬州的归复初（亦名归复），以檀木为把，以玉为嘴，他“系以生锡团光其外，而空其中，以檀为木把，以玉为嘴及盖顶”，人称“归壶”。常州人范述曾（名廷镇、号芷庵）“能作花卉草虫，并书法，俱效恽寿平”，曾与陈鸿寿、杨彭年合作锡包壶。

包锡镶玉紫砂壶装饰工艺，始于明（嘉靖年间的著名工匠赵良璧，苏州人，“工于制梳子及锡器，称绝技”）而盛于清，民国以后随着锡壶制作的湮没，锡包壶也逐渐销声匿迹。而今传承有序的已不多见，俗话说“物以稀为贵”，锡壶与锡包壶的价格因此飙升。2013 年秋，苏州吴门拍卖，一把朱石梅纯锡壶以人民币 18 万元起拍，据说以高出好几倍的价格落槌，可见一斑。

我所藏之锡包壶熔紫（泥）、玉（瑞物也）、锡（金属之一，“五行生克说”：金生水。古诗云“良交契金水，上客慰萱苏”）于一体，又出自名人名匠之手，其收藏价值不言而喻也。

锡包镶玉紫砂壶工艺是宜兴紫砂壶传统工艺的继承和发展

在近万年的中国陶瓷发展过程中，紫砂陶器的出现较晚，但在宜兴一隅，自宋以来，历代制砂壶、砂器的名匠辈出，为中国陶瓷发展增添了灿烂的一页。紫砂器的原料——紫砂泥是宜兴特有的细质优良陶土。以制紫砂壶而言，经选泥、制坯、窑烧等多种工序而成产品，关键工序全是手工操作，十分精细、艰苦。陶坯一般不上釉，以其自然色泽取胜，只在陶坯成型后上面印刻的书画诗文纹案都要用粉质颜料填于轮廓中，这种自然本色和填料方式是宜兴紫砂壶的工艺特点。然而，对紫砂工艺的研究因其在理论界长期受到冷落而处境尴尬。紫砂工艺之谜直到 1974 年江苏宜兴羊角山紫砂窑的发现才揭开，而且还把紫砂烧造的历史提前到北宋时期，并证实了北宋诗人梅尧臣在《寄茶诗》中写的“小石冷泉留早味，紫泥新品泛春华”的可信性。

北宋著名文学家欧阳修，对饮茶的兴趣甚浓，曾留下不少咏茶的诗篇，其中与梅尧臣的唱和诗最多。他的一首《和梅公仪尝茶》诗有“喜共紫瓯吟且酌，羡君萧洒有余清”。诗中的“紫瓯”和梅尧臣所说的“紫泥”，都是宜兴紫砂茶壶的别称。及至明代，著名书画家徐渭在一首七律诗中也写道：“青箬旧封题谷雨，紫砂新罐买宜兴。”显然，“紫砂新罐”就是紫砂壶。诗中的“买”字体现了当时的紫砂壶已成为商品在市场流通了。另据明代人张岱在其著作《陶庵梦忆》里明确指出：在无锡有一家名叫“进桥店”的铺子是有“宜兴罐”出售。到了清乾隆年间，据史料记载，在扬州天宁寺道旁的“十三房”也有一家叫“香雪居”的商店出售“宜兴土产砂壶”。可见，当时紫砂器在国内流通仅在江苏宜兴、无锡、扬州一带，对紫砂壶的爱好和欣赏也局限于生活在经济繁荣、交通便利的江南一隅的文人名士而已。

锡包镶玉紫砂壶仅仅是紫砂壶大家族的一个成员，且兴衰有期，寿命不长。而今宜兴紫砂壶从“金沙寺僧”和供春，经时大彬、葛明祥、陈鸣远、杨彭年等见于“壶艺列传”的有 140 余名制壶高手，至现代顾景舟等工艺大师，以及葛军等一批青年陶艺家，人才辈出，青出于蓝。其代表作之高超、工艺之精湛及紫砂壶色彩之丰富，也早已蜚声海内外了。

佳壶沏香茗，雅韵恒久远

茶壶，无论紫砂壶还是锡包镶玉紫砂壶、纯锡壶，都是饮茶的器具。如有好壶，而无好茶，有好茶而无好环境、好心情，吃茶也好，饮茶也罢，大抵只给身体补充水分而已，无品位无意境可言。鲁迅先生曾经说过这样一段话："有好茶喝，会喝好茶，是一种'清福'。不过要享这'清福'，首先就须有工夫，其次是练习出来的特别的感觉。"他这里强调的享清福的条件一是好茶，二是懂茶，三是闲暇，四是心态和意境，缺一不可。

首先茶好。中国的名茶品目繁多，茶类最丰富。从茶色上分，有红茶、绿茶、黑茶、白茶、黄茶、青茶（乌龙茶）六大类，每一类又有很多品种。据统计，现有名茶上百种之多，家喻户晓的是"十大名茶"：狮峰龙井、洞庭碧螺春、六安瓜片、君山银针、黄山毛峰、信阳毛尖、太平猴魁、庐山云雾、蒙顶甘露、顾渚紫笋。但饮茶人各有所爱，你最喜欢什么茶，这茶对你就是好茶。其次是要懂茶。了解好茶的特性和泡茶的技艺，懂得饮茶的良好风习。第三有闲暇。闽粤一带的人习尚以小盅慢慢啜饮为雅，保留了我国古代品茶的传统。他们的茶品大多是武夷岩茶、安溪铁观音等上品茶，茶水则选用溪水、泉水；茶具配套，小巧精致。品饮时，只倒入能容二三钱茶汤的小杯，先自远至近闻香数次，然后再慢慢品味，入口徐徐咀嚼而体会之，顿觉清香扑鼻，舌有余甘。一杯之后，再续二杯，则令饮者心旷神怡，神清气爽，恰似老舍先生的夫人胡絜青给"焘山庄"茶室的一副对联所表达的那样："尘虑一时净，清风两腋生。"第四是要有好心情，好的环境。1964 年，郭沫若先生在广州"南园"餐饮时心情甚好，留下了七律一首，至今还挂在牡丹厅内，其诗的后两联云："万盏岩茶千盏酒，三时便饭四时鲜，外来旅客咸瞠目，始信中华是乐园。"这首诗以满腔热情赞美中华乐园和饮茶喝酒的乐趣。古人云：品茶"一人得神，二人得趣，三人得味，七八人是施茶"。

手捧锡包镶玉紫砂壶，我的脑海里情不自禁地浮现了少儿时期看着父亲在厅堂里右手托壶，左臂置后背，目光凝视两壁悬挂的字画出神，时而以壶嘴对口啜几滴香茶，时而踱步悠思，慈祥贤惠的母亲则不停地为父亲的茶壶续开水。我依稀记得客厅的一侧墙上悬挂的是清代大书法家何绍基手书的正楷四幅立轴，另一侧墙上悬挂的是扬州八怪之一黄慎的四季花卉四幅立轴。父亲 1949 年前在故乡经营一家银楼，读过几年私塾，喜爱书画收藏。那时情景的深意直到大学毕业投身到社会才逐渐悟出了其中的道理。其实品茶是和中国传统的诗、书、画艺术密不可分的。然而父亲自得其乐的嗜好被十年浩劫破“四旧”运动打得粉碎，家藏一批名人书画也悉数付之一炬，化为灰烬了……

俱往矣，而今我在书房重新把玩紫砂壶，慢慢地品味佳壶中所沏的香茗，心中有说不清、道不明的“特别感觉”，它是苦涩，也是甘醇。过了国庆长假，深秋降临了，秋茶也是一股清风，一缕情丝，令人恬淡安适。在秋高气爽之日，不妨相约中国船舶工业界实干家胡金根先生、著名江南摄影人沃建平先生等二三好友，再去虞山脚下邓新江先生的“宝岩茶室”喝茶。在这座宁静温暖而舒适的庭院里坐下来，慢慢地品味“宝岩珍稀白茶”，可以暂时忘了名利场上的得失宠辱，忘了世俗社会的烦恼和忧愁。

甲午年菊月十九日于定慧斋

原载《零距离》杂志

康熙郎窑红瓜楞瓶赏析

二十世纪九十年代初，我以乾隆年制和田白玉“双龙戏珠玉山子”与外地藏家换回一尊康熙“郎窑红瓜楞瓶”，置客厅案几上，其通体温润如玉，且焕发宝石红光芒，雍容华贵，令家人与来往宾客赏心悦目，啧啧称赞。

郎窑红瓜楞瓶高 53 厘米，口径 8.7 厘米，底径 16 厘米，腹宽 28 厘米。瓜楞筋排列规整，立体感强烈。肉眼观察，红釉釉汁厚重，色如新鲜牛血，釉下有无数金箔碎片，熠熠生辉。口沿处流釉浅薄露出白胎，圈足有二层台阶阻断釉汁流淌，底款为青花双圈，竖式双排楷书“大清康熙年制”。

此瓶用料讲究，造型卓越，制造工艺符合“脱口垂足郎不流”即郎窑器的基本特征，是典型的郎窑红釉的代表作品。中国陶瓷史上的“郎窑”，即清人郎廷极（1663—1715，字紫衡）作为督陶官在浮梁（今江西景德镇）所烧造瓷器的总称，郎窑红是郎窑产品中最亮丽的一个品种。郎廷极曾多次赴任督造，他督造的瓷器在康雍乾三代官窑瓷器的竞争中异军突起，各领风骚。

康熙五十年，郎廷极奉命为皇帝六十大寿督造一批御用瓷器。郎极为用心，其团队刻苦研制，终于造出别出心裁、独一无二的“万寿瓶”，瓶高 76.5 厘米，口径 37.5 厘米，器身白釉，蓝釉书写，用不同字体写满 9999 个“寿”字。皇帝问其故，对曰，加上皇帝大寿的一个“寿”字，恰好一万个，寓意“万寿无疆”。于是龙颜大悦，晋升郎廷极为两江总督，后又升迁漕运总督。对于郎廷极的官品与人品，后世有褒有贬，但对其督陶的贡献则众口一词，赞赏有加。

与郎廷极同时代的词友许谨斋在其诗《郎窑行·戏呈紫衡中丞》中云：“郎窑本以中丞名”“敏手居然称国器，比视成宣欲乱真”“雨过天青红琢玉，贡之廊庙光鸿钧”，赞美郎廷极的制瓷成就堪比明代成化和宣德，确立了郎廷极在清代陶瓷史上的历史地位。

2023 年 3 月 28 日，“贡之廊庙光鸿钧——康熙奇珍·郎廷极艺术展”在北京保利艺术馆开幕。这是国内外首个以郎窑为主题的艺术大展。郎窑精品主要有宝石红、宝石绿和甜白，仿明代成化宣德，青出于蓝而胜于蓝，其中宝石红釉瓷器光芒四射，独放异彩。

原载 2024 年 3 月 12 日《上海收藏家》

重阳话赏徐悲鸿《四喜图》

谚语云："重阳纳福，开门见喜"，这是中国人祈愿生活安适的美好憧憬。福之巅谓"五福"（典出《尚书·洪范》）：长寿、富贵、康宁、好德、善终。喜之极谓"四喜"，宋代著名理学家邵雍有诗云："一喜长年为寿域，二喜丰年为乐国，三喜清闲为福德，四喜安康为福力。"简言之，人长寿，获丰收，享清福，得安宁，即为人间"四喜"。

甲辰重阳，天高气爽，我欣欣然悬挂自己珍藏的一幅徐悲鸿名画《四喜图》（原鉴藏于北京荣宣斋字画店）于书房，啜茗赏画，心旷神怡。这幅《四喜图》立轴是徐悲鸿创作于1942年岁尾的经典之作，作者在画心右上角诗塘处落款："壬寅岁阑悲鸿"。该图纸本，设色，画心纵103厘米，横56厘米。绘四只形态各异又栩栩如生的喜鹊，栖息于横斜虬劲的榆叶梅树枝上，上首一只雄鹊俯瞰，眼神宁静慈祥，下端三只喜鹊则一只背面，二只侧面对着观者，它们分别立在交叉呈V形的两根枝条上，身躯灵巧，活泼可爱，仰首上视，体形一大两小，似一母携二子，正揖迎老鹊归巢。这四鹊八目，视线交融，气息强大，它们俨然一个幸福和谐的家庭，每鹊寓意一喜，四喜相聚，其乐融融。

徐悲鸿在二十世纪三四十年代创作了多幅同名《四喜图》，大部分为赠友的应酬之作，因其笔墨精致，功力不凡，受到画坛与坊间的赞许与收藏。一幅赠民国政要张群的《四喜图》尤为精彩，作于民国二十六年即1937年，小楷长款题识，字数之多和认真程度，在徐悲鸿的字画中实属罕见。此画于2018年12月北京匡时秋拍，以人民币1500万元落槌。一幅赠马来西亚华侨诗人郑今郇的《四喜图》创作于1941年8月，香港佳士得拍卖成交250万港元。一幅赠友人何光耀的《四喜图》为镜心，规格：122×41.5厘米，创作于1939年秋，2023年秋拍，以285万元人民币成交。如此等等，不胜枚举。徐悲鸿笔下的花鸟与雄姿奔放的骏马一样，各放异彩，备受欢迎，其艺术与经济潜力亦不言而喻。

明年乙巳年，即 2025 年 7 月 19 日，是徐悲鸿先生诞辰 130 周年纪念日。徐悲鸿原名徐寿康，江苏宜兴人，中国近现代画家，著名的美术教育家，杰出的社会活动家。我们赞美并欣赏他留下的珍贵画作，永远铭记他为新中国美术事业作出的贡献，更期盼他笔下的“四喜图”能成为当代现实生活的写照。

2024 年 9 月 29 日于上海

原载 2024 年 10 月 11 日《上海收藏家》

美哉，斯虎

当《上海收藏家》2022年第一期出版发行时，正是农历辛丑年的岁尾，勤劳倔强的金牛渐行渐远，而勇敢祥瑞的白虎已疾足踏来。老虎，亦名山君，以白色为贵，是神话传说中的瑞兽，它与青龙、朱雀、玄武合称“四灵”，自古以来就是中华民族的精神象征。据《周礼》记载，三千多年前的商周先民以虎为图腾，在门上画虎，用其守门、御凶，辟邪纳祥。我打开锦盒取出一件清代和田白玉摆件——玉虎，置于案首观赏，权当壬寅年的吉祥物。此玉虎高8.5厘米，长26厘米，宽13厘米，重1949克。呈平地行走状。虎头浑圆，短耳，双目凝视前方，炯炯有神。四肢雄健，肌肉发达，两肩微耸，臀部翘起，长尾粗壮有力并卷曲于左胯，动感强烈，栩栩如生。在强光灯下，玉体温润透明，无瑕无疵。玉虎脊背及两侧精刻阳线鎏金神鸟祥云图案，寓意腾云飞翔。

乾隆二十三年（1758），朝廷结束自康熙二十七年（1688）发动的平定准噶尔叛乱之战，收复疆土，并获得和田玉矿的开采权。从此，玉路畅通，玉矿石源源不断地运往京城，为乾隆朝玉器的繁荣奠定了物质基础。从玉虎的材质之美、琢工之精、设计之妙和造型之奇特看，符合“乾隆工”的时代特征，它是一件出自宫廷造办处的皇家御用之物。清代康熙、雍正、乾隆三朝，特别是乾隆朝的宫廷玉器是当代拍卖行热门的成交拍卖品。国内如此，境外亦然。据互联网某平台报道，2021年纽约佳士得“琼肯三世珍藏”拍卖专场，其中几件小动物玉摆件以天价成交；一件清代白玉卧鹿，长19厘米，35万美元落槌，一件清代白玉瑞兽，长9厘米，51.9万美元成交，如此等等。中华国宝流失海外成了洋人的囊中之物，又被蓄意炒作，最终目的是瞄准中国人的钱袋子，可恶可恨之极也。

宋代法常法师在其《渔父词 · 楞严一笑》中有脍炙人口的名句曰，“蝶梦南华方栩栩，斑斑谁跨丰干虎”。这里的“丰干”与“虎”出典于浙江天台山国清寺。丰干即唐朝的丰干禅师，他“常骑虎巡廊，吟诗唱道”，神秘莫测。民间传说丰干是佛陀化身，其虎乃是神通广大的护法神。

美哉，斯虎；瑞兮，壬寅。

原载《上海收藏家》

罐封密藏逾百年　普洱青花并蒂香
——清光绪十六年麻黑寨盛德茶庄青花瓷罐装普洱茶考释录

去年秋天，我应上海市收藏协会吴少华会长之邀，出席某木雕大师的艺术成果研讨会。会议在一家著名木雕艺术馆召开，会间，我顺便参观展示大厅陈列的精美木雕艺术品，不经意间瞥见展柜的一个角落放着两件鲜亮的青花瓷器，俯身察看，乃一对胖墩墩的双喜缠枝牡丹纹青花瓷罐，有盖，盖下一周似白膏泥密封完好，十分可爱。我询问展厅的工作人员：此罐出自何年代？何窑口？内装何物？展示前有无封条贴签？应者答非所问，只是反复夸赞“这对瓷罐是古董，很值钱”。我不禁哑然失笑，心想他不是物主，说不清楚子丑寅卯应在情理之中也。

世界上的事情真是“无巧不成书”。今年春天，我在一位亲戚家小酌，两杯下肚后主人兴致盎然，从储物箱中取出三件瓷器请我鉴赏。经上手把玩，仔细端详，乃三件青花瓷罐，与去秋所见何其相似乃尔！所不同的是：此三件青花瓷罐均有封条和贴签，一条签封是隶书“大清光绪十六年”七个字，另在腹部有贴签一张，呈长方形，当中一个篆书“茶”字，顶端有隶书“普洱”二字，横写。下端一行楷书，自右而左“麻黑寨盛德茶庄”七个字。封条及贴签泛黄、发暗，除边角处极少残缺外，品相基本完好，且老化自然、真实，给人以沧桑的陈旧感。我为三件瓷罐度量尺寸，拍了照片，承诺回家研究、考证后再谈断代及鉴赏。

“大清光绪十六年”即公元1890年，距今已整整125年了。果真如此，这青花瓷罐与罐内所封存的普洱茶，堪称“双百”之珍了。

青花瓷罐的工艺特点和时代印痕

罐的历史源远流长。罐，在神州大地上，远古以来便是人类主要的贮盛器，它的创始和传承的历史悠久：从新石器时代的陶罐到商周时期的原始青瓷罐、汉代的青瓷罐；从两晋南北朝风行肩部带系罐到唐、宋的三彩罐。元代中期，景德镇生产的青花瓷以美丽的釉下彩，把瓷罐推向全面发展的辉煌时期，并为明、清两代瓷罐的繁荣奠定了基础。

明、清瓷罐独步天下。从明中期以后至晚清光绪年间，瓷罐的造型日趋优美，工艺更臻精细。尤其是青花瓷罐，品种繁多，纹饰华美。此时，瓷罐的用途也随着时代生产力的发展和社会的进步而发生了变化，其范围不断扩大：有些瓷罐成为佛教的法器，如现藏于北京故宫博物院的明代宣德青花梵文“大德吉祥场”款出戟盖罐；有些瓷罐成为民间祭祀神灵的“供养”品，如清代景德镇窑工供养“陶爷”的康熙青花海水龙纹罐等。清末民初，民间流行青花小罐，其纹饰多为百姓喜闻乐见的祈福吉祥题材。据史料佐证，这个时期的瓷罐功能和地位发生了以实用为主到首先观赏其次实用的重大转变。

凡罐皆有盖，无盖为坛，但因盖的开启不便，又易破碎，后来无盖也称罐，如粥罐等。罐，谐音“官”，白地青花罐寓意“为官清白”；龙泉青釉罐则寓意“清官”。及至光绪朝，由于慈禧太后的喜好，瓷器的生产呈现昙花一现的短暂繁荣局面。著名陶瓷学者冯先铭先生在其著作《中国陶瓷》“光绪瓷”中说：“在嘉庆以后官窑衰落的形势下，（光绪）大有中兴之势的起色。”此时官窑器的兴盛，也带动了民窑瓷器特别是青花瓷罐市场的兴旺。

麻黑寨盛德茶庄青花瓷罐的工艺特点和时代特征。（1）三件青花瓷的概况：大罐：器高 22.5 厘米，盖径 12 厘米，底径 16 厘米，腹径 21 厘米。中罐尺寸依次为 21 × 11.3 × 15.5 × 20（厘米）；小罐尺寸为 14.5 × 7 × 11.3 × 11.3 × 12（厘米）。青花胎釉发色：呈浅蓝色，鲜亮，胎质较缜密，细腻。底足露胎处旋削处不够方正，呈圆角状。纹饰：罐身布满缠枝牡丹花，罐盖顶部规整的双喜纹。罐体包浆自然，瓷面有凝脂温润感。（2）判析：清光绪时期，青花瓷大量烧制，无论官窑还是民窑都生产了不少精美的瓷器，与道光、咸丰、同治朝相比，光绪朝瓷器的品种、数量和质量均居首位。本文所述的清花瓷罐，如封条所示，其历史背景是光绪十六年，即公元 1890 年。史载，光绪十四年，“光绪帝年已十八，大婚期届，册立皇后”。越年，“醇亲王病殁”，“光绪帝虽然亲政，凡事仍禀白慈宫，不敢专主”。光绪十六年至十九年间，即中日甲午（1894）海战之前，天下还算安稳，朝廷上下正筹备慈禧的“六旬万寿”庆典，瓷器以及茶叶生产也投其所好风风火火，方兴未艾。此时的青花瓷普遍使用进口的洋料，这也是光绪朝独有的青花料，这种洋蓝料给人的感觉鲜亮而轻浮，也有呈黑褐色、青中泛紫的，明艳、亮丽，但好看而不高雅。这也与当时民窑走商品化道路有关，光绪民窑瓷器从技术和艺术上的追求，已初步具备现代瓷器特色。这个时期青花瓷的纹饰，大多承袭传统的纹样，以龙、凤为主体，富有吉祥寓意的“喜”字纹、“寿”字纹以及“万寿无疆”等纹饰也极为普遍。这款光绪十六年的“喜”字纹饰和寓富贵含义的缠枝牡丹花纹，都是民间婚嫁必选的题材。这些工艺特点印证了这个时代的历史特征。“喜”字纹饰相传起始于明代，而盛行于清和民国时期。（3）封条以及密封手段是判断年代的重要凭证。由于逾百年的陈普及瓷器绝配的稀有与珍贵，坊间也有不少造假行骗者，无封条不足为凭，有封条，而封条的人为做旧，字体的现代版本，以及封条的违规贴法（把封条沿盖沿围起来，如同冬天的围脖）是明显的破绽。密封盖与罐口的材料也是鉴别真伪的所在，我认为密封处平滑、规整，粘膏因年久而自然发黄、发灰，并不开裂，是真实可靠的原装。据说清代与民国时期有以猪膀胱和老蓝布作封罐材料的，我没有见过，不敢妄言。但总体印象应是用糯米加白膏泥的混合材料封罐，既防渗透，又无毒无害，是比较合理的。又，我颠倒摇晃瓷罐，发出清脆的沙沙响声，感觉罐中的普洱茶经一百二十多年陈化，已经干燥，紧缩了很多，大约只剩下 1/2 罐的体积吧。

综上所述，这三件青花瓷具有明显的清末瓷器的工艺特征等典型因素，因此当属清光绪十六年的真品，应倍加珍爱之。

揭开麻黑寨和盛德茶庄的神秘面纱

麻黑寨位于云南省最南端，隶属于西双版纳的勐腊县易武乡（现为易武镇），是易武的著名茶乡之一。麻黑寨茶山，海拔 1200—1300 米，年平均气温 17℃，年降雨量为 2100 毫米。此处山清水秀，景物宜人。麻黑寨何以冠名“麻黑”？众说纷纭，一说麻黑是民族的称谓，旧时官府歧视少数民族，被贬为“麻黑”。这里是瑶、彝、汉多民族混合居住地，但以瑶族为主。一说“麻黑”是瑶族方言，而未见其汉译，其意不详。我揣度：南方大多数村寨之名因附近的山、水之名而得名。我查阅《清史稿·地理志》，在普洱府，宁洱县词条下，有如下记载：“宁洱……乾隆元年，裁攸乐通判置县附郭，东锦袍山，一名光山，西太乙，南双星，北观音、玉屏，东南班鸠坡，高出群峰，行途艰危。把边江自他郎入，纳磨黑、慢冈二河水”，思茅府经历“驻通关哨东磨黑井，设盐大使……”，这里的“磨黑”疑为“麻黑”之同音异称，“麻黑”也许因“磨黑”而得名。

麻黑寨的普洱茶名闻天下。我近年学习、研究陈年普洱茶的知识，常常请教老同学、著名陈年普洱茶鉴藏家邱季端先生，曾询问“倚邦之茶”，他说：倚邦是普洱府的六大茶山之一，其他五大茶山“曰攸乐、曰革登、曰莽枝、曰蛮砖、曰漫撒”。我又查阅《清史稿·地理志》，记载与邱先生所述完全吻合。邱先生还说：清代除漫撒茶山归易武土司管辖外，其他五大茶山全归倚邦土司管辖。现在这六大茶山都在西双版纳境内，属宁洱县治。而本文所述的麻黑寨（茶山）是易武的几大茶山之一，与其齐名的有刮风寨茶山、落水洞茶山、大漆树茶山等。麻黑寨现有古茶树 3400 亩，年产量达 48 吨，其普洱茶历来产量高、品质好，是清中期以来易武地区定价体系的风向标。

麻黑寨普洱茶为什么会名闻天下？简言之就是因为麻黑普洱得天独厚，品质优良。麻黑寨所产普洱茶继承了易武茶香扬水柔的特点，茶有花果香气，汤糯，味柔和，色清、气雅，特别是早春季节茶香极浓，因而留杯时间长。麻黑茶的汤色油光透亮，口感饱满，柔中带刚，绵密、细腻。叶底整齐呈红褐色，且柔软、清爽。而劣质普洱茶底（亦称“茶渣”）则很硬，似又粗又乱的纤维一样。麻黑寨普洱茶品质上乘，回味无穷。我拜老同学、大收藏家邱季端先生所赐，已经品尝过荣获 1915 年巴拿马万国博览会金奖的民国汪裕泰茶庄的砖茶、获“民国三年云南省普茶特优奖”的乾利贞茶庄的“宋聘号”砖茶等珍贵的陈年普洱茶，其品质可与麻黑寨的百年老普洱茶相媲美，甚至有过之而无不及矣。我还知道他的厦门可茗苑“老茶空间”珍藏许多普洱“圣品”：如工艺已经失传的南诏宝红散茶、李宝云倚邦之茶、猛撒宣抚司贡茶、黄花梨木罐装金瓜贡茶等，都是稀世珍品。本文所说的麻黑寨青花瓷罐封藏的普洱茶，是名副其实的百年陈普，它也是普洱茶越陈越香的见证，然而一般的藏家还欠缺打开瓷罐来品尝一下百年陈普滋味的魄力，因为它的稀少和年久而极具经济价值，但可以想象这罐中的极品茶一定是令人向往和痴迷的。至于盛德茶庄，乃易武的一家老字号茶庄。邱先生曾经告诉我，普洱府最早的茶号大多设在倚邦，清末逐渐被易武和思茅所代替，老茶号林林总总，大同小异，毋庸细考。

那么为什么说普洱茶越陈越香，越陈越有药用价值而被誉为“民间圣药”呢？我从邱季端先生编纂的《古董普洱茶》一书中了解到普洱茶的科学界定：“云南省标准计量局于2003年3月公布了普洱茶的定义：普洱茶是以云南省一定区域内的云南大叶种晒青毛茶为原料，经过后发酵加工而成的散茶和紧压茶。”上述有三方面的界定：“一是云南省一定区域内的大叶种茶；二是阳光干燥方式；三是经过后发酵加工。云南普洱茶的感官要求：其外形色泽褐红或略带灰白，呈猪肝色，内质汤色红浓明亮，香气独特陈香，滋味醇厚回甘，叶底褐红。”邱季端先生以二十余年时间和不菲的财力研究、收藏晚清、民国普洱茶，有独到、精辟的见解，是当代公认的权威专家。对于普洱茶为何越陈越香的命题，他有如下阐述：“人们都说普洱茶越陈越香，但是知道其中奥妙的人并不多。因为普洱茶后发酵过程变化复杂，其多酚类大致可分三部分：未被氧化的多酚物质；水溶性的氧化产物——茶黄素、茶红素；非水溶性转化物。在普洱茶的后发酵中，茶黄素和茶红素氧化、聚合，形成茶褐素，从而使茶汤的收敛性和苦涩味明显降低，再加上较高的可溶性糖和水浸出物含量，从而形成了普洱茶滋味醇厚，汤色红褐。茶黄素是汤色‘亮’的重要成分，茶红素是汤色‘红’的主要成分，茶褐素是汤色‘暗’的主要原因。普洱茶的香气是普洱茶的原料品种，加工工艺和云南的独特生态气候所致。普洱茶水浸出物质含量是随着年代的增加而增加的。于是就有了‘新茶便宜陈茶贵’的市场规律，即人们常说的越陈越香，越陈越贵。”我深知，陈年普洱茶的珍贵，更在于它的药用功效。据邱季端先生介绍，国内外许多科研机构，如法国圣安东尼医学院、法国国立健康医学研究所、北京大学、第三军医大学、中山大学、福建省农科院等临床研究得出结论是：“普洱茶对高血压、高血脂、高血糖均有显著疗效，并且含有多种丰富的抗癌元素。”这些试验均采用现代普洱茶，而陈年普洱茶的功效则数倍乃至数十倍于现代普洱茶，是名副其实的“民间圣药”。

普洱茶越陈越香，越陈越珍贵，而青花瓷器经历百余年的大自然洗礼，它们的釉色会越来越柔和，其色泽更如玉一般温润、凝滑，包浆凝厚，更觉古朴、高雅。盛茶的容器，除瓷外，还有紫砂罐、黄花梨木罐、锡罐、铜罐、银罐等，然瓷与茶是最佳、最科学、最艺术的搭配。

拙文论述青花瓷与陈年普洱茶，得到著名港厦企业家、著名古陶瓷和陈普的大鉴藏家邱季端先生的指教，谨致诚挚的谢意。

鉴赏“大清光绪十六年”麻黑寨青花瓷罐普洱茶，收获良多，乐趣无限。正是：封藏逾百年，连理并蒂香！

乙未年三月二十日于定慧斋

原载《零距离》杂志

环联璧合璜玉佩

璧、璜、环，是古代具有代表性的礼玉和祭玉，它们和琮、璋、圭等玉器合称为“瑞玉”或“六瑞”。《周礼·春官》载：“以玉作六器，以礼天地四方。以苍璧礼天，以黄琮礼地，以青圭礼东方，以赤璋礼南方，以白琥礼西方，以玄璜礼北方。”“六瑞”作为独体玉器体形硕大，一般在一尺以上，其重以斤计。商周以降，至汉唐，罕有“六瑞”合体或袖珍者。

我珍藏一枚清中期花式玉佩却打破了老祖宗的规矩，它将玉璜、玉璧、玉环三者融于一佩，光彩夺目，熠熠生辉。此佩高 7.3 厘米，厚 0.4 厘米，重 33 克，佩顶端横卧双首蟠龙玉璜，璜长 6 厘米，宽 1.1 厘米，龙身鎏金，威严霸气。佩体为典型的玉璧，直径 5.9 厘米，孔距 2.5 厘米，佩身布满谷丁纹。璧孔内含一枚袖珍玉环，环径 2 厘米，环孔 0.8 厘米，环体雕阳线太阳纹，线条作旋转辐射状。古人视大地核心为火球，崇拜火神，火球顺时针右转而火焰则反方向左旋，刀工精湛，气势磅礴，极富动感。此佩材质为优质和田白玉，质地细腻，洁白无瑕。《尔雅·释器》云：“肉（周围之边）倍好（中间的孔），谓之璧，好倍肉，谓之瑗，肉好若一，谓之环。”意为根据中央孔径尺寸大小比例，将这种片状圆形玉分为玉璧、玉瑗和玉环。《说文》释“璜”为“半璧”，将一块玉璧当中切开即为两只玉璜。然而在中国玉器史上，半璧玉璜很少见，大多数玉璜为较窄的弧形，并呈下弦弯月状。这枚玉佩将璧、璜、环三者合为一体，且布局美观、精巧，飘逸中不失端庄，因此欣然命名曰“环联璧合璜玉佩”。

清代经康、雍、乾三朝，历七十年，最终彻底平定了新疆准噶尔叛乱，完全掌握了和田玉开采权，品质优良的和田玉沿古老的丝绸之路源源不断地运往京都。从这枚玉佩料好、工精和设计的大智慧角度看，可以推定为传世精品。宋金时期的大文学家元好问有诗称赞玉环“玉环何意两相连，环取无穷玉取坚”，寓意玉环和其他瑞玉相连有无穷尽的天赐福报。

清代戏剧家孔尚任在他的《桃花扇》中说，“何处瑶天笙弄，听云鹤缥缈，玉佩丁冬”。欣赏玉佩不仅悦目而且悦耳，丁冬之声余音绕梁三日不绝矣。

己亥年七月二十九日于定慧斋

原载《上海收藏家》

西汉彩绘陶犀牛

陶俑，是中国陶器史册里的一个门类，专指代替人殉、禽兽殉的泥俑（亦有木俑）。从考古的角度看，它不单纯是艺术品，更是为随葬而烧制的明器（亦称冥器）。陶俑始于青铜时代晚期而止于唐代，它的出现反映了封建社会特定时期的葬制、葬俗和当时的社会生活。举世闻名的陕西临潼秦始皇陵秦俑坑所发现的兵马俑，就是为帝王墓陪葬的陶俑；稍晚的西汉也有类似的发现，但因为是为侯王的陪葬，其规模较小，等级较低。

我曾在西安目睹秦始皇兵马俑和西汉彩绘兵马俑，其差别正如以上所述。本文评介赏析的“彩绘陶犀牛”就是我珍藏的一件精美绝伦的汉代陶俑。

融艺术与历史于一体的神兽俑

彩绘陶犀牛，器高 19 厘米，长 31 厘米，宽 11 厘米，重 3000 克，陶犀牛腹部有直径 5 厘米圆孔，中空，壁薄。泥质胎，黑灰皮陶，俑体表面附着一层薄薄的黄土，犀牛的颈及首顶部呈暗红色，当年鲜艳的彩绘痕迹依稀可见；表层黑斑点密集，呈黑芝麻状，黑点之间是灰白的底色，俑体焙烧前先施过白色的陶衣。

犀，是一种野生珍稀动物，形态似牛，故俗称犀牛。它形体庞大，体格健壮，颈粗短，吻上有一角或二角，皮厚而韧，多皱襞，色微黑亦有白色，毛极少或无毛，皮可制鞭、盾、甲，角是珍贵的药材。这尊彩绘陶犀牛是西汉王侯贵族墓的随葬品（明器）。犀牛的造型形象生动，吻部前伸，双目虽小而眼球圆而突出，憨厚而有神采。吻上有一长角，额上有一短角，十分威猛；两耳耸立向前似聆听状，上唇下垂覆盖下唇。犀身呈圆桶形，肥壮敦实，四足粗壮短促，每足三趾，稳健厚重。犀身空腹、颈肩之间皱襞纹七八条，呈互相平行的环状。由于在土中年代久远，出土后又风化、腐蚀，使犀皮老化明显，更增强了犀牛形象的真实感。

这尊陶犀牛与其说是明器，不如说它是一件难得的美术雕塑作品。因为存在决定意识，古人制兽陶俑是根据活体动物的原形加以塑造的，其工艺极其严谨，写实性很强。但天长日久，社会动荡、变迁，陶器极易损坏。据了解，此类古陶俑存世量极少。沪上某大收藏家的私人博物馆也有一件“西汉彩绘陶犀牛”，其器形、规格与我收藏的一件极其相似。唯不同点是彼件陶犀牛通体呈青灰色，当年彩绘的痕迹已随时光远逝而褪尽。当今收藏界有一种思维倾向：重瓷轻陶，厚古薄今，追求经济价值而忽视历史承载。当然，见仁见智也不足为训。我以为，对于古陶珍品，既要欣赏它的艺术美，更要尊重它的历史研究价值，毕竟两千多年的古陶乃是文物，是可遇不可求，不可再生、不能复制的宝贵资源。我二十余年前偶得这尊陶犀牛，不胜欣喜，且细心呵护，正是：得则藏之，藏则宝之，宝则乐之，其乐无穷也。

中国古代文献和诗词中的犀牛形象

中国古代有没有犀牛的存在？很多人对于现在生活在非洲和亚洲热带森林中的犀牛是否在温带的中国存在过，表示怀疑。我国考古工作者在浙江河姆渡、广西南宁、河南淅川下王岗等地新石器时代的遗址中多次发现过犀骨；学者们还从古代文献中（包括甲骨文卜辞）进行寻觅解读，事实证明：远古时期我国的华北大平原、华南各地曾是犀牛生存繁衍的地方。战国时代墨子在其著作《墨子·公输篇》中说“荆有云梦，犀兕麋鹿满之”，证明春秋战国时期在中国西南地区犀牛广泛存在。唐代，犀在湘、鄂、粤、桂、川、黔、青海等地都有分布；宋代，有犀角入药治病的医案记载；明代，犀的分布只在云贵地区；清代，官家为猎取犀角而狂杀滥捕，致使犀牛在中国所剩无几。1916 年，中国大地上最后一头双角犀（苏门答腊犀）被捕杀；1920 年，最后一头大独角犀（印度犀）被猎获；1922 年，最后一头小独角犀（爪哇犀）被杀，从此犀牛在中国销声匿迹了。

古人很早以前就认识了犀牛的珍贵。犀角具有凉血、解毒、清热作用，是名贵药材，李时珍《本草纲目》中有详细记载。犀皮柔韧，制铠甲坚如金石，楚国诗人屈原在《楚辞·国殇》中说：“操吴戈兮被犀甲，车错毂兮短兵接，旌蔽日兮敌若云，矢交坠兮士争先”，对犀甲倍加赞美。以犀皮制舟谓“犀舟”。宋代诗人梅尧臣诗《送胡都官知潮州》：“适闻豫章士，勇往登犀舟。”以犀角饰腰带，谓“犀带”(亦称“犀围”)。唐代诗人白居易有诗“通天白犀带，照地紫麟袍”。宋代诗人苏东坡也吟咏过犀带，诗云：“鹤鬓惊全白，犀围尚半红。”以犀角制发簪谓“犀簪”。唐代诗人吴融《和韩致光侍郎》：“珠佩元消暑，犀簪自辟尘。”以犀角制酒杯，谓“犀角杯”(亦称“没奈何”)，明代鲍天成和清代尤通（绰号“尤犀杯”）是制犀角杯的名工巧匠，誉满皇室与民间。特别是家喻户晓的唐代诗人李商隐的《无题》诗句：“身无彩凤双飞翼，心有灵犀一点通”，说犀牛是神兽，犀角有白纹，感应灵敏，隐喻男女间的纯真爱情。凡此种种，信手拈来，不胜枚举。

犀牛是动物界的神兽，中国又是它们的故乡，因此，犀牛的形象在古代常用作装饰工艺品，这在商代的青铜器中较多见，如“西祀邲其卣”就以犀首装饰提梁的末端。“小臣艅犀尊”则直接以双角犀的形象作为器物的造型，成为商代最具代表性的青铜器珍品之一，此卣现藏美国旧金山亚洲艺术博物馆。“错金银云纹犀尊”，是商代的一件精美青铜器，它塑造犀的形象精美，把原本肥胖笨拙的犀牛塑造得憨态可掬、令人喜爱。此青铜尊 1963 年出土于陕西兴平豆马村，现藏中国国家博物馆。

赏陶激发豪情，鉴古不忘传承

人类进入新石器时代，发明了用火焙烧泥土而制成陶器。我国黄河流域的磁山文化陶器和长江下游河姆渡文化陶器，都是新石器时代早期人类独立制陶的史实。陶器的出现，不仅是水与火、土相互作用的艺术结晶，而且是人类对水、火、土的利用及征服。一部辉煌灿烂的中国制陶历史，记录了从新石器时代，后经夏商周、战国秦汉，到以后各代，至明清、民国时期制陶的传承与发展脉络。陶器的发明、使用和发展，对于推动社会生产力的发展及社会进步作出了巨大的贡献。

本文赏析评介的西汉彩绘陶犀牛，虽然只是中国陶艺大海中的一滴水珠，但一滴水也能窥见太阳，区区的一件陶俑却能折射出中国先民的勤劳和智慧，反映了中华文明的古老与辉煌。著名历史学家和诗人郭沫若先生曾对中国古陶作出过富有哲理和深情的抒怀，他在《西江月》这首词里这样写道：

“土是有生之母，陶为人所化装，陶人与土配成双，天地阴阳酝酿。水火木金协调，宫商角徵交响。汇成陶海叹汪洋，真是森罗万象。”

甲午年十月十七日于定慧斋

原载《零距离》杂志

妙趣天成

——天然玛瑙玉山子赏析

孔子曰："有朋自远方来，不亦乐乎。"甲午年桐月下浣某日傍晚，沪上几位资深藏友和著名鉴赏家在普陀区一家餐馆小聚，为从青海来沪的黄江先生接风洗尘，我应邀作陪。席间，诸君畅谈收藏心得和人生感悟，各抒己见，其乐也融融。酒过一巡，黄先生欣然展示其藏品，他小心翼翼地从背包里取出一锦盒，再慢慢地打开，双手捧托一件乌黑发亮的物件。我起身注目，眼睛一亮，不禁脱口而出：宝物也！

这是一件通体呈黑褐色的山子，粗看宛如赏心悦目的灵璧石，呈椭圆形，山状，高约 7 厘米，宽 9 厘米，长 13 厘米，其顶端有几处球形凸起。再仔细端详，山子外部裹着一层黑褐色的皮，其形态如向下流淌的水波，山子底部四周亦有明显的已经凝固的流体波纹，似海水，亦似祥云。玉山子的中部隆起如一座小山，四周向下倾斜，犹如悬崖峭壁。其间散布八颗球状结晶体，中部顶端的凸起位置最高，体形也略大，其余七颗球状结晶体大小略同。用强光照射，黑皮下内核呈血红色，半透，质地较纯净，玉山子重 1700 余克。总体印象，这是一件天然形成的具有鬼斧神工的造型、品质上佳的南红玛瑙玉山子。

玛瑙，是人们熟悉的宝石材料之一，它属玉髓晶系，化学成分为 SiO_2，色彩鲜艳，质地细腻，有蜡状光泽，温润如凝脂，透明或半透明。佛教传说的"七珍"中的"赤珠"（亦称"神珠""净麾尼珠"）就是玛瑙中的珍品。玛瑙的成分与石英相同，唯不同之处是玛瑙能为苛性钾（氢氧化钾）所侵蚀，故外表常伴风蚀点斑。

俗话说："千种玛瑙万种玉。"玛瑙的颜色丰富多彩，有红、蓝、绿、黄、褐、紫、灰、黑等色，犹以大红、深红为佳。坊间称之为南红玛瑙，简称"南红"。黄君的这件玉山子摆件，应该就是南红质地。与众不同的是，它的外表有一层黑皮，与内核浑然一体，乃是天工造物的杰作，非人工所能为也，因南红的形成是经过亿万年沧桑岁月的打造，受活火山之熔浆高温高压的化学变化，随熔浆喷涌而下，成为侵入山体不规则的裂隙中的填充物。由于温度和压力的下降，二氧化硅产生淋滤作用而转化为晶质之玉髓，因此它的形状与其所在的裂隙相关，环境不同其矿态也千姿百态。在强光下，这件玉山子呈血红色，半透。而在显微镜下，这血红色是由无数个朱砂点集聚而成。这是南红最显著的特点。我以为，黄君的这件玉山子应是甘肃迭部矿所产的大红玛瑙，属山料南红，品质优良，是南红中不可多得的精品。相传中国南红老矿早在清代乾隆朝就已开采殆尽，而今云南保山、四川凉山有新矿投产，但产量极少，又品质不如老矿所产。正如明代伟大的地理学家和旅行家徐霞客在他的游保山的笔记中所记叙的那样："上多危崖，藤树倒罨，凿崖迸石，则玛瑙嵌其中焉。其色月白有红，皆不甚大，仅如拳，此其蔓也。随之深入，间得结瓜之处，大如升，圆如球，中悬为宕，而不粘于石，宕中有水养之，其晶莹紧致，异于常蔓，此玛瑙之上品，不可猝遇，其常积而市于人者，皆凿蔓所得也。"这段记载，对于南红开采之艰辛及材质优劣的论述极其生动、真实，因此更彰显南红身价的高贵。想获得南红之珍品，难乎其难矣！

这件玉山子的山顶有一球状凸起，似人似神亦似佛。其前后左右有七颗类似的球状结晶体，个头比中间的略小。初视不解其含义，反复凝视静想，豁然开朗，顿觉其中微妙与深奥无穷无尽，真是不可思议，妙不可言矣！其一，似儒：万世师表的孔子居于正中，他正襟危坐，向子路、子夏、子贡、颜回等大弟子讲授六艺之道，其师生的情态栩栩如生。我曾参观曲阜的孔府，那孔子讲学的雕塑何其相似乃尔！其二，似佛：玉山子八个圆球状的玉髓仿佛庄严慈祥的佛祖正在与"七佛"（毗婆尸佛、尸弃佛、毗舍浮佛、拘留孙佛、拘那含牟尼佛、迦叶佛、释迦牟尼佛）坐而论道。我依稀体验到西方极乐世界那宁静、肃穆、祥和的氛围，也依稀见到诸佛袈裟曳地和持姿态各异的手印的"秀骨清相"。其三，似道：神话中的八仙带着他们的八宝，乘仙槎浮于沧海到达蓬莱仙岛。那山子底部的海水纹衬托虚无飘渺的仙界，既令人浮想联翩，又洋溢着福寿全归、益寿延年的祝福。

历经亿万年风、水、火、电的熔炼与侵蚀而形成的天然卓绝的玛瑙玉山子，承载着如此亘古无际的历史信息，我们有缘见到它，能与它对话沟通，确是前世的因缘。它的历史蕴含，它的天赐造型，它的艺术宝藏，它的欣赏价值和经济价值，都是难以估量的。值得一提的是：为这座玉山子配制红木座子的是著名的上海木雕工艺大师。底座选用上等红酸枝木，雕如意云纹，工艺精湛，其色彩和装饰纹与天然玛瑙玉山子浑然一体，令人叫绝。总之这座玉山子带给人们视觉享受，亦真亦幻，极其美妙，是用言语难以表达的。

现在的珠宝市场，南红玛瑙异军突起，价格年年飙升。物以稀为贵，物是天然精妙则更可珍贵。正因为南红的市场火爆，坊间有心术不正者，以高科技手段造假，无论色、皮、光泽等，惟妙惟肖，一时真赝难辨。然而，假的真不了，在法眼和科学的面前，赝品必然无所遁形，而黄江先生的自然珍品则更彰显其较高的艺术收藏价值。

以上是我的管窥蠡见，有错谬之处还望方家不吝赐教。

甲午年桐月二十三日于沪上

原载《零距离》杂志

明清沉香饰品赏析

沉香，亦名沉水香，学名“琼脂”，因产自海南岛黎母山而得名。北宋大文学家苏轼贬谪海南时，对沉香的观察、研究颇有心得。他在给胞弟苏辙的一篇《沉香山子赋》中有这样的赞词：“(沉香)既金坚而玉润，亦鹤骨而龙筋。惟膏液之内足，故把握而兼斤。”九百多年来，经无数学者潜心实践，证明了苏轼对沉香的色、香、味、形、质地的描述是非常精准、到位的。

三十多年前我无意间获得几件沉香的老物件，时常佩戴把玩，爱不释手。今愿与藏友一起欣赏、切磋。

一件是明代龙凤纹璧形佩。直径 4.7 厘米，厚 1 厘米，佩中心有孔，孔径 0.7 厘米，通体呈浅棕泛紫色，一面为浅浮雕龙凤呈祥图案，半边立龙，半边金凤。龙首在下，鼓目张口，目视远方，龙身翻卷上扬，四足五爪，神态庄严、威猛。凤首隔孔与龙首相望，目光含神，羽翅蓬松，向上飘逸。此佩材质为海南紫奇楠，内含油脂丰富，结香成熟，在灯光照射下呈透明状，香味甘甜且有清凉感和穿透力。佩的另一面为光板无雕刻，独特的纹理清晰、素雅。此佩曾奉沪上古玩鉴赏家徐国喜先生掌眼，他称赞：刀法精准，一丝不苟；画面布局严谨，不疏不密；龙凤纹彰显明代末期沉香雕刻的艺术风格，是可遇而不可求的珍品。无独有偶，另有一枚同款、同质的沉香佩件，现在宁波籍周姓藏家手中。

一件是越南芽庄奇楠佛珠与手串。一串佛珠(法师珠)108 粒，珠径 0.8 厘米，重 36.9 克，棕黑色，外观纯净雅致。其味辛辣、微苦，香气浓郁持久，久闻清凉身轻。其醇化度和回香度甚高，不愧是沉香中的极品。手串产自越南惠安，其物理特性与芽庄奇楠相似，而油脂含量略逊一筹。我亲身体验，此手串久存不用则褪色，失香。佩戴之，一日内即色变，五六日则由土黄色变为棕黑色，香气也渐渐溢出。秋冬之季，置于枕边，其香味时有时无，时淡时浓，变幻莫测。佛珠的各种颗数在佛教中均有寓意。108 颗出典《楞伽经》，大慧菩萨向佛提出 108 个问题祈求解疑、释惑，又寓意解除 108 种烦恼，而 16 颗即指守护般若经及其持诵者的十六位善神。

佩戴沉香佛珠及佩件，因其独特的药用效果和不可说的灵性，可使人法喜充满，身心安宁。

己亥年六月十九日于定慧斋

原载《上海收藏家》

乾隆青花觚赏析

今年农历谷雨节下午，我与二位藏友在“清庐”茶室品茗并交流古玩鉴赏心得，约定每人只带一件藏品，不限品类，不论贵贱。甲携现代著名花鸟画家王雪涛的一幅镜心《蝈蝈》；乙带晚清双面镂空雕“苍龙教子”和田白玉佩一枚。我呈奉的是一尊乾隆唐英制缠枝菊花纹青花觚。这件瓷品腹部开光处的几行铭文吸引了两位仁兄专注的目光：“养心殿总监造钦差督理江南淮宿三海关兼管江西陶政九江关税务内务府员外郎仍管佐领加五级沈阳唐英敬献东天仙圣母案前永远供奉乾隆六年春月谷旦。”乾隆六年，是公元 1741 年。督陶官唐英为取悦乾隆，精心创制了崭新样式的“青花觚”。本花觚器高 26.9 厘米，口径 12.5 厘米，底径 12 厘米。器形仿古青铜器造型，既庄重典雅又玲珑工巧。胎体洁白细腻，釉面匀净，光泽莹润，青花发色传承了雍正朝的“稳重、深厚、沉重”的特点。通体纹饰以缠枝菊花纹为主，上下多达十一层，颈部绘如意云头纹，上、中腹和底部以回纹呼应环绕，配饰规整俊俏的蕉叶纹，足底内凹，施釉。总体给人以光彩照人、亭亭玉立之感。

本花觚与 1989 年香港苏富比及 2010 年北京匡时拍卖成交的两件同类青花觚同出唐英之手，但铭文落款处有细微差别。前者铭文落款“献东坝天仙圣母案前”，现藏上海博物馆的青花觚落款最详细：“献东直门外坝北长店村四道街东口天仙圣母殿前”。而我的花觚落款对应部分为“献东天仙圣母案前”。看似少了一个“坝”字，是工匠疏忽还是另有解释？史料记载，所谓“天仙圣母”即道家所尊奉的碧霞元君，全国各地为之建庙观一千余处。北京在明代就建立了五座碧霞元君庙（亦名天仙圣母庙），分别是东顶、西顶、南顶、北顶和中顶。民间称呼这五座庙均省略了一个“顶”字。又据文献记载，“东天仙圣母庙”又指东岳泰山之“泰山奶奶庙”。故知不是瓷工疏忽漏字。

香港苏富比 1989 年拍卖青花觚为 330 万港元，2010 年北京匡时所拍同类青花觚则以 6608 万元人民币天价成交。当时有业界人士评介：“从目前所掌握的资料来看，仅存世如此之寥寥数只，且因花觚为佛前供奉，本即烧造甚少，此器之珍贵可见一斑。”我以为此言既夸张，又有常识性错误，庙、观主要是供奉道教的神像、民间信仰和神话中的鬼神的场所，谓之道；而寺、院是供奉佛菩萨的圣地，谓之佛。天仙圣母是道而非佛，其庙在京、津 、冀、鲁极为常见，乃至遍布全国。当年唐英为天仙圣母庙监造的青花觚也绝非数只，可能是相当数量的一批。已经面世的虽然寥寥，但宝物藏于民间，民间藏宝之水很深，其潜力亦不可等闲视之也。

原载《上海收藏家》

骏马奔腾　所向披靡

——癸巳岁尾看带马纹的藏品有感

腊八已过，年味渐渐浓起来。在一个静谧的傍晚，我闲坐在书桌前，随手把玩几件带马纹的藏品，从藏品承载的历史信息中不仅欣赏到古代艺术品的真、善、美，而且也从中感受到了它们的历史比对价值以及爱国主义教育的深刻启迪。

谓予不信，请和我一起来欣赏品味以下几件有趣的藏品吧。

清嘉庆“八龙之骏”笔筒形观赏墨

此笔筒墨是清代四大制墨家之一曹素功的精品力作，器高 13.5 厘米，口径 10.5 厘米，重 1040 克。笔筒外圆以精美浮雕再现古代名画《八骏图》的生动场景。图中八匹骏马形态各异，栩栩如生。相传这八匹良马是随周天子穆王多年征战、屡立战功的马中豪杰。据《穆天子传》记载，这“八骏”为：赤骥、盗骊、白义、踰轮、山子、渠黄、骅骝、绿耳。《列子・周穆王》也有类似记载。唐代大诗人杜甫以《骢马行》为题咏此八骏，诗曰：“岂有四蹄疾于鸟，不与八骏俱先鸣。”比喻八骏奔跑的速度使飞鸟也望尘莫及，极言其速。

由此联想到 1969 年在甘肃武威雷台东汉墓出土的 39 匹铜马中，有一匹足踏飞燕的奔马形象，它造型奇特，闻名中外。古代的能工巧匠巧妙地运用力学的支点原理，铸造了风驰电掣的千里马形象。此马作飞驰态，高昂首，尾上扬，喉咙作喘气状，三足腾空，右后足正巧踏在一只疾飞的燕背上，可见其精心设计的独运匠心，正如杜甫诗所云，烘托出飞马的神速，令人拍案叫绝。

“八龙之骏”笔筒墨的雕塑工艺也达到非常高的艺术境界。八匹骏马身材匀称，体格健壮，威武剽悍，与平面的《八骏图》相比，更富质感与立体感。在这八匹骏马之间，或上或下，或左或右，钤镌了十余方著名的清代皇家印玺，它们是乾隆常用的："古稀天子之宝""八徵耄念之宝""天子古稀""宜子孙""乾隆宸翰""三希堂精鉴玺""乾清宫鉴藏玺""乾隆御览之宝""寿""石渠定鉴""神品""天绩阁"。嘉庆使用过的二方："嘉庆御览之宝""御书房鉴藏宝"。这十余方印玺或填朱砂，或描金，不仅酷似原印玺，而且使画面更加古色古香，更显雍容华贵。

欣赏"八龙之骏"上的骏马形象，我不仅为骏马赋予中华民族勇敢、威风的龙马精神所感动，更为欣逢中华腾飞的新时代感到振奋与自豪。

清澹轩临米南宫《天马赋》碑帖

此碑帖是我少年时在故乡扬州古旧书店购得，珍藏至今，屈指五十余年矣。帖长 34.5 厘米，宽 17 厘米，厚 2.5 厘米，品相极佳，碑帖正、背两面配以金丝楠木板，封面楷书题签："石墨簃贰珍"。

碑帖为清澹轩（吴嗣爵）临宋书法大家米芾的名作《天马赋》，字迹刚健端庄，神采飞扬，有米南宫遗风。澹轩之孙有跋云："先少宰公临米南宫天马赋一册，果山王君得之。邗上归来以示，弼捧玩不忍释手。承慨然见贻。先风遗墨一旦得还旧观，亟寿诸负。现碑世世子孙无忘手泽，存焉尔。道光十有六年冬，孙男工强谨识。"这段跋文是澹轩的孙子记叙其祖父墨宝失而复得的故事，要后代珍藏。王君为何人，不详。邗上，即今扬州也。本碑帖题签所书"石墨簃贰珍"，应是收藏这本碑帖的人名与斋名，未详考。据悉："石墨"当为施为的字。施为，浙江湖州人，清诸生，吴俊卿（昌硕）的妻弟，善书古籀文、工诗，亦喜篆刻。

米芾，字元章，号海岳外史，工书画，宋徽宗召为书画学博士、礼部员外郎，世居太原，定居润州（今镇江市），人称"米南宫"。苏轼誉其文"清雄绝俗"，其字"超神入妙"。他与东坡、黄庭坚、蔡襄并称"宋四家"。明代书画大家董其昌有临米南宫的《天马赋》帖传世，其字由于清康熙皇帝的提倡，曾形成举世"专仿香光"的局面。香光居士，董其昌的号。他的行草古淡潇洒，追求逸趣。董仿宋米南宫《天马赋》帖，我以为虽然清丽流畅，但气势不足，恰如康有为所云："然局束如辕下驹，蹇怯如三日新妇。"我的老师，当代书画大家、中国书法家协会原名誉主席、中国文物鉴定委员会主任、国学大师启功先生也曾用心临过《天马赋》帖，他说“米海岳《天马赋》墨迹今世所传多出临仿”，又说“香光此卷遂如生之，石上惊魂不泯”，对董其昌所临的《天马赋》评价颇高。

米芾的真迹恐不复存在，书坛传承的临仿之作，如董其昌、澹轩、启功等诸前辈大家的《天马赋》帖，各有千秋，也非常珍贵。读《天马赋》帖，既欣赏书法艺术，也感受到中华神马的豪情壮志。

清乾隆舞马衔杯纹皮囊式青铜釉瓷壶

这只青铜釉瓷壶，是乾隆年间制品。它与西安何家村出土的唐代窖藏的一件皮囊式马镫壶近似，后者被考古界称为“舞马衔杯纹皮囊式银壶”。我于 2011 年冬天出差西安时，在陕西历史博物馆目睹了这只举世闻名的银壶。此壶造型非常独特，它采用了我国北方游牧民族携带的皮囊和马镫的综合形状，扁圆形壶身顶端的一角，开有竖筒状的小壶口，上置覆莲瓣式壶盖。盖顶和弓状的壶柄之间以麦穗银链相连，壶身下焊有椭圆形圈足。这种皮囊式银壶，既便于军旅外出时携带，又便于日常生活使用，表现了唐代工匠的高超技艺和精巧的设计。

这只瓷壶和原型银壶最亮眼的是：壶身所饰生动逼真的舞马图案，黄灿灿的金色与壶身的底色交相辉映，格外和谐、富丽。瓷壶器高 19.3 厘米，口径 3.3 厘米。圈足部底款矩形印：六字双排篆书“大清乾隆年制”。瓷壶虽非银壶，但工艺难度不亚于银壶，从艺术效果看，可以与银壶媲美。

关于“舞马”的典故，出自《唐书·音乐志》和《太平御览》。相传唐玄宗李隆基生日时，给舞马披上锦绣衣服，颈部戴上黄色的金铃，鬃毛上系着贵重的珠玉，按照“倾杯乐”的节奏，让马跳舞祝寿。当时作为宰相的张说曾献媚皇帝，作舞马诗十余首。他在其中一首《舞马千秋万岁乐府词》中写道：“圣皇至德与天齐，天马来仪自海西。腕足徐徐拜两膝，繁骄不进踏千蹄。髬髵奋鬣时蹲踏，鼓怒骧身忽上跻。更有衔杯终宴曲，垂头掉尾醉如泥。”这种舞马的神态，在许多志书上都没有记载，而壶上的舞马姿态与张说诗中的描绘是非常吻合的。

张说作舞马诗，正是唐开元十八年（730），舞马的历史一直延续到天宝十五载（756），这四海升平、轻歌曼舞的表象却孕育着深刻的社会危机。由于李唐统治者醉生梦死、糜烂腐朽的生活，加之各级官吏的贪赃枉法，大唐帝国从此走向了衰落。安史之乱后，舞马几经易手最后被杀灭，前后不过二十余年时间。古语云："生于忧患，死于安乐"，人如此，政权如此，马亦如此。

晚清和田青玉雕宝马

因为生肖属马，所以我对马情有独钟，在有限的藏品中却有较多以马为题材的艺术品。此青玉宝马的造型仿唐人韩干图画中的宝马形象，器高33厘米，长25厘米，重1040克。仔细观察，有唐三彩陶马的遗韵，肌肉丰满，体格健壮，马首微翘作嘶鸣状，束尾上扬；腹背两侧悬挂八只铃铎点缀，端庄富丽。其玉材为和田青玉，质地温润，包浆自然，雕琢工艺亦称精美，堪称玉雕精品。

唐代长安（今西安市）是丝绸之路的发祥地，亚洲各国经济文化的交流中心，在这样的历史背景下孕育出诸如唐三彩陶马等许多艺术精品，是当时政治、经济发展到一定程度的必然产物。

看藏品，受教育。值此马年临近之际，衷心祝愿：中华骏马奔腾不息，炎黄子孙所向披靡！

癸巳年腊月十三日于定慧斋

原载《天下常熟》杂志

永恒的憧憬

——清鎏金和田玉财神像赏析

农历正月初五，是民俗送穷和迎接财神的日子。在北方，百姓将财神画像贴在大门上以驱邪送穷，而南方则是恭请一尊财神塑像置于厅堂，以纳福迎祥。前者多为黑面浓须，骑黑马，一手持元宝，一手执钢鞭，全副戎装，俗称“武财神”。后者身着锦服，腰扎玉带，左手捧元宝，右手提“招财进宝”卷轴，笑容可掬，雍容华贵，亦名“文财神”。北方尚武，南方崇文，一文一武，融汇了中华民族财神文化的精华。

我珍藏一尊玉财神立像是典型的文财神形象，他的冠冕服饰是明代一品文官的规制。盘领右衽，宽袍长袖，头戴梁冠，腰扎玉带，脚蹬朝靴。梁冠以金片镶边，并嵌镶珍珠宝石。玉带前腰右侧系挂勾云形玉佩，以珍珠配饰流苏，悬于腰际，彰显富贵风范。据《大明会典》记载，官员腰带及系玉佩有严格的规定，详情不赘。

此尊财神的官服把明代文武官员的胸前后背的“补子”加以衍化，以凤鸟祥云纹的圆形图案点缀于双肩、两袖、胸前、后背及衫袍的下摆，共有十三块之多，富丽堂皇。玉财神，高33厘米，宽13厘米，厚10厘米，重3.5千克。通体多处鎏金，材质为上等和田白玉，晶莹润泽，其密度为2.9克/立方厘米，摩氏硬度为6.5，底部镌刻白文篆书“乾隆御制”款识。此尊玉财神做工精细，抛光尤其到位，是清代玉摆件精品。

供奉财神，寄托人们的美好愿望。几千年的社会实践使百姓深知：天上不会掉馅饼，致富走正道靠的是辛勤劳动和智慧创造，不可以巧取豪夺，不期待财神爷的廉价许诺。杭州灵隐寺有一副对联写得真好：“人生哪能多如意，万事但求半称心。”因此，所谓“恭喜发财”，只是百姓永远的梦想，永恒的憧憬。

原载《上海收藏家》

辽三彩鱼龙纹摩羯壶

——一件堪称国家级文物的前世今生

甲午年孟夏，我应好友、上海资深古瓷收藏家李建学先生的邀请，到他府上品茗赏宝。他的客厅兼书房窗明几净，家具陈设简洁明亮，环境安适而书香飘逸。主人用包浆厚重的民国紫砂壶冲泡从福建请过来的“佛茶”，二巡过后，我从佛茶的甘醇中慢慢品味出了其中的“禅味”，然而佛茶之香抵不过鉴赏古玩的诱惑。我知道李建学先生早在 2009 年和 2010 年就两次荣登上海电视台的荧屏，接受过主持人关于古瓷收藏的专题采访报道。在登门拜访之前，我已经风闻他藏有九百年前辽国的皇室御用礼器兼佛门法器：辽三彩鱼龙纹摩羯壶。收藏界对此壶也有学术上的争论，观点相左，莫衷一是。然而百闻不如一见。果不出所料，李先生捧出来的宝贝，正是一件色彩浓艳、光洁的釉陶器。我起身近前，双手捧起它仔细观察、周身打量，一个令我震惊的判断立即浮上了脑海：它就是非常罕见的、陶瓷经典著作中有论述而无实物佐证的正宗的“辽三彩”：鱼龙纹摩羯壶。

鱼龙纹摩羯壶概况

此壶高 22 厘米，长 35 厘米，底径 9 厘米。壶身呈鱼形，其首为龙头，向上扬起气概非凡，龙口内含宝球一颗，宝珠贯中有孔为流；龙头颈后有一注水口；鱼尾肥硕，略微上翘，具生动感；肩部两侧是羽翼丰满的双翅，作欲腾飞状。胸腹部刻满鱼鳞，其双翅末端与鱼尾间以一柄云纹如意巧妙地连接，突显制壶人的独具匠心。壶底平坦，不施釉，壶身通体施黄、白、绿三色釉，其色浓艳明亮，其纹饰繁缛饱满。整个壶身宛若一条龙首巨鱼安坐于莲花座之上，其形态自然生动，其线条鲜明流畅，具有皇家的威严气派与佛教的神秘色彩。

据古陶瓷收藏界传说以及有据可查的资料证实：正统可信的辽三彩鱼龙纹摩羯壶在国内外存世量极少，可见的实物除李先生收藏的一件外，另有四件散藏于各地。一件是二十世纪七十年代在内蒙古科尔沁地区征得，现为通辽博物馆的镇馆之宝；一件现存日本东京博物馆（日军侵华时所掠夺）。李先生说这两件壶的整体形象处在鱼形的阶段，还没有升华到鱼化龙、鱼龙同体的神仙境界。第三、第四件壶分别为北京和香港的私人博物馆收藏。北京的一件其连接首尾的如意执手已损坏，实为残件。香港的一件情况不详。

李建学先生祖籍沧州，却与我国东北地区有不解之缘，他所收藏的这件鱼龙摩羯壶来自东北，它是“文革”破“四旧”运动中幸存下来的极其珍贵的宝物，几乎完美无缺，确实令世人惊艳震撼。

鱼龙纹摩羯壶的断代及其历史背景

著名古陶瓷学者冯先铭先生在《中国陶瓷》一书中说，所谓辽瓷，“是指我国东北地区在辽割据时期设窑烧造的硬质日用瓷器和单色釉、三彩釉陶器以及色釉砖瓦等”，又说，“辽的设窑烧造陶瓷器皿，大约始于辽太宗朝，烧制陶瓷的造型，既有契丹形式，又有中原形式，这是因为辽国实际上是以契丹人为主要统治阶级的多民族地方政权，农业区居民和官营手工业工匠又主要是汉人和汉化很深的渤海人。这种社会、经济状况决定了辽朝烧制的陶瓷造型”。

据《中国皇家文化汇典》所述：“公元916年，契丹可汗耶律阿保机废除推选可汗制，自立为帝，国号契丹，建都临潢（今内蒙古马巴林左旗附近）。947年，改国号为大辽，皇都为上京。疆域东北至今日本海、黑龙江口，西北至今蒙古国中部，南以今天津海河、河北霸县、山西雁门关与北宋相接。”因为辽太祖耶律阿保机任用汉人韩延徽等人改革习俗、创制文字、发展农商，由奴隶制向封建制过渡，使国力日益强盛，其疆土西达天山，与中亚国家毗连。《辽史·地理志》记述当时辽国：“五府六州，军城百五十有六，县二百有九，部族五十有二，属国六十，东至于海，西至金山，暨于流沙，北至胪朐河，南至白沟，幅员万里。”辽与邻国的物资贸易促进了彼此的文化交流，而形成多文化兼收并蓄的局面，在辽代二百一十年岁月的陶瓷烧制中，文化交融也得到了充分体现。当时流行的鸡冠壶、凤首瓶、穿带扁壶等属于契丹形式的陶瓷制品，以及本文所提及的三彩鱼龙纹摩羯壶乃是契丹民族吸收中原、西方文化之所长，烧造出来的陶瓷重器。我认同陶瓷学术界主流观点：这件鱼龙纹摩羯壶是典型的有代表性的辽三彩陶瓷器，窑口应为赤峰缸瓦窑。其理由和依据如下。

其一，鱼龙纹摩羯壶的特征符合辽三彩陶瓷器的鉴定要点。1. 造型：辽代陶瓷在技术上受中原影响，与宋朝北方各窑大体相同，其造型分中原形式和契丹形式两类，杯、碗、盘、碟等日用杂器按中原样式烧造，而鱼龙纹摩羯壶、凤首壶、鸡冠壶等则具有鲜明的契丹民族特色，这与契丹人的生活习惯密切相关，反映了辽代农业与畜牧业经济的发展与变化。著名学者知缘村研究中国古代闺房脂粉文化的著作《闻香识玉》第十章“辽、西夏、金、元”中有一幅图片“少女人首鱼龙壶”，陶瓷器其形体大小与鱼龙纹摩羯壶相仿，这件人首鱼龙壶通体白釉，应为辽白瓷。壶首为一少女头像，有发髻，壶身呈鱼形，尾鳍上翘，鱼身刻细鳞片，两侧各有一片展翅欲飞的翅膀，颈部与尾鳍之间有一桥形提梁，这人、鱼、龙混为一体的造型与鱼龙纹摩羯壶如出一辙。该书作者把它定格为“辽少女人首鱼龙壶”。这件器物的断代是经过专家审定的，这对同样出于辽代契丹人之手的三彩鱼龙纹摩羯壶定性为“辽三彩”，是有力的旁证。2. 釉色：摩羯壶的三彩釉色黄、绿、白，浓艳明亮，它既不同于“唐三彩”器以双系罐为多，且三彩中以黄、绿、蓝搭配较多，而白釉多作为辅助色釉，甚至有些“三彩马”以蓝釉为主色。辽摩羯壶的三彩也不同于宋三彩的以绿色为基调，辅以黄、白、褐等色，宋三彩配色清新明快、柔和淡雅。3. 纹饰题材：鱼龙纹摩羯壶的纹饰，无论龙、鱼，还是见于其他陶瓷上装饰的各种花卉，特别是牡丹、莲花、菊花、卷草纹等，都是契丹民族喜闻乐见的装饰图案。摩羯壶的纹饰还有一个明显的特点：对称、繁缛。鱼鳞双翅的分布，都是十分对称的，而壶身的周身布满纹饰，密不透风，极其繁缛，这两个特征正是辽三彩的与众不同之处。4. 支钉痕迹：辽三彩如盘、碗、碟等器皿，通常用支钉叠烧的方法烧造，一般在器内、器底均见支钉痕迹。此摩羯壶因其体形较大，形状不规则，故采用特殊的烧造方法烧制。据传一件摩羯壶用一件模具，烧成后模具销毁废弃，故不见支烧钉痕迹，而一具一器，致使世间难见绝对相同的器物。5. 器底露胎，不施釉。辽三彩中多为施釉不及底的“半釉”器，不见圈足满釉的先例。摩羯壶的壶底符合这个特点。

综上所述，鱼龙纹摩羯壶完全符合辽三彩鉴定的五个要点。

其二，鱼龙纹摩羯壶的烧造符合辽代窑口烧造及宗教信仰的历史背景。我判断这件辽三彩鱼龙纹摩羯壶是辽代赤峰缸瓦窑的产品，因为这件古董所承载的丰富的历史信息告诉我们：此壶胎质粗软，胎体呈淡红色，胎与釉的结合处由于几百年的风化侵蚀，可见白色化妆土的印痕。这是赤峰缸瓦窑三彩器最明显的特征。据史料记载，辽代的缸瓦窑在今内蒙古赤峰市西60公里的缸瓦窑屯，窑场的规模较大，除生产瓷器外，还有专烧釉陶的窑炉，烧制单色白釉、黄釉、绿釉陶，亦生产黄、白、绿的三彩釉陶。辽代烧制三彩陶的窑口还有南山窑，其窑址位于内蒙古巴林左旗辽上京故城西南1.5公里，此窑规模小，虽也生产三彩釉，但胎质细软，器物多盘碟类小件器，没有烧造壶类等大件的记录。此外，龙泉务窑在北京门头沟龙泉务村北面，以烧瓷器为主，三彩釉器以绿、黄二色为主，其中黄色中泛赭红色，器物以佛像、莲花座等佛教用品为多，这是北京龙泉务窑明显不同于缸瓦窑的地域特征。冯先铭先生说，赤峰缸瓦窑“为辽代官窑极为重要，宋真宗大中祥符九年（辽开泰五年）薛映等人使辽，据《续资治通鉴长编》卷八十八载其行程说：‘自中京正北八十里至临都馆，又四十里至官窑馆……’薛映等人所至之‘官窑馆’，即由此窑而得名”。(《中国陶瓷》)由此可见，李建学先生所珍藏的鱼龙纹摩羯壶是产自辽官窑赤峰缸瓦窑的辽三彩釉中的佳作珍品。

关于鱼龙纹摩羯壶的用途定性，大体有两说，一说是皇家祭祀器即礼器，一说是佛教法器，我的观点倾向于后者。契丹，属东胡族系，为鲜卑宇文部一支。契丹，意为镔铁，表示坚固之意。契丹人信萨满教，敬天神，重祭祀，原无佛教，但至辽代中后期，佛教逐渐兴起，高僧辈出，刻经镌石，寺庙林立，蔚为风气，其香火之旺、规模之大，均超过两宋王朝。据《中国佛教》(中国佛教协会编）记载：“辽代佛教由于帝室权贵的支持、施舍，寺院经济特别发展。”“这样，寺院由于得到更多的资助而佛事愈盛，并且通过邑社的群众支持使佛教信仰更为普遍。当时民间最流行的信仰为祈愿往生弥陀或弥勒净土，其次为炽盛光如来信仰，药师如来信仰，以及白衣观音信仰（相传太宗移幽州大悲阁观音像于契丹族发祥地木叶山，建庙供奉，尊为民族的守护神）等。其他如舍利和佛牙的信仰亦盛，且于释迦佛舍利外，更有定光佛舍利的流传。”佛教在辽代的兴盛，必然推动了官方和民间关于佛教题材的法器与供品的生产。我认为，鱼龙纹摩羯壶很可能是皇室向寺庙的布施、捐赠之物，它的实际用途是：大德高僧在礼佛诵经或主持盛大佛事前以摩羯壶之圣水作净手之用。这种仪式是非常庄严和神圣的。此外每当农历四月初八浴佛节，举行隆重仪式时，寺庙的住持以摩羯壶贮之净水为佛像洗沐，亦很庄严。以鱼龙纹摩羯壶充当法器，非常贴切地发挥了此壶的宗教功能。因为“摩羯”，乃印度梵文“摩羯陀”的音译。据《辞源》诠释：摩羯·梵语·鲸鱼，巨鳌，也译作“摩伽罗”。北魏杨衒之《洛阳伽蓝记》：“至辛头大河，河西岸有如来作摩羯大鱼，从河而出。”谓摩羯为佛的化身，有神奇威力，不可思议。所以，契丹族常以鱼龙装饰玉器、金银器、服饰、陶瓷等器物，其宗教信仰的含义不言而喻也。当然，在民间人们喜欢摩羯（鱼）的形象，还有一份对“鱼水”的情感和身左大漠对天降甘露（雨水）的渴望。“鱼”与“雨”谐音相通。我在翻阅一些辽代文献资料中注意到辽代装饰鱼龙纹的器物图片，有：“辽白瓷少女人首鱼龙壶”“龙凤鱼摩羯形玉佩”，辽代贵族妇女佩戴的“摩羯形耳坠”（式样很别致，上有绿松石、玛瑙嵌镶），等等。现已发现辽代墓室壁画九十八幅，其中《寄锦图》《出行图》《散乐图》等多幅壁画中，生动描绘契丹贵妇与侍女的形象，在其华丽的服饰中就有鱼龙摩羯纹的装饰图案。以上林林总总，实证了这鱼龙纹摩羯壶的前世情形，完全与那个时代的历史文化、经济、宗教信仰背景相吻合。

辽三彩鱼龙纹摩羯壶的历史、艺术价值及其藏流展望

在古玩界，物以真为本，以稀为贵，以珍为善，这是一条不成文的法则。李建学先生所收藏的辽三彩鱼龙纹摩羯壶，既真且珍，更稀缺。据目前信息所知，现存于世的摩羯壶仅 5 件，除一件残缺、一件情况不明、两件有鱼身无龙首外，仅一件是大器、全器、鱼龙一体、品相极佳的摩羯壶，就在上海藏家李建学先生的家中。这件摩羯壶在中国陶瓷之辽代陶瓷史上应有的地位是毋庸置疑的。1954年，故宫博物院购藏了一件“辽三彩刻花莲瓣口盘”，被作为“辽（金）三彩”收入众多陶瓷书刊，如：《故宫博物院藏文物珍品大系·两宋瓷器》（上）以及台北《故宫文物月刊》《中国陶瓷全集》《宋辽陶瓷器鉴定》等权威刊物，影响很大。

这件所谓“辽三彩”器高 2.2 厘米，口径 18.2 厘米，足径 10.7 厘米，盘为折沿，九瓣菱花口，浅底坦平，圈足。内底纹饰荷塘立鹤图，器底施釉。其工艺特征不符合规范的鉴定要点，是专家断代发生了偏差。但直至 2008 年，有福建的古瓷学者根据福建漳州地区明清重点窑址的科学发掘出一批同类三彩器提出质疑，才还原了这件“辽三彩”的本来面目：它是明末我国南方漳州窑场的产品“华南三彩”(亦称“交趾器”)，属“素三彩”系列。这种“素三彩”不少是经越南（古称“交趾”）输入日本的，故日本学者称华南三彩为“交趾器”。这件被错断了朝代的“辽三彩”当时是经过权威专家审定的，然而百密一疏，在所难免。况且新中国成立初期，百废待兴，出土文物甚少，没有可信的实物参照，又缺乏科学的检测手段，断代比较困难，并非专家不具慧眼。而今，作为辽三彩的真正的标准器为何物？我孤陋寡闻，不可妄言。但古陶瓷研究也应与时俱进，尊重科学，尊重事实，错则改之，缺则补之。我之见：辽三彩标准器的“暂付阙如”可以填补空白了。这就是本文所研究、赏析的“辽三彩鱼龙纹摩羯壶”。

据闻有些艺术机构和收藏大家已与持宝者联系，表达了洽购的意向，其中不乏以高价、天价求购者，云云，不知藏宝人是否心动，有何打算？古往今来，数不清的收藏大家上自皇室下至平民，对于无数奇珍异宝，乃至国之重器，耗毕生精力，精心呵护，到头来依然是匆匆来去的过客而已。宝物有缘而至，又因缘而去，无有定论。但无论如何，宝物在谁手里都是为了追求一份传承文化、享受愉悦的好心情，也是对国家对人民尽一份妥为保管的责任罢了。

借此机会向辽三彩鱼龙纹摩羯壶的持宝者李建学先生道一声：祝贺你收藏了这么珍贵稀有的一件国宝。也说一句：谢谢你为保护国宝级文物作出了可贵的贡献。

我忝为上海市收藏协会学术委员会委员和海派收藏家，才疏学浅，对古陶瓷研究尚未入门，兹不揣浅陋而班门弄斧，谬误之处难免，还望方家教正。

甲午年闰九月十三日于定慧斋
原载《零距离》杂志

数典不忘祖　羊年大吉祥

在古汉语里，“羊”是羊头部的正面特写。汉字中有以“羊”为基本部件构成的字。

“羊”姓来源有五。其一，周官羊人之后，以官为氏。周代有官职为羊人，其子孙以官职为姓，遂为羊氏。其二，出自祁氏，原为羊舌氏，为春秋时晋国大夫祁盈之后。始封于羊舌（今山西洪洞、泌县一带），其后遂为羊舌氏。后去舌为羊氏。其三，出自姬姓。春秋时，晋靖侯的儿子公子伯侨有孙子名突，晋献公时封为羊舌大夫，子孙称羊舌氏。羊舌突有五个儿子，其中大儿子羊舌赤，字伯华，二儿子羊舌肸，字叔向，都是晋国贤臣。春秋后期，羊舌氏被其他晋卿攻灭，有子孙逃在国外，改姓羊，称羊氏。其四，历史上南方零陵族也有羊姓。为羊姓的一支。其五，为姞氏所改。羊姓望族居泰山（今山东泰安东南）、京兆（今陕西长安东）。

羊是人们普遍熟悉的一种家畜。家羊有两种：山羊和绵羊。这两种羊除了外表不同之外，身体的构造大致相同。家羊是由野羊驯化而来的。世界上羊的驯化以亚洲西南部为最早。而且，山羊和绵羊这两种羊几乎是同一时期驯化的。在约旦的杰里科地区，早在公元前 8500 年就已经驯养山羊了。在距今四五千年的龙山文化的晚期，如地处黄河上游甘肃齐家文化各遗址中，也发现了大量的猪、狗、牛、羊等家畜的骨骼。到了商、周时期，养羊业已十分发达。据卜骨记载，仅仅因为发生了耳鸣这种微不足道的小事，一次就用了 158 只羊当作祭品，可见当时养羊头数是十分可观的。

原载《天下常熟》杂志

方寸天地　吴虞藏缘

著名作家叶永烈先生说过："收藏是人类的癖好。"我因酷爱文学而与收藏结缘，从二十世纪六十年代末大学毕业离开北京，辗转青岛、南京、张家港、江阴等城市，至八十年代末回到上海，其间许多业余时间都花在与艺术品打交道上。所谓收藏，我是随遇所缘，边学边玩，不经意间竟成了一名业余古玩鉴藏家了。世界很奇妙，文化因缘的玄机说也说不清。常熟城里有我的知心朋友，因为常来常熟，日久生情，虞山、尚湖成了我生命中的第二故乡。有趣的是我的几件藏品，也与古吴地域的风土人情结下了不解之缘。

古虞艺海之明珠

古城常熟历来是人文荟萃之地，名人辈出，各领风骚。清代康熙中期，以布衣供奉内廷，曾画《南巡图》的王翚（字石谷、石谷子，号耕烟）就是其中的一位佼佼者。他与王时敏、王鉴、王原祁并称"清初四王"，是闻名遐迩的书画大家。我珍藏的一对鸡血石印章，其印文、边款均出自王翚之手。印章规格为2.6×2.6×9厘米。各重160克。每方印章有微雕行书边款，竖排6行，约160个字。从文字风格及内容看，系王翚临摹元代大书画家赵孟頫的《千字文》帖，均为片断。边款虽为刀刻，但恰似运笔，极其俊逸、流畅，真微型碑刻也。落款为"海虞石谷子王翚刻"。王翚的书画追摹元人笔法，而运用唐人气韵，成就非凡。

此对印章材质为昌化鸡血石，纯净无杂质，温润半透，鸡血浓艳，呈条状，分布自然鲜活，是鸡血石中的上品。印文为篆书朱文"千缘""画缘"。印风浑厚敦实，质朴雄健。印文彰显作者与赵体书法及从事作画生涯的因缘，其中含意不言而喻。王翚治印鲜有所闻，日后当造访常熟博物馆和王翚纪念馆，寻觅更多史料佐证，以进一步揭开其中的谜团。

吴郡繁华之缩影

苏州，古称吴郡，早在唐代就是仅次于长安的大都市。唐代以后历代社会发展的事实见证了其繁华的经济和文化的积淀。究其原由，一是商业发达，自然条件优越，所谓“太湖熟，天下足”。其二是历代的功名人物，如状元、进士、举人，多出于斯，所谓“衣冠之薮”也。我的另外几件藏品所承载的历史信息，可以据此小中见大，领略古代吴郡都市繁华的缩影及其永恒的魅力。

1. 白芙蓉石五狮戏球钮方印。规格为 9.5×9.5×17 厘米，重 3340 克。印材为寿山白芙蓉石。印文系篆书朱文“握月担风且留后日，吞花卧酒不可过时”。此巨印边款十分引人注目：“己未春二月之望，舟次吴门，于市井中得此石，视之材巨质佳，不可多得矣，乃仿文公三桥之意成之，以充文房之用。完白山人。”按，完白山人，即清代著名篆刻家、书法家邓石如（1743—1805）。己未年，公元 1799 年，吴门，今苏州市。文公三桥，明代大书画家文徵明之长子文彭（1498—1573），长洲（今苏州）人，工刻印，一代宗师。其印风被后人奉为金科玉律。

白芙蓉石产于福建寿山，开采于明末清初，以“似玉非玉”的特质，备受文人雅士的宠爱，至晚清老坑已绝产，因其稀有，而获“可与田黄冻石雄峙寿山”的美誉。

2. 荔枝冻狮钮对章。规格为 2.5×2.5×9.8 厘米，各重 160 克。印文为篆书朱文“一味清净”和篆书白文“心地法门”。边款为行书，竖排各 2 行：“戊午春二月上浣，客吴门锄月山房，闲中作此二印，以自娱矣。李流芳并记。”按，戊午年，公元 1618 年，吴门，今苏州市。上浣，上旬也。李流芳（1575—1629），字长蘅，安徽歙县人。据史料载：明末清初，在篆刻方面师法明代文彭，最具声誉的有归昌世、李流芳、陈万言、顾苓等人，后人将他们称为“吴门派”。

荔枝冻是寿山石中名贵的品种之一，因其色极似新鲜的荔枝肉而得名，晶莹通透，温润如玉。经多年开采，老坑绝产，新坑也近枯竭，存世不多，极为珍贵。

3. 仙杏游赏图御墨。据报载：“中国明清两代存世的古墨，近年来在国内外艺术品市场频频出现，其价格飙升，尤以康、雍、乾三代的御墨更为珍贵。”我收藏古墨数十锭，皆出自明清两代的观赏墨。

这锭仙杏游赏图墨，规格为 2×2.2×7.5 厘米，重 570 克。是清康熙御墨。此墨墨面上端雕楷书“御墨”二字，正中竖排楷书“仙杏游赏图”，边框填金，并饰以花纹图案。墨背雕山水图，远山近水，花木葱郁，一派人间仙境。图文间，填蓝、金、绿三彩，十分艳丽。墨背左上角楷书唐寅诗一首，夺人眼球：“女儿山头春雪消，路旁仙杏发柔条。心期此日同游赏，载酒携琴过野桥。”墨的两侧，雕刻楷书阳文“大清康熙年制”和“敬胜斋藏墨”字样。风流才子唐寅，1470 年出生在吴县（今苏州）阊门吴趋坊一户商贾家庭。明孝宗弘治十一年乡试第一，能诗善画，才华横溢，但仕途不顺，终以卖画为生。他有一首近乎白话的七言诗：“不炼金丹不坐禅，不为商贾不耕田。闲来写就青山卖，不使人间造孽钱。”据《中国皇家文化汇典》记载，敬胜斋，乃紫禁城西花园内的一所建筑。敬胜斋藏墨即清宫廷藏墨，此御墨为内务府御作坊所制。

苏州精湛工艺的见证

我珍藏一具犀角雕荷花海水纹花口杯，十分可爱。其规格：口径 4.7—7.6 厘米，底径 3.6—7.5 厘米，腹宽 8.5 厘米，器高 11.5 厘米，重 210 克。杯底刻篆书“天成”二字。

此犀角杯的材质为亚洲犀牛角，色如蒸枣，表皮和内肉的纤维与甘蔗的线条状纤维相似，具“天沟”“地岗”的重要特征。杯底断面有密布的粗点粒，俗称“鱼子纹”，古称“栗纹”。杯体有较浓的腥臭味。所雕荷花两三枝，荷叶三四片，灵气十足，生动逼真。

此杯雕刻工艺精湛，造型古雅俊逸。方家认为此犀角杯应出自杰出的民间艺人鲍天成之手。据《初月楼闻见录》载：鲍天成，明代吴县（今苏州）人，能雕琢犀象、香料、紫檀图匣、香盒、扇坠、簪钮之类，种种奇巧，迥迈前人。

明清两代，苏州能工巧匠不可胜数，在琢玉、丝绸、雕刻等方面创造出无数珍贵的艺术品，凝聚了劳动者的心血与智慧，也见证了无与伦比的苏州工的真实不虚。

古玩既可以陶冶情操，也是流通领域内有价值的商品。上海市收藏协会会长、中国著名古玩鉴赏家、我的老朋友吴少华先生在《海派收藏文萃》的前言中写道："如果说古玩的有形价值造就了古器物的身价，那么隐形的价值塑造的是收藏家的品德人格。"我的藏品虽有善可陈，但与浩瀚无边、博大精深的艺术品大海相比，只是沧海中的一粒发光的砂石。作为上海市收藏协会的资深会员，我将铭记吴少华会长的教诲，在收藏、交流、鉴赏的过程中，永远把塑造品德和人格放在第一位。

癸巳年二月初九日于定慧斋

原载《零距离》杂志 2013 年第 3 期

第七辑　同窗尺牍

风雨同窗情

翟大学

我有个癖好，每到一处，喜欢寻访故旧，看望昔日同窗。

去年五月，我到上海看外孙，忙里偷闲，不顾相去甚远，看望了几十年未见的同窗永敬兄、起澜兄、乃文兄，并由永敬做东小聚，兴奋之余，作文《他乡访故人》以记之，愉快的心情，可窥一斑。

时隔半年，我又到上海，在女儿家劳作了一段时间，闲闷之际，忍不住又拿起电话问候老友，并表达了无意再扰的意思，永敬兄快人快语：老同学不存在什么扰不扰，一定要见面的，还说，他和起澜约好，正准备去乃文府上，欣赏乃文兄的收藏。我说，春节一过，我就要回芜了。他说，那就安排在节前。我知道，他们三人，虽同居一城，平日也难得一见，我不再推辞，约定在 12 月 18 日同往葛府。

时值数九。到过南方的人都知道，南方的冬天潮湿、阴冷。上海的冬天，没有雪，却阴雨不断。17 日那天刚见到久违的太阳，18 日又下起了雨。我路不熟，迟到了，到达时只见三位仁兄，都包裹得严严实实，在寒风中等候多时。乃文兄心细，他说，先到饭店喝茶叙谈，吃完饭再到寒舍，省得来回跑了。我们客随主便，跟随乃文兄到了不远处的一家淮扬风味的饭店。乃文说，别看店面不咋的，菜肴的味道却是极好的，他经常光顾。坐定，大家互相端详，都说无大变化。永敬兄身后还跟着他 5 岁的小孙子。永敬说，女儿因忙于工作，一直没顾上要孩子，刚刚生了一千金，老伴要照顾女儿，所以，年近七旬的爷爷带孙子是义不容辞的。小家伙是照着他爷爷的模子刻下来的，手里捧着 apple，一刻也不放下。听说起澜兄的眼睛刚做了手术，91 岁的老岳母还卧病在床，依然如约，让我感动不已。我问，恢复怎样？他说，现在是一只眼近视，一只眼远视，视力很低，很难根治了。接着又补充道，不过，你的模样我还是可以看清的。说完，哈哈大笑，依然乐观、豁达。平日都不善饮的几位，要了一瓶上海有名的石库门老酒，浅斟慢酌，乃文亲自点的小菜，果然道道精彩，味道好极了。餐毕，老酒剩下一玻璃杯，忍痛放弃，菜肴剩下一半，几个老家伙齐声说，打包。

饭后，步行十来分钟，便到乃文府上。乃文住宝山区一老旧公房内，房子不大，三室一厅，八十几个平方米。老伴回扬州老家治病，儿子一家单住，女儿和葛兄同住，此时家中只葛兄一人。一进屋，葛兄便把我们引进他的书房，书房很小，东西两面书橱顶天立地，中间放置着他堆满文房四宝的书桌，显得有点逼仄，葛兄笑道：陋室，陋室。书房门上挂着上海市收藏协会秘书长朱裕平教授为葛兄题赠的匾额："惟善为宝。"未及坐定，葛兄便开始展示他的藏宝了。

葛兄自年轻时起即喜好收藏，工作后大部分积蓄也都投到收购藏品中，几十年下来，藏品已十分可观。除书房外，家里几间屋内，床底、桌下、客厅的沙发下面，到处都是宝贝。葛兄首先向我们展示的是他的古墨收藏，多是明清时的观赏墨。打开藏盒，一股墨香扑鼻而来，各式各样的古墨，造型精美，墨质温婉细腻，熠熠发光，古墨上烫金刻制各种字体的诗文，葛兄情不自禁地用他那夹着扬州话、上海话的普通话为我们吟诵起来，我们三人轮流把玩、摩挲，不忍释手。有行家说，玩墨者乃藏家中高品味者，此言不虚。一个惊喜，又一个惊喜。接着展示的是各种印章，一件一件，摆满桌案，有薄意李白泛舟纹田黄冻随形章，有微雕千字文昌化鸡血石对章，有"刘关张"鸡血石狮钮章，还有吴湖帆潘静淑夫妇珍藏章，寿山荔枝冻、月尾紫、红芙蓉石印章等，件件玲珑剔透，色质圆润，柔和如脂。葛兄的脸上顿时神采飞扬，不厌其详，介绍藏品的来历。这些藏品，有的我过去只闻其名，未见真品，今日一见，大饱眼福。说到兴起，葛兄将外套脱去，又从书橱顶上层，小心翼翼地捧出几只大藏盒，像捧着刚刚出生的婴儿，眼里闪着掩饰不住的喜悦。只见他轻轻拂去藏盒上的浮尘，慢慢打开，原来是他最为钟爱的几件古瓷器，有明末梵文八宝青花盘、清康熙斗彩花鸟纹玉壶春瓶、清光绪官窑钧釉胆式瓶等。明清瓷器，历来是藏家的最爱。葛兄一边不停地用双手轻轻地抚摸瓷瓶，一边向我们介绍瓷器的窑口、纹饰、胎釉、造型、款识。其中一件宋哥窑玉壶春瓶，是葛兄传家之宝，已经古玩权威部门鉴定，据说价值不菲。葛兄深情地向我们讲述他家宝贝传承的往事，以及当年怎样的节衣缩食，购得这些宝物，每一件藏品都有一个感人的故事呢。葛兄说，常有各地藏家求购他的藏品，他一直不忍割爱。此刻，爬上爬下的葛兄额上已沁出汗珠，我说歇一会儿，喝口茶，葛兄正在兴奋之中，转身不知又从什么地方拿出几幅字画，皆出自名家之手，可惜我们三人对字画都一窍不通，只有洗耳恭听，似懂非懂地不住点头，不敢妄置一词，永敬兄突发感慨：唉，这辈子没有把字练好。

乃文兄告诉我们，退休后，闲来无事，在家把玩藏品，抄录经文，修身养性，自得其乐。他拿出刚刚抄录的《法华经》给我们看，果然气韵生动。我问，抄录经文，是否要焚香沐浴？乃文笑道，那倒不必，关键要气定神闲，方可入境，运笔要内敛，切不可张扬，不可浮躁。真心得也。时间飞逝，不知不觉已到下午三点多了，想到返程还要一个多小时，我们起身告辞。葛兄道，且慢，还有礼物送给你们。他拿出几册亲笔抄写的唐诗、宋词、儒家格言，诗册是折叠的册页，古色古香，装帧精美，我们每人各选一册，我选的是“长恨歌”全文。葛兄又研墨，题款，用印，一一拱手相赠。此时，简陋逼仄的书屋，弥漫着书香，充溢着温馨，我望着书房上的匾额，大声诵道：“惟善为宝”，“惟善为宝”啊！

出得门来，雨越下越大，葛兄坚持送我们到地铁站，葛兄见我行走还不利索，一手撑伞，一手搀扶我，我很不安，葛兄说，这叫雨中情啊！说的是啊，四个相识半个世纪的老人，冒着寒冬的风雨，谈笑前行。回到家中，我立即在电脑上敲出一行字：风雨同窗情。

2012年1月30日于芜湖寓所

同学少年多不贱

——赏葛乃文同学《定慧斋藏品撷英》有感

邱季端

乃文求学时，虽同一年级，也经常一起上课，因为不同小班，少有交流。前年在上海师大匆匆小聚，亦无深谈。春节期间，翟大学到“定慧斋”欣赏乃文珍藏，大为惊叹。今阅乃文惠赐《乃文珍藏专辑》，大学实非妄加褒誉，乃文珍藏实至名归也。大学受其子影响，俨然行家一名哪！

乃文珍藏可用“真、精、雅”三字概括。印石琳琅满目，通灵剔透。寿山、昌化、巴林各擅胜场，名家刀笔天趣盎然。本人虽藏有寿山（包括田黄）、昌化鸡血、和田印章无数，因如乃文所说“别人面对篆书望而却步”，这别人我算一个也。所以乃文“那盘玩玉石印章的感觉令人心旷神怡”的享受，我享受不到。

传家之宝宋官窑“奉华”款玉壶春瓶，乃国宝级文物。原因有三,一是宋官珍罕。二是“奉华”款宋器凤毛麟角。已知台北故宫博物院藏有“奉华”款汝窑三件，分别为：出戟尊、瓜棱注碗、碟。上海博物馆藏有定窑“奉华”款小碗、折腰盘各一。北京故宫博物院藏有定窑残片一件。宋钧窑也有两件，惜不记得何家收藏。三是“奉华”款宋官仅见乃文一件，谓之传国之宝，也不为过。乃文引用冯先铭先生“奉华”款即南宋刘妃奉华宫之物，其实不一定。几乎所有学者都说奉华宫乃南宋德寿宫配殿。查实北宋就有奉华、风华、慈福、聚秀、禁苑、德寿等宫。赵构南渡如丧家之犬，惊魂甫定后在杭州修建皇宫，宫殿基本沿用汴梁旧制，唯一不同是皇宫不再坐北朝南，而是宫门朝西，原因是宫殿大门靠近水系，如金兵来犯时便于极速跳船逃生，所以“奉华”款也有可能是北宋官窑之物。说到北宋官窑，大部分学者都说的确存在，他们引用南宋人顾文荐《负暄杂录》之说："宣和间自置窑烧造，名曰官窑。"现在也有人说北宋根本没有官窑。的确现在没有一位专家敢理直气壮地说哪件是北宋官，哪件是南宋官。故宫瓷器大家李辉柄先生主编《故宫博物院藏文物珍品大系·两宋瓷器》一书，干脆把宋官窑都列入南方瓷器，就是不承认北宋官存在。张家顺送我一本开封前几年论坛成果，有专家就对李辉柄这种做法大肆挞伐。的确，没有充分证据就否定北宋官难免流于轻率。而从已知的奉华款宋瓷，都是北方瓷器，乃文此件奉华款官窑，因为是唯一一件已知宋官刻款，是否也是北方瓷器，令人遐想。如是，则可以印证北宋的确有宋官窑，具有重大历史研究价值。如果不是北宋官，则可以肯定是修内司官窑，不是郊坛下官窑器。

想说说被专家和乃文定为明清瓷器的哥窑贯耳瓶。明清前后跨度五六百年，如此含糊其词，是对此瓶断代没有把握。明清之瓷除天启崇祯青花和顺治青花难分辨外，余皆泾渭分明。所有专家的鉴定法都是宁可往后挪，不敢往前靠，因为心中无数，碍于面子，怕漏气也，所以很多瓷器都吃哑巴亏。观此件哥窑贯耳瓶，古朴拙致，敦厚憨实，极似藏于北京故宫博物院之哥窑贯耳瓶（《两宋瓷器》下册 37 页）。北京故宫博物院藏品金丝明显，乃文藏品金丝稀疏，除此之外，余皆雷同。但宋哥很多是没有或极少金丝的，极似宋官，所谓官哥不分，的确有些器物很难分官或哥。乃文此件哥窑肯定不是清瓷，雍、乾仿官、哥，其气韵十足清瓷仪态，胎体也较轻薄，口沿圈足修胎一丝不苟，十分工整。雍、乾仿哥几乎都落款，乃文哥窑没款，看来也不似成化仿品，成化仿品纤细玲珑，也像其他成器一样纤巧。此件贯耳瓶极有可能是宋元之物，如釉面有微微汗沁之状，又有铁足（宋官哥可以没有紫口，但一定要有铁足），则肯定是宋元哥器无疑！哥窑也是极具争议的窑口。仅单靠同代或后代的笔记片言只语，或者诗人的几句咏唱，实在无法窥视我国陶瓷包罗万象、丰富深邃的全貌，所以有很多领域有待我们去开发，很多谜团等待我们去破解。我们的学弟李绍宾（二年级），现任南京古陶瓷研究会会长，最近要出本特刊，要我片言只语，我送去的对联是"人云亦云不是研究，众议非议斯谓真知"。（本人忝为该会名誉会长）

最爱乃文康熙豇豆红胆瓶。康熙豇豆红，前无古人，后无来者。晚清民国仿品极多，大都似是而非，尽失康瓷娇态。康熙斗彩玉壶春也不失为一件很有价值之作。黑地刻花梅瓶似磁州窑系作品，应该是元磁，如果是黑地剔花，应该是磁州窑系雁北地区之窑器，黑地剔花乃磁州窑系名品，少有传世。

想说说古墨，这是收藏界的冷门，以前不被人重视。诚如乃文所言，近期价格飙升。古墨的墨香、墨韵、墨意、墨形、墨书，也令人陶醉。本人藏有古墨两百来锭，因不知真赝，而对所谓的专家又越来越没有信心，故从不示人，只能自得其乐。如一件康熙三十八年总督漕运张大有进贡的浮雕金龙墨柱，表面龟裂错落有致，但龟裂是否古墨的特征，本人不清楚。查张大有，康熙三十三年进士，初授翰林院编修，因上书陈述科场积弊，降为国子监助教。总督漕运是大官，五年晋升为此品似无可能，所以疑点颇多。

乃文珍藏“国宝金匮”墨很值得研究。“国宝金匮”是新莽钱币，为国宝级文物，由上下两部分组成，上部方孔圆钱形式，面文书“国宝金匮”四字旋读，悬斜篆，下以短颈连方形钱身，纹内直书悬斜篆“直万”二字。据说现只有一枚问世，另一枚只留上半部，且流失海外不知所终。契刀五百也是新莽钱币，上方孔圆形，下连刀形，圆内方孔，外书篆书“契刀”二字，刀形书篆书“五百”二字。两种钱币本人都有藏品，因出土来历清楚，我敢拍胸膛是真品。是制墨者没见过此两钱币，或是故意为之，或是制砚者故意为之。（据制墨者说：于市井购得古砚一方，故仿其式。）总之把“国宝金匮”和契刀五百连在一起是驴唇不对马嘴，此墨形肯定是契刀五百之形。为什么契刀变成制刀，此制字是制或是契，乃文可能要再斟酌。如果是制字，则制砚或制墨者肯定不知这两件钱币为何物。所以绝不能轻信专家或古人之言。古人很多不知古，又以博古自居。

写到此，似意犹未尽，但很多事等着我去做，不再啰嗦了。这阵子看到博客上同学很多文章，欣赏乃文之珍藏，感慨万千。同学个个真才实学，不像我，既不会舞文，也从不弄墨，所以有位朋友直言，你的字哪里是中文系的字。对于乃文所言“文化功底深厚”“品味高雅”“儒商”等赞语，我知道是同学心输真诚，但闻之汗颜。乃文赠我翁同龢“墨翻衫袖吾方醉，腹有诗书气自华”联，乃文真实写照也。同学少年多不贱，我“骄傲啊”！（春晚小品之语）

一扇清风友人情

白衍吉

自古以来，关于风的名句不可胜数。小举几例：风起于青蘋之末。大风起兮云飞扬。清风细雨燕子斜。春风知别苦，不遣柳条青。风卷寒云暮雪晴。秋风吹不尽，总是玉关情。东风无力百花残。凉风吹夜雨，萧瑟动寒林。北风吹雁雪纷纷……上海的夏日酷暑难耐，初秋依然闷热。当年鲁迅先生在大陆新村和山阴路居所时，挥汗写作，故以《热风》为杂文集书名。他手摇一扇，清风徐徐，凝思端坐的神态，可想而知。

一把扇子，“开合清风纸半张”，却道出了中国文人的笔墨雅兴和赠与友人的无尽情怀。朋友送我的扇子也有一些，有苏州的香扇、武汉的纸扇、杭州的绢扇、北京的蒲扇，也有国外的扇子。形状有圆的、椭圆的、冬瓜形状的，当然最多的还是通常的那种，故谓之扇形。至于扇骨，有竹子的，有塑料的，也有麋鹿的，扇面以纸为多，也有塑料的、绢纺的，蒲扇则以棕榈叶为扇面。扇面上有印制的名诗名画，也有人物肖像的。扇面书法绘画也有真迹的，这当然格外珍贵。其中有一把扇子便是大学同窗好友、江南才子葛乃文送我的。手执一把诗书画尽显风流的折扇，不仅有凉爽的心境、把玩的雅致，也有思念故友的绵绵情怀。

那是九月初的一天，我飞抵上海后便约大学的同班同学、三位居于上海的故知会面小酌。我坐车回到酒店，比原想的时间晚了半小时。葛乃文，交通部澄西船厂原厂长办公室主任、书画家。王起澜，上海师范大学文学院教授。王永敬，原江苏省文化厅主任、研究员。他们三位下午四点半就在酒店大厅等候我了。

久别重逢，欣喜之情已清晰地写在了每个人的脸上。葛乃文已满 70 周岁，而起澜、永敬和我仅差他一岁。人活七十古来稀，如今国人平均寿命为 74 岁，在八十以上的老人看来我们只能算是小弟弟了。虽说我们四人均身心健康，并无那种腰弯背驼、老态龙钟的模样，但毕竟也是七十岁的人了。起澜已是满头白发，乃文和永敬也早生华发，只有我头发依然黑亮浓密，但那额头上的几道皱纹，分明在告知也已上了年纪，深深地诉说着岁月的流逝和沧桑。

“老白，你还真年轻。”“你的头发这么黑，不是染的呀，瞧瞧！”“老小伙也就五十出头吧。”他们一人一句先拿我开涮了。到了我的房间，屋子闷热，赶紧开了空调。乃文说正好送你一把扇子，还有一幅装裱好的字画以为纪念。我也把几年前出的书《人生笔记·岁月琴弦》送给他们，还有刚写的忆旧文章《一份同学名录》《师生重逢时》《可叹君行早》。

“说起来，我们北师大同班相识已整整50年了。乃文，扬州人，眉清目秀，写一手好字。还记得我俩到新街口小店两人一瓶啤酒，一盘香雪肠、花生米，边吃边聊么？”“怎么能忘，当年咱俩和朱谷林老师一起从南京、常州、上海，一直跑到南昌，坐火车没少遭罪。”王永敬，念书时曾在《文学评论》发表《〈雷雨人物谈〉的几点异议》而有名。后入中国艺术研究院，研究生毕业后分到文化部，我俩曾在北京小酒微醺。他回南京老家到省文化厅工作，我曾到他家并在金陵饭店欢宴。王起澜，浙江东阳人，毕业后分到大同煤矿，后考入上海师大读研，毕业留校任教。我到上海三次与他相聚。

同学之情是真情，如此社会不良风气之下弥足珍贵。久别重逢，那天边吃边聊三个多小时，恋恋不舍终须一别。临送上车，分别握手相拥，互道“再见、保重”。乃文说：“想我时拿出画来看看，还有扇子。”回到北京，我又一次用右手指轻轻将扇子掂开，再用左手将扇子慢慢打开，仔细观看乃文的墨迹，他画的是梅花水仙图，并用隶书题诗：“白玉削为瓣，黄金铸成蕊；点染有真意，清芬袭满纸。”背面则是行书郑板桥的竹赋。

五十年重相会

白衍吉

我们相约在2012年。适逢校庆110年，也是我们入学50周年。重回母校北师大，看望老师、同学相聚、故地重游，并共同追忆美好的青春岁月和难忘的似水年华。

这一天在期盼中终于来到了。9月20日早饭后，我即从儿子家门口坐上了609路公交汽车，这趟车经由学院路北航、矿大、地质大学等当年的“八大学院”，便到了北师大校区熟悉的北太平庄、铁狮子坟，接下来就是师范大学站了。这一站是师大的东大门，也是五十年前我们入校时的正门，而如今正门已改在毗邻的南大门了。

校门南侧是轩昂的“京师大厦”，北侧是我们曾上过课的“教4”楼。早到半小时，我顺路先到当年上课最多的“教3”楼——如今是北师大出版集团。楼前绿丛中耸立着鲁迅先生半身铜像和启功先生题字刻石“师垂典则，范示群伦”。语意深远，发人深思。西侧地上地下近40层的新图书馆，显示藏书宏富的恢弘气势。我在宽阔的南大门京师广场徜徉，巍峨雄伟的主楼给人一种沉稳、厚重、博大的感觉。大门入口处矗立着由陈箫汀大师设计的高11米、宽6米的巨大锻铜雕塑“木铎金声”。铎，古代以金属为框的响器。孔子以木铎自况，木铎便成了教师的别名。其侧为启功先生题写的校训石刻碑：“学为人师，行为世范。”八个大字秀美隽永，出神入化，正是师大精神的写照。

进了主楼，宽敞明亮的大厅内侧纪念建校110周年的展板吸引着来访者和莘莘学子的目光。我乘电梯到了七楼，这一层是文学院。首先映入眼帘的是我国著名学者、极受尊敬的郭预衡先生题写的“弘文励教，镕古铸今”牌匾。通过门厅，依次便是学术报告厅、会议室、各教研室、图书馆、办公室等几十个房间。我们的聚会安排在第一报告厅。久别重逢的老师、同学，许多相见不相识，执手细看才慢慢找回依稀当年的模样和感觉。那时的讲师、助教，如今著名学者、资深教授黄会林、张恩和、韩兆琦、刘锡庆、程正民、傅希春、徐文、朱谷林、王宪达等，大多已年近80岁。同学金宏达、刘作舟、李建国、王乃扬、程国甡、安永兴、秦德行、张先声、王长敏、金晶、关宝满、许昌明、彭北泉、王荔、李颖等也七十上下了。

原系学生会主席罗敬义同学主持座谈会，“亲爱的母校、亲爱的老师，我们回来了！我们从没有忘记过。”他一一介绍了每一位老师，接着同学们各自报了姓名。他首先提议同学们向在座的老师鞠躬致敬。然后，向报告厅墙壁上悬挂的已故北师大名师鞠躬致敬，北边几位是师大初创时的鲁迅、梁启超、钱玄同、吴承仕等；南面是曾为我们上过课的黎锦熙、黄药眠、钟敬文、穆木天、陆宗达等。师以校尊，校以师名。师大名师荟萃，他们以学术为志业，以义命为持守，不染俗尘，笃厚严谨，特立独行，他们的学问、人格令人景仰，为后学者楷模。

座谈会气氛热烈，快意风趣。我们几个同学和各位老师动情地回忆起往事以及岁月流转和今天的喜相逢。在各种人际关系中，师生、同学是一种特殊的关系，如同亲情一般。这种关系，一旦确定就永远不会改变。人们见惯了夫妻反目、同志背叛、朋友成仇，那是因为功利。多少年过去了，我们忘不了师生情、同学情。欢声笑语，诗情涌动。徐文老师朗诵了他的自拟对联：“心态平和百年不老，知足常乐一世平安。”罗敬义为老师献上对联：“数十载燃烧自己照亮别人红烛长明，多少年渡尽劫波遍栽桃李青春永驻。”我即兴赋诗一首：“五十年前初相识，风华正茂读书郎。沧桑历尽重逢日，话说当年已夕阳。只问健康心境好，无须再为稻粱谋。国运太平民安居，古稀犹作少年狂。”

多部照相机不停地闪光，要留下这美好的瞬间。午餐在校内最好的酒店“颐马墩”进行，杯杯美酒、频频举杯，为重逢干杯、为友谊干杯、为健康快乐干杯。下午大家结伴故地重游，在曾经住了多年的宿舍西北楼前的枣树林，大家瞻仰鲁迅先生《记念刘和珍君》铭文及纪念雕像。在东北楼院内，大家向国学大师、著名史学家陈垣老校长的塑像鞠躬致敬。

学校大变样了，不仅在昌平和珠海建起了花园式分校，老校园也今非昔比了。科技楼、研究生院、电子楼、艺术楼、教学楼、励耘学苑学生公寓高楼林立，美观雅致，同年级的同学、香港实业家邱季端捐资修建的体育馆是一大亮点，曾为2008年奥运会训练场馆。校园充满生机魅力，是最美的、看不够的风景。学校旧貌换新颜了，有我们的一份贡献和惦念，也生动诠释了时代的光明和进步。

老师和同学恋恋不舍地互道珍重，相约再相会，相约在夕阳年华，在美好的回忆里，在温馨的情意中。洪流激荡、山高水长，母校的精神、师长的教诲，是我们一生的信念和追求。我们虽然已不再年轻，但我们仍有一颗年轻的心，我们将薪火相传，为阳光下最美丽的事业，为我们伟大的祖国奉献全部心智和力量。

感情有多少，思念就有多少。我们拥有未来，但永远不会忘记曾经的往事、岁月的留痕。

桃花潭水深千尺

邱季端

去年阳历十二月赴沪参观上海博物馆举办的元青花展，顺道探访葛乃文同学。2009年在上海师范大学举行的北师大校友总会例会上，分别四十一年后又相会，感慨之情自不待言。惜会议紧凑，无暇畅谈，偶尔一会，匆匆又别。尔后三年，承乃文赐教良多，尤其书画印章墨砚鉴别，颇多真知灼见，指点迷津，窥探奥秘，授道析疑，诚吾师也。

我们约定下午三点到宝山区乃文居住小区，不意将近四点才到。那天上海气温零摄氏度上下，乃文在瑟瑟寒风中伫候了一个小时，我愧疚之极。乃文笑容可掬，不忍责备，内心犹感不安。

进了定慧斋，书香扑鼻而来，斗室虽小，大有天地。古今典籍罗列有序，珍奇古器眩目耀眼。大学在博文中已蜻蜓点水式稍加介绍，在《古海拾贝——定慧斋藏品撷英》中我们也只能略窥一二。乃文涉猎颇广，富收藏，精鉴赏，擅书画，专诗文，善治印，儒雅博学。北师大大师风流和扬州文化积淀成就一位海上名家。令蓑翁至今激动不已的是乃文知道我要造访后，通宵达旦手书发表于我博的拙作《同学少年多不贱——赏葛乃文同学〈定慧斋藏品撷英〉有感》全文，并以此书卷相赠，拳拳盛意，款款深情，虽隆冬严寒，蓑翁心暖如春。乃文自谦"书法稚嫩"，实婉约秀丽，圆融灵动，见孟頫之神而不泥赵，望其昌之气而不宥董，自成一家，独树一体，浑然天成。

令蓑翁意料不到的是乃文如数家珍介绍他的古海撷英时竟取出几件珍藏赠送，而且件件不同凡响，珍同拱璧。如此重器，蓑翁实不敢接受。唯乃文执意已决，虽多番推却，终难拂乃文盛意，唯有愧纳。兹将乃文馈赠珍藏介绍列下：

1."大清康熙年制"豇豆红胆式瓶

胆式瓶始见于明万历，流行于清代，多为单式釉。豇豆红始创于康熙朝，和郎红釉并列为康熙时代两大著名红釉。由于烧制难度大，康熙之后难得一见，民国有仿，狗尾续貂，判若云泥。豇豆红极难烧制，釉色多不纯，有深浅不一的绿苔和斑点，俗称美人笑或桃花片。通体一色者称为大红袍或正红，没有瑕疵。乃文所赠豇豆红胆瓶，釉色纯正，一气呵成，堪称大红袍之佼佼者。十年前曾拍出一件豇豆红莱菔尊，成交价 310 万元。乃文赠瓶附有专业机构检测报告，证实为康熙产物。

2.“大清康熙年制”斗彩玉壶春瓶

以前专家都认为斗彩始创于成化，二十世纪七十年代在西藏萨迦寺发现书有“大明宣德年制”的斗彩碗，专家才改口称斗彩为宣德创制。其实元代就发现斗彩器物，“学者溺于所闻”，探索和发现需要一个认知过程。乃文所赠斗彩瓶检测机构认为较符合晚清釉色，亦是情理之举。通常检测瓷器数据跨度在三百年以上，检测机构一般做法是宁可往后靠，不敢往前推。综观乃文所赠玉壶春瓶，古拙有致，而胎体呈糯米状，彩料纯正，青花符合康熙所采用珠明料，画风简洁明快。

3. 清犀牛角钟馗立像

此器高 13.9 厘米，宽 5.7 厘米，厚 4.9 厘米，重 130 克。犀牛角属名贵中药。古人喜欢以犀牛角雕塑人物，尤喜雕杯碗，因其药理彰显，既养身又吉祥。此立像雕工上乘，令人爱不释手。

4. 晚清黄铜嵌紫铜博古图唐诗“江雪”蓑笠翁茶叶罐

名称有点长，却是一件有十足纪念意义的古茶罐。乃文用心良苦，赋意深远。蓑笠翁取之于柳宗元脍炙人口的《江雪》诗：“千山鸟飞绝，万径人踪灭。孤舟蓑笠翁，独钓寒江雪。”茶罐上刻的正是这首诗。乃文知道蓑翁嗜茶如命，对陈年普洱茶情有独钟，论有独创，茶罐相赠，心思缜密，物贵意重。罐盖刻五福（蝙蝠）捧寿，罐身刻博古图。宋徽宗命大臣绘制宣和殿所藏古器物，称为宣和殿博古图。茶罐图中有鹤、松树，意为松鹤延年，旁边的茶树，赋意茶寿。瓶上树两柏树枝，寓意松柏长青。一盆水仙花，清香扑鼻，高风古韵，寄情文士气节。底款“文昌阁”更令人遐思联翩。宋元以降，各地都建有文昌阁。清代著名的文昌阁，为颐和园六大城屏之一，始建于乾隆，毁于八国联军，光绪重建，内供文昌帝君。文昌帝乃掌控禄位仕途及厉行慈祥亲孝之神，吾乡德化瓷雕文昌帝君像冠绝瓷界。乃文勉励之意，蓑翁心领神会。

5. 寿山高山晶渔翁钮方印

又是一件寓意深远的礼物，渔翁寓蓑笠翁也。渔翁蓑笠负背，手捧渔箩，枕箩小憩，斩获颇丰，渔夫心满意足。高山晶近似田黄，温润娇媚，乃寿山寿石之高品，印石之尚材。

乃文所赠珍品非金钱所能衡量，“寒江雪博文馆”得此馆藏，将大壮声威。

离开定慧斋，乃文带我们到小区附近酒家晚餐。江浙菜乃蓑翁心头爱，乃文精点家常菜令蓑翁大快朵颐。席间，乃文一直在说：多吃点，多吃点。真情实意，蓑翁感铭至深。

席罢，乃文送我们到大街搭的士。快晚上九点了，上海寒气袭人，同行的小秘书不停喊冷，我倒没太大感觉，因为心是热的。上了的士，乃文还孑立在昏暗的灯光下挥手送别。他走回定慧斋住所，大概要将近二十分钟路程。这就是乃文，我们的同窗，一位七十岁的老人，他的情怀，不正代表中国主流文人重情重义的品行吗？

桃花潭水深千尺，不及乃文送我情。

致邱季端先生信

葛乃文

季端兄：

您的短信及大作《谫论宋元明瓷器》收到，我昨夜连读三遍，兴奋之情，难以抑制。您的观点大胆而鲜明：修内司窑北南宋一体论，“汝窑宫中禁烧”说新解及官哥不分论，这三大论断令人振聋发聩，耳目一新。

我基本上附和您第一和第三个论点，唯“宫中禁、烧”的句读尚有商榷之处，我冒昧地以为论据尚不够充分，光从语法上分析难以使行家心悦诚服。乃文揣摩从《宋史》的有关记载中也许能寻觅到您论断的有力佐证。

大作自谦曰“谫论”，其实不谫，论述行云流水，推论翔实厚重，一点也不浅薄。乃文有感于斯文，拟斗胆起草短文以呼应，并拟配定慧斋藏宋、元、明瓷器的几幅图片，请您鉴赏、赐教，并盼能发挥南呼北应的效果。拙文脱稿后将发到您秘书的邮箱转呈您一阅。不知意下如何？

匆匆函复，言不尽意，顺颂安祺。

乃文于上海

2015 年 5 月 7 日

致邱季端先生

葛乃文

季端兄：如晤。

去年此时，乃文应阁下之邀，欣欣然出席“徐寄庼典藏展”，并游览厦门及泉、漳等地著名风景区。托您之福，九日之内，又遍尝闽南美食，可谓优哉游哉，胜过仙境蓬莱。光阴如白驹过隙，转眼间日历已翻过三百六十五页也。俗语云：“滴水之恩，当涌泉相报。”季端兄既重情义又慷慨大度，吾辈同窗将永远铭记在心。

半年前，您曾寄来大作《谤论宋元明瓷器》，乃文潜心拜读，深感观点鲜明、大胆，敢于推翻权威论断，而论证翔实有力，令人振聋发聩、耳目一新。日前，乃文与《零距离》杂志总编谈及此文，总编爱才，旋即索稿，并拟在农历正月第一期发表。此约正合吾意，不知您意下如何？

为符合杂志的版式，乃文斗胆将标题作了一点微调：《谤论宋元明瓷器——厦门“寒江雪博物馆”开馆前言》。另外，为使段落清晰，加了三个中标题，末尾加了一个“跋”。这些改动部分，请您斟酌审定。

关于文章配图，乃文建议：宋元明每一个朝代各选2—3幅图片，原文所配图片均好，您再筛选一下，或另配新图片亦可。

关于论文作者介绍，乃文根据相关资料起草了一个“邱季端简介”，亦请您修改审定。

以上反馈，请于本月十五日前发到我的信箱。具体操作，乃文会与小郑秘书联系落实。

春节临近，事务繁忙，请注意劳逸结合，多多保重身体为要。顺颂冬安，并祝阖家幸福。

乃文敬上　2016年1月6日于上海

第八辑　诗赋·小品

玉兰赋

初春和煦的阳光洒在小区林荫小路上，我漫步其间，不经意瞥见几株高大的白玉兰树在蓝天白云下傲然挺立，它的绿叶还在沉睡之时，白玉兰花已经昂首绽放，花瓣莹润如玉，花香似兰清幽。凝视良久，不禁涌起创作大写意国画的冲动，于是返回书房即兴挥毫，遂成一幅《玉兰图》。我以浓墨涂花托，淡墨泼水绘花朵，既有含苞待放的花蕾，又有纵情开放的硕大花瓣，浓淡相映、对比强烈。

1986年，上海市人大常委会审议批准白玉兰花为市花，特别强调了白玉兰花的深刻含义：它不仅代表忠贞不渝的爱情和纯洁永恒的友谊，而且最可贵的是彰显顽强的生命力和无私的奉献精神。上海市民热爱白玉兰，并且发扬白玉兰精神建设新上海，与各种艰难险阻做不懈的斗争。新中国成立后，白玉兰见证了上海市民和瘟疫疾病抗争的辉煌历程：二十世纪五十年代，灭钉螺，送“瘟神”；1988年，禁毛蚶，抗甲肝；2003年，抗SARS，战“非典”，都取得了成功。庚子年，上海市民和白衣战士一道团结奋战，又取得了阶段性的抗疫胜利。

白玉兰与上海的情缘起自明代，至今已经有500多年历史了。据《崇明县志》记载，自明正德至民国初年，“物产”条目里都有白玉兰花栽培的记录，“木兰色紫，玉兰色白。其千叶者乃辛夷所接，先花后叶，初出长半寸，尖锐如笔，故名木笔花，及开，则似莲花而小如盏，香微似兰。其瓣莹腻，不异脂肪”。历代文人墨客吟咏白玉兰的诗词名篇迭出，各领风骚。我最欣赏清代查慎行的一首《雪中玉兰花盛开》：“阆苑移根巧耐寒，此花端合雪中看。羽衣仙女纷纷下，齐戴华阳玉道冠。”以仙女比喻白玉兰，惟妙惟肖。我画《玉兰图》，写《玉兰赋》，是秉承传统文化的精髓，“托兴毫素”也。其情怀、志向，正如我在《江南时报》发表的《书画忆恩师》中引用启功老师的妙语格言所表述，“典型的文人画并不意在写实，而是表现一种情趣、境界”。这是对白玉兰花的崇高礼赞，故作《玉兰赋》。

原载《上海收藏家》

七绝·流光心语

元旦前夕，夜不能寐，偶得七绝一首，名曰《流光心语》

韶华倏忽强说愁，
春秋往复易春秋。
知交零落飞鸿去，
楞严露布灵山修。

2024 年 12 月 28 日凌晨于上海大华定慧斋

咏《鱼篓菜花图》

布衣暖，菜根香，诗书滋味长。
竹鱼篓，鱼和肉，蟹螺装满筐。
农家欢，渔家乐，江南好风光。
玩清供，赏玉雕，杯酒释疫觞。
晨抗原，暮核酸，天地两茫茫。
前有古，后有来，扪涕心悲怆。
阴鼎立，阳覆灭，否泰已换防。
疫往矣，人康宁，天道何曾爽。
夏将至，空气清，山河应无恙。

写于 2022 年 5 月上海大华定慧斋

美丽常熟
——集常熟先贤咏海虞诗句

一行雁齿斜城界　（蒋廷锡《城西秋望》 康熙进士）
相逢第二泉边路　（徐乾学《送王石谷之秣陵》 康熙探花）
虞仲祠前三径纡　（徐乾学《送王石谷之秣陵》 康熙探花）
四面玲珑与日高　（屈翀霄《东林塔影》 明代正德增生）
五两蓑衣百尺竿　（桑悦《题碧溪》 明代成化举人）
平生六凿溷天游　（翁同龢《瓶庐诗稿》 咸丰状元）
七水流香穿郭过　（孙原湘《客有问吾邑者书此答之》 嘉庆进士）
八功德本无泥滓　（庞鸿书《莲池望月》 光绪进士）
九层突兀齐云耸　（屈翀霄《东林塔影》 明代正德增生）
十里平湖诗思绝　（钱籍《拂水雪岩》 明代嘉靖进士）

己亥年六月二十三日于定慧斋

原载《常熟日报》

渡口铭

浩瀚长江，亘古炎黄。滋润沃野，天惠虞阳。
今有渡口，白茆古塘。西望虞山，东连太仓。
江左海门，隔水相望。渔人渡客，晨昏劳忙。
疲劳饥渴，梦求饭庄。王家有女，赴渡经商。
姐曰彩芬，妹唤眯郎。店无字号，笑脸两张。
茅屋一间，木桌三张。烹饪江鲜，土菜土粮。
艰辛创业，水患难忘。潮来水淹，潮落重炀。
蝇头毛利，诚信至上。天道酬勤兮，感动海龙王。
风调雨顺兮，江鲜装满仓。渔船穿梭兮，货源通三港。
龙女当炉兮，名菜胜淮扬。八仙拼盘兮，虾肉馄饨香。
旧屋翻新兮，高楼矗东张。分店通港兮，后浪推前浪。
一体两店兮，鲲鹏双翅膀。齐心协力兮，蓝天任翱翔。
环境优雅兮，烟雨稻花香。远客浙沪兮，近悦苏锡常。
感恩改革兮，发展未有央。与时俱进兮，“双芬”美名扬。

乙未年十月十六日修订于定慧斋

原载国家旅游局官方网站、《常熟日报》

唐中赋

常熟十八镇[1]，唐市列其冠；琴川[2]遍庠序[3]，唐中居先伦。时维丁酉[4]，序属金秋，唐市中学欣逢乔迁之喜；阳澄湖畔，稻花飘香，师生员工恭迎六十华辰[5]。

人世代谢，时光荏苒，“私立语溪中学”[6]依稀在目；红旗招展，换了人间，唐中旧貌换新颜。回眸戊子[7]，尤泾[8]河边，龚乃统[9]创办私塾称先驱；地灵人杰，众贤传承，接棒毅夫是冰深[10]。士杰、绳祖，文宝、升元，洪涛、新德皆钦生。利军继往，现任校长瞿吉庭。

教育党领导，工团辅行政。校训莫忘记，承泽而望贤[11]。唐中校风好，“三精”又“三承”[12]；立校法与德[13]，启智大方针。十载能树木，百年方树人。师生创佳

---

1 十八镇，言其多也。常熟市下辖乡镇因撤并、调整，变化较多。多则三十余个，少则十二三个。现唐市、横泾古镇合并为沙家浜镇，是常熟市经济文化最发达的九大乡镇之一。地方志载：“东乡十八镇，唐市第一镇。”又有“金唐市”之美誉。

2 琴川，常熟之别称。

3 庠、序，古代学校之别称。《孟子·滕文公·上》：“设为庠、序、学、校以教之。”

4 丁酉：即 2017 年。

5 唐市中学始创于 1948 年 9 月，至 2018 年 9 月为建校六十周年。2017 年秋，值华诞前夕，故曰恭迎。

6 私立语溪中学，唐中前身。语溪、语濂溪简称，也是唐市的别称之一。

7 戊子，即 1948 年，农历戊子年。

8 尤泾，尤泾河，流经唐市的河流，也是唐市的别称。

9 龚乃统：唐市乡贤，创办“私立语溪中学”，唐中的第一任校长。

10 唐中建校至今共十二位校长，按任职时间顺序为：龚乃统、徐毅夫、陆冰深、仲士杰、汪绳祖、陈文宝、于升元、周钦生、洪涛、王新德、邱利军、瞿吉庭。因句式和押韵之需要，除第一位和第十二位两位校长用其姓名全称，其余十位省略姓氏。基本按顺序排列。

11 承泽而望贤：是唐中校训“承泽望贤，励学明志”的缩写。

12 三精三承：是唐中校风（承德、精行）、教风（承学、精业）和学风（承教、精修）的浓缩。

13 指唐中的立校宗旨：“依法治校，以德立校，以质量立校。”

绩，誉满江苏省。学子德才具，文体馨芳芬。戏曲教国粹[1]，球赛常夺冠[2]。乡音吴侬软，石湾[3]亦销魂。

教师如园丁，育苗勤耕耘；教师似红烛，发光照后生。重教考职称，达标数十人[4]。软件品质优，评级得上乘。唐中六十载，办学志弥坚。与时而俱进，改革连年春。

丁酉秋日，金风送爽；唐中乔迁，喜气洋洋。看，昆承湖上千帆举[5]；听，凤基楼前歌声扬[6]。登高眺望，新舍替代粉墙黛瓦；庭院信步，绿荫环绕红榴香樟[7]。柳丝摇曳，菊花待放。教室场馆，宁静明亮。莘莘学子，怀揣希望；徜徉其间，悠思难忘。

泱泱唐中，春播秋种，一茬茬优秀教师默默奉献，桃李天下沐春风。

泱泱唐中，豪情万种，一批批青年学子刻苦攻读，心怀社稷，报国路上勇攀登。

泱泱唐中，步履匆匆，一任任校长书记立党为公，手展蓝图，坚定迈向新征程。

呜呼，日月如梭，时不我待。“东林”[8]化为陈迹；“法华”晚钟难再[9]。可喜当今盛世，师生心潮澎湃。唐中任重道远，须当再续风采。

---

1 国粹：指唐中强调艺术教育，老师教学生练唱京剧、昆曲。

2 唐中营造良好的体育氛围，学生在排球、篮球比赛中多次夺冠。

3 石湾：唐市的村名，以石湾山歌闻名。江南水乡的稻作文化孕育了古朴的石湾山歌，它内容丰富，形式活泼，曲调通俗，是吴地民歌的杰出代表。

4 据《沙家浜镇志》载：唐中教师职称从 1990 年到 2010 年，中学高级职称人数由 1 名增加到 8 名；中学一级 29 名，中学二级 15 名。其达标比例达到同类学校的较高水平。

5 昆承湖，又名东湖，位于唐市东北，南北长 6 千米，东西宽 4 千米，是常熟境内最大的湖泊。

6 凤基楼，是著名凤基园内的一座藏书楼，唐市的古迹名胜之一，它是明代复社先驱杨彝（1583—1661）所建。

7 唐中新校址，占地 1.85 万平方米，绿化面积达 5580 平方米，校园环境优美。

8 东林：指“东林书院”，为明代大思想家顾宪成所建，原址在江苏昆山。顾炎武曾在东林书院大门上写下对联：“风声雨声读书声，声声入耳；家事国事天下事，事事关心。”抗清复明失败后，顾炎武从昆山避难到唐市，凡十年，在此著述《日知录》等重要著作。

9 法华，即法华庵，始建于梁天监年间，晨钟暮鼓，香火旺盛。明、清之际，文人学士曾在此寄居、读书，名噪一时。今已不存。

噫嘻，慷当以慨；噫嘻，长庚太白[1]。诗以言志，赋以抒怀。

唐中，美仑；唐中，壮哉！

丁酉仲夏于定慧斋

原载《常熟日报》

1 长庚、太白：天文学术语，金星之别称。清晨在东方天空出现，谓启明；晚间在西方天空出现，谓长庚。也称太白。喻意光明。

与友人论画二则

（一）

你发来的这幅花鸟画我仔细看了，未见卷首题款，不知何标题，应是《枇杷双鸟图》吧。此画笔墨酣畅，色彩鲜明，其金黄色的枇杷个个滚圆，滋润，寓意财源滚滚，又黄色系历代帝王专用，是富贵的象征。

总体看适合家庭客厅或企业办公场所悬挂，但从艺术角度看，枝繁叶茂固然好，但密不透风，不够疏朗，留给双鸟的空间少了些。总之，是一幅上乘的花鸟画。我为它点赞。以上评析供你和作者参考。

（二）

我欣赏顾光明的工笔花鸟画《富贵》，总体感觉：赏心悦目。它的布局恰如其分，中心突出，画魂彰显。一杆虬枝从右上角延伸到左下方，寥寥几笔，极其简练，几片树叶轻描淡写，完全为了烘托两只鹦鹉的中心位置。画鹦鹉精工细作，线条清晰细腻，冠羽黄色者是雄鹦鹉，冠羽白色者为雌鹦鹉，它们并肩而立，眼神温柔而含情脉脉，一对伴侣，白头偕老。

鹦鹉自古以来寓意吉祥、仁爱，是爱情幸福之鸟。鹦鹉在古文中又有“义”的含义，说明鹦鹉的主人为人仗义，兄弟朋友皆是品德高尚之辈。两只鹦鹉脚下是三只柿子，加上右上角一只，共计四只，寓意世世代代，对夫妻而言终生恩爱，对家庭来说幸福温馨，对朋友则代表永远友好。

此画右侧有一长方形黑块，似乎令人匪夷所思，仔细看乃是一方古墨。古诗云：“古墨轻磨香满几”，意思是古墨经过轻轻研磨，发出的香气充满书桌和茶儿，即书房飘香，古韵十足。顾光明先生是国家一级美术师，当今画坛的风云人物之一，其作品供不应求，价格不菲，藏家得之视若珍宝，其言不虚也。以上赏析是我一家之言，仅供参考。

乙巳年春联一副

——赠老同学李克臣、周音伉俪

北师大中文系六二级老同学在辽宁丹东郊区山里自建农家别墅，种菜植树，养鸡养鸭，自酿美酒，山清水秀，其乐融融。

上联　榆柳为邻山为屏

下联　夫妻作伴水作津

横批　宸鹰山庄

江南好书房

吾观《江南好书房》视频，仿佛置身江南水乡，触景生情，诗兴顿发，信口吟哦，遂成旧体诗一首。

长相忆，最忆是江南。
江南美，最美是虞山。
虞山连昆仑，福地南门坛。
坛左好书房，名曰忆江南。
文人多雅集，商贾亦争先。
梧桐迎紫薇，翠竹送霞烟。
亭轩俏江南，四季好风景。
谈笑有鸿儒，往来工农兵。
浅斟赏书画，品茗读古今。
人曰江南美，最美是常熟。
人曰江南旺，最旺在书房。

2023 年 12 月 16 日晚于上海定慧斋

与友人论赋

吾读翁振鹏先生的佳作《庆澜河赋》，如临江南水乡神游，眼前美景如画，徐徐展现，不禁心旷而神怡也。

此赋实为游记，作者以亲身经历描绘浙江庆澜水系的秀丽景色和风土人情，通篇古文，辞藻华丽，洋洋洒洒，印象深刻。

文赋诠释水与生命、健康及农业乃至社会生存发展的道理，评介庆澜“五水共治”的业绩令人信服。

作者有较深厚的古典文学功底，应该是一位博览群书的饱学之士，在当今浮躁功利的氛围中，难能可贵也。

古人云：赋者，铺陈也。用对仗、排比等文字技巧叙事绘景，使文赋添光增彩。《庆澜河赋》基本做到了，比较完美。

古代词赋很重视音调韵律，吟赋如聆听音乐。因此，加强对古代诗词音韵学的学习、研究非常必要。

以上是我的读后感，仓促，浮浅，不必介意，总的印象是读之受益，非常喜欢。

第九辑　人物·访谈

饮茶·悟禅·品味

——记陈年普洱茶收藏名家邱季端先生

鲁迅先生说过："有好茶喝，会喝好茶，是一种清福。"我从小受父亲嗜茶的熏陶，半个多世纪以来也爱茶成癖；因为与常熟有缘，常来常熟，常常品尝到用天下常熟水冲泡的虞山脚下的宝岩佳茗。今年暮秋，我有幸收到从福建厦门寄来的一件包裹，内装民国时期上海"汪裕泰茶庄"的普洱茶砖和一册古色古香、装帧精美的《陈年普洱典藏集锦》。这比金子珍贵的陈年普洱茶是大学同窗、著名企业家邱季端先生所馈赠；《典藏集锦》是他应厦门国际茶博会之请而编撰的对陈普多年藏研的成果。我忝为海派收藏家，很早就对陈年普洱有浓厚兴趣但知之甚少。近年幸得邱先生赐教，有所启，有所悟，也想有所云。不料这本小册子的光临却打开了我的茶话匣子，要对邱季端先生的陈年普洱茶的收藏和研究以及他闻名遐迩的"可茗苑"茶庄进行一番评头论足了。

茶——中国的骄傲和代名词

"茶"字，出于《开元文字音义》；从木当作"茶"，出于《本草》；草木兼从，写作"荼"，出于《尔雅》。茶，其名一曰"茶"，二曰"槚"，三曰"蔎"，四曰"茗"，五曰"荈"。别名甚多，今曰"茶"或"茗"。

1. 中国茶文化源远流长

唐人陆羽在其著作《茶经》中说："茶之为饮，发乎神农氏，闻于鲁周公。"我国有文字始，关于茶的利用，最早在《诗经》里已有记载，至两汉、西晋、南北朝时期，茶由药用发展为饮料，并逐渐成为商品，出现了最早的茶叶集市和名茶区。《茶经》在湖州问世至今近 1300 年，陆羽作为我国茶学的创始人，第一个把饮茶发展为"茶道"。唐代饮茶之风盛行，甚至朝廷把饮茶钦定为"国饮"。

被誉为唐朝“大历十才子”之一的钱起曾赋诗描写当时他与友人举行茶宴的场景，诗云：“竹下忘言对紫茶，全胜羽客醉流霞。尘心洗尽兴难尽，一树蝉声片影斜。”紫茶，即紫笋，产于浙江省长兴县西北的顾渚，在唐朝为贡茶中的重要品目。唐李肇《国史补》列紫笋茶为贡茶第二品（按等级划分共有十四个品目）。当时的社会名流、文人墨客煮泉烹茗，吟诗秀香，以示清雅。他们沉迷于茶饮，追求似醉非醉、满脸红霞、平添双翼、飘飘欲仙的意境，令今人匪夷所思。及至北宋，著名政治家、文学家范仲淹写过一首《斗茶歌》，赞美茶的功效。《斗茶歌》反映了北宋社会人们争相猎奇斗美、饮茶普及于民间的情状。宋徽宗赵佶嗜茶，他亲自撰写《大观茶论》，遂使从朝廷至民间“斗茶”之风盛行。金、元时期，我国“南方诸省无不产茶，全国各地无不知饮茶了”（引自《金史》）。明清两朝前后五百多年，我国的茶事、茶道在唐、宋、元的基础上又有了发展。明代茶叶制作工艺出现了重大变革，特别是炒青法制绿茶的突起，以及发明了以香花及芳香果皮窨制花香茶的工艺。至清代，出现了红茶和乌龙茶的品目，制作工艺更精湛，茶叶的品质更优异。我国六大茶类至此俱全。名茶迭出，不仅成为宫廷及民间家宴上的必备珍品，而且对外贸易创历史纪录。然而清末政府腐败无能，茶园荒芜、茶事凋敝，令人扼腕痛惜。新中国成立之后，茶农积极改造老茶园，发展新茶区，使茶叶生产迅速恢复和发展。改革开放以来，中国的茶叶产量荣登世界茶王的宝座，外贸形势十分喜人。

2. 中国是茶树的原产地、茶叶的发源地

1993 年，来自 9 个国家和地区的 181 名古生物家和茶学家，齐聚云南省思茅镇，对该地区古茶树、古茶园的发现进行实地考察、论证，正式确认：中国云南思茅是世界茶树起源中心。历经一个多世纪关于茶树原产地之争，终于尘埃落定。

中国是世界茶树的起源中心，早在 1200 余年前中唐时期的《茶经》中就有明确的记载：“茶者，南方之嘉木也。一尺，二尺，乃至数十尺。其巴山峡川，有两人合抱者，伐而掇之。”陆羽的形象描述证明了唐代我国南方就有这种高达数十尺、需要两人合抱的茶树。1753 年，瑞典博物学家卡尔・林奈就把茶树学名定为 Thea sinensis（中国茶）。然而，一盆清水偏偏有人来搅混，英国学者提出印度说，又有人提出“二源说”（大叶种在印度，小叶种在中国）以及“多源说”。十九世纪二十年代以来，七嘴八舌、自说自话了一百多年。据达尔文“物种起源论”，判断一地是否物种原产地，必须具备三要素，即是否有这一物种的原始型生物特征；是否有这种物种完整的垂直演化系统；是否有这种物种最原始植物群地理分布区系。科学重证据，事实胜于辩解。我国云南思茅是全世界最具备以上三要素的地区。学者们在这里发现面积最大、种类最多、最原始、最完整的野生古茶树为优势树种的植物群落。中国是茶树的原产地，得到世界的公认，并受到景仰。

史料记载：中国茶叶向海外传播历史悠久，惠及全球：汉武帝曾派出使者携带茶、物与南洋诸国通商；南北朝齐武帝永明年间，土耳其人在我国北部边疆以物易茶；公元 593 年，我国饮茶知识随汉文化和佛教传入日本，并有少量茶叶输出；公元 805 年，日僧传教大师（最澄和尚）自我国携带茶种返日试种于近江，为日本植茶之始；公元 1610 年，我国茶叶由荷兰人首次输入欧洲；公元 1618 年，我国茶种输入沙俄；公元 1637 年，英国威忒船长专程率船队东行，首次从中国直接运去茶叶；公元 1650 年，我国茶叶输入德国（假道荷入境）；公元 1657 年，中国茶叶首次在伦敦拍卖，并成为商业市场的主要物品；公元 1684 年，我国茶树传入印度尼西亚；公元 1784 年，美国的一艘“中国皇后”号运茶船至我国，所载货物为西洋参茶，载回我国茶叶及其他物产；公元 1788 年，我国茶树传入印度……

中国茶（tea）同中国瓷（china）一样，是中国人的伟大骄傲，更是伟大中国的代名词。

3. 中国茶品多质佳，令世界眼花缭乱、赞叹不已

中国茶史自神农尝百草遇毒得茶始，至今已有五千余年，而从陆羽《茶经》问世开创了中国的茶道先河，至今也有近 1300 年了。中国茶文化的内涵经历了唐人的儒雅，宋人的斗艳，明人的玄秘，清人的排场，林林总总，纷繁复杂。对于今人而言，茶文化其实就是一种通过沏茶、赏茶、闻茶、饮茶、品茶，寻觅一种意境，达到净化心灵、陶冶情操的目的，其间或抒怀，或排遣，或修心，或养生，享受生活而已。总之，饮茶既高雅，又通俗，既随缘而遇，又丰俭自如。恰如真如大师所云：“道所在而缘亦随之。”作为一名中国人，生在茶的故乡，长在茶的国度，能享受到品目繁多的好茶，真是饮福不浅啊。但是，若想品佳茗，还

得懂一点茶道，了解一点茶的知识。中国茶从颜色上来区别有六大类，一曰绿茶，以西湖龙井、六安瓜片、安吉白茶为代表。二曰红茶，以祁门红茶、正山小种和云南滇红最为出名。三曰青茶，以武夷山岩茶系中的“大红袍”“水仙”“肉桂”为佼佼者。四曰黑茶，具有独特的陈香和药效功能，大名鼎鼎的普洱茶经过发酵加工成的散茶和紧压茶就是黑茶之冠。五曰黄茶，品种稀少，唐代有四川蒙顶纳贡，而今霍山黄芽、君山银针已鲜为人知，沩山毛尖、平阳黄汤更是凤毛麟角了。六曰白茶，满身披毫，味淡回甘。福建福鼎为白茶故乡，产“白牡丹”“寿眉”，闻名遐迩。浙江安吉稍有名，江苏常熟虞山脚下的宝岩白茶，确保无公害，只产春茶，产量少，质量高，誉满江南。以上六大类中国茶，具体品名有数百种之多。最具代表性的是脍炙人口的“十大名茶”：狮峰龙井、洞庭碧螺春、六安瓜片、君山银针、黄山毛峰、信阳毛尖、太平猴魁、庐山云雾、蒙顶甘露、顾渚紫笋。1982 年 7 月，全国名茶评选会评出全国名茶有三十个品目，可惜的是当时红茶、紧压茶未能参加评选。在世界产茶国中，我国茶类最丰富，品目繁多，不仅有绿、红、青、黑、黄、白六大类，而且还有再加工复制茶——花茶、紧压茶、速溶茶三大类。各类茶又有各种花色品目、各种不同等级的茶。黑茶、白茶、青茶为我国独有。如此等等，中国茶令世界羡慕不已。

陈年普洱茶——历史悠久的“民间圣药”

我国茶树和茶文化的传承的脉络，其实是品茶论道的必由之径。

顾名思义，普洱茶因产于云南普洱而得名。早在北宋年间，诗人王禹偁就以一首吟赞普洱茶的诗来表达珍爱普洱茶的心情。诗曰：“香于九畹芳兰气，园如三秋皓月轮。爱惜不尝唯恐尽，除将供养白头亲。”《红楼梦》里描述贾宝玉所饮“女儿茶”便是产于西双版纳易武和勐海的普洱茶。“雾锁千树茶，云开万壑葱。香飘千里外，味酽一杯中。”普洱茶的学问很深，非三言两语能说得清道得明。这里所述陈年普洱主要是指具有 85 年以上历史，产于民国时期的普洱而销售于上海、北京、福州、厦门、香港等城市各大著名茶庄的紧压茶中的砖茶、饼茶和产于“文革”前后至今有五十年时间的“七子饼茶”、蘑菇茶、砖茶等。这些陈年普洱茶是经后发酵演变而成的，俗称陈熟普。据邱季端先生近三十年悉心搜集、研究，并亲身体验，发现并证实：陈年普洱茶具有特殊的药用功效，坚持饮用能发挥降血糖、降血脂、降血压的功能，并有防止、抑制肿瘤的作用。福建省农科院农业生物资源研究所陈梅春博士和他的团队，以邱先生所藏 1949 年前上海“汪裕泰茶庄”的普洱砖茶为样本进行科学测验，撰写了论文《八十五年陈普洱茶特征风味成分构成机理研究》，得出如下科学结论：①“采用 100 μmPDMS 和 65 μmPDMS/DVB 萃取头所检测的烷烃类化合物成分十分丰富，相对含量均超过 50%”，同时“采用比色法对普洱茶的茶多酚、总黄酮、可溶性总糖及游离氨基酸含量进行了测定，结果分别为 50.87、11.07、5.09 和 1.69 mg/g”。邱先生解释说，烷烃类化合物含有多种化学成分，对人体健康有益，特别是总黄酮是很多中药的有效成分，“其在国内外研究应用已有多年，其防治动脉硬化、治偏瘫、防止大脑萎缩、降血脂、降血压、防治糖尿病、突发性耳聋乃至醒酒等不乏较多的临床报告”。②“本研究贮藏 85 年的普洱陈茶的萜烯化合物是以雪松烯为主的，含量约 7.6%，并未检测到反-丁香烯和愈创木烯……萜烯化合物雪松烯含量作为陈年普洱茶（贮藏 85 年）检测指标具有其合理性”。③“本研究中采用 65 μmPDMS/DVB 萃取头能同时检测到陈香味关联成分癸醛、1，2，3- 三甲氧基苯及 2，2’，5，5’- 四甲基联苯，构成了贮藏 85 年的普洱陈茶独特的香味成分，未见同类研究的报道”。邱先生说：这段话的意思是陈普洱化学物质的变化是合理的。因为经过 85 年的微生物的陈化作用，原有的物质如茶多酚等发生了变异，衍生成其他变异体，这些变异体为其营养价值和保健功能提供了依据。陈博士所谓“未见同类研究的报道”，我理解是：除邱季端先生外，还没其他收藏家舍得拿 85 年陈的“古董”普洱茶进行多次测试，因此，邱先生提供陈年普洱的样本和陈博士的研究报告，不仅是科学的，也是唯一的。据我了解，相对于自然发酵陈化的“生普”，后发酵的普洱茶被称为“熟普”。年代越久，陈化度越高，其所含健康化学成分越多，广大茶客和疗疾养生者称赞它是“民间圣药”毫不夸张。而由于多年战事和时代变迁，陈年普洱存世量不多，物以稀为贵，这正是陈年普洱越来越珍贵的原因。邱季端先生在他的《陈年普洱典藏集锦》的扉页上写道：“她，曾是远古至今滇疆普洱沧海的一片绿，今天，她一克的价值，足以超过等量最纯的黄金。”早在二十世纪八十年代，境内外曾掀起一股炒“古董”普洱茶的热潮，那时一两陈年普洱茶砖堪比十两黄金！相比之下，这段扉页警语还是相当理性和低调的。

可茗苑茶庄——清澈甘醇的舌尖禅堂

邱季端先生的可茗苑茶庄地处福建省厦门市思明区，传统的民族建筑风格，极富文化气息的室内装潢。当你步入茶庄时，迎面而来的是清新的茶香和浓郁的书香。茶庄的历史并不悠久，但她已名震闽粤、蜚声港台了。其奥秘在于：

1. 悉心收藏，见证历史

邱季端先生用近三十年时间在国内十余个省市自治区，悉心搜罗1949年前数十年间茶庄普洱茶近百种，以及茶庄的招牌、匾额、对联、茶号发票、精美茶具等若干实物，所收集到的砖茶、圆茶、饼茶，绝大部分保持原包装，不仅有内票还有内飞，收藏数量亦为可观，打破了个别评论者鼓吹的民国时期普洱茶数量极少和所谓“孤品”的谎言。我从“可茗苑”茶庄的《典藏集锦》中欣赏到在一般博物馆也难寻觅到的许多茶文化的珍贵图片，可谓琳琅满目，洋洋大观。我乐意介绍《典藏集锦》中几家有代表性的1949年前著名茶庄的简况，与茶客、读者们共飨之。

其一，“上海汪裕泰茶庄”。这是1949年前上海乃至全国首屈一指的综合茶庄，始创于清咸丰年间，创始人为著名徽商汪立政。他十二岁随族人到开埠不久的上海滩从艺学商。由于诚恳、尽职，备受店主信任，并被委以出纳（账房先生）重任。咸丰元年（1851），汪立政在父亲的支持下，于上海旧城老北门（今河南路）开设了汪氏第一爿茶叶店，冠名“汪裕泰茶庄（南号）”。于咸丰六年（1856）在五马路（今广东路）开设第二爿茶叶店，谓之北号。汪立政之子汪惕予承前启后，拓展家业，他不仅是儒商，而且也是位慈善家和名医。汪立政的第三代传人抗战后把经营主体移至台湾。汪立政祖孙三代，历经120年，先后在上海、杭州、苏州等地开设茶庄、茶行、茶栈二十余家，“汪裕泰茶庄”以绿茶、红茶、乌龙茶和砖茶为销售主体，其中砖茶仅见普洱茶问世。可茗苑藏有“汪裕泰茶庄”六款不同花色的普洱茶砖和散茶。砖茶每包两块、一斤装。可茗苑还收藏了汪惕予为其父汪立政恭制的头像瓷板一块，以及友人致汪立政书信一封，民国二十三年（1934）发票一张，“汪裕泰茶号”“汪裕泰第六茶号”牌匾各一块。

据史料记载，慈禧太后重建颐和园祝六旬寿诞，汪裕泰茶号以“金山时雨”茶入贡，大受称赞；1915 年，该贡茶参展巴拿马万国博览会，荣获金奖。

其二，“乾利贞宋聘号”。此茶号由云南石屏袁氏的“乾利贞茶庄”和宋氏的“宋聘号”合并而成，可茗苑茶庄藏有七款“宋聘号”老茶，其中五款砖茶分别为半斤、一斤和两斤装。两斤装茶砖包装纸上印有红字“宋聘号普茶政府立案商标”，中间印有“乾利贞宋聘号”平安如意图，下方印有蓝字“民国三年云南省普茶特优奖，宋聘号启”。一斤装最上方印有“宋聘号”三个大字。“女儿茶”双喜牌一斤装砖茶，标明“辛丑年特选贡品”。按：辛丑年，即 1901 年。可茗苑茶庄还藏有“宋聘号民国三十二年”一斤装砖茶以及“乾利贞茶庄”牌匾一块。

其三，“可以兴茶庄”。1925 年由周文卿创办于云南佛海，生意兴隆，名噪一时。可茗苑茶庄收藏有该茶庄鹿鹤商标的砖茶三种，即：210 克、250 克和 1000 克（四块一包装）。此三款砖茶内飞大小不同，图案相同。文字为“云南猛海”，而不是“勐海”，新中国成立前勐海叫佛海，猛海是佛海的一个镇。1000 克装茶砖长方形，外包装用黄蜡纸防潮，外票标明“可以兴茶砖”，内飞均为椭圆形双线框内写“可以兴茶庄”。可茗苑茶庄还藏有“可以兴”茶庄的圆茶，其内飞是咖啡色商标。内票有告顾客书：“本号在易武正街开张可以兴号，挑选细嫩白尖茶叶加工揉造。此茶与众不同，且能销食除冷去毒。存留日久更佳。凡官商光顾，请认明内票并元飞为记。可以兴主人谨识。”有论者云世间只有可以兴茶庄“十两砖”，是新中国成立前遗留下来的唯一砖茶，数量仅几十块。这种谎言在可茗苑茶庄所提供的砖茶实物铁证面前不攻自破了。

可茗苑茶庄收藏 1949 年前各茶庄的普洱茶近百种，除以上介绍的汪裕泰等三家茶庄外，还有普洱地区的富昌隆、永茂昌、兴顺祥，思茅地区的雷永丰、上海的程裕新、北京的肇新、杭州的方福泰、青岛的德生福、香港的宝兰生、美珍等数十间茶庄的陈年普洱茶。

2. 汲古融今，“竹炉”遗韵

可茗苑茶庄的优雅氛围是一般茶馆难以比肩的，古典的陈设，精致的茶具，柔和的灯光，悦耳的音乐，鲜花、盆景以及四壁悬挂的名人书画，令有品位、有文化的茶客联想起明代无锡惠山脚下著名茶舍“竹炉山房”。相传明代洪武年间，画家王绂因热爱家乡无锡的山水，与惠山寺僧性海法师设计竹炉。到成化至弘治年间，当地官绅邵宝修建了这座“竹炉山房”供人品茗。当时著名画家唐伯虎、文徵明、祝枝山、董其昌等都曾到此饮茶并留下了珍贵的墨宝。据史料记载，“竹炉山房”南面正墙上挂着唐伯虎的《品茶图》，左右两侧是文徵明的书法对联。楹联下方是红茶几案，置当地工艺品及陆羽半身彩塑像，像旁一对景德镇青花梅瓶。案几前一张八仙桌，桌上置上圆下方竹编的“竹炉”一只，并配紫砂茶壶及竹制的茶扦、茶匙、茶夹、竹筷等茶具。桌旁置古琴一架。而北墙下摆放太湖石盆景。小茶几上宣德炉香烟缭绕，沉香扑鼻。乾隆十六年（1751），乾隆皇帝第一次下江南微服私访了这座茶舍，对其表现出的深厚的文化内涵和优雅得体的茶道形式印象深刻。乾隆回到京城，用十八年时间先后在皇宫、颐和园和承德避暑山庄兴建了十五个茶舍，均仿照“竹炉山房”的样式，而且从茶道内容方面更加规范和丰富了它的文化品位，最终形成了“琴棋书画戏文茶”的宫廷茶道。时代变迁，社会前进，民间茶事、茶道、茶话更为活泼生动。我以为可茗苑有“竹炉山房”的遗韵，是因为她继承了中国茶文化传统的缘故。通过茶饮，可以抚琴作诗，可以赏画钤章，可以挥毫书画，可以谈笑风生，可以无所拘束，总之完全沉浸在愉悦的中国传统文化的氛围中，感悟文化艺术的快乐，以陶冶情操，提高素养。可茗苑悬挂名人书画如齐白石、李可染、启功等大师的书画作品，更使茶舍熠熠生辉、光彩照人。特别是陈列在茶舍一隅的巨型圆柱形普洱茶，高达2.1米，重达1000公斤；还有一组陈年普洱书法圆饼茶也是稀世之物。它们是无声有形的广告，更是可茗苑一道亮丽的风景线，给茶友、茶客留下了难以忘怀的美好印象。

在可茗苑闭目品茶，有人悟出这个“茶”字是“人在草木中”。这个茶中的人，是人与自然、人与草木息息相关的人。把人放在天地之间、草木之中，人便显得微不足道了。光阴易逝，人生苦短，只有当你胸襟开阔了，便会坦然、豁达、开朗。今年仲夏，我在常熟访友，常熟日报社副总编、摄影人沃建平，常熟青年书法家协会主席黄伟农和文友殷民桦先生邀我到虞山脚下的宝岩茶舍品茗赏画。茶舍主人以极品虞山白茶和碧螺春茶款待，那清香，那甘醇，那恬静，那山水之间郁郁葱葱的灵气，令人陶醉。老板邓先生是正派的生意人，他说他的茶林每年只做一季春茶，因为不施农药非常环保，其诚信经营令茶客赞叹有加。

我们应当感谢先人不仅留给我们许多名贵的茶供我们享用，还造了一个含义深刻的“茶”字让我们后人回味无穷。无论绿茶、红茶、青茶、黑茶、黄茶、白茶，无论普洱生茶与熟茶，也无论陈年普洱的砖茶与圆茶、饼茶，它们都是值得珍惜的宝贵财富。这“茶”中的人，要永远铭记对历史的尊重，对自然的敬畏。因为这“茶”字里藏有无比深刻的奥秘，有玄妙的禅意，也有深邃的哲理。“谁解其中味，欲辩已忘言”矣。

邱季端先生——收藏历史的传奇儒商

邱季端先生近三十年亲自跑遍了内地十余个省市自治区，为考察、搜集散落在民间的民国时期陈年普洱茶，投入了大量的精力、人力和财力，其中的艰辛、曲折，辛苦、劳累，邱先生从不与人言。苍天不负有心人，他获得了巨大的成功。今年秋天，邱先生作为厦门国际茶博会的贵宾，给大会送去了一份厚礼：《厦门可茗苑茶庄 · 陈年普洱典藏集锦》。这是他多年潜心收藏研究普洱茶的学术结晶，他的收藏成就和研究成果得到了茶界、收藏界的尊重和认可，因此邱季端先生是当之无愧的陈年普洱的收藏名家、普洱茶学的专家。对此有人会发问：邱先生是否出身茶庄世家？是否农学院毕业的高材生？其实不然。

1. 平凡的出身，丰富的阅历

邱季端先生 1942 年出生于福建石狮一户普通人家，1962 年考入北京师大中文系，师从黄药眠、陆宗达、启功、俞敏等国学大师，学习中国语言文学。1973 年赴香港定居。据我们的同窗好友、安徽芜湖的大才子翟大学先生透露，季端先生在香港先后做过杂工、搬运工、汽车修理工和推销员。1980 年创办福建第一家海绵厂、第一家真皮沙发厂、第一家板式家具厂。后扩展至针织、漂染、房地产等行业，均有建树。其旗下的家具公司在香港联交所上市。邱季端先生是香港实业家，现为中华海外联谊会顾问、香港福建社团联会副主席、香港华星投资集团有限公司董事长。他聪明、睿智、勤劳、刚毅。大学毕业至今四十余年，他干一行，爱一行，精一行，成就一行。

2. 正本清源，廓清误区

就收藏陈年普洱而言，我钦佩他我行我素、锲而不舍的顽强精神。在三十年中，风里雨里，走南闯北跑遍十数个省市自治区，搜罗到几十间 1949 年前茶庄的普洱茶砖及许多茶文化的实物，并加以归类研究，勾勒出民国年间我国主要茶庄经营普洱茶的历史面貌与传承脉络，为我国近代普洱茶研究填补了空白。不仅如此，邱季端先生还以史料、实物为依据，正本清源，廓清了陈年普洱茶研究方面的三个理论“误区”：其一，所谓“渥堆”论。有论者吹嘘1973年香港某茶厂发明了普洱熟茶的生产技术，名曰“渥堆”，而此前中国没有熟普洱。可茗苑收藏的1949年前江城“敬昌号茶庄”、香港“宝兰生茶庄”都早已采用“蒸酵”和“熏蒸”工艺，也就是制造熟茶的工艺。可茗苑收藏的两幅1949年前普洱制茶图就有放在篮子里“发酵”的图画，佐证了普洱茶泰斗李佛一先生和台湾著名普洱茶学者吴德亮先生的论断：清代中后期制作普洱茶就有后发酵工艺；二十世纪三十年代“鼎兴茶庄”和“杨聘号”就有四季分熟和两分熟的圆茶传世。其二，所谓香港回归前从“金山茶楼”释出的普洱茶被论者美其名为“条索扁平”的优质熟普，并谓1949年前内地茶庄销售的大部是半生熟茶。这完全是罔顾事实的欺人之谈。可茗苑茶庄的陈年普洱茶，其品质完全符合“嫩芽、春尖、谷花”的标准。虽然内地也销售半生熟茶，但科学检测研究证明，这种半生熟茶经六七十年以上的陈化，口感和现代生茶迥然不同，已经难辨生熟了。其三，有论者言之凿凿地说1949年前普洱地区基本不制作砖茶，因此唯一留下来的只有“可以兴”的“十两砖”，是“孤品”。事实并非如此，可茗苑就收藏了“可以兴”鹿鹤商标的210克、250克、1000克三款茶砖和“可以兴”圆茶若干，这是对“孤品”谬论的有力抨击。邱先生以客观存在的事实还原了陈年普洱史研究的真实面目，是对中国茶文化的继承与发扬的重大贡献。

3. 备受赞扬的实干企业家

女作家贝奇在《将军山下走出的儒商》一文中说，邱季端先生“不仅懂得经商，而且知识渊博，谈吐儒雅。他是北师大客座教授，对文学、艺术、陶艺、收藏、茶道、摄影等都有浓厚的兴趣和高深的造诣。他认识许多名流学者，在北京和香港政界也担任一定的职务，但他谦逊、亲和，没有一点架子。”邱季端先生和我以及这位女作家都是北师大中文系的同窗校友。作为同窗，我们都敬佩邱先生的为人处世实践了北师大“学为人师，行为世范”的校训，赞扬他对长辈的孝顺，对家乡父老乡亲的关怀，对母校的慷慨捐赠（累计已逾三千万元人民币），对慈善事业的资助，对同学故交的情义。据贝奇女士简略统计，邱季端先生对社会的各项捐赠早已过亿元。他的善举受到时任福建省委书记的赞扬：“邱季端先生是为数不多办实事的企业家之一。”这些话语，也让我们这些同窗感到光荣和骄傲。而今他已年届古稀，好友曾劝他退居二线，享受生活，他说：“单就生活而言，我是有权歇歇了，但对社会贡献而言，我没有这个权利”、“路是要走的，不但为自己，还要为别人”。是的，邱季端先生这种自强不息、默默奉献，“己欲立而立人、己欲达而达人”的高尚品德和传统的儒家精神，几十年来一以贯之，十分可贵。

写到这里，我记起了去年冬天一个寒风料峭的下午，他和他的秘书从福建厦门乘飞机到上海，通过他的秘书和我联系要来寒舍登门拜访，让我喜出望外。他衣着素朴，笑容可掬。我们在逼仄的小书房里促膝倾谈，倍感亲切，并欣赏字画，把玩藏品，交流心得，谈他的可茗苑茶庄，谈他的“寒江雪”博物馆，谈兴浓时，不知天色已晚。他赠我民国时期普洱茶砖，我以亲笔书画呈奉。华灯初上，我们在小饭店便餐，亦十分随意舒心。晚餐后送他们上车回宾馆。我久久伫立街头，在暮色里，在路灯下，在寒风中，看着他们上车并渐渐远去的轿车身影，心中却升起了一缕莫名的惆怅……邱季端先生回到厦门不久，在博客上发表了一篇以《桃花潭水深千尺》为题的深情洋溢的散文，回忆了这段难忘的时光。在这篇优美动情的散文里，有一段赞美我的话语，令我非常感动。其实，无论做人、做事，季端先生都是我学习的楷模，我愿把这段赞语，真诚地回赠给他：“他的情怀，不正代表中国主流文人重情重义的品行吗？”

唐代诗人王勃有诗云：“海内存知己，天涯若比邻”。信然。

癸巳年十月初十日于定慧斋

原载《天下常熟》杂志

厦门“老茶空间”品尝陈普醇香

——北师大中文系六二级同窗在可茗苑茶叙

鹭岛厦门，是我向往已久的美丽的海滨城市，那里有随处可见的棕榈和榕树，一年四季无拘无束的阳光，干净整洁的山坡街道和柔和的带闽南音的普通话；地处厦门老街的“老茶空间”（可茗苑）茶庄也是我渴望已久的饮茶会友的雅处。真是天遂人愿，2015 年元旦，我应老同学、港厦企业家邱季端先生邀请，赴厦门出席二十世纪上海滩杰出的银行家“徐寄庼典藏展”庆典，兴致勃勃地踏上旅途，当日抵达鹭岛，在著名的白鹭宾馆下榻。

翌日下午，我与北师大中文系六二级十余位同窗前往厦门青少年宫，出席由邱季端先生主办的隆重的“徐寄庼典藏展”揭幕仪式，并参观了首批亮相的 200 余件瓷器、书画杂项徐氏典藏精品。

欣赏旷世展品，体味古典意境

据元月三日《海峡导报》报道：“徐寄庼 1914 年踏入金融界，担任过浙江兴业银行董事长，民国中央银行代总裁，中央造币厂厂长等，是公认的大银行家，上海滩上的金融巨子。他从事银行工作开始就注重收藏各种金银钱币、瓷器书画以及陈年普洱和贡茶，尤以中国古瓷最为丰富。”“此次展出的这批典藏，是福建商人邱季端数十次前往浙江、安徽等地考察、寻徐寄庼后人，不吝巨资追踪寻找的。”

据透露，尚未面世的徐寄庼典藏相当丰富，其中瓷器和书画各有数千件之多。如此丰富的藏品，在国内许多省市博物馆也是十分罕见的。

参观徐寄庼典藏展震撼的心情尚未平静，邱先生于元月三日下午邀我们去他的“老茶空间”喝茶叙旧。是日天气格外晴朗，明媚的阳光透过茶庄门前的紫荆树繁花茂叶，把斑驳的光点洒在洁白的大理石台阶上，仿佛是一张洒金洒银、古色古香的宣纸。“老茶空间”，厦门人习惯称呼它为“可茗苑茶庄”，大门是宫廷建筑风格，飞檐、琉璃瓦、雕梁画栋。门楣上挂“可茗苑”横匾，大门两侧是名人书写的黑底金边的楹联，联句中嵌入“寒江雪”与“蓑笠翁”，体现了唐人柳宗元诗《江雪》的意境和可茗苑主人的志趣。

步入可茗苑茶庄，眼前一派古朴典雅的景象，中堂是褐色嵌螺钿的巨大“佛”字，左右为楷书楹联：“清风皓月真禅味，翠竹黄花在佛心。”上端依次两块匾额，一为启功老师的书法“茶禅一味”，一为再现唐人韩滉笔意的鎏金五牛图。大厅两侧的墙面挂满了当代著名书画家的字画：陆俨少和傅抱石的山水，李可染和启功、赵朴初的书法，范曾的人物画，等等。书画以外，还有邱先生与文化名人的合影照片。室内陈设的家具如神案、茶几、博古架、太师椅、官帽椅等，均为明清家具的典范。茶几上陈列铜佛造像、古瓷、古玉、古琴、紫砂器等古玩杂件。抬头看天花板是一块装饰镶满卍字形图案、泛着柔和蓝光的藻井。以上种种实为陪衬主题的烘托，可茗苑展示和经营的主题产品乃是闻名遐迩、产自云南普洱而在上海、天津、太原、香港、厦门等城市著名老字号茶庄经销的晚清至民国林林总总的陈年普洱茶。

徜徉老茶空间，品尝陈普醇香

所谓“陈普”，即陈年普洱茶之简称；所谓“陈”，则专指晚清光绪、宣统年间至民国时期，至今有70—100余年的时间跨度。可茗苑珍藏的陈年普洱其数量之多和质量之精，在国内外无出其右者。其陈普经福建省农科院等科研机构反复研究、测试，证明：普洱茶经数十年陈化，茶多酚等物质变成茶多糖和茶褐素等有益于人体健康并具治疗多种疾病和抗癌的神奇元素。可茗苑曾招募百余名志愿者服用陈普茶，实验也证实陈普对降血压、降血脂、降血糖、预防冠心病、暖胃、排毒，确有显著的功效，因此被民间人士誉为“圣药”，港、台、澳地区不乏赴厦门求茶问药者。

邱季端先生和他的可茗苑数十年来不遗余力地搜集陈年普洱茶，涉及新中国成立前云南地区及内地近百个茶庄之遗珍孤鸿，圆茶、砖茶、沱茶、散茶、茶膏、生熟茶、茶号牌匾、票据一应俱全。洋洋大观，诚古董普洱茶之百科全书也。

邱先生以珍稀的“宋聘号”陈普招待我们，我知道这宋聘号砖茶，产自云南易武，全称“乾利贞宋聘号”。有一斤装砖茶“宋聘号女儿茶”是“辛丑年特选贡品”，辛丑即1901年。宋聘号与宋聘女儿茶同质同量同年代。身着古典礼服、文雅娴静的茶道小姐为我们表演闽南茶道。茶过三巡，渐入佳境，其味甘醇，舌感厚滑、平和、陈香，其色透彻，茶汁呈金黄色，恰似万年琥珀般晶莹剔透。经十余泡以后，其茶底不同于新茶的粗枝大叶、条索粗硬，而是原先娇芽嫩尖化作颗粒规整的“茶渣”。与宋聘号齐名的有民国时期上海汪裕泰茶庄的砖茶，也是一斤装，曾获1915年巴拿马博览会金奖，其色、香、味、茶底与宋聘号砖茶不分伯仲，它们都是可茗苑珍藏的众多名贵陈普之一。

在可茗苑我还看到了难得一见的“金瓜贡茶”“南诏宝红茶”和“猛撒宣抚司贡茶”等陈普中的“圣品”，前者是密封于珍贵红木雕刻成南瓜形的茶罐内以及油纸包装的陈普散茶，这些散茶都是挑选娇芽嫩叶，经十余道工序精心制作而成的。后者则是长方形茶砖。

这茶砖就是“猛撒宣抚司贡茶”。数年前，台湾文化大学教授、名嘴邱毅先生造访可茗苑，邱季端先生即以此贡茶馈赠。这款砖茶是清末云南猛撒土司向朝廷进献的贡品。所谓“宣抚司”，乃土司的办公衙门。据《文献通考·职官》载：唐德宗后，派朝臣巡视灾区称宣抚安慰使，宋有安抚使如范仲淹等。元代在西南地区置宣抚司，参用土官，处理军政大事，明清宣抚使皆土官世袭之职。又据《清史稿·地理志》：猛撒，云南普洱地区的六大土司之一，因其位于猛撒江畔得名。这块砖茶油纸包装，长方形，重1900克。茶砖正面竖题楷书“吾皇万岁万万岁”，两侧亦楷书“天地为鉴”“与同贡选”。砖背楷书“猛撒宣抚司”并钤红色满文官印。清末的光绪、宣统至今已有一百多年历史了，沧海桑田换了人间，正是：朝代有更迭，而作为见证历史的文物却依然如故，越陈越香也。

原载《零距离》杂志

收藏贵“三品”

——纪念厦门“徐寄庼典藏展”一周年的几点感悟

岁月流金，倏忽寒暑。回顾去年岁首在厦门参观“徐寄庼典藏展”以来一年间，我研读民国时期上海滩金融史，了解杰出银行家徐寄庼的收藏轶事，研究邱季端先生与徐寄庼遗珍结世纪之缘的善举，感慨良多，先后撰写《厦门“老茶空间”品尝陈普醇香》和《一张老照片的背后——民国上海滩故事之沧海一粟》两篇拙文，在苏州地区《零距离》杂志上发表。“寄庼季端皆国宝，人间最重是典藏”，这句话是我对两位大鉴藏家的赞叹，也是我内心书卷情怀的抒发。

收藏家的文人情怀

何谓收藏？何谓收藏家？《词源》注释：收藏即收聚、贮存，亦专指收藏之财物。收藏家，顾名思义是收藏宝物的人。作家郑重先生在他的专著《收藏十三家》里，评论书画收藏家顾公雄、沈同樾夫妇的“过云楼”，以及周湘云收藏《苦笋帖》《潇湘图》的掌故，他说：“收藏乃性情中人所做的性情中事，不只是要有学养，而且要有悟性，方能玩得精美。”“收藏能不能成家，藏品的数量不是重要的，重要的是看他的藏品的水准之高下。”纵观近代许多伟大鉴藏家的一生，感人事迹无不令人扼腕赞叹，他们中有：珍藏并捐献大盂鼎、大克鼎之潘祖荫、潘达于；捐献翁同龢藏书的翁万戈；守护毛公鼎和把王羲之的《曹娥碑》（唐人摹本）归还张大千的叶恭绰；集书画收藏、绘画、鉴定能力高人一等于一身的吴湖帆；一生苦心收藏古籍善本、古印玺并捐献给北京图书馆和南开大学的周叔弢；“民国四大公子”之一、文人收藏家张伯驹；画坛收藏巨子王已千；京华世家子弟王世襄；等等。再看民国杰出银行家徐寄庼，当代著名企业家、鉴藏家、寒江雪博物馆馆主邱季端，他们为后世遗存或正在呵护、珍藏着的许多国宝级的藏品，已经走进（国家或民营）博物馆、图书馆，为世人所观摩、欣赏，这无疑具有不朽的历史和艺术价值，但更重要的是留下并永远彰显可贵的收藏精神。有了这种精神，才能保护文化，造就文化，才能使中国灿烂的古代艺术连绵不断、薪火相传。

在当代汹涌的商品经济大潮中，崛起了为数不多的所谓大收藏家，许多著名的大拍卖行对他们彬彬有礼，恭维有加。他们出手大方，动辄以数亿元天价购进一只永乐鸡缸杯，还有所谓东坡《功甫帖》，等等，随之而来的真赝之争，资本运作之论，见仁见智，众说纷纭。我以为：只要不违法违规，愿意买多少就买多少，无可厚非。然而，收藏的灵魂是文化。没有文化的收藏是囤积商品待价而沽，他们是一群“大商人”“大买家”，离真正的收藏家相去甚远矣。上海画坛“三剑客”之一的大收藏家王已千先生对此类现象，曾作过这样一段很风趣的比喻：“现在的收藏家、鉴定家很多，如果说我已经登到 20 楼，其他人都在五六楼或七八楼，无法交谈，如果他们现在登到十六七层了，我们可以在一起谈谈风景。”王已千的“登楼论”，骨子里流露着一种特立独行的文人精神。文人，是知识分子中的一群人，但不是所有的知识分子都是文人。中国的文人，他们可以有钱有闲，也可以有闲无钱，抑或无钱无闲，但他们对社会有一颗可贵的责任心，他们对社会作出了巨大的贡献，却对社会无所求，这是他们的人生宗旨，因此心态悠游潇洒，散淡闲逸，具有独立不羁的人格。这就是中国文人的模样，中国文人的精神。这种精神并非虚无缥缈，我们从徐寄庼和邱季端两位鉴藏家的精神世界中完全可以感受到、触摸到。

收藏家的品德和情操

徐寄庼（1882—1956），原名陈冕，字寄庼，以字行。早年留学日本，1914 年起从事金融工作，直到 1951 年，近四十年时间在上海滩银行界高层任职。金融元老叶景葵任浙江兴业银行董事长时，慧眼识才，提拔徐寄庼和另一位金融才子徐新六掌管浙江兴业银行要职。徐寄庼锐意创新，才能出众，后升任浙江兴业银行董事长，还担任上海市商会理事长、中央银行监事，中国银行、浙江实业银行、中国农垦银行、上海市银行常务董事，上海信托公司、泰山保险公司董事长等职。“1932 年初，被行政院长孙科任命为中央银行常务理事、副总裁兼代总裁”（据《民国财经巨擘百人传》）。抗战初期，他积极团结工商界人士，投入抗日爱国洪流；上海解放前夕，他为中共地下组织筹措资金，被誉为“金融界之莲花”。史载：“1949 年 5 月，蒋介石约徐寄庼到吴淞口海军基地，动员他去台湾，徐婉言拒绝了。”徐拒赴台湾，表明了他的政治远见，同时客观上也保护了他巨量丰富的珍贵藏品。邱季端先生，是当代文博界著名鉴藏家，1942 年出生于福建石狮，1967 年毕业于北京师大中文系，师从国学大师陆宗达、俞敏、启功等老师，学习训诂学和文学，曾任福建省政协常委、福建省侨联副主席，现为北师大客座教授、北师大校友总会副会长、香港福建社团联会副主席。邱季端先生是港厦著名企业家，经过几十年艰苦打拼，成绩卓著，事业有成。他不仅在收藏上投入巨资，创建厦门寒江雪博物馆，更慷慨解囊用于社会的慈善事业，关心和支持母校发展，近年来向莫言国际写作中心、北师大郎平体育文化与政策研究中心捐赠等，已累计捐款 1.5 亿元人民币，足见他高尚的人品和可贵的爱国情操。

收藏家的藏品

收藏家的藏品应该体现——真、善、美。邱季端先生自幼喜爱古典文化，对历代艺术品情有独钟，经过半个多世纪的苦心经营，终于聚沙成塔，集腋成裘，他的寒江雪博物馆问世了，其藏品门类齐全、精美，且数量可观，声名远播。特别是馆藏宋代五大名窑的瓷器，琳琅满目。邱季端还以多年的精力、大量的物力财力，遍访十多个省市自治区，搜集民国津、沪、港、厦、浙、皖等大城市各大茶庄的陈年普洱茶及茶号、茶具，并潜心研究出版专著，受到国际茶博会的赞扬。我亲眼见证他馆藏的清末到民国的各种茶砖、茶饼、散茶、御茶、贡茶，品类繁多，实为罕见。对收藏家，知道他收藏了什么固然重要，但人们更感兴趣的是想知道他是如何收藏到这些宝物的。我翻阅《十里洋场的民国旧事》等史料，发现徐寄庼丰富的藏品在当时至少有三个来源：自己收购、祖辈传承、亲友馈赠。首先，那时的上海滩文物货源极为丰富，因为“辛亥革命，大清末代皇帝赶出皇宫，许多宫内的收藏也随迁移、盗卖、皇帝赏赐流散宫外，而清室的官员故家名族，也随着社会变革于动乱，纷纷避战来上海，往往出其藏，或作题襟之助，或为易米之思，使上海的文物市场货源丰富而活跃”。（引自收藏家传记《收藏十三家》）其次，民间又崇尚送礼的习俗，无论官员平民，每逢婚丧嫁娶、喜庆节日、职务升迁等，都少不了馈赠礼品。出身官宦之家、毕业于圣约翰大学，在上海亦官亦商，有“半个银行家”之誉的“老上海”孙曜东先生口述《十里洋场的民国旧事》说：“那时要送人家东西，起码都是要乾隆时期的东西，因为乾隆时代的东西相对多一些，人家拿去也能卖钱，一般是送一个摆件，笔筒、镇纸之类，五十元至一百元之间。特别要好的才送雍正年间的，因雍正年代短、东西少，总共也没烧多少御窑，所以价格反而超过康熙年间的货。最好的是唐三彩，一根金条买一只花瓶，一尺来高，瓶上画的画总是刀马人之类。”（按：此说有误，唐三彩疑为雍正粉彩）徐寄庼在上海将近四十年，身处金融界高层，交际应酬频繁，生活富裕又喜爱收藏，这些年他收受和购买的礼品，按常规推理，其总量是不难想象的。当然，古往今来每位大收藏家的后人，都面临如何守业和传承的大问题，是恪守祖训、诗书继世，还是肆意挥霍、破财败家？抑或偷梁换柱、蒙骗世人？大千世界，千奇百怪，一言以蔽之：善恶并存，良莠不齐也！ 2015 年 1 月 2 日，“徐寄庼典藏展”在厦门揭开神秘的面纱，徐氏遗珍正式融入寒江雪博物馆，使邱氏收藏更加丰富多彩、博大精深，可喜可贺。

收藏家的鉴品

中国收藏历史上有一个比较普遍的现象，那就是：收藏家应该是鉴定家。俗话说花钱买眼力，如果打眼买进了赝品，并不是坏事，吃了大亏往往会促使收藏家认真做学问，做研究。收藏家的藏品中没有一件赝品是不真实的，近代许多大收藏家也有“掌眼人”，但要把关收藏品的真伪、识破骗子的陷阱、品味收藏的乐趣，还要靠收藏家自己的眼力、悟性、魄力和涵养去定夺、去察觉、去品味。

鉴定有自鉴和他鉴之分。自鉴需要收藏家具备深厚的学养与平和的心态。自古以来，鉴藏家对自己的藏品往往有所偏爱，评价因之未必客观，甚至认为自己的东西才是好的。大鉴藏家周叔弢先生恰恰相反，“他对自己的藏品，哪怕是用高价收进的，也要反复严格鉴定，弄清真相，绝不含糊。”苏州“过云楼”第一代主人顾文彬曾自云：“性爱骨董，别有神悟，物之真伪，一见即决，百不失一。”他很自信，源于他有学养，因为“自唐宋元明迄于国朝，诸名迹力所能致者，靡不搜罗，旁及金石，如钟鼎尊彝古钱古印之类，亦皆精究”。关于鉴定，启功老师说：他“平生用力最勤、功效最显的事业之一是书画鉴定”，并说“我的鉴定生涯一直与故宫有缘”。他鉴定书画一看风格习惯，二看纸墨，三看旁证，并总结了七条忌讳，直言社会阻力容易给鉴定工作带来不公正性。这七条忌讳是：皇威、挟贵、挟长、护短、尊贤、远害、容众。启功老师说：“前三条是出自社会权威的压力，后四条是源于鉴定者的私心。”（据《启功书法诗画集》）这种陋习在文化界屡见不鲜，症结在于金钱对于良心的腐蚀。虽然如此，在当前大环境下主流还是比较公正健康的。

收藏家的最高境界

读古代和近代收藏家的故事，没有发现以收藏为生计的收藏家，他们花钱买雅兴买文化，甚至倾一生之积蓄抢救文物，并不指望发财致富。将文物买进卖出以求暴利的是古董商，他们是收而不藏的。或云把文物藏到银行的保险柜里，以抵押贷款，炒房炒股。当然，随着时代的进步，收藏家应该藏流有序，或云“以流养藏”。几年前，我被上海市收藏协会授予“海派收藏杰出成就奖”，忝入资深收藏家行列。吴少华会长给收藏家下定义：“拥有高质量藏品并对藏品有深入研究、能撰写论文，得到社会认可的收藏者，哪怕他曾经拥有过。”京华收藏世家子弟、大藏家、大玩家王世襄先生主张藏流并举，他有一句名言“由我得之，由我遣之”，收藏自珍，不在据有。而明代家具收藏家、考古学家陈梦家先生则强调“物我合一”的收藏境界。他说：一个人的所好，常常不是钱能培养的，而是要有文化，要有品格，还要有悟性，这样的收藏家才能进入“物我合一”的最高境界。妙哉，斯言！

值此厦门“徐寄庼典藏展”一周年之际，谨以拙文向热心于弘扬民族文化、从容淡定的收藏家，以及睿智正直的鉴定家，表达深深的敬意。愿普天下喜爱收藏，从事收藏的人们幸福。

原载《零距离》杂志

堂中有书画　文脉传家久

——王伟民《中国书画名家作品收藏集》

当下在沪苏一带流传一句俚语：“堂中无书画，不是旧人家。”什么叫“旧人家”？上海市收藏协会创始会长、中国著名古玩鉴赏家、我的协会同仁吴少华先生对此有精辟的诠释，他说：“所谓旧人家是指有传承、有根基的家族，所以字画收藏是衡量一个家庭整体修养的标准。”王伟民先生是土生土长的常熟人，长期在常熟市公安系统工作，曾任沙家浜、古里、支塘派出所所长，四级高级警长，常熟市十四届、十五届人大代表，现为常熟虞山当代艺术研究院执行院长，其父王欣是沙家浜镇原党委书记，勤勤恳恳、兢兢业业为党为人民奉献了大半生，是常熟市著名资深的党务工作者。王欣书记特别重视以传统的文化精神教育子女，在他的言传身教下，子孙皆事业有成，王家是名副其实的有传承有根基的“旧人家”。

王伟民的《中国书画名家作品收藏集》付梓出版，我表示热烈的祝贺并感到由衷的高兴。这个集子共收纳了中国近现代著名书画家刘海粟、李可染、关山月、黄永玉等大师作品三百余幅，可谓风格各异，品类齐全。书法，无论真、草、隶、篆，皆是精品力作；国画，无论山水花鸟、人物动物，无论写意工笔，无不情趣盎然、赏心悦目。王伟民为这本收藏集倾注了大量的心血，也借此抒发了对祖国的壮丽河山以及家乡常熟山山水水、一草一木的热爱。这本集子的出版，不仅对家庭在陶冶情操、增长知识、提升修养方面发挥积极的作用，而且对社会弘扬民族文化有所启迪和裨益。

书画艺术品的收藏，是人生的一种享受，是快乐，是欣慰，更是一种情怀。1977 年 12 月 15 日，我的老师启功先生参观瀚海公司举办的书画拍卖会预展，看到了两个手卷，一件是清代著名学者王鸣盛为经学家费玉衡《窥园图》作的题记，另一件是画家吴镜汀先生的山水长卷《江山胜览图》。启功先生毫不犹豫地买下了这两个手卷，他说：“看了这两个手卷让我回忆起很多往事，也想起了我的老师。”我查阅了有关资料，王鸣盛的《窥园图记》是由王本人口述，江艮亭用篆体书写的，杨钟义题签，先后有著名学者章炳麟、陈垣、黄节、余嘉锡、杨树达、高步瀛等人题跋语。此手卷后由辅仁大学文学院院长沈兼士先生收藏。陈垣先生（1880—1971），中国著名历史学家、教育家，曾任国立北京大学、北平师范大学教授、导师，辅仁大学校长。1951年，毛主席在怀仁堂举行国宴时与陈垣同席，毛主席向人介绍：“这就是陈垣，读书很多，是我们国家的国宝。”陈垣于1952年至1971年任北京师范大学校长，是启功先生刻骨铭心的恩师。而手卷中提到的杨钟义是启功的亲戚，沈兼士是辅仁大学的同事。沈兼士先生1947年去世，手卷散出，半个世纪后竟在拍卖会上重现，怎能不使启功先生喜出望外而感慨万千！启功先生说“手卷让我回忆起很多往事，也想起了我的老师”，寥寥数语，饱含启功先生对恩师无限深情的怀念和虔诚膜拜的感恩。

古人云：“物以类聚，人以群分。”我与王伟民相识相知，是我的学生沃建平介绍，经十余年坦诚交往因酷爱书画及收藏而成好友。我和沃建平曾经是船厂的同事，又有师生之谊，五十年风风雨雨，情谊甚笃。沃建平原是交通部直属船厂的团委书记，后调常熟市委宣传部工作，历任交通银行常熟支行行长、《常熟日报》副总编等职，现为常熟虞山当代艺术研究院执行院长。沃建平为人善良正直，乐于助人，几十年如一日的热情儒雅，精通摄影、书画，才华横溢。当代艺术研究院在他的策划下，为热爱书画艺术的朋友搭建交流平台，也结识了多位志同道合的书画挚友，其中令我印象深刻的有常熟市公安局原政委顾宏先生，他知书达礼，稳重睿智，在警界有儒将之雅号。顾局喜欢收藏书画，颇具鉴赏兴趣与能力，我和沃建平曾应邀到他府上喝茶，一间木结构茶室典雅精致，名曰“听雨轩”，临水而居，品茗赏画之佳境也。驻常熟部队原政委江家滠先生也是我的老朋友，和善儒雅，一派谦谦君子的气度，潜心研究茶品、茶道，尤其对老家安徽的名茶如数家珍，太平猴魁、六安瓜片和舒城绿茶，等等，心得多多。江政委近年热衷福建福鼎白茶的考研，并有较多珍藏。在这个书画艺术氛围比较浓郁的圈子里，常熟新华盛节能科技有限公司的老总朱礼明先生，他爱书画，懂收藏，有眼光，有魄力，在自己企业大楼里开辟大厅和长廊，专为展示本地和全国著名书画家的作品，为艺术家和企业家牵线搭桥，功德无量。常熟圣奥家具公司宗老板，巾帼不让须眉，不仅把品牌家具做得风生水起，而且艺术眼光独到，多年来坚持展示家具与推介名人书画相结合，两全其美，相得益彰。

当代文博大师、“京城第一玩家”王世襄先生非常重视对子孙的教育，所以王家真的出了不少名人。王世襄把对古代音乐、明代家具、葫芦、竹刻、民俗等门类的研究统统戏称为“玩”，且玩出了很高的境界，最难能可贵的是他的研究和收藏都是在没有官方资助的情况下，靠自己的工资收入维持，他说这是本职之外的“玩”，是充满文化情怀的“玩”。愿王伟民先生以王世襄先生为楷模，发扬“人民的好警察”的革命精神，把书画艺术的收藏坚持下去，传承下去。

堂中有书画，文脉传家久！

原载“中国网·活力常熟”

美哉，惠风堂

我与书法家黄伟农先生初次见面，是在二十一世纪初常熟市交通银行主办的“交行杯”书画大奖赛颁奖典礼的大厅里，经我的学生、时任常熟市交通银行行长沃建平先生介绍相识，此后二十余年里因书法结缘，交往甚多。其间，沃建平先生提供众多文化平台，相互学习交流，或把酒论字，或品茗切磋，渐渐成了书画益友。那时的黄伟农是一颗冉冉上升的新星，作品参展获奖甚多，此后他在省市书协也担任了一定的职务。在荣誉面前，赞扬声中，他依然朴实谦虚，他给我的印象是一位嘴边总带着微笑、和蔼可亲的文化人。

黄伟农的书法主攻行书，兼修楷、隶、草书。一幅行书巨作《渡口铭》是他的代表作。关于《渡口铭》这篇文章的缘起，是我应常熟市经济开发区渡口饭店两姐妹掌柜的邀请，撰写她们艰苦的创业传奇故事，我以古文体吟成《渡口铭》，未料国家旅游总局网站等平台争相报道，竟轰动一时。店主遂以商人独到的眼光渴望有名家书之，张挂于长江之滨的渡口饭店书画艺术长廊里。为此，经时任常熟日报社副总编沃建平先生推荐，请黄伟农先生书之，现已成渡口饭店的一道亮丽风景。黄伟农行书《渡口铭》的艺术特色是秉承晋唐行书遗风，笔势如行云流水，自然流畅，整体布局不密不疏，彰显了古人“简而动”的动态美，它既不同于草书的急流飞瀑，也不同于隶书的“势险节短”，而如山涧下的一泓清溪，缓缓流淌。我的老师启功先生评论行书时说过：“行书宜当楷书写，其位置聚散始不失度。”黄伟农先生的行书中规中矩，不失度。

黄伟农的堂号名“惠风堂”，王羲之的《兰亭集序》云：“是日也，天朗气清，惠风和畅。仰观宇宙之大，俯察品类之盛，所以游目骋怀，足以极视听之娱，信可乐也。”东汉经学家、文字学家许慎在《说文解字·序》里说：“书者，如也。”这是一个言有尽而意无穷的模糊概念，清代文学家、评论家刘熙载则坦言：“书，如也，如其学，如其才，如其志，总之，曰：如其人而已。”黄伟农以惠风勉励自己，努力使其作品传承大统，诚可喜也。

黄伟农先生是常熟人，他的书法作品中浸润了对故乡的挚爱与赞美。俗语云，一方水土养一方人。常熟自古以来就是人文荟萃之福地，历代名画家辈出，各领风骚。我从二十世纪七十年代中期起与常熟结缘，至今四十余年，在第二故乡常熟留下了大半生的人生足迹，尤其值得欣慰的是二十多年前，经友人沈承庆先生（时任常熟市工艺美术厂领导）引荐，结缘著名山水画大师钱持云先生，中国书法家协会原副会长、当代草书圣手言恭达先生以及苏州国画院院长姚新峰先生等，能有机会亲近求教，切磋书画艺术，并合作撰写论文，获益匪浅。

来日方长，任重道远，祝贺《黄伟农书法集》即将出版，祝愿黄伟农先生书法造诣更上一层楼。

和兮，惠风；美哉，惠风堂。

2021 年 12 月 11 日于上海定慧斋

原载《常熟日报》

志同·艺精·道远

——初访常熟公望画院印象

今年九月中旬某日，我和《常熟日报》原副总编沃建平先生应邀参观并采访刚刚成立的常熟公望画院暨常熟公望书画艺术研究院。画院坐落在常熟市虞山脚下、琴枫苑中心广场2号楼，周围环境幽静，院内陈设典雅，庭院、廊道具水乡清灵风格，近一百平方米的画室、展示厅宽敞明亮，这些都给我留下了美好印象。

画院冠以元代大画家、开创中国山水画新风格的黄公望的大名，其中寓意不言自明矣。

我心目中的黄公望

黄公望（1269—1354），字子久，号大痴，元代平江（常熟）人。他从小受过良好的家庭教育，儒家正统思想对他的影响较深，因此怀有“达则兼济天下”的远大抱负。年轻时曾在浙西为吏，因事牵连入狱，仕途坎坷。出狱后加入全真教（道教的一派，该派曾盛行于北方，以北京白云观为中心，与流行于南方的天师正一道称为南北两宗），并易姓更名，情绪由消沉趋于平静，在平静中又孕育了冷漠与孤傲。政治上的失意，使他后来埋头于书画，与社会上层人士多有交往，并饱览名山大川，不经意间把中国的山水画艺术推到了巅峰境界。黄公望山水宗法五代南唐人董源、巨然，得教于元代赵孟頫而自成一家。其主要风格：一为首创浅绛山水，山多矾头，笔势雄伟；二是水墨山水，皴纹较少，笔意简远，具有圆润、透明的效果。他的山水画代表作《富春山居图》，是中国山水画史上的一座丰碑。黄公望应无用禅师之请，用数年时间完成了这幅巨作，那时他已年届八十，他的艺术修养和笔墨技巧均已达到了炉火纯青的境界。关于《富春山居图》和其他几幅名作如《九峰雪霁图》《天池石壁图》《富春大岭图》等，前人评述备矣，此处不赘。

黄公望绘画风格对明清乃至当代山水画的影响甚大。后人把他与吴镇、倪瓒、王蒙合称“元四家”，把“以元人笔墨，运宋人丘壑，而泽以唐人气韵”的清代著名山水画家王翚及其追随他的众多弟子，统称为“虞山画派”。

黄公望多才多艺，除擅长山水画外，还从事绘画理论研究，有著名画论《写山水诀》传世。黄公望还是著名的元曲作者，但数量不多，传世仅一首《仙吕·醉中天·李嵩〈髑髅纨扇〉》。全曲共六句，四十五个字，使纨扇图画所表达的对醉生梦死的官场生活的针砭，更加入木三分。由于黄公望的题咏，这幅出自南宋末年画院待诏李嵩的纨扇画更加熠熠生辉、名垂丹青了。

秉承福地灵气，展现公望画风

1. 常熟——虞山福地

元代书法家缪贞（字仲素，号乌目山樵）在常熟西门大街致道观的山门牌坊上题有“虞山福地”的匾额。虞山，据《辞源》注释：“在今江苏省常熟县西北，相传西周虞仲治此，故名。古称海隅山，又称乌目山，山长十八里，周四十里，高百六十丈。”可见，虞山是常熟的别称，自古以来就是人文荟萃之所，书画艺术之福地。

2. 公望画院人才济济

常熟公望画院和常熟公望书画艺术研究院是两块牌子，一套班子。著名画家庞国庆先生是负责掌门的执行院长；著名画家、江苏省美术家协会会员、毕业于中央美术学院研究班的顾希良先生是副院长。师从谢稚柳先生入室弟子包尉冬的王卫国先生，他专攻山水兼修水粉、油画，现为画院的常务副秘书长。

以上三位画院的核心人物均是土生土长的常熟人，他们志同道合，殊途同归，相聚在公望画院，立志继承弘扬黄公望、王翚、吴历等中国山水画坛上常熟籍风云人物的优秀画风和高超的笔墨技巧，并以“笔墨当随时代”的精神，在艺术市场闯出一片新天地。

3. 庞国庆先生其人其画

庞国庆，1963年出生于常熟市，自幼聪慧，喜爱绘画，十八岁高中毕业赴杭州市从事国画实习、研究和创作，至2015年重返故乡，三十余年的国画艺术生涯中，受到陆抑非等许多江浙著名书画家的指教与点拨，获益匪浅。庞国庆曾在杭州西泠画廊做专职画师，其间他受西泠画派及海派画家的画风影响较深，同时对于国画在艺术品市场的起伏跌宕信息和规律比较了解。但不论身处何地，他始终没有忘记心中的偶像——黄公望。

我采访庞国庆先生，谈及公望画院成立的初衷，他激动的心情溢于言表。为了庆祝公望画院的诞生，他以“乙未之秋”命名，画了一组山水画。我特别欣赏其中的三幅，因为从其笔墨、风格看，他对黄公望山水作品的学习、揣摩、研究已经达到了较高的水平。《乙未之秋·山中茅屋》：表现两高峰之间一个形似半岛山坡上的秀美景致，左侧山谷云雾迷蒙，右侧山谷溪水奔涌而下，而谷口画一茅屋悬筑于溪水之上，茅屋四面为敞开的明轩，内有高士二人，悠闲自得。一人凝视远山，一人俯首观水，而茅屋三面临水，屋后是树木葱郁的山峦。构图可谓奇特、精妙。此画用浅绛法，勾皴之后施以赭石和花青，其效果反映出文人画的清逸之意，又切合江南山水明丽秀润的特点。山石作披麻皴，山头矶亦敷以浅绛色彩，设色清雅可爱。再看《乙未之秋·观云图》，此图画的是江南的云海林山，景色奇幻而壮观。画面以俯瞰视角，呈现近山之古木参天和远山之峻峭苍茫。远山以斧劈皴尽显山壁之陡峭，并施以浅绛色，并用淡青墨勾染之后又用浓墨勾复山头。近山与远山之间一大片空白，恰似飘浮涌动的云海。近山之巅树木挺拔于峭壁之上，而峭壁皴纹较多，且山石浓墨泼染，与周边留白形成强烈的色彩对比，更彰显山峦之突兀和云海之深不可测。全图笔法放纵，山林清秀，具有公望遗风。《乙未之秋·飞鸟晚归图》表现江南暮霭笼罩的山川景色。远山以淡墨晕染，山头若隐若现，云岚浮动。近山山坡尽头林木葱郁，山坡和左侧峭壁均施浅青绿色，衬托出江南山水的本色。山坡草地上有二高士相对而坐，别有一番山林雅趣在其中。最妙的是画面中右部、在白色的云霭中有一群小鸟正展翅飞来，这些晚归的宿鸟栩栩如生，成为图画的点睛之笔。静态中有动势，使画面更加生动活泼。画家注重运笔的轻盈灵活，线条秀逸中透出遒劲，同时重视意境和创构，力求表现山林暮霭中的宁静而恬淡的境界。这幅画既有笔墨技巧上公望的特色，又有画家寄情于翰墨的文人写意画的心路。

庞国庆先生山水画作品颇多，总体印象是他的作品正如他的人品一样：朴实无华，而功底扎实。他的山水画在学习、钻研黄公望的画品、画法上已经取得了相当的成绩，但他和他的团队的未来和艺术之路还刚刚开始，正是“路漫漫其修远兮”，公望画院的画家们将“上下而求索”。

“画院”一词，最早见于宋代，明代曹昭在其著作《格古要论》中有记载。元代柳贯《柳待制集》有诗云：“剑南樵客写花容，院画流传号国工”，说的就是宋代画院的事。时代不同了，当代的画院无疑要与时俱进。艺术要面向市场，适应市场。当前艺术品市场日趋繁荣，人们也看到了艺术与商业经济的双赢局面，所以国画不能只关在象牙塔里搞创作，要适应市场需要，又不能沾染铜臭气。有人说“百口莫辩是艺术”。对艺术的理解与尊重，因人而异，因审美观念不同而异，因文化层次高低而异，因价值取向相左而异。在为艺术而奋斗的道路上，艺术家毕其一生而未能功成名就者，多也。但他们为人类文明的活力和无法预料的可能性，奉献了自己一生的努力。世界上往往只看到那些辉煌的艺术大师，而看不到艺术征途中大量寂寂无名的失败者，他们为了追求艺术的高境界、高成就，不辞辛劳、孜孜不倦，他们是真正的艺术殉道者。当代山水画大师陆俨少先生曾多次诫勉他的弟子和学生：“画画要有殉道精神。”看到公望画院的画家们，为传承黄公望的绘画精神与风格，热爱山水画，正在为这门古老的艺术融入现代生活而勤奋地创作，这就是最美、最值得赞扬的了。我衷心祝愿常熟公望画院的同仁们“有志者，事竟成”！公望书画艺术事业兴旺发达，前程辉煌！

乙未年八月二十六日于定慧斋
原载《零距离》杂志

浙商后裔藏瓷录
——周建民先生藏品赏析

我认识周建民先生是几年前在上海市宁波同乡会收藏俱乐部，那时他刚从上海市老干部局系统退休，精力充沛。他曾作自我介绍："我是搞古陶瓷收藏的"，语气中充满自信与豪气。开始我并不以为然。经过几年接触交往，并应邀到他府上欣赏他的陶瓷藏品，互相切磋、交流，他的悟性与钻研精神使我改变了最初的印象。收藏古陶瓷是一门很深的学问，几乎没有不交学费而能成为大家的。诚然，周建民的藏品中难免有赝品与仿品，但总体感觉是门类比较齐全，有不少可圈可点的精品与珍品。谓予不信，请随我一起来鉴赏他的几件具有代表性的藏品吧。

1. 唐三彩 · 玄武

中国古代神话中最令妖魔鬼怪心惊胆战的四大神兽是：青龙、白虎、朱雀、玄武，它们分别掌管东、西、南、北方生灵的安宁。此件唐三彩塑造的龟蛇合体的神兽就是闻名遐迩的北方之神玄武。器高 13 厘米，宽 12 厘米，底呈矩形，边长 18 厘米。神龟翘首回望，四足着地前行，背负一尾长蛇，蛇颈呈 S 状，其首昂扬，目光炯炯，与龟首对视，神态诡秘威严。相传，大禹之父为鲧，是鳖氏族的酋长，其妻为修已。鲧死后化为鳖（龟），修已化为长蛇。夫妇合体，谓"玄武"，均为水神。所谓唐三彩，乃唐代三彩釉陶器的简称。此摆件施黄、绿、白三彩釉，鲜亮明丽。其窑址在陕西铜川和河南洛阳。唐三彩 · 玄武和同时代的三彩马、三彩骆驼及三彩胡人塑像一样，因其精湛的雕塑工艺和色彩斑斓的装饰效果而具唐代陶瓷器独特的艺术风格。此玄武龟首与蛇首间置一大碗，龟尾处塑一水盂，可见是供奉食物与圣水的庙堂礼器。

唐代是中外文化交流鼎盛的时期，其陶艺作品不仅反映了鲜明的异域风情，而且坚持汉民族的传统文化理念，尤其是着力反映古代神话中的仙人与神兽，作品非常出彩，可以说，唐代陶瓷文化既数典，又不忘祖。

2. 宋官窑葵口瓜楞瓶

此瓶高 24 厘米，口径 3.5 厘米，底径 8.5 厘米，撇口呈葵花状，鹅颈，鼓腹，足底外撇，施青釉，略泛紫光，通体开片（冰裂纹）。放大镜下，有少许土沁侵入，口部釉薄露胎，褐黑色，俗称“紫口”。釉下气泡“聚沫攒珠”，有立体感。此器胎土细腻温润，“澄泥为范，极其精致”(《坦斋笔衡》)，以上这些特征是现代仿品很难达到的。

此件官窑器出于北宋的汴梁（今河南开封市），但其窑址因黄河泛滥引起地质变迁的缘故，至今尚未发现。史载，北宋大观、政和年间在汴梁设立窑场，专烧宫廷瓷器，即为北宋官窑，称“旧官”，而南宋在临安（今浙江杭州）修内司、郊坛下所建窑场称为“新官”，其简约、高雅的造型，晶莹如玉的釉色，细密别致的开片，在中国陶瓷史上是独树一帜的美篇。宋官窑和同时代的汝、定、钧、哥，合称宋代五大名窑，它们代表了宋瓷不朽的辉煌。我们欣赏宋瓷，看它们在平淡、静穆中那份自然、质朴、含蓄无穷的意蕴，可以得到难以言传的愉悦和高尚的审美享受。

3. 元霁蓝釉开光花卉纹梅瓶

此瓶高 30 厘米，口径 3.3 厘米，足径 9 厘米。通体施蓝釉，纹饰分三层，第一层即肩部，有六个开光窗口，绘祥云、火焰和宝珠等宗教吉祥符号。第二层即腹部，六个大窗口表现各种名贵花木。第三层即足部，以太阳、山峦的图形充实六个小窗口。此器地釉，是采用钴蓝釉中颜色比较深沉的一种，通体纹饰特别精美，以堆塑和雕刻相结合的手法，在元瓷中比较罕见。

在中国陶瓷发展史上，元代瓷器是一个承前启后的时期。这个时期由景德镇窑和龙泉窑烧制的瓷器以植物纹为主题纹饰，并采用藏传佛教的“八吉祥”“雄宝”和“杂宝”图案。这些图案的装饰通常是专为朝廷或者寺院烧制瓷品使用。此件霁蓝釉开光梅瓶的纹饰就使用了“八吉祥”和“杂宝”图案，因此从一个侧面佐证了这件瓷器可能是皇室或寺院专用的祭祀器，因此更彰显它不同于一般民品的特殊用途和身价。

4. 明成化海水人物纹青花梅瓶

此梅瓶高 40 厘米，肩宽 20 厘米，足径 11 厘米，底款为青花双圈三行楷书

“大明成化年制”。纹饰有四层：瓶盖绘骏马；肩部为骏马腾飞于海浪之上的图形，神态俊秀、气魄宏伟；腹部主题纹饰人物画：在树木葱郁、柳枝飘逸的山林深处，一位头戴幞巾、身着长袍、手拄拐杖的美髯老者问道于樵夫的场面，充满水墨画的文人雅趣；足部纹饰是以汹涌的海水波涛纹填满开光处。

此瓶釉面如脂，温润平滑；胎体坚致，因采用江西“陂塘青”，青花发色柔和淡雅，而在成化早期用进口的“苏麻离青”，青花发色浓重，且有黑褐色结晶斑。因此，断定此瓶使用成化中期的产品，因这一时期的国产青料含杂质少，优于进口的“苏麻离青”料。

明成化年间的青花瓷器在现代古陶瓷拍卖记录中屡创佳绩，令人刮目相看。学术界有“明看成化，清看雍正”的说法，我以为言之有据，并非虚夸的溢美之词。

5. 清乾隆“一团和气”青花抱月瓶

器高 35 厘米，足径 12 厘米，蒜头形瓶口，口径 7.6 厘米，底款为三行青花篆书“大清乾隆年制”。壶顶端两侧有弧形提梁联结双肩。

此壶因其形似圆月而得名“抱月”，实为“扁壶”，小口、溜肩，腹部两侧有对称的双系，便于系绳于马背。此壶外形最早源于宋元时期的西夏王国的陶制“马挂瓶”。清雍正早期曾烧制，后停烧，乾隆时复烧，多为青花。此瓶纹饰雍容繁华，五层绘画密不透风。外圈为卷草纹，次层画《易经》八卦之卦象：乾、坤、震、巽、坎、离、艮、兑。中心部位图饰是“一团和气”人物画。壶壁饰篆书“寿”字纹和缠枝菊花纹。壶底足外撇，饰缠枝忍冬花纹。青花发色具乾隆朝中期的时代特征：纯正、清丽、无晕散。

“一团和气”图，原创作者是明代的第八位皇帝朱见深，年号成化，庙号宪宗。他即位第一年，借用“虎溪三笑”的典故，以儒释道三教合一的理想，抒发对未来的期望而作此画。所谓“一团和气”并非这位皇帝的钦题，而是后人所命名。画中的人物远看是一个大圆球，仔细近看才发现是三人相互拥抱在一起，三个人的五官互相借用，合成一张脸。正面的人脸比较清晰，他双手拥抱在他两侧的人，而两边的人只见侧面，其尊容被掩蔽在中间一位的左右脑后，看不见，只能想象了。说是三教合一，其实正面的一位代表佛，占画面的主导位置，儒、道只是陪衬而已。这种造型出自皇帝之手，非常独特、奇妙，他到底想表达什么思想，令人猜度。

周建民先生陶瓷藏品除上述几件具代表性的精品外，还有不少可观的佳品与珍品，如：南宋汝窑像生瓷摆件、明永乐三爪龙纹青花天球瓶、清雍正豇豆红釉珐琅彩花篮盘、辽绿釉凤头壶、清乾隆蓝釉犀牛摆件，等等。

周建民先生是上海浙商的后裔，其父在新中国成立初期从事针织品的生产经销，生意曾做到苏州、嘉定、常熟一带。周先生没有接棒经商，却从父辈那里传承了爱好美食和收藏的基因。愿周建民先生以收藏陶冶情操，愉悦心灵，使退休生活更美好，更充实。

戊戌年六月二十九日于定慧斋

原载《常熟工商联》杂志

说球姑娘陶玫

作为无锡电视台“文化博览”的主持人，“体坛掠影”的编辑，陶玫以自己的气质和魅力给广大观众留下了美好的印象。由于她具有在大型球赛中作电视评播的才能，因而在京、宁、杭、榕等大中城市都获得了较高的知名度。

我第一次见到陶玫，印象最深的是：她能讲一口标准、流利的普通话，十分文静，甚至有些腼腆。电视台的朋友介绍说，别瞧不起这个毛丫头，她可是大胆地闯入男子世袭领地的我国第一位女性体育解说员！我感到惊奇。

1988 年，陶玫应邀参加健福杯男排精英赛现场解说工作。这场比赛高潮迭起，精彩场面层出不穷，而她沉着冷静，使解说既简洁明快，又流利酣畅。语调上的抑扬顿挫和节奏的轻重缓急把握上很有分寸。她和解说顾问配合默契，发挥正常。福州的球迷和电视观众交口称赞：“女同志说球别开生面，独具一格。看来宋世雄有女徒弟了。”于是，在赛场内外爆出一条新闻：“陶玫是宋世雄的女徒弟。”

且不去论证所谓师徒关系，说起体育解说的大师，像张之、宋世雄、孙正平、韩乔生几位都是大名鼎鼎的人物。有趣的是陶玫在前进的道路上恰恰和他们结下了师徒之缘。几年前，陶玫还是一家纺织厂的女工，她执着的追求，受到亲人的冷淡、同事的讥讽，流言蜚语曾给她很大的压力。就在她苦闷、彷徨之际，得到张之老师的热情鼓励与悉心指教，从此，她在人生征途上扬起风帆。她先后参加了全国女子足球锦标赛、女排联赛、长城国际足球锦标赛，学习现场解说工作。1986 年，在北京工人体育场的绿草坪上，陶玫经中央电视台韩乔生介绍，终于见到了她久仰的宋世雄和孙正平老师。

得到名家的指点，陶玫的体育解说进步很快。1987 年，在浙江体育馆直播中国浙江队和美国全明星职业篮球队的比赛，她的解说又赢得了杭州球迷的喝彩。

陶玫，今年廿六岁，虚心好学，事业上不断进取。去年应中央电视台邀请，参加亚运会球类比赛现场评说，获一等奖。我们为她高兴。但是，她有后顾之忧。我获悉，这几年她从中央电视台转战几个省台，成绩虽佳但编制还是“临时借用”，一借数年仍未彻底解决。我最近出差到过无锡，据说有关方面的领导很关心她的工作调动，正在积极联系。愿说球姑娘能尽快解除后顾之忧，成为文化、体育战线上的一名优秀战士，为我国的体育解说事业作出更大的成绩。

原载《当代电视》杂志 1992 年第 7 期

第十辑　名人传记

回眸

——邻家女孩赴日本早稻田大学留学有感

我近年发表在纸质媒体上的关于古玩鉴藏方面的文章，常送给好友、上海资深收藏家李建学先生一阅，意在交流与切磋。未料李先生将这类文章转给他的邻居之女阅读，竟然有许多专业性很强的心得与赞语反馈。这引起了我的好奇，经李先生介绍，这位女孩毕业于北京大学历史系考古专业，成绩优秀，并已被日本早稻田大学录取为历史系研究生。

北京大学、考古专业、赴日留学，这几组关键词却勾起了我当年在北京中国人民大学预科填报高考志愿书的一段往事以及对一千二百年前的老同乡——扬州大明寺高僧鉴真东渡扶桑传授戒律的历史回眸。

高考志愿的改变，写就了一生的工作轨迹和江湖生涯

1962 年夏末，我手捧有中国人民大学校长吴玉章签名体印章的预科（学员皆为调干生，来自各条战线的先进工作者和先进生产者，现为中国人民大学附属中学）毕业证书，心情十分激动。当时正填写高考志愿书，我渴望考进北京大学历史系攻读考古专业，立志终生做一名见证中华古文明的考古工作者。就在决定填报这一志愿时，我最敬重的语文老师张帆先生约我做了一次促膝长谈，他要我打消考北大历史系的念头，改报北京师大中文系。

张帆老师给我的理由是非常充分中肯的。他说北大历史系考古专业当年面向全国只录取 7 个名额，这样估算，录取率在数十比一或数百比一之间。不言而喻，风险比较大。堵住了一条路，张老师同时又为我开了一扇门，他历数北师大中文系许多国学大师，其师资的优秀在国内外都是屈指可数的。除了这个客观理由外，其实还有一条他当时没有说出的理由，是我在若干年后才慢慢悟出的。张

老师了解我生长于江南水乡，其体质与气质，并不适合长期从事艰苦的野外工作。他的潜台词是：考古工作并不适合我。

张帆老师是中国人民大学预科的顶级语文教师，而我是远离家乡的学子，我们相处三年，教学相长、亲如父子，他是北京海淀区的人民代表，高考作文阅卷老师。据说，他曾是商务印书馆的资深编辑，他的语文教学水平在海淀区是出类拔萃的。每当有观摩教学时，他常常让我在课堂上回答一些问题，比如提炼课文的主题思想、划分段落、分析修辞手法等，我几乎每次都没有让老师失望。在他的培育下，我的作文水平提高很快，每学期总有几篇作文入选模范作文集。记得其中有一篇叙述下乡割麦子，正赶上暴雨降临之前的紧张场景，题目经张老师修订叫《与天夺麦》，刊登在中国人民大学学生作文选集里。预科读书三年，每学年都获得北京市教育局颁发的银质奖章。这些荣誉成为鼓励我继续前进的动力，铭记不忘。

还有一件小事也是我刻骨铭心的：1962 年盛夏，高考结束后的一天，张老师让人带信叫我到他的办公室，当我踏进办公室时，发现他神情凝重，急切地问我："你高考作文写的什么题目?"我脱口而出："我写的是杂文《说不怕鬼》。"他长长舒了一口气，眉宇间泛起了愉悦的春光。原来张老师在所阅的高考作文中发现一篇散文《扬州游记》，辞藻华丽，条理清晰，层次分明，是一篇优秀的抒情散文，然而没有按命题来写，再好也是零分。因为张老师知道我是扬州人，文风又相似，担心是我写的。这虽然是一件小事，一个细节，但它反映的是师生间的深厚情谊，是长辈对后生的无微不至的关爱。从北师大毕业后，待到"文革"的风暴过去，我曾到中国人民大学预科去打听张帆老师的情况，预科已不复存在，校门口改挂了人大附中的校牌。一位老校工回忆，张老师在"文革"期间被打成反动学术权威，饱受折磨，含冤去世了。我没有见到恩师，听到的却是迟到的噩耗，鼻子一酸，泪水禁不住夺眶而出……

鉴真——东渡扶桑传授戒律的唐代扬州高僧

鉴真大和尚（688—763），俗姓淳于，扬州江阳县人，十四岁于故乡大云寺出家，后至长安、洛阳学习佛学，归后主持扬州大明寺（因建于南朝宋大明年间而得名，清代避讳更名栖灵寺，1980 年恢复旧称）。唐天宝元年（742）应日僧荣叡、普照的邀请东渡日本，于天宝十二载（753）第六次航行始达日本，受到日本朝野僧俗的盛大欢迎。第三年于奈良东大寺建戒坛传授戒法，日本的天皇、皇后、公卿等四百余人皆受菩萨戒。公元 759 年又于奈良兴建唐招提寺，并设戒坛，前后受度的达四万人以上。由于鉴真的教化，遂开日本戒律一宗，而成为日本律宗初祖。

鉴真六次东渡，历经艰难险阻。《中国佛教 · 第二辑》有如下记载："鉴真自从发愿东渡传戒，受到五次航行的挫折，第六次到达日本时，鉴真已双目失明，前后同伴已死去 36 人，道俗退心的 200 余人，只有他和日本学问僧普照、天台僧思托始终六渡，不顾生命的危险，经过十二年终于达到赴日传戒的目的。1963 年，鉴真圆寂一千二百年，中日两国佛教界和文化界同时举行了广泛隆重的纪念活动并互派代表参加。日本人士将鉴真事迹写成小说编演戏剧。中国佛教界则在日僧荣叡示寂的端州地方（今广东肇庆）建立了一座纪念牌。1980 年，鉴真像回国探亲，在扬州和北京都受到了中国人民和佛教徒的瞻礼。"

鉴真大和尚已经圆寂一千二百五十多年了，他将中国的佛学、医学、语言文学、建筑、雕塑、书法、印刷等介绍到日本，为发展中日两国文化交流作出了巨大贡献，可谓功德无量，名垂千古。中日两国的历代许多文人墨客写下了无数讴歌鉴真东渡的诗词歌赋，我摘录其中有代表性的四首诗词，兹作永恒的纪念。

唐德宗元年，时任都虞侯冠军大将军试太常卿的高鹤林奉命出使日本，欲谒鉴真，而鉴真已去世十七年，遂作诗以志哀思：

因使日本愿谒鉴真和尚既灭度不觐尊颜嗟而述怀

上方传佛灯，名僧号鉴真。
怀藏通邻国，真如转付民。
早嫌居五浊，寂灭离嚣尘。
禅院从今古，青松绕塔新。
斯法留千载，名记万年春。

鉴真大和尚圆寂十七年后，唐德宗的使臣到达日本后才知道，这重大消息没有告知中国政府，也说明了当时日本天皇朝廷的失礼。

五言伤大和上传灯逝

上德乘杯渡，金人道已东。
戒香余散馥，慧炬复流风。
月隐归灵鹫，珠逃入梵宫。
神飞生死表，遗教法门中。

这首诗的作者思托，是唐玄宗时台州开元寺僧，鉴真大和尚的弟子，随鉴真六次东渡，终于天宝十二载与鉴真一同抵达日本。鉴真圆寂后，思托作诗悼念。

谒鉴真像

翠叶放清芬，滴露色更新。
我欲多采撷，为师拭泪痕。

这首小诗是日本诗人松尾芭蕉到奈良招提寺拜谒盲圣鉴真像所作。此诗情感真切，诗人对鉴真的崇拜之情溢于言表。作者是日本伊贺国（今三重县）上野赤板町人，著名的俳句诗人，在日本被尊为“俳圣”，有诗集《冬日》《旷野》《炭包》等传世。

西江月·我自归心盲圣

淮左名都名士，竹西佳处佳人。经过百代与千春，儒雅风流无尽。
二十四桥明月，依然逗引诗情。蜀冈吟望奈良灯，我自归心盲圣。

这一首《西江月》的作者是中国佛教协会原会长、著名佛学家、居士赵朴初先生。词中“蜀冈吟望奈良灯”句，喻鉴真东渡在日本奈良唐招提寺传授佛教戒律的典故；“我自归心盲圣”句，反映了词人内心对鉴真大和尚的崇敬与皈依。

我回眸的两位故人，一是平民百姓，一是大德高僧，虽地位不同，建树各异，但在他们身上都体现了中华民族心地善良和乐于奉献的高贵品质。中华五千年的文明史证明，中华民族不愧是勤劳勇敢又热爱和平的伟大的民族。正在崛起的中国，为弘扬中华文化、维护世界和平，必将在国际舞台上发挥越来越大和无可替代的作用。

中国民主革命的伟大先驱者孙中山先生说过：“世界潮流浩浩荡荡，顺之则昌，逆之则亡。”诚可信也！

乙未年正月初七日于定慧斋

原载《零距离》杂志

腹有诗书气自华

——读《瓶庐诗稿》《松禅年谱》有感

提起晚清重臣翁同龢（1830—1904，字声甫，号叔平，晚年又号瓶庐居士，江苏常熟人），许多读者和研究者总不忘他两朝帝师之尊、枢臣之重的显赫资历。虽然这都是事实，然而我细读翁氏诗词和年谱、遗墨等历史资料，却敬重他满腹经纶的书香和儒家经世致用的言行。翁同龢所处的是内忧外患、危机四伏的清朝末年，那个风雨飘摇的时代决定了他荣辱互存、仕途坎坷的命运。特别是1898年戊戌维新伊始，他遭贬罢黜“开缺回籍”之后，在“瓶庐”度过悲愤抑郁的残年晚景，不禁令后人为之扼腕唏嘘。

忠君爱国，恪守儒家正统

翁同龢出身书香门第和官宦世家，从6岁到20岁，这人生最宝贵的时光，他在江南水乡接受了传统的儒学教育。据史料记载，翁氏先后在常熟游文书院和苏州紫阳书院等塾馆刻苦读书，并受良师益友的熏陶，初步形成了他的人生观和价值观，江南文化的内涵更赋予他独特的悟性和气质。

翁同龢生活在科举制度的末期，晚清朝廷仍以经文取士，明确规定以“四书”（宋朱熹注《大学》《论语》《孟子》《中庸》四书之名始有）“五经”（《周易》《尚书》《诗经》《春秋》《礼记》）为题，以八股文（由固定的八个部分组成，即“破题”“承题”“起讲”“入手”“起股”“中股”“后股”“束股”）的形式应对，直到光绪三十一年（1905），即翁同龢逝世后的第二年清政府宣布废除科举制度。在《松禅年谱》里，我们看到他少年时期学儒的清晰轨迹：“六岁，从表伯朱启宇先生受读，大侄曾文同塾”，“十二岁，从李惺园先生受读，始作诗”，“十三岁，五经、古文粗读毕，学试帖诗”，“十四岁，二月始作八股文，九月应县试，正案名列二十外”“十六岁，五月应府试，名列第三”，“十七岁，肄业游文书院”，“十八岁，学师保举优行，有‘品端学敏’之奖。肄业紫阳书院。岁试，……取列一等第七，正场列二等十三名”，“二十一岁，六月，应朝考，列一等第五”，直到咸丰六年“殿试一甲第一名”状元及第。从《松禅年谱》里，我们还看到翁氏先后给同治、光绪两位皇帝授课的主讲内容，正是翁氏所学所长的儒家经典：同治四年“于帝前进讲《治平宝鉴》”，同治五年“二月擢侍讲，每日侍上临书及讲《帝鉴图说》毕，复讲《庭训格言》”，同治九年“六月，《礼记》毕，接读《易经》。十二月，《易经》毕”。同治十年，“接授《左传》”。翁氏教授光绪皇帝的是《大学》《论语》《中庸》《礼记》《春秋》《诗经》等儒家经典，不再赘述。

翁同龢的《瓶庐诗稿》折射出他杰出的文学才华，在近代诗坛具有相当大的影响。他的诗歌借题书画碑帖而抒情言志，有宋诗遗韵，这一类作品其数量亦可观，占翁氏诗集的“十居六七”(陈衍《石遗室诗话》)。还有一部分是向朝廷感恩、表忠之作，反映他始终如一的忠君爱国的理念，所谓“君恩天地重，大义安可舍”(《筠庵赠诗依韵奉答》)，“一草一木皆可敬，九朝雨露为滋荣”(《西苑和燮臣韵》)，“平生忠孝志，都在啸歌中”(《次韵简园杂咏》)，等等。我以为翁氏许多礼仪性的应酬、应景之作，不如在危难时期有感而发的诗歌更真实、更感人，也更能反映他忧国忧民的思想。他在被贬后，在“开缺回籍”的途中，还念念不忘“圣主”的恩德：“卅载瞻依殿陛温，一朝挥手上东门。圣恩特许归田里，莫浣朝衫拜杖痕。”(《题自画》)在归隐瓶庐的日子里，心有悲愤而强抑之，但对朝廷还抱有幻想，翁氏在瓶庐的前厅中央置一块方形石板，每逢同治帝忌辰、光绪帝生辰、慈禧万寿节，翁氏在此叩拜，其心迹不言自明矣。“来日婉婉嗟春暮，去后缠绵恋主恩。新作茅屋无一物，可怜犹觅旧巢痕。”1904年7月4日，翁同龢在“瓶庐”走完人生旅程的最后一刻，他在弥留之际向守候在身边的亲属口占一绝：“六十年中事，伤心到盖棺；不将两行泪，轻向汝曹弹。”庆王闻翁氏死讯后为之请恤，“上盛怒……太后不语，庆王不敢再言”(王照《方家园杂咏二十首并纪事》)。至此君臣恩断、师生义绝也，悲夫!

体恤民情，践行先贤遗风

关心老百姓的痛痒是翁同龢为官的一个侧面，在他的《年谱》里有多处救灾、抚恤的记载：光绪十五年，“吾乡……一月大雨，水骤涨，禾尽淹，……乃联衔具奏请赈。奉旨拨江苏库银五万两，复奉懿旨发内帑五万两速账。余与潘公各捐一千两交苏州善士谢绥之”。光绪十六年，“永定河决北三号，冲南苑直至永定门，一片汪洋。余策骑察看水势，饥民塞路矣。每日办炊饼一千交长素厂带放，此涓滴之水耳”，《瓶庐诗稿》还有不少忧念民生之作，诸如“凄港渐淤纱布贱，吾侪何以济家乡”（《吴儒卿……同过山斋次公有诗依韵奉答》）、“木棉已损田禾烂，都尽先生感慨中”（《小楼默坐风雨萧然示鹿卿侄》）、“夜长月落尖风紧，多少穷檐忍饿人”（《咏菜糊涂》）等。翁氏在刑部右侍郎任上还为轰动全国的杨乃武与小白菜的大冤案平反昭雪（光绪二年，1876）。据民间传说，翁氏勇斗恶棍、整饬兵库、智斥无赖、画扇赈灾等生动故事至今仍在他的故里常熟广为流传。

翁同龢遵父训，学先贤，以自己的言行体现“先天下之忧而忧，后天下之乐而乐”的思想。翁父翁心存（1791—1862，字二铭，号邃庵，道光进士，历任工部、户部尚书，国史馆总裁，上书房总师傅，三次值上书房，授读奕䜣、咸丰帝，后又任弘德殿行走，授读同治帝）。在翁同龢初入仕途时，其父告诫他“当读书砥砺，行严己恭以待人，上承国恩，下绵世泽”。宋孝宗（赵昚，1127—1194，南宋第二代皇帝。在位二十七年，一椽一瓦未尝兴作。曾说“朕他无所为，止得节俭”）曾批评“儒者多高谈，无实用”，他说儒者“不达时变”“不肯留意金谷”，又说“周礼一书，理财居其中。后儒者尚清谈，以理财为俗务，可谓不知本”。翁氏作为朝廷重臣，他既关心财政，也关心农事，不忘“金谷”是治国之本。

后人给予《瓶庐诗稿》以很高的评价，称赞翁诗“清隽无俗韵”“瓶庐苏黄徒”。所谓“苏黄徒”，是说翁诗受宋代大诗人苏轼和黄庭坚的影响，“温柔敦厚”，“怨而不怒，即怒亦希”。说他的诗“宋中”（讲模棱两可的话）、“主静”（不受功名利禄的诱惑，而存天理）。民国大总统徐世昌欣赏翁诗“淹雅端和，不失先民矩镬”（《晚晴簃诗汇》）。这些评点都有道理，都有依据，然而仁者见仁，智者见智。也有一些专家学者对翁诗的不足之处提出了自己的看法，翁诗固然平静、旷达，“但缺乏苏轼的乐观、坚定，更缺乏苏轼批判现实的精神”。我以为无须把翁诗划入所谓“宋诗派”，也非“苏黄徒”，翁诗就是翁诗。中国近代史上翁同龢有许多个“唯一”，他的诗词和他所处的那个时代紧紧地捆绑在一起，也是与众不同、独树一帜的。

孝母怜妻，不废世俗天伦

民间格言云：“百善孝为先。”所谓孝道，即孝顺父母之道也。古有《孝经》加以系统诠释和提倡。相传《孝经》是孔门后学，是儒家经典之一。自古以来，无论帝王、百姓，均推崇封建孝道和宗法思想。唐玄宗李隆基曾为《孝经》作注，并刻石于太学，称之为“石台孝经”。清顺治、康熙、雍正王朝，先后“御注孝经”，敕撰《孝经集注》并颁行天下。《孝经集注》的内容有天子之旨、诸侯之孝、卿大夫之孝、士之孝、庶人之孝的具体规定。翁氏孝顺父母是典型的卿大夫之孝。《松禅年谱》载：同治元年十月初七其父翁心存辞世，“十二月，奉灵柩于观音院禅寺”，次年“十一月二十五日，敬奉灵榇暂安，龢居山中一月始归，是时家乡新复，未克归葬也”。同治三年，居忧。同治四年“服阕起复”，回朝廷上班。同治十年，翁母病逝，“临终曰：汝等行好事，作好人”。“恩旨褒恤，有‘贤母’之称，赐银二千两治丧，谕祭一坛”。同治十一年，“四月扶柩由潞河还南，六月抵里。此行也，哀痛之中殆无生理，……辛苦万状。九月二十一日，谨奉母柩合葬于鹄峰先公兆域”。于此守墓三年，至光绪元年（1875）奉懿旨回办差。翁氏后来在一首《清明节墓祭有感》五言诗中写道：“剪剪风光丽，匆匆节序更。桃花小寒食，麦饭正清明。春树如含泪，青山尚有情。可怜道旁柳，只解送人行。”对母亲思念的余哀犹在。

咸丰八年（1858），翁氏之妻汤氏卒，临死前执翁手曰：“吾已矣，为臣当忠，为子当孝，夫子之责也。”翁氏在《年谱》中深情地记叙了这一段哀恸的往事：“内子亲孝，通书，略能诗，善画而不工也，以无子女常悒悒到疾。伤哉！”同年六月，翁氏奉命赴陕西任乡试副考官，“孤身一人在阻险途中，遇上七夕之日，亡妻唤不醒，只能在涿州城更换遥看双星，何等凄凉”（据《翁同龢日记》）。汤氏，名孟淑，浙江萧山人，出身书香门第。其祖父汤金钊是翁同龢父亲翁心存的老师。翁娶汤氏，婚后夫妻间写诗作画，感情深笃。不料汤氏早亡，令翁氏哀痛不已。此年除夕夜，翁氏在陕西任上，夜宿驿馆独对青灯，孤寂凄凉；思念爱妻，不禁泪湿衫襟，他深情地赋词一首，名曰《贺新郎》：

历历珠玑冷，是何人，清词细楷，者般遒紧。费尽刿藤摹不出，却似薄云横岭。又新月娟娟弄影，玉碎香销千古恨，想泪痕，暗与苔花并。曾照见，夜妆靓。

潘郎伤逝空悲哽，最难禁，烛花如豆，夜寒人静。玉镜台前明月里，博得团圆俄顷。偏客梦，无端又醒。三十年华明日是，剩天涯飘泊孤鸾影。铭镜语，向谁省。

另有一首《题亡室汤夫人画册》诗也写得缠绵悱恻、凄婉悲切：

语苦诗难尽，愁长梦转稀。铛残煎过药，箧黯嫁时衣。会合知前定，分张感昔非。临终留一偈，了了岂禅机。

竟死嗟何益，浮生只自怜。营斋谁是佛？卜墓又无田。孙解瞻遗挂，姬能剪纸钱。老夫归直晚，展画一潸然。

前几年，我的好友、时任常熟日报社副总编沃建平先生知我仰慕翁同龢的文才，陆续赠我《翁同龢诗词集》《松禅年谱》《翁同龢轶事遗闻》《翁同龢遗墨》《纪念翁同龢逝世一百周年文献专辑》等一批记录和研究翁同龢的珍贵书籍和历史资料，使我对这位晚清的传奇人物有了较为全面、深刻的认识。常熟是我的第二故乡，江南地区的许多学者文人，及翁氏后裔、张謇的后人，倾注大量心血研究翁同龢，或提供实物或给予精神和物质上的巨大支持而取得丰硕的成果，我对他们深表敬意。我读翁氏诗词和年谱颇多感怀。拙文疏漏之处难免，期盼方家指教，并以此文纪念先贤翁同龢逝世一百一十周年。

“墨翻衫袖吾方醉，腹有诗书气自华。”

甲午年荷月定稿于常熟虞山宝岩村

原载《零距离》杂志

水竹村人：鲜为人知的题画诗人和书画家

——从《归云楼题画诗集》看民国大总统徐世昌的博学多才

甲午年春节，往昔四周繁响的鞭炮声变得稀疏起来，空气中弥漫的硝磺味也渐渐淡薄了。从除夕夜到正月初七日的每一个万家灯火的夜晚都显得分外宁静。我闲坐书房，品茗读书，从家藏的一包古籍中翻出两册蓝色封面的线装书，题签呈淡玫瑰色，上书“归云楼题画诗”，隶书十分端庄秀美，上下两册，共六卷。卷首刊序文，是流畅俊逸的行草体，落款“甲子夏五月水竹村人”，下钤印章二方，一方为白文篆书“世昌之印”，一方为朱文篆书“弢斋书画”。未标注承印书局及出版年代。每一页边缝下方均有“进修堂藏”字样。该题画诗集共收录水竹村人题画诗四百余首，卷末无跋。

“甲子年亥五月”，系民国十三年（1924）六月。“水竹村人”，即民国大总统徐世昌。据史料记载：“徐世昌（1854—1939），字菊人，号弢斋，别署水竹村人。原籍天津，而生于河南汲县水竹村，清季翰林，官至东三省总督，体仁阁大学士。辛亥革命（1911 年）后，于 1918 年 10 月至 1922 年 10 月任民国大总统。工山水，书宗苏轼，能诗，有《归云楼题画诗集》，成于 1924 年。”此题画诗集，采用当时最先进的珂罗版印刷，字迹清晰，装帧精致，纸张薄而有韧性，夹内衬。序文落款所钤二印乃作者书画专用章，从印泥的品质及随年代推移颜色的变化看，足可验证这是徐世昌馈赠亲友和社会名流的为数不多的珍本。

民国史研究者称：“经历以晚清封疆大吏而任民国总统者，唯袁世凯、徐世昌二人，而袁世凯不知者少，徐世昌则鲜为人知。”徐世昌退隐后曾在北京班大人胡同设立“徐东海编书处”，编纂《清儒学案》208 卷，并创作诗词 5000 余首，楹联 10000 余副，且多为质量上乘之作。徐世昌亦擅绘画与书法，数量也不少，但许多研究者指出：“他的诗画不轻易送人，因而承传不多”，“他擅长山水，松竹，花卉，尤其喜欢绘制扇面，而且每画必诗，一般不轻易送人”。总而言之，徐世昌在几位民国大总统中，是唯一出身于教书匠的知识分子，从小受传统儒家思想的教育，家教甚严。读书、入仕、退隐，几十年丰富的人生阅历造就了他比较深厚的国学基础和诗画的杰出才艺。因此有人提出假设：徐世昌“如不从政，成为国学大师或名画家，也未可知”。我以为，历史已成事实，无须假设，因为无论如何地推理遐想，都没有合理、正确的答案。因此，我撰文对徐世昌的从政得失不做深入剖析，只对他的诗书画作品进行赏析，力求从他的艺术作品中感受他所处的那个特殊时代社会炎凉和他对后世有启发的人生情怀。

以诗明志，入仕退隐皆有情

徐世昌有“总统诗人”的美誉，他无论入仕、出仕，无论当权还是在野，也无论年少与年迈，可谓终生写诗不辍。1918 年，他辑印《水竹村人诗集》12 卷，1924 年刊行《归云楼题画诗集》6 卷，到 1933 年刊行《技珠录》，共刊行 8 集、76 卷诗词作品。我细读《归云楼题画诗集》，总体的印象是：简洁清远、宁静闲适、超然脱俗。恰如行家所云：“抒写性情，旷然无身世之累。”

《归云楼题画诗集》中，咏松、竹、梅、兰的题材比较多，我印象特别深刻的有《题画松》等数首，其中《题画松》诗：

长松一千尺，松顶生云上。
云来鹤共栖，鹤来云不让。

前两句描写古松之高，“长松一千尺”，语言朴实，平和。妙在后两句风趣幽默，意境高远。以云鹤作陪衬，突显古松之伟岸。仙鹤来栖，烟云缭绕松顶，一方面写松高耸入云，一方面又写云鹤之间时而共处、时而不让的逗弄，寂静的画面陡然变得生动活泼了许多。

另有一首咏松诗，题曰《矮松》：

思明湖水澹涵秋，缥缈云中十二楼。
乐寿堂前松未老，何人重去海瀛洲？

前两句写清澈而略带寒意的一泓湖水，倒映着远处的仙山琼阁，一派神仙景象。后两句借用典故抒发胸中的块垒。乐寿堂，是指清代乾隆皇帝退位后做太上皇，在宫中逍遥自在的场所。乐寿堂在宁寿宫内，与养性殿、颐和轩、畅音阁等建筑物构成太上皇的小内廷。瀛洲，神话中仙人所居之山，在东海，与蓬莱、方丈二山齐名。乐寿堂前面的那棵松树不那么高大苍老，如果太上皇要延年益寿，又派谁去仙山采摘长生不老之药呢？瀛洲，又隐喻太液池（今中南海）中的瀛台，这是一座清代康、乾两朝夏日听政之所。徐世昌退隐后似不关心朝政，而意在乐与寿，其实并不尽然。或许他尚有伺机复出的志向，诗云“重去海瀛洲”，其内心独白可以理解。

徐世昌咏梅的诗多于咏松，《归云楼题画诗集》中咏梅的诗不下二十首，可见他对梅花的钟爱。《题画梅》：“写尽千枝与万枝，孤山春色总宜诗。夜深梦见林和靖，放鹤亭边啜茗时。”他说，不管画梅画了千次万次，那杭州西湖边孤山的景色是写诗最为适宜的地方。夜里做梦遇到了林和靖先生，一起在放鹤亭里品茗论诗。诗中提到的林和靖，是宋代著名的隐士（林逋，967—1028，字君复，钱塘人，仁宗赐谥和靖先生），独居西湖畔的孤山，二十余年不入城市，终生不娶，种梅养鹤，寡欲清心，人称“梅妻鹤子”。徐诗咏梅推崇林和靖孤傲自许、冰清高洁的品格，并以此自况。

他在另一首《题画梅》诗中写道：

试研冻砚写寒梅，门巷雪深午未开。
一种清寒真定味，笔端造化拗春回。

“试研”“门巷”句，写初春季节，寒意料峭，铺开结冰的砚台来磨墨，试笔画一幅春梅图，那时已经中午，室外纷纷扬扬的大雪堆得很高，自家的大门还没有打开。一写空间，二写时间，为后两句做铺垫，来抒发在困境中要学习寒梅的品德，鼓舞与激励自己不能沉沦。真，真如也；定，如如不动也。真定，是修身养性很高的境界。梅花绽放，春天来了。徐诗抒发自己的心情感受，总离不开他的政治环境的变化、权力的得失。诗言志，诗为心声，徐诗的灵魂与所有诗人的诗句一样，都甩不掉一个“情”字。

书如其人，宗古有度老弥坚

《中国美术家人名辞典》在徐世昌条目中说“书宗苏轼，略变其体”。短短八个字，把徐世昌的书法特点说清楚了。从《归云楼题画诗集》看，四百余首长短诗均是行草书体，风格统一，确似苏东坡《黄州寒食帖》的遗韵风范。它结构严谨不失苏体法度，又有回翔顿挫之姿，挥洒自如，收束得体。但徐字不似苏字多用卧笔而偏肥，徐字常用中锋，略显瘦挺而有骨力。他们晚年的经历仿佛相似，东坡屡遭贬谪，辗转奔波，因而视野开阔、阅历丰富，运笔纵横恣放。清代大书法家王文治有诗云：“坡翁奇气本超伦，挥洒纵横欲绝尘，直到晚年师北海，更于平淡见天真。”而徐世昌的书法也隐约折射出与仕途沉浮、权势平衡、刚柔相济的处境和政治手腕息息相关，徐字有坚挺的一面，又有硬中兼柔的一面。他在东三省任总督期间，对日本侵略者的行径坚决抵制，在卫护领土主权等原则问题上据理力争，寸土不让，节气可嘉。他曾说：“必示人以不可攻，而后人不攻；必示人以不可欺，然后人不欺。”民国二十六年（1937）冬天，一个汉奸突然造访徐宅，声称“总统如能出山，和日本订立亲善条约，日方即可撤兵津城”。徐以年老婉辞。1938 年，日本大特务土肥原贤二约见徐世昌，欲逼徐出山任华北首领，也遭断然拒绝。在《归云题画诗集》中，这种坚挺不拔的书法风格与其人格基本上是一致的。我以为，在徐的琳琅满目的书法作品中，可以欣赏到他明显的个性特点和鲜明的艺术风格。

徐世昌的书法也有柔媚和局促的一面，流畅中略显凝滞，似奔放又收敛，欲张又止的姿态，只要仔细观察，这些美中不足之处不难看出。都说字如其人，人性中也有欠缺、薄弱的遗憾。徐世昌在官僚机构中为了保存实力，慢慢做大，他常常见机行事，待机而动，并善于多方协调，平衡权益。他在天津小站以文职身份协助袁世凯练兵时，工作勤奋，业务娴熟，为人低调，受到将领们的尊重，皆称之为师。他既有政治野心，又不乏爱国热情。甲午之战失败后，他曾联合他人弹劾李鸿章，戊戌变法时，徐参与维新运动，但当袁世凯叛变后又站到了镇压革命运动的一边，成了以六君子血染红顶的历史罪人之一。由此观之，他的书法风格，恰如后人的评判：“书宗苏轼，略变其体。”这变的部分恰恰是徐世昌人性不完美或丑陋的诟病的体现罢。他学苏东坡，形似而神不似，何也？时代赋予书法名家的长短、优劣是各不相同的，也是难以改变的，所以当时号称“民国四公子”之一的张伯驹就曾写诗嘲讽过徐世昌：“利国无能但利身，虚名开济两朝臣。笑他药性如甘草，却负黄花号菊人。”话说得比较犀利、刻薄，但点到了他“甘草”性格还是比较客观公允的。徐世昌的书法多为行草，名震一时，在津门各殿堂多有其墨迹，如天津的“正兴德茶庄”“成兴茶庄”“直隶书局”等匾额均出自他的手笔，也是后世对这位文人出身的民国大总统的一点纪念吧。

画为心声，状物寓意托毫素

徐世昌的一幅《朱竹图》颇见功力。他画一竿修竹，茎枝挺拔，从竹茎下部向上分叉为两支，一支低而叶茂，一支高而叶稀疏。右侧一竿竹见首不见根，顶部蓬松如盖，一片繁茂。竹叶肥润而劲俏，其阴阳向背，层次鲜明，比较注重写实。画面的右上角署“水竹村人”，下钤白文篆书方印“世昌之印”。中国画里表现修竹常常是大写意的墨竹，而朱竹不多。我的老师、当代的书画大家启功先生就是画朱竹的高手，他继承扬州八怪之一郑板桥的画风，又有自己的创新，其朱竹清丽刚健，余味隽永。徐的朱竹也有特色，无背景，无陪衬，红竹凌空，十分显眼。文人画竹，多在表现它在艰苦环境中顽强生长、屈曲求伸、不移真性的高贵品格。他们把竹子比作儒家有德的君子，也是画家自我人格的比喻和张扬。

一幅《墨兰》画面十分简洁，用干墨点出几茎弧形的叶片，这叶片与众不同，从根到顶粗细没有变化，更没有似剑一样的叶尖，恰似几根绳索飘浮在空中。叶子间以淡墨点出几朵绽放的兰花，十分赏心悦目。画面右侧，另一株兰花犹如倒挂金钟，枝叶向下，唯独兰花傲然舒展指向天空。落款“水竹村人”，钤白文篆书“徐世昌印”。这幅画画兰而不画土，令人联想到宋末元初的大画家郑思肖的《墨兰》的寓意：国土被侵略者践踏而兰花不愿生长其上。郑还以诗配画，表现了深沉的亡国之痛和强烈的爱国情操；“一国之香，一国之殇，怀此怀王，于楚有光。”徐世昌的这幅《墨兰》据说画于他在东三省任总督期间，其爱国之心了然于纸上也。

徐世昌的一幅《万壑松风图》，是传统的山水题材，远山叠嶂，劲松挺立。两棵古松并肩直立于画面中心，松下茅屋两间，山涧溪水潺潺。此图设色，松针和山坡上的灌木丛均涂浅青绿色。群峰间烟云缭绕，气象万千。图上方空白处有行草长题，诗情画意给读者一种脱俗出尘的三昧。

徐画《古梅图》，也给我留下了深刻印象。整个画面的 4/5 表现梅花的老干虬枝，树干呈 S 形，中上部分叉为数枝，向不同的方向伸展，枝条密布如网，梅花的花瓣用简洁的双勾，而花萼只以浓墨作点，彰显“繁花”景象。老树干纹理迂绕，枯健如虬龙，树纹苍老，并以墨点破醒，更显遒劲与活力。徐的古梅在继承传统的基础上有所创新。细看发现树干中段有一只吉祥鸟，它头顶长羽，神气活现，双爪紧紧勾住树干，头微仰，目视远方，鸟的腹部留白，下部边缘以淡墨勾出轮廓，鸟背和羽翅则以浓墨涂之。以吉祥鸟陪衬梅花，寓意吉祥延年。清代著名花鸟画家朱方蔼在《画梅题记》中说：“宋人画梅，大都疏枝浅蕊，至元煮石山农（王冕）始易以繁花，千丛万簇，倍觉风神绰约。”我们面对徐世昌所绘梅花的绰约风姿，便自然联想到“遥知不是雪，为有暗香来”以及“万花敢向雪中出，一树独先天下春”的赞梅佳句。

在徐世昌的画集中，表现松、梅、兰、竹、菊比较多，但也有一般画家忽略的花卉题材，如牵牛花、月季花、梨花等。

综上所述，徐画中无论立轴、中堂，无论册页、手卷，无论镜心、扇面，这些表现在宣纸和绫绢上的墨迹，花鸟虫鱼、山水人物等，都是作者托兴毫素、状物抒情的媒介而已。

徐世昌的一生功过，我不予置评，拙文针对他鲜为人知的诗、书、画才艺和较深厚的国学功力，发表个人赏介的观点。我们作为炎黄子孙，有责任有义务对于前人的艺术作品进行赏析，以取其精华，弃其糟粕，释放其正能量，推动中国传统文化的继承与发扬。有评论家说过，“诗人能独行其是，天马行空；书法家要有诗人的某些素质，以进入更高的境界；而画家更要有诗人和书法家的造诣，才能登峰造极”。这些论述很精辟，是对诗书画一体的严苛的高标准。

“人世有代谢，往来成古今。”古语云：“以铜为鉴，可正衣冠；以史为鉴，可知兴替；以人为鉴，可明得失。”我冒昧地补充一句：以前人的艺术品为鉴，可以提高后人鉴赏艺术品的能力和品位。

甲午年正月十五日于定慧斋

原载《零距离》杂志

一张老照片的背后

——民国上海滩故事之沧海一粟

二〇一五年元月二日，我在福建厦门参观轰动海内外的“徐寄廎典藏展”，这是应北京师大中文系六二级老同学、港厦著名企业家、收藏家邱季端先生的盛情邀请而欣然赴约的。是日中午，“徐寄廎典藏展”在新闻发布会以后于厦门青少年宫隆重揭幕，贵宾如云，参观者络绎不绝。这次展会给我留下深刻印象的不仅是热烈的场面，更是展馆所展出的徐寄廎先生的遗珍：精美的陶瓷、历代文人书画和古玩杂项，林林总总，可谓争奇斗艳、精彩纷呈。特别令我难忘的是展馆大门门楣上那一幅巨大的老照片，参观者进馆前无不驻足仰望，但这张老照片拍摄于何时？照片上有哪些著名的历史人物？主角是谁？这些人物与徐寄廎有何关系？又与徐寄廎的珍贵收藏有何内在因缘？徐寄廎又是何许人也？……恐怕知之者不多，懂之者更寥吧。我怀着好奇与追根究底的心态，在返沪后的一段日子里，用心搜寻相关民国史的资料，跑上海曹家渡的博库书城和福州路的上海书城，上互联网，翻阅家藏的相关书籍、史料，寻寻觅觅，才发现一部民国史和一段上海滩的往事，其资料无论军事、政治、金融、文化、民生等，门类繁多，其水很深，且浩瀚无边也。所幸还找到了一些切题对路的资料，虽是一鳞半爪，也自信足以阐述本文的主题了。

杜氏宗祠：俯仰之间，已为陈迹

“徐寄廎典藏展”展馆及《徐寄廎典藏图录》所展示的这张老照片，拍摄于民国二十年（1931）六月的上海滩。照片的上方有一行醒目的通栏大标题：“杜氏家祠落成招待北平艺员摄影”。

所谓杜氏家祠，乃民国上海滩青帮三大亨之一杜月笙的家族祠堂。杜月笙

1888 年 8 月出生于上海浦东高桥，出生之日恰逢农历七月十五日，俗称中元节，民间呼为“鬼节”。传说他的父母给他起名“月生”，喻月半而生。毕业于东北师大历史系的作家张艳玲在其著作《杜月笙 · 人在租界》中说：“这一天出生的人多‘祖业无靠’，但能白手起家，后来历史证明杜月笙就是凭着自己一个人的力量开创了一番‘事业’”，“当他成为‘成功人士’之后……国学大师章太炎建议他改名为‘镛’，号月笙”。民国金融史学者邢建榕在其学术著作中戏称“杜月笙：曲鳝修成了龙”（曲鳝，即蚯蚓，俗称“地龙”）。杜月笙自己也曾得意洋洋地说：“我原来是强盗扮的书生，所以人家怕我，现在是曲鳝修成了龙，在社会上有些地位了。”果然，在“四一二”事变以后，他抛弃了打打杀杀的行为，转型变身，打进工商金融界，成为中汇银行的董事长、银行家。当时有“金融界才子”之称的浙江兴业银行总经理徐新六，曾评说杜月笙的转型：“英雄不论出身低……譬如杜先生，就是一个例子。我简直不能想象，白相人地界里竟然也有杜先生这样的人物？太难得了！”

1930 年，杜月笙在发迹以后为了光宗耀祖，在浦东杜家旧祠堂周边购得土地 10 余亩（亦说 50 余亩），修建杜氏家祠。经过一年多时间于 1931 年 5 月竣工。据有关资料披露，杜氏家祠是一个规模宏大的建筑群，它由杜祠、杜宅、杜氏藏书楼三大部分组成，还附设医院、学校和花园。杜宅为二层的一幢楼房，占地面积 3000 平方米，建筑面积 800 平方米，内部装修考究，外观气势恢宏。祠堂前竖一座石牌坊，大门前一对巨大的石狮，祠堂前专辟马路通往高桥镇。

……

光阴流逝，时代变迁，当年杜氏宗祠的风光不再，原先的宏大建筑群大部分已经损毁，现仅存五开间两层楼房一幢，门脸上有砖雕匾额“杜氏藏书楼”，依然清晰可见。

杜祠落成庆典：京剧名家汇集、演出盛况空前

这张老照片上共有 52 人合影，前排座位 14 人，后排站立 38 人，其中核心人物为后排中间并立的杜月笙、黄金荣、虞洽卿、张啸林 4 位。黄、杜、张号称上海滩青帮三大亨。而虞洽卿（1867—1945），浙江宁波人，是民国时期上海

商界最有权势的人物之一，素有“海上闻人”之称。上海滩最繁华的马路西藏路曾冠以虞洽卿的名字。52人中，据我核实有24位是京剧界著名艺人，在当时应该是名副其实的“群英会”了，如“四大名旦”之梅兰芳（名澜，字畹华，1894—1961）、尚小云（名德泉，字绮霞，1900—1976）、荀慧生（名秉彝，字慧声，1900—1968）、程砚秋（亦名艳秋，字御霜，1904—1958）；著名京剧老生、谭派第一人谭小培（字嘉宾，1883—1953）；著名京剧小生、姜派创始人姜妙香（别名姜大个儿，1890—1972）；著名京剧武花脸、擅长猴戏的李万春（原名李伯，字鹏举，1911—1985）；著名京剧老生、长期从事戏剧教育的王少楼（字兆霆，1911—1967）；著名京剧武生演员，嗓音洪亮、表演规范的李吉瑞（1879—1938）；著名京剧武生、杨派创始人杨小楼（名三元，杨月楼之子，1878—1938）；著名京剧艺术家，马派创始人，京剧“四大须生”之首马连良（回族，字温如，1901—1966）；著名京剧表演艺术家“四大须生”之一谭富英（又名豫升，1906—1977）；著名净行演员，顶级“铜锤花脸”金少山（满族，1890—1948）；著名京剧老生，北京人，蒙古正蓝旗世家子，被誉为“谭派名票”的言菊朋（名延寿，字锡其，1890—1942）；著名京剧老生，师从熊连喜而能大胆把老生腔与青衣腔糅合起来丰富老旦唱腔的龚云甫（名瑗，亦名世祥，1862—1932）；著名京剧旦角，曾经与谭富英合拍过中国第一部整出戏曲影片——全本《四郎探母》的女演员雪艳琴（回族，别名黄咏霓，1906—1986）；以及著名京剧老生演员王又宸、著名京剧武净演员刘砚亭等。这么多的京剧名角同时云集在一处，这在中国京剧演出的历史上是空前的，也是绝后的。

1931年6月，杜氏家祠落成，杜月笙“奉主入祠”，举行隆重庆典，蒋介石特送祝祠及匾额（“孝思不匮”），国民政府党政军要员或派代表公祭，或亲自出席盛典，仪仗队伍绵延数华里、中外来宾1万余人，排场之大实为罕见。据张艳玲《杜月笙传》描述：“北洋军阀的重要首领徐世昌、曹锟、段祺瑞、吴佩孚、张宗昌等人也送来了匾额。而且，上海淞沪警备司令部的军乐队和一排全副武装的步兵开路，后面有国民党第五陆军军乐队压阵，他们趾高气扬地招摇过市。”杜月笙也借此机会敛财，“从5月开始，来杜公馆（下文详叙）送礼的人络绎不绝，金银珠宝、古董玉玩、旗伞花篮、礼券现金，琳琅满目，数不胜数。”典礼过后，杜月笙邀请中国京剧舞台上的名角，亦如上文所列举的老照片上的艺人，不分生、旦、净、丑，几乎悉数登台，在浦东高桥镇上连轴唱了几天大戏。如此豪华的演出阵容，使得上海滩上的各类报纸连篇累牍地报道。当时正值炎热的夏季，加上报界的极力渲染，杜氏家祠成了轰动一时的大事件，真个热火朝天、轰轰烈烈。

《红楼梦》里有一句名言，叫“千里搭帐篷，没有不散的筵席”。从 1911 年辛亥革命成功到 1949 年上海滩解放，不过三十多年的光阴。时过境迁，旧貌换新颜。杜氏宗祠随着杜月笙退出历史舞台而烟消云散。苏东坡词云：“大江东去，浪淘尽千古风流人物”，东晋书圣王羲之在《兰亭集序》中也有如此感慨：“夫人之相与，俯仰一世”，而“俯仰之间，已为陈迹”矣。

杜公馆——杜月笙没有驻留过一天的豪宅名邸

上文提到许多送礼的人所去的“杜公馆”是指杜月笙实际的居所——上海法租界华格臬路 216 号（现为宁海西路 182 号，又称“宁海西路杜公馆”）。此幢楼房为独立的三层二进中西混合住宅，是青帮大亨黄金荣（1868—1953，出生于苏州，祖籍浙江余姚）为感谢杜月笙在京剧名伶“露春兰事件”中挺身相救之恩的酬谢。当时黄金荣不仅赏识杜的胆识与能力，而且斥巨资在华格臬路建造了同一规格的两套洋房，一套送杜月笙，另一套送张啸林（浙江慈溪人，1897—1940，上海青帮三大亨之一，日伪时期的汉奸，被诛杀）。上海解放后“宁海西路杜公馆”由华东京剧团使用，二十世纪九十年代中期，被华裔加拿大人买断，拆光，运走，此历史建筑不复存在。另一座“杜公馆”则坐落在上海杜美路（东湖路）和亨利路（新乐路）相交的“三鑫公司”仓库的原址上，四层钢筋混凝土结构，占地 1600 平方米，建筑面积 1540 平方米，乃中西合璧式的小楼，外观似乎平常，但它的建筑风格兼有园林的曲折曼妙，又具法国别墅的舒适典雅。这座建筑是当时沪上建安测绘行的建筑师陆志刚所设计。它也非杜月笙出资建造，而是其门生金廷荪的馈赠。1932 年“一·二八”淞沪抗战爆发以后，以上海为中心掀起了一股“航空救国”的运动。1934 年，杜的门生金廷荪承揽了该年度的航空彩票的发行。金从中舞弊贪污，不久东窗事发，金廷荪十分惶恐，不断向杜月笙求情，杜虽然恼怒，但还是看在师生面上出手相救，终于多方协调使金逃过一劫。为感谢恩师的救命之恩，金廷荪用贪污的钱款盖了这幢楼房送给杜月笙，世人皆曰“杜公馆”。此楼1934年奠基，次年封顶，但内装修直到1937年才结束。此时抗日战争已全面爆发，杜氏无暇顾及。1939年，杜月笙拒绝为日本侵略者效劳而离开上海去内地，直到抗战胜利后才回上海。据光明日报出版社出版的《上海百年名宅》评述：“若不是因为杜月笙的‘江湖地位’，这幢并非名家出手的小楼恐怕也不会留存至今，因为杜月笙本人并没有在此驻留过一日。”1946年，杜月笙将“杜公馆”卖给了美国驻上海领事馆。上海解放后，“杜公馆”由上海市人民政府接管，改为东湖宾馆，是上海市优秀历史建筑之一。

徐寄庼——老照片上的陪客，上海滩杰出的银行家和大收藏家

这张老照片前排右端坐立者之右后侧第三位站立者，这位身着长衫马褂、身材魁梧、浓眉大眼且炯炯有神的中年男子，乃声名显赫的徐寄庼先生。徐寄庼（1882—1956），本姓陈，名冕，浙江永嘉城区（今温州鹿城）人，字寄庼，以字行，民国时期上海金融界名流，浙江兴业银行的创办者之一。1898年，徐氏在浙江杭州高等师范学堂毕业后，于1904年东渡日本，先后在东京弘文书院、山口高等商业学校专习金融，1905年夏回国，与同学黄群、吴仲镕一起，任（温州）温处学务分处管理部副主任，1908年改任温州师范学堂监学。1914年起，从事金融工作，应聘任兰溪中国银行经理，后调任九江中国银行经理。1917年至上海，在浙江兴业银行历任副经理、协理、常务董事等职。前后凡40年之久。据《民国财经巨擘百人传》记叙，“由于徐在金融界的声誉卓著，1932年初被行政院长孙科任命为中央银行常务理事、副总裁兼代总裁。徐寄庼长期担任多家银行的董事，是史界公认的‘上海滩上的金融巨子’。”民国金融史学者邢建榕在其著作中这样评述当时上海滩上的银行家们：“近代上海银行家是一群了不起的社会精英。在上海最好的大楼与银行有关，最杰出的人才也必有银行家的一席。”他还说：上海“金融界有四巨子，人称‘金融四大名旦’：中国银行总经理张嘉璈、上海储蓄银行总经理陈光甫、浙江实业银行总经理李铭、交通银行上海分行经理钱新之。与他们身份地位不相上下的银行家，也大有人在，如吴鼎昌、贝祖诒、徐新六、徐寄庼、胡笔江等，这班人上与蒋介石等政要关系莫逆，商而优则

仕……下懂‘社会服务’的重要，在专营金融业务时，枝蔓旁及，眼观八方，文化、教育、实业界乃至帮会都有他们的人脉关系”。由此可见，他们翻云覆雨，神通广大，当代史学家称他们是一群“非常银行家”，十分贴切、中肯。

徐寄庼倾向于革命，有关史料披露：他“其实隐藏得很深。他比他们中的任何一位都激进，早就与中共地下党建立了联系。为奔赴解放区的青年资助经费”；“在抗战初期，徐寄庼担任上海市商会理事长时，积极团结工商界人士投入抗日爱国洪流”。1949 年 5 月，上海解放前夕，蒋介石约徐寄庼到吴淞口海军基地，动员他去台湾，徐婉言拒绝了。徐寄庼的上海生涯被誉为“金融界之莲花”。

徐寄庼一生建树颇丰，除主业金融外，他还致力于古玩文物之收藏，因为他在金融界的名声太高而几乎淹没了他热衷于收藏的辉煌成就。他毕生爱好收藏，据传他的藏品数量之多及质量之上乘，皆令人匪夷所思。据闽南学者明君居士在《徐寄庼典藏图录序》中揭示：“因金融工作需要，徐曾在上海开办典当行，藏故纳旧，累珠成塔；又因久居国家金融命脉中枢，常与孙科、宋子文、何应钦、梅兰芳、杜月笙、虞洽卿等党政要员、文化名流、海上闻人等各界人士多有往来馈赠，以致汇流成海。”

邱季端——与徐寄庼先生遗珍结缘的收藏家

邱季端先生在《徐寄庼典藏的中国古瓷》一文中对于徐寄庼一生的评价说得非常精辟、美妙：“徐寄庼先生不只是民国杰出的金融家、银行家、经济学家，作为《最近上海金融史》的作者，他又是金融史家；作为中国第一部《日本语典》的编撰者，他又是一位语言学家；作为《时事新报》和《银行周报》的创办者之一，他又是报业家；作为《泉币拓本》的作者，他又是泉币专家；作为上万件书画、陶瓷、青铜、印石、黄花梨罐装普洱茶、金铜木绘佛像等集藏者，他既是收藏家也是鉴赏家；作为新中国成立前上海商会会长和‘高陶事件’的策划者之一，他又是社会活动家；作为多次赈灾救灾的倡导者和组织者，他又是位慈善家；在参与抗日战争活动中，他不只慷慨捐款，而且向蒋介石献计献策，并且立下为国捐躯的遗书，所以他又是位政治家。如此集各家于一身的大家，宛如一座历史丰碑，值得我们顶礼膜拜。他收藏的文物，值得我们认真欣赏，好好研究。”

邱季端先生是我的同学和好友，1967年毕业于北京师范大学中文系，1974年移居香港，曾任福建省政协常委、福建侨联副主席、中华光彩事业基金会副会长，现为北京师大校友会副会长、客座教授，香港福建社团联会副主席。邱先生热心公益，已累计捐资1.5亿元人民币，被评为“中华杰出慈善人物”，多次被授予“福建省捐资公益事业突出贡献奖”。我深知邱季端先生像徐寄庼一样酷爱收藏，因为他高尚的人格和善良的品德，天赐良缘使他有幸与徐寄庼的后人结缘，也使他正在筹建中的、已具相当规模的“寒江雪博物馆”更加博大精深。明君居士有一句妙语道破了其中的天机，解开了徐寄庼的遗珍如何融入邱氏收藏的谜团：“几年前，香港爱国商人、大收藏家邱季端先生因收藏陈年老普洱之故，与徐氏后人结缘，有感其生平故事，遂斥巨资在闽修建徐寄庼纪念馆以弘其志，徐氏后人乃将其祖辈收藏尽数奉献。”

一张民国老照片，引出了这么多耐人寻味的故事，上海滩尘封了半个多世纪的历史，涵盖了多多少少的人与事，多多少少的悲欢离合，多多少少的恩怨情仇，多多少少的社会动荡，多多少少的金融风暴与股市风波，它们是一部浓缩了的民国政治变迁史、社会文化史、财政金融史和工人运动史。这部历史书籍林林总总，深如海，边无涯。上海滩的故事，不仅仅是电视剧《上海滩》里衣冠楚楚的许文强与绝代佳人冯程程强盗与美女的委婉凄哀的爱情故事，也不仅仅是几群流氓打打杀杀的血腥场景，上海滩的故事是一首十分奇妙又震撼人心的交响乐章；故事中的人物并非脸谱化的角色，他们当中许多典型代表其实是亦邪亦正、非邪非正、邪中有正、时邪时正、大恶小善、时恶时善、五光十色、变化多端的大杂烩。这部扑朔迷离、灯红酒绿的上海滩的历史画卷和世俗津津乐道的民间故事，永远看不够、读不完，其中的奥妙与玄机似乎也永远读不透彻、读不明白。

我凝视这张民国老照片，引申出上述的回顾与解读，其宗旨依旧离不开咱们中国的一句古训：“以铜为鉴，可正衣冠；以史为鉴，可知兴替；以人为鉴，可明得失。”如此而已，岂有它哉？

乙未年二月二十七日于定慧斋
原载《零距离》杂志

第十一辑　江南可采莲

痴情绵绵无尽期

——沃建平“江南水乡·残荷”系列摄影作品赏析

“荷”(荷花),《辞海》的注释是:“植物名,学名 Nelumdo nucifera,亦称‘莲’……夏天开花,淡红或白色,单瓣或复瓣。花开后形成莲蓬,内生多数坚果(俗称‘莲子’)。性喜温暖湿润,原产中国,中部和南部浅水塘泊栽种较多。”为了对荷有更多的了解,我翻阅了好友顾雪梁教授主编的《中外花语花趣辞典》,在“荷”词条下有这样的叙述:“荷花,睡莲科,莲属,多年生宿根水生草本。别名有莲花、藕花、夫渠、芙蕖、水华、水芝、水旦、玉环、泽芝、水芙蓉、菡萏等十余个。荷花在中国的栽培史可以追溯到五千到七千年以前。”

荷花自古以来,一直为国人所称颂,历代文人墨客留下了大量脍炙人口的诗词歌赋和精美绝伦的传世书画。不仅如此,荷花还以“出淤泥而不染”的高洁品质及神秘莫测的“灵性”,与儒、释、道三家结下了不解之缘。时至近代与当代,荷花更是摄影艺术的创作源泉之一。中国民俗摄影协会会员、江苏省摄影家协会会员、首届国际郎静山摄影奖获得者、常熟摄影人沃建平就对荷花,特别是残荷情有独钟。他创作了优美的荷塘系列摄影作品,备受国内摄影界的好评。沃建平的作品在《文艺报》《长三角》《苏州日报》《唯实》《姑苏晚报》《江南时报》等报刊发表。香港和北京的出版社还出版了他的摄影专辑《江南绮梦》《艺术阵线》。我在业余时间从事书画艺术评论已有三十余年,偶尔也涉猎音乐和影视,但对摄影艺术是门外汉,不敢妄评。尽管如此,凭借对沃氏三十余年的相交、相知,在仔细阅读他的作品和相关背景资料以后,禁不住内心的冲动,我借鉴古代诗人关于莲的热情吟咏,释、道对于莲冷静的参悟,尝试就“残荷”的艺术境界及“残荷”的艺术魅力,发表肤浅的见解,谬误之处,还望方家指正。

江南可采莲　诗人竞咏叹

欲评说“残荷”，不得不先从莲之出水、莲花半开、盛开的青春艳丽状况说起。残荷之所以“残”，不过是荷处在生命过程中的晚期而已。其实，从文学的角度看，对莲的喜爱赞美还是偏向于它的靓丽青春，这是人之常情；而对茎折叶黄似在水面上挣扎的“残荷”，挖掘它蕴含的哲理，讴歌它们顽强的生命力和特殊的美，则是少数哲学、美学工作者和摄影人思考、研究的范畴。

高尚的品质。宋人周敦颐写过一篇脍炙人口的《爱莲说》，他对莲花高尚品质的定格得到世人的认可。“予独爱莲之出淤泥而不染，濯清涟而不妖，中通外直，不蔓不枝，香远益清，亭亭净植，可远观而不可亵玩焉。”“莲，花之君子也。”这里的“清”，既非清闲之“清”，也非清静、清高之“清”。古人有茶余饭后“清闲无事，坐卧随心”者，他们自诩“虽粗衣淡食，自有一段真趣”。清则清矣，然而格调不高。唐人陆龟蒙《白莲》诗称赞不事铅华又常常被人遗忘的白莲，它们凌波独立，不求人知，独自寂寞地开着，好像是冷漠“无情的”，然而在“月晓风清”的朦胧曙色中望去，这将落未落的白莲是多么动人、高贵。“无情有恨何人觉，月晓风清欲堕时。”所谓“清水出芙蓉，天然去雕饰”。莲之“清”，正如清人陈星瑞在《集古偶录》中评论“三影”之说时的这样一段话：“万物中，其气质最清明者……殊足以荡涤胸中之邪秽，消融人心之渣滓矣。”以此说评莲花十分恰切。莲之“清”，是清明、清廉、清平，是人世间最可贵之气质。“清”对于莲是与生俱来，天生本性，而于凡人、凡物则不然。“人世有五福而清不与，清又天之所最吝也。”

爱情的象征。唐朝诗人以《采莲曲》《采莲子》《小长干曲》《江南曲》等为题，描绘采莲女的劳动生活情态，描写江南水乡青年男女们对美好爱情的大胆、炽热的追求，被公认为爱情诗歌的经典。《采莲曲》，乐府旧题，为《江南弄》七曲之一。王昌龄、崔国辅、刘方平、皇甫松、李益等人多有佳作。试看崔国辅的《采莲曲》：“玉溆花争发，金塘水乱流。相逢畏相失，并著木兰舟。”前两句描写采莲少女桃腮彩裙和池水、碧荷、轻舟相映生辉的情景；后两句点出情侣们在水上相逢充满喜悦，而又害怕短暂相见之后，为了各自的生计又要分手的心理，于是两只船紧紧相靠，并驾齐驱。还是这位诗人在《小长干曲》中描写采莲少女与小伙子约会，由于“月暗送湖风”的朦胧迷了路，少女用优美动听的歌声引导他在荷塘中相聚。“菱歌唱不彻，知在此塘中。”看来，这样甜蜜的约会显然不是第一次了。皇甫松在《采莲子》中借采莲少女眼神的变化和内心独白，表现她热烈追求爱情的勇气与初恋的羞涩。请看：“船动湖光滟滟秋，贪看少年信船流。无端隔水抛莲子，遥被人知半日羞。”一位英俊少年吸引了少女的目光，由于“贪看”而使船随水漂流，这种痴情憨态，刻画得惟妙惟肖。少女向少年抛莲子的举动十分大胆。江南情歌比较委婉，几乎不说出“爱恋”和“相思”的字眼，而以谐音“莲”“怜”表示爱恋之意。“半日羞”显然使主人翁初恋羞怯的形象更加真实、可爱。在元曲中，通过采莲的主题，描写男欢女悦的小令，屡见不鲜。杨果的《越调·小桃红》是代表作品之一，他写“芡花菱叶满秋塘”，一扫“悲哉，秋之为气也”的低迷压抑境况，展现丰收在望的生机，尤其是“为郎偏爱，莲花颜色，留作镜中妆”，反映采莲少女的初恋心态，所谓“女为悦己者容”也。宋诗也不乏此类题材的精品力作，仅举俞紫芝的《水村闲望》为例，诗云：“翡翠闲居眠藕叶，鹭鸶别业在芦花。”隐喻荷下的翠鸟，芦中的鹭鸶，成双成对地在闲适和谐的环境中美满生活。

美丽的精灵。采莲女是江南水乡的美少女，至少历代诗歌、民谣关于《采莲曲》都是这样描写的。比如“荷叶罗裙一色裁，芙蓉向脸两边开”(王昌龄《采莲曲》)，写少女的脸庞红润艳丽如同出水的荷花。人面、荷花相映照，仿佛进入了童话世界，少女成了美的精灵。元人杨果将采莲女比作美丽的“洛浦神仙”，又说“淡妆浓抹，轻颦微笑，端的胜西施”，是以古代美人西施比喻少女。诚然，将采莲女比西施是封建士大夫的审美观念。实际生活中，江南采莲女从事的是繁重而劳苦的工作，反映了劳动人民的艰苦生活，在这样的环境中发育成长的采莲少女是多么健康、朴实、勤劳而勇敢。从她们身上透出的是纯真的健康美。“落日清江里，荆歌艳楚腰”。写江水清澈，余晖映掩，少女纤细苗条，歌声清脆婉转，一边是迷人的江南美景，一边是少女的轻盈体态。原来“采莲从小惯，十五即乘潮”，一点也不娇惯，一点也不做作，这样的美多好呵！

简言之，上文的铺垫，想必对读者欣赏沃建平《江南水乡·残荷》的摄影作品是有所裨益的。

“残荷”格调高　作品入境界

文化艺术的创造，有其共同的规律。中国传统的诗、书、画与现代的摄影艺术莫不如此。沃氏的“残荷”以构建一扇扇美丽的自然“窗口”，执着地创造新的艺术境界，对摄影艺术的丰富和发展有所贡献，有所突破。何谓“境界”？早在唐代，大诗人王昌龄就在《诗格》中说：“诗有三境，一曰物境，二曰情境，三曰意境。”请看沃建平的一组“残荷”镜头：深秋的池塘，水面如镜，荷花早已凋谢，荷叶枯黄翻卷，荷茎或弯或折，或垂挂，或倒伏。远远望去，一根根荷茎像经过搏斗受伤而垂危的不屈的勇士；荷塘里，远近布满荷茎的倒影，它们在秋日的寒风中形成无数条不规则的弧线，活像一支古怪而幽默的古典乐队；荷叶枯而不焦，如盖如伞，深绿色的浮萍一团团、一簇簇，在平静的水面上给人以生机无限的遐想；池塘里，近景是两三枝褐色荷茎，上面顶着几片残缺的荷叶，黄中泛黑、泛绿，如有洞之斗篷，如透光之竹笠，经历寒露初霜，衰而不败，翻而不卷。远景是荷茎折倒，枯叶没入水中，水上之枯茎与茎的倒影构成美妙的图画，一半像浓墨重彩的写意，一半像耐人寻味的抽象。最使我心醉的一幅是这样的“残荷”：上端四五枝荷茎，其中一枝挺且直，荷叶虽枯黄依然仰首朝天，另有二枝折倒，没入水中，还有一枝荷叶翻卷如金钟倒挂，罩在水面上，借水的浮力顽强抗争。就在这几枝荷茎中间，一波波涟漪打破湖面的宁静。凝神细望，水下似有鱼儿在游动，它们在水中荷茎间嬉戏，水面上涟漪一轮一轮向池塘边扩散……从一幅幅残荷的镜头中，我们体会到首先被自然界真实、美丽的画面感动的是摄影人沃建平，而后被感动的是他的读者。他说：“每次走近荷塘，面对一片片枯黄的残荷，有一种悲壮的感觉。”评论家流沙先生说，于是沃便“无数次按下快门，将残荷的生命最后关头的状态一一记录下来”，“并切中了生命永恒的主题”。许多摄影人都指出沃建平的“残荷”很美，美在脱俗，美在孤傲。这些评论都是中肯的。然而，我认为无论脱俗之美、孤傲之美，都在艺术境界美的范畴之内。所谓达到了“境界”，既抽象又具体。“残荷”作品中，我们看到摄影人在以下几个方面作出了不懈的努力，并有收获。

其一，“处身于境”和“视境于心”是摄影艺术境界的基础——“物境”。中国摄影界老前辈、中国摄影家协会原主席吕厚民老先生在沃建平摄影作品特辑的序言《亲水眷乡，善悟勤耕》中写道：“他生在水乡，长在水乡，熟悉水乡，热爱水乡，他以善良、真挚的心灵，通过洞彻美丽的眼眸捕捉故乡的风景，民俗和社会百态中的瞬间之美，定格在镜头中，浓缩在画册里。”吕老先生说得太好了，这就是“处身于境”，这就是“视境于心”。如果一个人虽生长在水乡，他的周围有很多如诗如画的风景，但是这个人对故乡的一草一木熟视无睹，他对何为美，为何而美，没有激情，没有悟性，他如果也把镜头对准池塘，其作品则是照相馆橱窗里匠人的写真。所以王昌龄说：“莹然掌中，然后用思，了然境象，故得形似。”这虽然指的是诗的创作，而中国的古诗是“诗中有画，画中有诗”，诗与摄影艺术的创作承前启后，一脉相传。这里的“形似”，我的理解就是把生活的真实升华为艺术的真实，艺术源于生活而高于生活。

其二，“张于意而处于身”，是摄影作品抒发情感、创造艺术境界的更高层次——“情境”。沃建平的“残荷”突出表现他对宇宙、人生的观点，抒发他蕴结于心的真挚情感。“留得残荷听雨声”，固然也有美的意境，但多少带有封建士大夫闲情逸致的痕迹，非沃建平之所愿也。表现秋荷的寂寞和表现夏荷的娇艳，描写的都是江南水乡的景色，摄影人按照自己的主观感受创造出的作品带有浓厚的抒情意味，以抒情心理来摄影，可谓物我有情，两相融合，这才是主客观的统一体。人们一提到荷花，总是习惯欣赏盛夏时那红裳翠盖、娇艳动人的身影。然而秋天来了，绿房露冷，素粉香消，它默然地低着头，似乎有无穷的怨恨，又仿佛与命运在抗争。“月晓风清”，在朦胧的秋色中看去，多么富有诗情画意啊！唐人陆龟蒙的《白莲》和清人郑板桥的《秋荷》，都是借荷花的盛衰而抒遣自己的情怀。元人刘秉忠在《干荷叶》一诗中写道：“干荷叶，色苍苍，老柄风摇荡。减了清香，越添黄，都因昨夜一场霜。寂寞在秋江上。”写秋荷生动、逼真，但流露出淡淡的哀愁和落寞的悲凉。沃建平的“残荷”摄影系列，视“绚丽之极，归于平淡”为天然法则。俗话说有生就有死，有盛必有衰。兴亡衰败、生命轮回，谁也阻挡不了。更何况荷花之衰败是适应自然，与自然相和谐的一个表象。水上的荷花、荷叶枯萎了，水中与水下的茎、根依然活着，且静静地积聚，正是严冬终有期，蓄芳待来年。此即王国维所谓“娱乐愁怨皆张于意而处于身，然后驰思，深得其情”。

其三，“得其真”是摄影艺术的最高境界——“意境”。“真”，用禅宗的语言表达叫“真如”，“真如者，如如不动也”，究其含义，佛家认为“不可说，不可说”。由此可见，意境有无限的内涵，“可意会而不可言传”。晋人陶渊明说“此中有真意，欲辩已忘言”。综上所述，意境的追求是一种人格精神的提升，意境是凭借匠心独运的艺术手法熔铸成情景交融、虚实统一、物我贯通，达到深刻表现自然的生机和人生的真谛。

意境是摄影艺术的灵魂。沃建平的“残荷”系列作品充分表现摄影人在攀登更高艺术境界的道路上辛勤劳动，执着追求，取得了丰硕的成果。

莫云爱莲痴　难解其中味

沃建平的“江南水乡·残荷”系列摄影作品已在摄影界和现实社会中产生了积极的影响，并受到广大摄影爱好者的喜爱。今年初夏，我在上海正大广场艺展大厅目睹了首届国际郎静山摄影奖的颁奖盛典。沃建平的一幅《春江水暖》获优秀作品奖，荣幸地捧得了郎静山奖杯。诚然，郎静山摄影奖在全球摄影界具有一定的权威性，它的宗旨不仅在传承郎静山先生摄影艺术上的杰出成就，而且是为表彰当代海内外华人摄影家在摄影事业方面的突出成就，鼓励当代中国摄影家和世界华人摄影家拍出不朽之作，培养造就当代摄影名家与大家。令人欣慰的是，沃建平面对各种荣誉，在短暂的激动之余，依然心静似水，依然头脑清醒，他把荣誉作为鞭策的动力，他深知自己虽然取得了一些成绩，但还是摄影艺术领域内的一名普通战士。当我们打开沃建平“江南水乡·残荷”摄影作品画册，展现在眼前的一幅幅美丽清新的画面，不仅多姿多彩，而且渗透着中国传统文化的底蕴和深厚的哲学理念。他的“残荷”系列摄影作品是现实主义和浪漫主义相结合的产物。当然，摄影人的主观创作与作品受赏者的感受，有时也存在着一定的差异，所谓见仁见智，十分自然。我试将近年来“残荷”摄影作品在摄影界的圈内外引起的热议，大体归纳为以下三个方面。其一：爱情——永远的主题。莲（荷）之为爱情的象征，或少女之初恋，或情侣之相思，或夫妻之离愁等等，从古代的《诗经》到当代的文艺影视、摄影作品概莫能外，从前、现在、将来永无尽时。其二：生死——永远的难题。“残荷”，它在生命过程中的最后关头，荷叶枯黄翻卷，漂浮在水面上，荷茎折了，弯了，寒风吹过，冷雨洒过，似乎已奄奄一息，荷是死了？还是依然活着？如果活着将来又是怎样的形态？看“残荷”，也有消极的一面，人们联想到生命的短暂，发出由衷的然而永远没有答案的疑问：人生从何而来？人死将去何方？对此，道家有“两仪”“太极”的理论，佛家有“六道轮回”的传说，儒家又有维护封建统治的礼教。孔子曰：“未知生，焉知死。”然而生死大事除了唯物主义世界观能科学解释以外，谁能说得清？雪窦禅师针对其师智门光祚禅师关于“莲花未出水时如何”的公案，给出启示，回答“莲花”也好，回答“荷叶”也好，其实是本体与现象的关系。雪窦提示思考问题的方法，后世禅师总结出参禅的要诀在“疑”“思”“问”“证”。等到机缘成熟，便会发生悟道的火花，这对我们理解生死、参悟莲的真谛会有所启迪。其三：未来——永恒的话题。“残荷”不残，水面上荷叶残了，但水下的茎、根依然顽强地活着，并积蓄能量孕育来年的萌发。沃建平通过“残荷”摄影作品揭示未来生活像荷一样在夏日绽放，生活会更美好。南宋丹霞淳禅师在其诗中吟咏道：“白藕未萌非隐的，红花出水不当阳。游人莫用传消息，自有清风透远香。”怀深禅师也有诗句：“烟笼槛外差差绿，风撼池中柄柄香。多谢浣纱人不折，雨中留得盖鸳鸯。”一是显而不露的谦逊，一是包容一切的宽厚。“残荷”的魅力是巨大的，它揭示艺术和生活的真谛的影响力也是持久的。摄影人也好，广大观众与读者也好，对莲的钟爱痴情，日复一日，年复一年，绵绵不断，但其中的“三昧”一时很难说得清。然而通过“残荷”的摄影作品，欣赏艺术之美，享受生活之甜，憧憬未来，追求幸福，这就够了。衷心祝愿常熟摄影人继续辛勤耕耘，在摄影艺术的道路上勇敢攀登，更上一层楼。

2007 年 10 月 3 日于上海定慧斋

原载《江南时报》2007 年 11 月 7 日

亦影亦曲　如诗如画

——沃建平“江南水乡”系列摄影作品赏析

提起“江南水乡”，总是与美丽、富饶、闲适、浪漫联系在一起，它会勾起本地老人们的怀旧情结，又给外乡年轻人以美好的憧憬。然而，“江南水乡”的概念从地理和人文角度来讲，有广义与狭义的区别。广义的“江南水乡”，泛指长江以南一大片水网交织的广袤大地：东自近代崛起的大都市上海，西至六朝旧都的南京，南到乌篷船的故乡绍兴，北抵“十里青山半入城”的古城常熟。狭义的“江南水乡”，专指杭嘉湖平原，这里水乡风情的特色浓郁，最典型的地方是无以计数的江南小镇，如湖州的织里、南浔，嘉兴的乌镇、西塘，苏州的角直、周庄，常熟的虞山、白茆。这些小镇像一颗颗璀璨的珍珠散落在碧水清波之间。水乡人的祖祖辈辈以农耕渔猎为生，他们以舟代车，栽桑养蚕，辛勤劳作，以独特的生活方式创造出有别于其他地域的文明，成为中国最富庶的地区之一。农业文明的恬静与安适，在江南小镇得到最充分的体现。在古代，这里的读书人为了冲破封闭自锁的状态，热衷于读书中举，追求功名富贵，因而水乡的读书风气颇浓，风流才子也较多。他们一旦取得功名便赴外地为官，其中不乏地位显赫、名噪一时者。然而江南水乡历来也是官场失意者的归隐之地，或以“闭门思过”为名，行尽情享乐之实；或吟风弄月，陶醉于琴棋书画之间。久而久之，也为江南水乡文化的含义增添了一层传奇的色彩。

著名江南摄影人沃建平生于水乡，长于水乡，他的“江南水乡”系列摄影作品倾力表现江南水乡的美丽与魅力，是在改革开放大背景下宣传江南水乡的精美名片。沃建平是在品味旧时代留下的厚重历史的苦涩和明清建筑宝贵遗产的甘甜之后，用满腔激情来赞美水乡古韵的传承和劳动者智慧的博大。读沃建平的优秀摄影作品，是一种艺术享受，是哲学的启迪、温馨的教育和善意的鞭策。沃氏的摄影作品以其艺术魅力使读者如赏名画，如吟古诗，如聆琴声。摄影作品传递的信息，时而直露，时而含蓄，时而激扬，时而深沉。由此，我想到曾经教过我魏晋南北朝文学和中国书法的老师、北师大教授启功先生以劲秀的楷体书写张问陶的一副七言楹联："名画要如诗句读，古琴兼作水声听。"原来，绘画、书法、音乐、诗词这些中国传统文化的基本要素和大自然，是可以如此相互依存，相互影响，既独立存在又融于一体构成艺术创作规律。这副楹联的深刻含义帮我打开了赏析沃建平"江南水乡"系列摄影作品的思路。我细读沃氏的多本摄影作品专辑（《江南绮梦》和《艺术阵线》等），深感他的作品最为突出的艺术风格就是：清灵、淡雅、姿媚、妍丽。

烟波缥缈　水孕柔情

江南水乡的小镇，因水成市，因水搭桥，因水而建背河式或临河式街道，因水而有水巷、水弄堂和依水傍水的自然景观。沃氏的摄影系列作品突显的是在现代城镇雷同、单调建筑的背景中有悠久历史的"小桥·流水·人家"，突显它们强烈的个性和深沉的文化品格。

蜿蜒的水巷。沃建平的"江南水乡"系列摄影作品（以下简称"水乡作品"）让我们欣赏到：一条条河道，纵纵横横，把小镇严严实实地网起来。又窄又长的小河，两旁高低错落的民居，或一层，或二层；二层的为上宅下店，一层的为前店后宅。朝河式街道，其店面向河；背河式街道，其住宅临河。有两街夹一河的，两条长长街道当中是蜿蜒幽长的水道，如同陆地上的小巷，"水巷"因此而得名。小船在水巷中悠悠往来，早晨农民有摇船进城卖菜的，居民在自家的水埠头与之交易；也有图方便的，从窗口吊下竹篮购物的。午后或傍晚农民又摇着小船满载生活和生产物资返回农村。《满载而归》就是生动反映如上生活场景的一个精彩镜头。

长长的水弄堂。水乡人家几乎家家临水而居，但不是每户人家都有水埠头，为了方便没有水埠头的人家取水或上下船，在濒河的房屋之间每隔一段辟有一条长长的、狭窄的通道。通道临水的一头建水码头，另一头则与街道连接。这样的通道水乡人称之为"水弄堂"，它垂直于河道（水巷）。我们从《桥》和《水巷悠悠》等众多镜头中都对"水弄堂"的外观留下了深刻的印象。"水弄堂"的存在不仅增加了居民亲近水的地方，发挥其实用功能，而且还划分出民居单位，增强了邻里之间的领域感。从建筑学角度看，“水弄堂”既不打破水巷与街道的连贯性，同时又增加了景深，单调中显出变化和情趣。凡到过江南小镇的朋友大概都有这样的体会：在水巷的船上通过“水弄堂”看到街市过往的人群；在街市通过“水弄堂”可以看到水巷中来往的船只。正是静中有动，动中有静，打破了近乎封闭状态下的沉闷感。当你在欣赏水巷中小船悠悠划过水面的镜头时，你是否知道三百五十多年前的一个初冬，即明朝崇祯十三年庚辰十一月，二十二岁河东君柳如是“幅巾弓鞋，着男子服”就是乘一叶扁舟从松江来到了常熟，慕名求见当时的文坛泰斗钱谦益。据说，在初冬的寒风里，这条小船垂着软帘，晃晃悠悠地从尚湖水面上划过，最后靠在常熟拂水山庄的码头，于是拉开了钱谦益与柳如是浪漫爱情故事的序幕，至今还在水乡白茆镇流传。

美丽的田园农舍。《村口》《水乡春色》和《春日泛舟》《芦荡烟雨》等镜头，把我们带到了春光明媚的江南农村。油菜花的金黄与池塘的青绿相映成趣。要到农家做客，必先经过绿荫环抱的池塘和塘边芳草如茵的田间小道，或乘船或步行。这使我联想到郑成功来到常熟在《游桃园涧二首》中的诗句：“芳草欣道侧，百卉皆郁蔚”，以及诗人杨圻的一首《三桥春游曲》：“两岸桃花夹春水，一峰晴翠抱人家。竹篱茅舍成村落，春日迟迟烘菜花”，如此诗情画意从众多镜头中荡漾出来。当然，现在的农舍不再是竹篱茅舍，而是屋檐翘起、白墙青瓦、现代装饰的“华屋”。你再看《渔家乐》的画面：池塘清水如镜，中有渔舟一艘，上坐二人，渔夫船头拉网，渔妇船尾划桨。画面的左上角，即渔舟左前方有数十根露在水面上的木桩头，大约是养殖场的界桩。画面下部有三分之一处为水面，空无一物。渔船、捕鱼人及木桩的倒影在水中摇曳，格调清新、淡雅。黑与白对比强烈，更衬托出池塘的宁静和宜人。唐诗有《采莲曲》云：“玉溆花争发，金塘水乱流。相逢畏相失，并著木兰舟”，令人遐思。

难忘的廊、桥遗韵。廊，是过渡性建筑，它不仅能完善使用功能，而且更丰富了建筑形体，使古建筑尤其是像江南民居这样的明清建筑赋予传统的韵味。“水乡作品”没有忘记这些建筑构件的细节，把它的美展现在读者的眼前。你如果仔细欣赏《桥头小憩》的画面，你会发现风雨长廊的一角，正好嵌镶在半圆形的桥洞中，透过桥洞，看到长廊的顶棚一边紧贴临河商铺一层的屋檐，而另一面伸向河岸，以木桩支撑，各桩之间以横木格相连成为栏杆，而在栏杆基部安置长条凳，水乡人称为“美人靠”，供行人避雨或小坐并可凭栏观赏水巷风景。如果在下雨的日子，可以闲看雨水一滴滴打在水面上，泛起一圈圈涟漪，且一波一波向岸边漾去……在蒙蒙细雨中，行人或游客不会因此烦闷，反而能尽情享受水乡的闲适与世外桃源般的宁静。桥，是水乡的梦。逝去的岁月，给水乡留下一座座桥，留下了一个个传说和一个个希望。沃建平所拍摄的众多古桥，如《桥之梦》《永安桥》和《廊桥遗梦》等镜头，有的作为水巷陪衬的远景，有的是表现桥边建筑和桥上人物的近景，也有展现古桥全貌的中景，也有凸显桥洞的特写。你看，那桥础、桥栏、桥廊、桥缝，爬满了青藤紫葛、薜荔野草。江南的小镇水多，桥多，每一个小镇总有十几座、几十座，乃至一百余座大大小小的桥，相传角直小镇旧有 72 座桥，目前仍存 40 余座。历代文人墨客在诗词歌赋中吟咏过的桥，大都成为举世闻名的古迹，如苏州的枫桥、杭州的断桥、常熟的湖桥、同里的“三桥”，等等，不胜枚举。徐枕亚《虞山福地》诗云：“要知风景天然好，吾爱三桥胜六桥”，可见一斑。桥，又是水乡的标志，是水乡独特的风景。江南小镇一座座桥，使水乡飘逸着轻盈明澈的韵致，使江南水乡古老的历史与大自然组成一曲“欸乃”的船歌。这些就是意味隽永的江南水乡。

典雅的园林风光。每一个江南小镇都有各具特色的园林名胜，这些精致的园林建筑成为“小桥 · 流水 · 人家”不可或缺的衬托。就常熟而言，自古就以虞山十八景而闻名遐迩。沃氏作品中的《春到尚湖》《虞园秋色》和《剑阁晨曦》就栩栩如生地再现今日虞山之逶迤、尚湖之秀美和剑门阁楼之雄伟。水榭的仿古建筑在湖水呵护中，尽显清秀而挺拔的轮廓。从柳叶轻拂、桂子吐香的绿色珠帘中远眺，其画面的布局多么和谐，其远淡近浓、远密近疏的国画般的色彩与线条多么引人入胜啊。熟悉江南人文掌故的有识之士，大概总会联想到明朝沈周的《经尚湖》诗句吧：“青林人家隐山麓，鸡鸣犬吠闻中洲。鸬鹚群栖竹叶暗，蜻蜓特立荷花秋。”特别是荣获大奖的《俏江南》，以中国画的元素和现代摄影的理念，敢于冲破大红大绿、富丽堂皇的传统牡丹花的套路，刻画雨后牡丹的娇艳。有诗云：“常熟牡丹，俏江南”“江南牡丹俏，常熟第一枝”。《水榭飘香》，表现在清风中飘拂摇曳的柳丝，是如此的婀娜、妩媚。唐朝诗人刘禹锡在描写江南水乡春光醉人的《杨柳枝词》中也写道：“桃红李白皆夸好，须得垂杨相发挥。”以诗评影，得其所哉。

总而言之，江南水乡，水至柔。水乡的历史是水，水乡的风韵也是水。水的阴柔，水的妩媚，犹如先秦《诗经·秦风》中所吟咏的“在水一方”和“宛在水中央”的“伊人”。水乡人对水的亲近，对水的眷恋可以说是世代相传、刻骨铭心。古代常把水比作美人，在中国文学史上不乏佳话，曹丕在《善哉行》中所述：“有美一人，婉如清扬，妍姿巧笑，和媚心肠。”曹植在著名的《洛神赋》中也有精彩的描绘：“仪静体闲，柔情绰态，媚于语言。”我们虽然还没有从沃氏的作品中发现刻意表现水乡女人的外形美，但我们仍然可以从画里画外的蕴意中仿佛依稀见到水乡美少女和娴雅腼腆村姑的身影，以及她们的与水乡如此和谐合韵、甜美的吴侬软语。

粉墙黛瓦　江南绮梦

“小桥·流水·人家”是江南水乡的核心标志，而这里所说的“人家”正是江南小镇居民们的住宅群体，它是根据江南地区的气候与地域特征结合文化特质，并使其吻合的建筑形态。其平面布局与北方的四合院大致相同，但与北方民居一个鲜明的区别是雕刻装饰极为繁多，墙壁多刷白粉、青灰，在外观上表现为粉墙黛瓦，色调素雅明净，形成与水乡环境融为一体、景色如画的风貌，人们习惯呼之为“江南民居”。沃建平表现江南民居的摄影作品显然抓住了这个特征，无论是近景、远景，还是局部的特写，经过精心布局、捕捉色调，产生了很强的艺术效果。沃氏作品把江南民居的“水、桥、房”的空间格局，“黑、白、灰”的民居色彩，“轻、秀、雅”的建筑风格和“情、趣、神”的园林意境表现得淋漓尽致。

奇特的屋顶。水乡人家的住宅，其屋顶的构建别出心裁。你看一陇陇的瓦楞，一排排带斜坡的屋角，一个个翘起的屋脊，高低错落。在阳光下，泛起青蓝色的光影，与白色的墙壁相映衬，对比格外强烈。因此，人们常用粉墙黛瓦、鳞次栉比来形容它。《炊烟袅袅》《水巷悠悠》《满载而归》《水巷秋色》等镜头不经意地展示出屋顶相接、相配合的山墙，高高的，俗称封火墙或马头墙。人们记住了它奇特的外观而淡忘了它防火的功能。因为奇特，美观，所以又化作江南民居的代名词了。从马头墙向下，黑色的瓦檐和帘顶坡檐被装饰在墙面上、窗头上，十分醒目。这些水乡建筑的特色构件仿佛一个个音符，谱写了咏叹美丽水乡的无声乐曲。音乐家可以通过音符来拨动听众的心弦，建筑师用建筑的符号勾起人们的联想和思索，而摄影家则是用光与色的艺术的符号激发读者对江南水乡的赞美、依恋和向往。

含蓄的门户。“水乡作品”中有多幅照片无意中表现了江南民居的大门。这些大门是江南水乡常见的，平平常常，甚至很容易被疏忽，它不像长江北岸扬州盐商富贾宅门的豪华，也没有明清故都北京达官贵人府第的气派，江南民居普普通通的黑漆大门，上设两个铜环，朴素典雅，完全符合江南人的性格和审美情趣。一些民居的大门前设有照壁，入口位于照壁后，藏而不露，即使是富人之居，其大门也比较朴素，与民居连成一片，不张扬，而内部则尽显华美。

精致的窗棂。在雪白的墙面上开一扇或多扇窗，在民居二层楼面上有各式雕花木窗，从形状上看，有高窗、低窗、长窗、短窗……细心的读者一定会看到有的人家配饰色彩鲜艳的窗帘，大大增强了民居的建筑表现力和温馨家庭的魅力。当夜色降临，从一扇扇窗户里透出柔和的灯光，光影倾泻在黝黑的水面上，如梦、如幻。《灯红水碧》和《廊桥遗梦》是特别具有诗情画意的镜头，读者从半圆形的桥洞中透视前方半条水巷及临水的半截民居，而一排古旧的方格木窗半开，屋檐下挂出两串大红灯笼，左邻右舍依然红灯笼高挂，有横排的，也有竖排的。灯笼的红晕把河水映成胭脂红。家家窗户里透出灯光，因为是后宅，而看不到前店。随着灯光的流泻仿佛还听到水乡人家的吴侬软语，茶馆乎？酒肆乎？在夜色苍茫中依稀能看到水巷尽头的桥以及桥边的舟影。此情此景好像唐朝诗人杜牧在《夜泊秦淮》中所描绘的情景。但民居人家播放“好一朵美丽的茉莉花”的歌声分明告诉我们，这里没有风流才子乘坐的花舫，也没有吟唱《后庭花》的商女。小桥、流水、民居依旧，但时代巨变，现在江南水乡人生活在改革开放、经济繁荣的太平盛世。我们在迷蒙的烟雨中不再有“烟笼寒水”的苍凉，也不会有“月笼沙”的人生迷蒙。江南民居的窗、棂，既是建筑物精彩的构件，更是传达水乡人热爱生活、眷恋故乡深厚感情的眼睛。有窗的地方就有风景，当你从民居楼上向下俯瞰，是婉约的水巷，喧闹的街市，晃晃悠悠的小船。如果你走在用碎砖或青石板铺砌的街道上，你会看到《桥》《春风又绿江南岸》等镜头里的动人细节：石缝中点缀着青苔和车前子，桥栏、桥础爬满青藤紫葛。走在这样的小路上，使人倍感闲适和静谧的氛围。然而，现代建筑的单调，窗和墙的平淡……与旧式的江南民居对比，确实少了许多文化内涵，这些在沃建平的镜头里被主观地避开了。但愿主管城镇规划的公仆和建筑师们在今后小城镇的建设中多多保护既有的江南民居，多多继承富有民族特色的中国优秀建筑传统，使新的城区与老镇互相包容，融为一体，使江南水乡的魅力永存，让我们一起把美丽的江南绮梦永远做下去！

“天人合一” 古今和谐

典型的江南民居承受了几个世纪的风雨锻炼，经过劳动者世世代代的创造、积累，形成与水乡自然环境和人文社会融于一体的民族文化遗产。之所以如此，很重要的原因，是江南民居建筑始终贯穿中国古典哲学的一个重要概念：“天人合一”。“天”是整个宇宙的最高范畴，“合一”即“同一”“统一”，使双方不可分割之关系。“天人合一”的思想认为，人与天地万物是一个有机统一体。《庄子·齐物论》说：“天地与我并生，而万物于我为一。”天与人一气相通，一体相承。沃建平通过江南民居摄影的艺术元素、技巧，在读者面前呈现美丽的江南民居和秀色可餐的田园风光。无论水榭、楼台，无论名寺古刹，无论石桥长廊……“天人合一”是水乡传统建筑亘古不变的“魂”，并由此形成各具特色的小镇风貌和别具一格的建筑景观。沃氏摄影尽管不是专业的建筑摄影，但也把江南民居“天人合一”的和谐之美表现得入木三分，如《古寺·池塘》《剑阁晨曦》《炊烟袅袅》《水巷悠悠》等就是这样比较典型的一组镜头：寂静、清冷的水巷与炊烟袅袅暖意洋溢的屋顶，把静与动、凉与暖统一于一个画面；民居临水的后宅一扇扇古老的木格窗户和窗下布满青苔的水埠头无不给人以厚重的沧桑感，而窗户旁挂着三三两两的空调外机，从开启的窗户里露出天花板下吊着时髦的吊扇及配置家用电器的现代装潢，是如此真实、自然，没有丝毫格格不入的感觉。水巷中轻轻摇过的小船有的已不再摇橹而代之以柴油机，掌舵的船夫也许不是头戴蓝底白花头巾的船娘，小船上装载的不仅仅是农副产品，还有彩电、冰箱和空调，所有这些现代生活的场景通过摄影者的淡化，既不掩饰，也不夸张，使这些镜头的画面反而更加真实、自然。表现江南民居的“古”“老”是强调中国优秀建筑传统和风韵的传承，决不是简单的复古。法国作家雨果说过：“人类没有任何一种重要思想不被建筑写在石头上，人类的全部思想，在这本大书和它的纪念碑上都有光辉的一页。”江南民居是中国建筑史上的一块丰碑，而沃建平的相机所反映的江南民居系列作品，比较全面、集中地表现江南民居的建筑的精华和水乡文化中关于“天人合一”哲学思想的深刻内涵，同时对摄影艺术的推动和发展无疑发挥了积极的作用。

清灵淡雅　影如其人

本文大、小标题中所述的“影”，是专指沃建平的摄影艺术及其摄影作品而言，虽不规范而姑且用之，请读者见谅。一切文艺的形式都有它的塑造对象。对摄影家来说，摄影作品就是他的艺术对象。对象的优劣成败，因其塑造主体——“人”的气质因素而决定的。费尔巴哈曾说：“人的本质是在对象上面向你显现出来的：对象是人的显示的本质，是人的真正的、客观的‘我’。”西方如此，中国亦如此，“风格就是人”或者“风格就是人本身”的名言，是被普遍承认的共识。我们对摄影艺术作品的欣赏、研究，也只有放在这样的哲学视角下，加以观照、体察、分析，才能得到根本上的解释：艺术风格之美，必然独特地体现着主体个性，必然会打上“我”的烙印。纵观沃氏的摄影作品，其独特的个人风格是：清灵、淡雅、率真、敦厚。沃建平对水乡的热爱、依恋和他的个人艺术风格，得到了中国摄影家协会原主席、中国摄影界老前辈吕厚民先生的高度赞许，他欣然为沃氏的摄影作品专辑作序，这实在是难得的荣耀。风格是“因心灵气质而成”，“而其特征是从作者主导性格出来的”。简言之，是因先天的气质和后天的学养而形成的。沃建平为人素来善良、厚道，对事业兢兢业业，对艺术执着追求，平时待人接物保持心态平和，正如古人张载所述，所谓“气质，犹人言性气，气有刚柔，缓速，清浊之气也”，与生俱来。

我认为沃氏在摄影艺术方面的成就还得益于他后天的学养。首先是功力。熟练的摄影技巧，不是从心灵而来，而是全靠思索、练习，不怕失败，不怕困难，锲而不舍。文艺评论家流沙先生用“无数次按下快门”来形容沃氏的勤奋，这

“无数次”的评语里饱含了摄影人在艺术实践中经历过多少次失败，流过多少辛勤的汗水，在“无数次”成功后有“无数次”的鞭策。沃建平与许多职业摄影家不同，他的主职是金融企业的管理者，他是因一次偶然的机会在一位摄影家的鼓励下成为一名业余摄影爱好者的，十余年来坚持不懈，如痴如醉。如果用古代大书法家孙过庭的“心不厌精，手不忘熟”的典故来比喻，并不过分。其次是学养。摄影人如光会摆弄相机，搞不出什么大名堂。与其他门类的有成就的艺术家一样，摄影家除专于、精于本专业外，还要熟悉文学、绘画、历史、音乐、哲学、美学，甚至建筑学、医学的基本知识。所谓厚积薄发、触类旁通也。沃建平少年时代就拜名师学国画、书法，至青年、中年，兴趣广泛，特别酷爱阅读、写作，逐步积累了较为厚实的知识基础。当今文艺领域内，有视学养为儿戏者，乐于取巧、喜抄捷径，虽有少数侥幸成名者，然终不能脱其匠气。正如清代大书法家何绍基所说：“若非柱腹有万卷，求脱匠气焉能辞。”再次是才识，即见识。沃氏重视社会实践，有可贵的敬业精神，我们从他的摄影作品中可以看出，他尊重本色，顺其自然。我看《桥头小憩》特别感动，古桥的栏杆上坐着两位少女，背朝镜头，其服装打扮朴素而不花哨，其发型也是小镇、农村常见的“马尾巴”，挎包也是普普通通的，除了左侧少女红色上装较醒目外，完全是两位到小镇逛街购物中途小坐的农村少女。正是这样的自然、真实才使整个画面鲜活起来，给读者留下难忘的视觉印象。我也曾看到在古桥旁特意安排时髦女郎作陪衬的所谓水乡艺术摄影，矫揉造作，画蛇添足，令人作呕。诗云：“清水出芙蓉，天然去雕饰。”沃氏确信功夫在“影”外，影外学影，入妙去俗，无意于佳乃佳也。第四是情性，即性格。巴甫洛夫指出：“如果说到性格的话，那就是指那些先天的倾向、意向与那些生活期间受生活印象的影响而养成的东西之间的混合物了。”古代著名书法评论家常用“字如其人”来形容一个人的写字风格。梁启超就直言不讳地说：“放荡的人，写字亦放荡，拘谨的人，说话拘谨，写字亦拘谨，一点不能做作，不能勉强……因为各人的性格不同，所以写出来的字，也就不同了。”摄影艺术是文艺的一个门类，其内在规律与书法艺术是相通的。沃建平作品的清灵、淡雅，与他的随和、洒脱的性格不无关系。总而言之，沃氏有儒雅之风，源于他有入世的清醒头脑和出世的平和心态。

艺术的进步是没有止境的，而任何艺术作品都会存在不足和缺憾。我对沃建平的“江南水乡”系列摄影作品提出如下三点浅见，以供参考：

第一，从内容上讲，江南水乡的核心是“小桥、流水、人家”，这三个要素中，沃氏着力表现“小桥”“流水”比较多，而疏忽了“人家”的全面反映。所谓“人家”，既包含民居建筑，更应该有生动活泼的乡土风情和市井生活的场景，总的来说，表现景物很充分，而表现水乡的具体的“人”比较欠缺。

第二，从空间上讲，改革开放多年，江南水乡与时俱进，农村与小镇面貌日新月异。从实际而言，“小桥·流水·人家”在许多城镇仅是一部分所谓保留区域而已。“小桥·流水·人家”以外，现代建筑如雨后春笋，不管中式、西式，也是小镇一个景观，与其避而不表现，不如在作品中巧妙地因借一下，或许与传统的民族建筑相映衬，会有意想不到的艺术效果。

第三，从时间上讲，沃氏用镜头语言比较充分地展示了水乡一年四季的不同韵味的风景，但一日有晨、午、昏、晚之别。沃氏的作品对水乡之夜的美景似乎也涉猎不多。从气候变化上看，阴晴雨雪中的“雨”其实应是可以小题大做的文章。因为雨中的水乡别具风情。我特别欣赏《港湾月色》《芦荡烟雨》《灯红水碧》等几帧获摄影大奖的精品，我期待在沃氏未来的作品中，能更多地欣赏到我梦中的江南水乡，那种如烟、如幻、如诗、如歌，充满诗情画意的经典力作。

以上三点浅见，是从文艺评论的角度而非专业的摄影角度提出的一家之见。我相信沃建平早已觉察到这些美中不足之处，但不朽的和震撼人心的摄影艺术作品往往产生于摄影人的一闪念和自然界诸多元素和谐配合的一瞬之间。这一闪念和一瞬之间机遇的碰撞，是极其难得的。

沃建平已经在中国摄影界有相当的知名度了，他的作品曾获全国、省市多项荣誉。特别是 2008 年 9 月在上海我亲眼看到他被授予郎静山国际摄影大奖激动人心的场面。我为“江南水乡”系列摄影作品所取得的艺术成就和在摄影界产生的积极影响而感到由衷的高兴，祝愿沃建平在攀登摄影艺术高峰的道路上不断进步，不断收获！

2013 年 1 月修改于上海定慧斋

原载《江南时报》

映日荷花别样红

——沃建平夏荷摄影作品赏析

常熟摄影人沃建平生于江南水乡、长于江南水乡，而他在摄影领域以“亲水眷乡，善悟勤耕”的执着，不仅步入了艺术摄影的神圣殿堂，而且不断取得可喜的成绩。多年来他努力创作出一批优秀的江南水乡系列摄影作品，倾力表现江南水乡的美丽和魅力。他的作品里充溢着中国古典的诗情画意，人们评价唐代伟大诗人王维的诗“诗中有画，画中有诗”，我以为沃氏的荷花摄影里有唐诗宋词的意境，回味无穷。

请看展现在我们面前的几幅夏荷摄影作品，它们多么绚丽多姿，多么赏心悦目：《花恋》着力表现夏荷的艳丽，那几片粉红色的花瓣，在深紫色背景的衬托下，如翡翠般玲珑剔透，令人忍不住要用手去抚摸，而花瓣与花蕊间一只可爱的小蜜蜂正嗡嗡地飞着。透过画面，一股清香扑面而来，而且甜滋滋的，沁人心脾。作者以“花恋”命名，似有深刻含义，表层是赞美荷花的艳丽，深层是抒发花容、花香、花韵中的“花魂”，一个“恋”字便把读者带到了一个古典诗词中爱情浪漫的境界，令人联想起宋代大词人晏几道的《鹧鸪天》(彩袖殷勤捧玉钟)。这首词写一对情人久别后重逢、依依不舍的恋情。“从别后，忆相逢，几回魂梦与君同。今宵剩把银钉照，犹恐相逢是梦中。”沃氏的“花恋”与晏几道脍炙人口的《鹧鸪天》，有异曲同工之妙。

《舞韵》则突出向上舒卷的花瓣似少女拂袖起舞。而橙中透黄的花蕊向四周辐射，如流苏摇曳，如花裙飘舞。同时又像唐代大诗人李白《月下独酌》的意境：“我歌月徘徊，我舞影零乱。”诗人借酒起兴，既歌且舞，舞时自己的身影也随之转动零乱，似与自己共舞，亦真亦幻，亦虚亦实，给人以优美的遐想。用“舞韵”命名如此贴切，给人留下难忘的印象。

《墨荷》的取景与色彩酷似酣畅淋漓的水墨国画，近处一柄荷叶似倒扣的斗笠，筋络舒张有致；荷茎上挺稍弓而彰显力度，一朵红中泛白的花苞，与墨色荷叶对比鲜明，视觉效果强烈。这幅创意“墨荷”看上去与泼墨的大写意国画无异。宋人杜衍在《雨中荷花》中描写夏日雨中的荷花是诗中有画，生动形象。“翠盖佳人临水立，檀粉不匀香汗湿。一阵风来碧浪翻，珍珠零落难收拾。”细细品味，恰如大写意的《墨荷》。沃氏许多夏荷摄影作品，包含中国画的理念与元素，这反映出作者有相当的国画与书法的功底。原来早在青年时代沃建平就师从著名画家钱持云先生和著名书法家言恭达先生，他从中国书画元素和艺术语言中汲取营养，用以滋润他的摄影作品。

沃建平拍摄的荷花不下上千幅，其中有许多是获奖的优秀作品。我们欣赏他的荷花摄影集锦，犹如看西湖目不暇接的美景，好似读一首首美好的诗篇。诗曰“接天莲叶无穷碧，映日荷花别样红”。我记起身居杭州西湖畔的好友顾雪梁教授，在他的著作里说过这样一段佳话：革命先驱孙中山先生为革命四处奔走，很少有空闲赏花，而在 1916 年 8 月 16 日，他从上海到达杭州，正值炎炎夏日，西湖万顷碧波之上，青荷盖绿水，芙蓉披红鲜。孙中山应邀赏花，脱口而出“中国当如此花”。伟人之言，掷地有声也。

沃建平对摄影艺术的尝试始于二十世纪七十年代一个偶然的机遇，在著名上海摄影人孙燕君女士的启发鼓励下踏进摄影艺术的领域。近三十年来，参展获奖无数，且有专集出版，但他心如止水，一如既往。读沃建平“夏荷”的摄影作品，亦如欣赏他“江南水乡”系列的其他作品一样，强烈地感受到他是用对江南水乡的热爱、依恋和对人生的深刻感悟来进行创作的。他的作品的风格亦如他一贯的人品：清灵、清雅、率真、敦厚。他技巧熟练，但从不盲目依赖所谓的“天赋”，全靠苦练、钻研，克服困难，锲而不舍。文艺评论家流沙先生曾用“无数次按下快门”来形容他的勤奋。我知道沃建平以手捧上海首届国际郎静山摄影优秀奖杯而自豪，我也曾目睹那隆重的场面，但他与许多职业摄影家不同，他的人生轨迹有着时代赋予的鲜明特征。

读沃建平“夏荷”作品，那迸发青春活力、绽放迷人风采的艺术感受是如此强烈，它给人以愉悦，并催人奋进，激发读者更加热爱生活，热爱水乡江南。衷心祝愿沃建平在摄影的道路上再接再厉，不断进取。

癸巳年四月初六日修改于定慧斋

原载《江南时报》

附录　媒体采访

书画收藏家葛乃文

葛乃文，国家一级美术师，文艺评论家，国学教授，常熟虞山当代艺术研究院院长。1942 年 5 月出生于江苏省扬州市，二十世纪五十年代末参军，在军校学习。1967 年 7 月毕业于北京师大中文系，师从黎锦熙、钟敬文、启功等先生学习语法、文学和书法。大学毕业后，先后在文化部文博体育司、四机部、交通部和六机部的直属企业从事教育、宣传等工作。五十余年来，他为《人民日报》《光明日报》《文艺报》《解放军报》等多家媒体撰写国际评论和艺术评论，发表各类文章 300 余篇。他爱好书法、绘画和收藏，为多艘中国远洋船舶题写船名。2013 年获“海派收藏成就奖”，2014 年被聘为上海市收藏协会学术委员会委员。近年精心创作的一批书法、国画作品，在中国网、《新苏商》杂志及《江南时报》《常熟日报》等 10 多家媒体作专题介绍，并被多家省市级文化艺术机构收藏。

2014 年夏，葛乃文的老师启功先生（1912—2005，字元白，北京人，北师大教授，满族，姓爱新觉罗，雍正九代嫡孙）已乘鹤西去 9 个春秋了。岁月的匆匆流逝，虽然冲淡了人生经历中的许多印痕，但每逢同窗聚会，或文人墨客欣赏字画、品鉴古玩或叙谈艺术人生时，他总忘不了启功老师慈祥的笑容并感恩他对学生的授业解惑。二十世纪六十年代初他考进北京师大中文系，五年的寒窗苦读，特别爱听启功老师开讲的“魏晋南北朝文学”和“中国书法艺术”两门课。其间，他与启功老师有较多的接触，受益匪浅。大学毕业后离开北京，直到花甲之年退休至今，半个多世纪的风雨人生，是在人文荟萃、风景如画的水乡江南度过的。

葛乃文少年时离开二十四桥明月夜的故乡扬州，青壮年时代先后在六朝烟水的南京、唐鉴真和尚东渡的起锚地张家港、扼江海咽喉的要塞江阴、“十里青山半入城”的常熟和国际大都市上海，留下了人生旅程的足迹。他的本职工作是部直属企业的教育、宣传和行政管理，然而业余时间始终与书画结缘。他结识了许多江南文人，并为其中三十余位书画、摄影家撰写过艺术评论，他们当中有：中国书法家协会副主席言恭达先生，德高望重的常熟著名画家钱持云先生，安徽老画家张宽先生，苏州国画院院长姚新峰先生，刘海粟的弟子、无锡国画院的刘春明先生，上海钟馗画院院长董之一先生，江苏优秀青年书法家黄伟农先生等。

葛乃文喜欢书法，从私塾蒙童开始，描红临帖，一路懵懵懂懂地走过来，少有章法，直到二十世纪六十年代就读北京师大中文系，才有幸近距离接触到许多国家级大师，如著名历史学家、被毛主席誉为“国宝”的陈垣校长，训诂学大师陆宗达先生，中国汉语语法泰斗、毛主席的老师黎锦熙先生，中国民间文学研究鼻祖钟敬文先生等。尤其是受到著名文物鉴定家、著名书画家启功老师在书法、绘画上的授业解惑，使他对于学习书画树立了正确的观念。启功老师年轻时潜心于草书，功底比较坚实，但到底好在哪里，当时一位叫冯公度的先生说了一句使他终身受益的话：“这是认识草书的人写的草书。”他后来回忆这件事，很感慨地说：“从此我明白要规规矩矩地写草书才行，绝不能假借草书就随便胡来。”启功先生的话也是葛乃文书法习作的指导原则。

他初学赵孟頫，又临摹董其昌，有所悟，有所获。但毕竟是业余，是遣怀，不为稻粱谋，因而也很随意。事实证明，各人的条件不同，素养有差异，悟性有高低，写出来的字各具个性，永远不会千篇一律。

他学绘画，同样受启功先生的教诲，启迪良多。其实，他真正习画是近二十年的事，因爱书法而旁及绘画，遵先生教导，以阅读历代著名画家的作品为乐事，特别喜欢潇洒而有法度的大写意画。他学画以追求情趣、境界为目标，画几只大虾，几只小鸡，一株兰花，一竿翠竹，有时是抒怀，有时是宣泄，因为自娱自乐，偶尔也馈赠亲友，无所谓优劣。

启功老师在回顾他自己的一生时，曾经吟诵过一组诗篇。其中两首尤其给葛乃文留下难以磨灭的印象：其一曰：“劳他莺燕殷勤唤，逝水韶华去不留”，说年轻的时代已经那么遥远了。其二曰：“衰荣有痕付刍狗，宠辱无惊希正鹄”，古人曾提出要达到真人、至人的境界，必须修身养性、宠辱皆忘，才能达到。启功老师的谆谆教诲成为葛乃文写字、作画乃至做人做事永远的座右铭。

上海电视台经济频道记者采访

刊登《让守望回归原点——海内外百名收藏家口述记忆》(上海文化出版社出版)

葛乃文：庙堂铸华章　江南写春色

七溪流水皆通海，十里青山半入城。在文化名城苏州常熟虞山脚下，盛夏访问来自沪上的文艺评论家、书画家葛乃文先生，听他聊“人生驿站”和“艺术感悟”。耄耋文人葛乃文，本命之年，是 1962 年级北京师大中文系本科毕业生。他是中共党员、退役军人、高级经济师，是国家一级美术师，虞山当代艺术研究院院长，一个很有情趣的“文化杂家”。

二分明月，憧憬淮扬梦

在古城常熟虞山当代艺术研究院，略带南腔又含北调的葛乃文先生，向记者介绍了他平凡又传奇的人生。乃文先生出生于扬州里下河地区的一个富庶小城镇樊川。父亲在小镇开了一家银楼，家境不错。乃文五岁入私塾启蒙，念《百家姓》，读《千字文》，三四千常用汉字死记硬背，烂熟于心。

“回忆少年不识愁滋味的快乐岁月，总忘不了家乡的美食和美景。”乃文先生说，暑假期间，邀二三邻家小孩作伴，到西郊绿野，虹桥水畔，钓河虾，摸螃蟹，粘知了，搜蝉蜕，捉蟋蟀，网蜻蜓，烈日下汗流浃背，皮肤晒得黝黑依然乐此不疲。少年的故乡梦，总和清澈的瘦西湖水及皎洁的月光联系在一起，月光下湖水湛蓝，水天一色，令人浮想联翩，对未来充满憧憬。望舒当空，方怡耀银，唐代诗人徐凝一首《忆扬州》便即刻浮现在眼前：萧娘脸薄难胜泪，桃叶眉尖易觉愁。天下三分明月夜，二分无赖是扬州。

新中国成立前夕，葛家乔迁扬州老城区。在古城扬州，乃文从小学三年级读到初中毕业。因报考空军飞行员而被陆军军校录取，从此离开家乡北上京郊通县。从戎伊始，习文的梦想被习武的现实所代替，但脑海里对秀才启蒙的诱惑却挥之不去，对人生前途既迷茫，又朦胧。

北漂南归，游子三十载

二十世纪五十年代末一个初夏的中午，乃文和一起入伍的新战友在安徽蚌埠火车站乘闷罐车一路向北，直达北京。两年后，他重回地方工作。乃文在扬州柴油机厂当车工，着迷技术革新，一年多时间两次被评为先进生产者，照片和事迹登上《扬州日报》。从此命运又发生了变化。组织上保送他读中国人民大学预科。人大预科是培养工农兵先进模范的人才摇篮，人大校长吴玉章（延安五老之一）兼任预科校长。葛乃文有幸成为高玉宝（著名军旅作家）、郝建秀（曾任国家纺织工业部部长）、田桂英（中国第一位女火车司机）的校友。

1962 年夏，当手捧吴玉章校长签名印章的毕业证书时，恰好收到北京师大的录取通知书，他热泪盈眶，百感交集。这一年夏天，他带着行李从海淀北街搬到一路之隔的北太平庄师大校舍，进驻了他人生又一座刻骨铭心的驿站。

在北师大能近距离接触到当代许多著名的国学大师，聆听他们的教诲，三生有幸。最使他难忘和喜爱的是启功先生教授“魏晋南北朝文学史”“竹林七贤作品选读”和“书法概论”等，深入浅出，诙谐幽默。

在北师大度过五个多春秋，收获满满，不仅打下了比较扎实的文化基础，也树立了“学为人师，行为世范”的奋斗目标。

离开北方开始南归征程后，乃文的第一个驿站是六朝烟水的南京，第二个驿站是鉴真大和尚东渡的起锚地张家港，第三个驿站是扼江海咽喉之江阴。第四个驿站上海，那是他和爱妻及子女的家，一座温馨而宁静的港湾。北漂南归，经过无数座人生驿站，整整三十年！

乃文感慨地说：“其间孝道难尽，空有孝子之名；夫妻离多聚少，两地相思全凭鸿雁传书。爱妻仲丽毕业于上海财大，长期在船舶行业工作，是国家注册会计师、审计师，高级会计师，曾任中国船舶集团公司勘察设计研究院副总会计师兼财务处长。我作为多年漂泊在外的游子，多亏有贤内助的担当和支持。”

跨行越界，无意成杂家

采访乃文先生是一件快乐的事情，葛先生谦虚地告诉记者：“许多媒体介绍我是书画家，其实不然。我习字较早，而学画是近二十年的事。孩提时在私塾描红临帖，年稍长喜欢读碑帖拓本，一路走来似乎朦朦胧胧，似懂非懂，但崇拜王羲之，仰视赵孟頫、董其昌、梁诗正，久而久之有所悟，有所获。但毕竟字如其人，画如其人，即便临摹可以乱真那依然是别人，性格，人品，悟性，决定字画的优劣，许多人毕生在书江画海里沉浮，永远游不到彼岸。我就是其中的一员。”

乃文先生认为：“在中国书画史上，书圣王羲之，以及颜真卿、柳公权、米芾、董其昌等；画圣顾恺之，以及阎立本、黄公望、徐渭、郑板桥等，都是出类拔萃的凤毛麟角。我的书画习作实属业余爱好，虽然也有几分俊雅，纯属自娱自乐，难登大雅之堂。我喜欢大写意的国画，烟雨蒙蒙的山水，鸟语花香的春色，依亭观瀑布，泛舟眺远山，几只小鸡，一株玉兰，缸中鱼，盆上花，配上行书题跋，是抒怀，是宣泄，更是咏叹。心旷神怡，不知老之将至矣。”

有人称葛先生为评论家和杂家，他欣然同意。“在几十年撰写的文章中，其中有许多是对书画及书画家评介、赏析，也有游记、传记、散文，涉猎文学、戏剧、音乐、收藏，偶尔还有经济方面论文。经北师大同窗好友，《文艺报》原副总编彭加瑾先生关照，我在该报‘艺术评论’版发表过二十余篇评论文章。”

“我喜欢收藏，因为古玩文物是中华优秀文化的宝藏和见证，收藏可以陶冶情怀，快乐生活。2013 年重阳节我荣获了‘海派收藏成就奖’，多年来，《上海收藏家》报发表我的千字短文三十余篇，论及宋代、清三代瓷器；明、清宫廷玉器；还有古墨、古砚、古籍善本、印章、书画等。”

“2016 年春，我带着一篇论文（《朴实无华　默默奉献》）赴杭州，出席由杭师大‘弘一大师 · 丰子恺研究中心’主办的第三届丰子恺国际学术会议。这篇论文是我和沃建平合作，以上海丰子恺研究会会员的身份撰写的，被收进论文集，次年由杭州师大出版社出版。”

涉及杂家之说，退休后还被《上海勘察设计》杂志编辑部聘请当了六年编辑。乃文先生最后谦虚地说：“啰啰嗦嗦讲了一大堆，我涉及的领域比较杂，遗憾的是杂而不精，蜻蜓点水。我这大半辈子走过许多人生驿站，都是顺应形势、随缘随心而行之。我已届耄耋之年，最后的驿站在哪里？何处是尽头？而今国家正在崛起，中华有待复兴，正是落霞满天，桑榆非晚。”

日月如梭，光阴荏苒，回首过往，许多人生驿站无论顺利挫折，无论成功失败，无论文化经济，无论主职业余，一座座驿站组合成一幅幅葛乃文先生瑰丽的人生画卷。

《中华英才》副社长、记者周描坤采访
原载《中华英才》2023 年 7 月

后记　与流光共舞，与心语同行

当这本《流光·心语》即将付梓之际，我百感交集。这是我人生的一大夙愿，也是我献给这个时代的一份薄礼。回首往昔，那些为搜集文稿而奔波的日子，那些为整理文稿而挑灯夜战的夜晚，那些为寻求帮助而四处碰壁的无奈，都化作了此刻的欣慰与感动。

我要特别感谢文汇出版社的徐曙蕾女士，她的耐心指导和无私帮助，让我克服了重重困难，最终完成了书稿的投送。没有她的支持，这本书或许还是我心中的一个梦。

我始终坚信，文字是有力量的，它可以穿越时空，连接心灵。我写这本书的初衷，就是希望用我的笔墨，记录下这个时代的点滴，传递出我对生活的感悟，对艺术的追求，对人生的思考。我希望这本书能够成为一座桥梁，连接起我与读者之间的心灵，让我们在文字世界里相遇，相知，相惜。

在人生的道路上，我遇到了许多恩人与贵人，他们或给予我无私的帮助，或给予我宝贵的建议。正是有了他们的支持，我才能在这条充满挑战的道路上坚定前行。

我记得刚退休的那一年，中国船舶工业集团公司勘察设计研究院原院长、党委书记兼上海市勘察设计行业协会原秘书长陆濂泉先生，邀我任职《上海勘察设计》杂志责任编辑，还多次推荐我出席全国岩土工程勘察的专家会议，我有幸能在西安市访古问今，成就了游记《西安印象》等一组纪实文章的问世。我感谢上海市收藏协会创始会长、《上海收藏家》总编吴少华先生聘我做特约编辑兼撰稿人，十余年中我在该报发表藏品赏析等千字文二十余篇，扩大了收藏文化视野，结交了许多新朋友。我感谢中国船舶工业集团公司企业局原局长嵇安钦先生长期以来勉励我多读书，多写作，多贡献，至今难忘。我感谢北师大中文系同窗、《文艺报》原副总编彭加瑾，他为我开辟了与高层次文化人士交往的蹊径，提供了写作文艺评论的新园地。感谢苏州市常熟市各界的老朋友：虞山当代艺术研究院执行院长沃建平、王伟民，副院长陈志刚，常熟市公安局原政委顾宏，驻虞部队原政委江家滠，江苏省新华盛节能科技股份公司董事长朱礼明，常熟市品牌运行商会会长陈文元，张家港船务公司高管钱星耀，中国船舶工业公司经营处原副处长孙学山。感谢文友：《中华英才》杂志社副社长、摄影家周描坤，文化学者、书法家丁大军，上海合瑞集团公司原财务总监徐莉丽女士，上海华虹半导体公司高管、上海艺坛著名京昆票友王晨女士，上海资深影视广告制片人栗宁。

感谢北师大校友、杭州师大二级英语教授顾雪梁，扬州大学商学院教授邱庞同，上海师大中文系教授王起澜；感谢同窗：港厦企业家、福建漳州“寒江雪”艺术馆创始人邱季端；文化部政策研究室原研究员、江苏省戏剧研究所原所长王永敬；宁夏回族自治区教育厅原副厅长、北京图书馆原副馆长金宏达；民盟中央办公厅原主任程国甡；《哈尔滨日报》原副总编辑白衍吉；感谢曾在教育战线辛勤耕耘桃李天下的高级教师、老同学彭北泉、翟大学、周音、李克臣、朱熙炎；感谢南桃北李中的佼佼者孙峡喜、曹慧敏、干宁宁、卢燕、赵蕾芳、张玉玲。

感谢生活在上海、南京、苏州、常熟、靖江、深圳和海南岛的我的学生们，他们常常在微信里电话里牵挂我，问候我，祝福我。感谢我的家人一直给予默契和温暖。我深深感受到一个包容、和睦的大家庭是我多年来写作的最佳环境。所谓天时、地利、人和，这事业成功的三要素，缺一不可。

千恩万谢，诉不尽心中的虔诚和崇拜。我一生中最要感恩的人，除了父母，就是恩师启功先生。

当我完成这本书的写作，我深知这只是一个新的开始。在浩瀚无边的书海里，我只是一名普普通通的读者，一名活到老学到老的读书人。我将继续以谦卑的姿态去阅读，去学习，去思考，去写作，去汲取知识的养分，去丰富自己的精神世界。

苏联伟大的文学家高尔基曾说：“书籍是人类进步的阶梯。”我愿做这阶梯下的一块垫脚石，无声坚守，默默奉献。

我希望这本书能够为读者带来一些启发，一些思考，一些感动。我希望这本书能够成为读者在人生道路上的一支蜡烛，让我以燃烧自己所发出的微光，照亮他们走向更加美好的未来。

岁月不居，时节如流。转眼间我已步入耄耋之年。回首往事，感慨万千，我庆幸自己选择了艺术这条道路，它让我的人生始终伴随努力和进取；我也庆幸自己坚持写作，它让我在文字世界里找到了心灵的归宿；我更庆幸自己遇到了这么多的恩人与贵人，他们让我的人生充满了温暖与感动。

《流光·心语》是我人生的一份总结，也是我献给这个时代的一份礼物。我希望这本书像一颗种子，在读者心中生根发芽，开出美丽的花朵；我希望这本书能够像一颗无名的星星，在夜空中不停地闪烁。

最后，我要再次感谢所有为这本书付出辛勤劳动的人们，感谢所有支持我、鼓励我、帮助我的人们。愿我们能在流光中留下属于自己的印记，愿我们都能在心语中找到属于自己的共鸣！

2025 年 3 月 12 日于上海大华定慧斋

图书在版编目（CIP）数据

流光·心语 / 葛乃文著. -- 上海 ：文汇出版社，2025. 5. -- ISBN 978-7-5496-4496-4

Ⅰ. I267

中国国家版本馆 CIP 数据核字第 2025YC3944 号

流光·心语

著　　者　葛乃文
责任编辑　徐曙蕾
装帧设计　红　红

出版发行　文匯出版社
　　　　　上海市威海路 755 号
　　　　　（邮政编码 200041）
照　　排　南京理工出版信息技术有限公司
印刷装订　上海颛辉印刷厂有限公司
版　　次　2025 年 5 月第 1 版
印　　次　2025 年 5 月第 1 次印刷
开　　本　710 × 1000　1/16
字　　数　360 千
印　　张　22.5（插页 28）

ISBN 978-7-5496-4496-4
定　　价　88.00 元